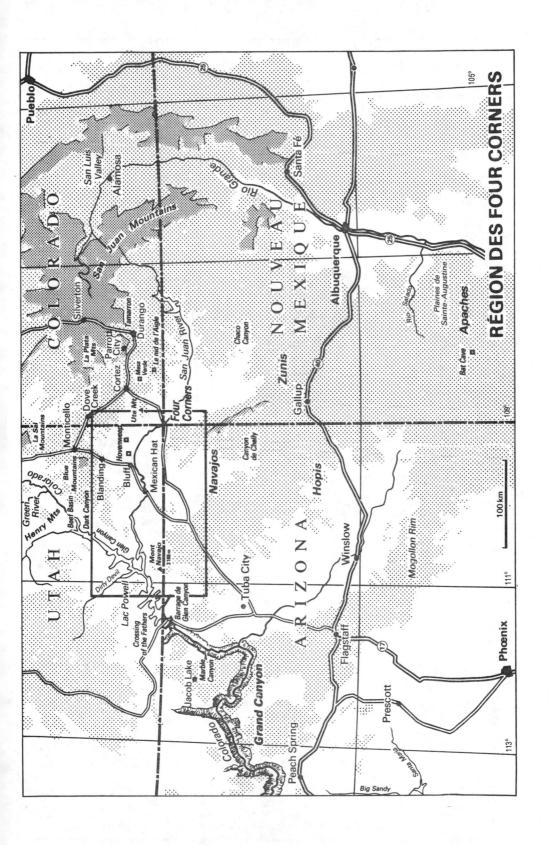

RÉGION DES FOUR CORNERS

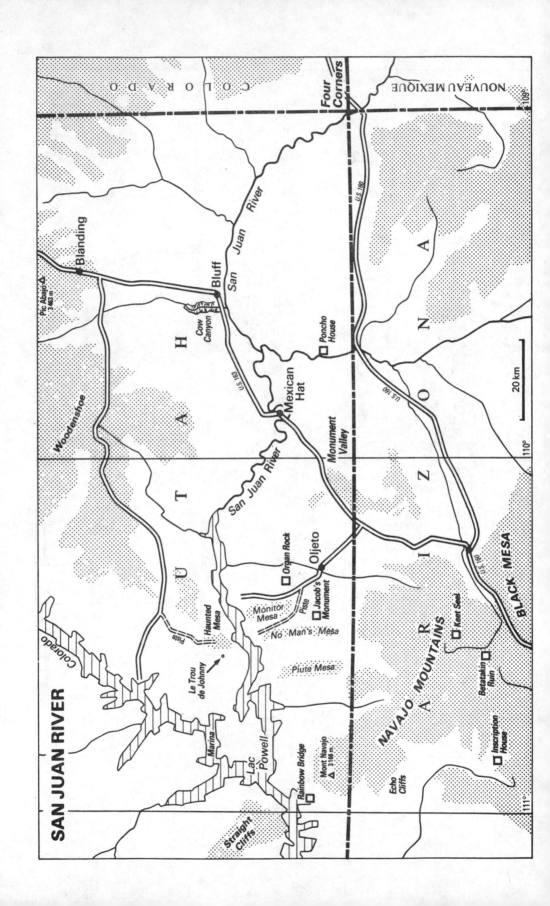

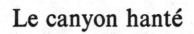

Le canyon hanté

Louis L'Amour

Le canyon hanté

FRANCE LOISIRS
123, boulevard de Grenelle, Paris

Titre original :
The Haunted Mesa

Traduit de l'anglais par Philippe Rouard

Publié avec l'accord de Bantam Books, New York

Édition du Club France Loisirs, Paris,
avec l'autorisation des Presses de la Cité

© 1987 by Louis L'Amour
© Presses de la Cité 1989 pour la traduction française.
ISBN 2-7242-4669-1

Préface

Louis L'Amour,
le dernier géant de l'Ouest

La littérature western a toujours été, et reste, le parent pauvre de l'édition française qui l'a souvent reléguée au rayon des ouvrages pour la jeunesse (Bibliothèque Verte et Série Rouge de Hachette) et ne l'a reconnue qu'à de rares exceptions – les collections Arizona de Laffont, Galop de Dargaud, Le Masque-Western de la Librairie des Champs-Elysées, Johnny Sopper du Fleuve Noir – comme un genre spécifique. Pourtant, à l'instar du roman historique, du policier, de la science-fiction ou du mélodrame, le western, après plus d'un siècle d'existence, a ses chefs-d'œuvre : *The Virginian* d'Owen Wister, *Paso Por Aqui* d'Eugene Manlove Rhodes, *Cimarron* d'Edna Ferber, *Le drame d'Oxbow* de Walter Van Tilburg, *The Searchers* d'Alan Le May, *The Outlaw Joseph Wales* de Forrest Carter, *Duel in the Sun* de Niven Buch, *Johnny Guitar* de Roy Chanslor, *Little Big Man* de Thomas Berger, *Cheyenne Autumn* de Mari Sandoz, *The Shootist* de Glendon Swarthout, *Hombre* d'Elmore Leonard... ses maîtres : Jack Schaefer (*Shane*), A.B. Guthrie (*The Big Sky, The Way West*), Dorothy Johnson (*The Hanging Trees, The Man who Shot Liberty Valance, A Man Called Horse*) et ses grands auteurs : Zane Grey, Ernest Haycox, Luke Short, Frank Gruber, James Warner Bellah, Will Henry, Elmer Kelton, T.V. Olsen, William R. Cox, Will Cook, Jack Bickham, Wade Everett...

La saga de l'Ouest a aussi son chantre, son chroniqueur, son Homère, comme l'a surnommé le magazine *Time* [1] : Louis L'Amour, un cas sans nul doute unique dans les annales du genre. Auteur western le plus lu dans le monde entier – son éditeur, Bantam, estime qu'en cette année 1989, le tirage de ses romans atteindra 200 millions d'exemplaires –, il est aussi le seul romancier

1

américain à avoir reçu la médaille d'or du Congrès et, des mains du président Reagan en 1984, la médaille de la Liberté, la plus haute distinction civile des États-Unis. Celui dont le nom est devenu synonyme de western mena une vie aventureuse proche de celle des héros qu'il décrivait, encore qu'il faille faire la part de la réalité et celle de la légende, tant le bonhomme s'identifia à l'histoire de l'Ouest au cours des années.

Louis Dearborn L'Amour est né aux alentours de l'année 1908 – il n'a jamais voulu révéler sa véritable date de naissance – à Jameston dans le Dakota du Nord d'un père, Louis Charles LaMoore, vétérinaire et vendeur de matériel agricole, descendant d'une famille d'origine bretonne, et d'une mère, Emily née Dearborn, dont la famille émigra aux Amériques en 1638. Le jeune Louis grandit en plein Ouest américain dans les années 1910 et 1920 où les souvenirs des pionniers étaient encore vivaces, notamment ceux d'un arrière-grand-père qui fut scalpé par les Sioux et d'un grand-père qui participa à la guerre de Sécession et aux guerres indiennes. Son père fut « durant une certaine période, *deputy marshall* et il arrêtait ses prisonniers d'une façon nettement différente de celle qu'on voit au cinéma ou à la télévision. Sa réputation de bagarreur était telle que les malfrats se laissaient arrêter sans faire d'histoires. Lorsqu'il voulait arrêter quelqu'un, il lui suffisait de remettre son couteau au premier gamin venu en lui disant " Donne ça à John Smith et dis-lui de me le rapporter " et cela réussissait dans la plupart des cas [2]... »

Au moment de la dépression agricole, au début des années 20, L'Amour quitte le foyer familial et parcourt l'Ouest des États-Unis. Pour gagner sa vie, il exerce de nombreux métiers : pêcheur, bûcheron, mineur en Arizona, fermier au Nouveau-Mexique, écorcheur de bétail au Texas, cheminot... Parmi ses divers employeurs, il y avait un homme qui fut jadis enlevé par des Apaches et élevé comme un Indien et qui « savait tout sur les Apaches, sur leur façon de vivre, de travailler, de combattre. Il était resté un Apache dans sa façon de penser. Pour moi, ce fut une véritable mine d'or [3]. » Au début des années 30, il embarque comme matelot sur un schooner en partance pour l'Afrique orientale et parcourt les contrées lointaines : les Indes orientales, l'Europe et l'Asie, où il vécut durant une courte période avec des bandits dans les régions montagneuses de la Chine et du Tibet. « ... A divers endroits où j'étais de passage ou à la recherche d'un travail, je combattais sur un ring à onze reprises et plus du double en dehors du ring. Lorsqu'on est étranger dans une ville, il faut s'attendre à des coups durs [4]... » De retour aux États-Unis, il devient boxeur professionnel catégorie poids légers et gagne 34 de ses 59 combats par K.O.

C'est vers la fin des années 30 qu'il débute dans la littérature en écrivant des poèmes bien qu'il ignore tout de la métrique. Lorsqu'il montre ses premiers essais à une fille, elle lui fait remarquer que ses vers ne sont pas rythmés. Nullement découragé, L'Amour se rend dans une bibliothèque publique pour consulter des manuels de versification. Son premier livre, *Smoke from this Altar,* un recueil de 39 poèmes, est publié en 1939 aux éditions Luske à Oklahoma City. Au début de la Seconde Guerre mondiale, il est enrôlé et versé dans les chars. Durant les périodes de repos, il divertit ses compagnons d'armes en leur racontant des histoires de l'Ouest et des péripéties de son propre passé. L'un de ses auditeurs lui suggère de coucher ces récits sur le papier et de les envoyer à des maisons d'édition, ce que fait Louis L'Amour, une fois démobilisé avec le grade de *first lieutnant.*

« Mes premiers récits parurent dans des revues universitaires et de petits magazines. Mes premières nouvelles n'étaient pas des westerns. Elles se déroulaient la plupart du temps en Orient où j'avais voyagé, séjournant même un certain temps en Chine. Certaines autres se passaient dans les Indes orientales. Un jour, j'ai envoyé un récit western à une revue dont l'éditeur me conseilla de changer de nom en me disant : " Personne n'achètera jamais un western signé Louis L'Amour. " C'est ainsi que je pris comme pseudonyme le nom de Jim Mayo. C'était le premier nom qui me vint en tête et aussi le nom du capitaine d'un cargo des Indes orientales. J'ai écrit des histoires de boxe, des histoires de football, des histoires de rodéo, des récits historiques. J'ai écrit tout ce que je pouvais vendre. 48 récits en une seule année. J'ai travaillé dur, du matin au soir, souvent très tard dans la nuit. Lorsque j'ai commencé à essayer de vendre mes histoires, je n'en ai pas vendu une seule. Quelquefois, j'avais 200 refus avant d'en vendre une... Elles me revenaient invariablement comme des pigeons voyageurs. J'avais assez de bon sens pour atténuer ces échecs : chaque fois que j'envoyais une nouvelle, j'en écrivais tout de suite une autre que j'envoyais à son tour, de sorte que, lorsque la première me revenait, j'en avais trois ou quatre chez les éditeurs et je me disais : " Bon, celle-là n'a pas marché, mais la prochaine va sûrement être acceptée. " Mais lorsque finalement toutes furent rejetées, je me suis dit que les éditeurs n'étaient pas tous fous et qu'il devait y avoir quelque chose qui ne collait pas. Je me suis mis à éplucher une demi-douzaine de nouvelles d'O'Henry, de Guy de Maupassant, de Robert Louis Stevenson et d'autres écrivains que j'admirais, ainsi qu'un certain nombre de récits parus dans des magazines. Je les ai soigneusement étudiées, mot à mot, pour voir ce qu'elles avaient et que mes récits n'avaient pas. Et peu de temps après, j'ai commencé à les vendre [5]. »

Les nouvelles de Louis L'Amour – qui couvrent tout le champ de la littérature populaire, à l'exception de la science-fiction – sont d'abord publiées dans les *pulps*, ces magazines à bon marché fabriqués à l'aide d'une pâte à papier au grain plutôt grossier à base de pulpe de bois, d'où leur nom, et qui sévissaient sur le marché de l'édition entre 1920 et 1950. On retrouve la signature de L'Amour au sommaire de *Black Mask*, le plus fameux des pulps avec une nouvelle policière, *Collect from a Corpse* (vol. 33, n° du 3 septembre 1949). Il réussit ensuite à se placer sur le marché plus rémunérateur des magazines de luxe, *Collier's*, *The Saturday Evening Post*... C'est en 1950 que paraît son premier roman, *Westward the Tide*, immédiatement suivi d'une commande des éditions Doubleday pour quatre aventures d'*Hoppalong Cassidy*, le cow-boy créé dans les années 1910 par Clarence Mulford qui, trop âgé et fatigué de son héros, s'était arrêté d'écrire en 1950, malgré le fabuleux succès des films de série B et d'un feuilleton TV interprétés par William Boyd et diffusés à l'époque à la télévision américaine.

En 1952, L'Amour écrit une nouvelle western publiée dans *Collier's, The Gift of Cochise* (*Le cadeau de Cochise*), qui raconte l'histoire d'une femme, Angie Lowe, délaissée par son mari; restée au ranch avec ses deux enfants, elle se défend vaillamment contre les guerriers apaches. Impressionné par le courage de la jeune femme, le chef Cochise la prend sous sa protection. A Santa Fé, Ed Lowe, l'époux, se fait tuer en portant secours à Ches Lane, opposé à trois tueurs. Ches traversera le pays apache pour rejoindre Angie et ses enfants. Tenant longtemps tête aux Apaches, il est finalement capturé. Cochise offrira en cadeau ce guerrier courageux à Angie Lowe. Après avoir lu ce récit, Dick Carol, des éditions Fawcett, suggéra à L'Amour de développer cette histoire et ses personnages pour en faire un livre. C'est ainsi qu'en 1953 fut publié *Hondo*, son second roman. La nouvelle fut adaptée au cinéma la même année sous le titre du roman, avec John Wayne dans le rôle principal. Le film connut un énorme succès et fit connaître le nom de Louis L'Amour, qui sera désormais publié chez divers éditeurs : Fawcett (*Heller With a Gun, To*

4

Tame a Land, Last Stand at Papago Wells, The Tall Stranger),
Ace (*Kilkenny*, et sous le pseudonyme Jim Mayo : *Showdown at
Yellow Butte* et *Utah Blaine*), Jason Press (*The Burning Hills* et
Guns of the Timberlands), Avalone (*Silver Canyon*), Appleton
(*Sitka*), avant de rejoindre en 1957 la maison d'édition Bantam
qui lui propose un contrat l'obligeant à écrire trois westerns par
an, un rythme qu'il a pu maintenir jusque dans les années 70. Ses
pairs, les Western Writers of America, lui décerneront le Spur
Award du meilleur western de l'année 1968 pour *Down the Long
Hills*.

Dans l'un de ses romans, *The Daybreakers* (1960), il met en
scène plusieurs membres de la famille Sackett qu'on retrouvera
dans *Sackett* (1961) et *Lando* (1962). Ces livres et leurs héros
plaisent au public, qui en redemande. L'idée se fait jour chez
Louis L'Amour d'écrire la saga de la famille Sackett. Au moment
de la mort de l'auteur, une vingtaine de volumes ont déjà été
publiés, une dizaine d'autres étaient en prévision. Cette saga
débute en 1599 au pays de Galles avec Barnabas Sackett, obligé
de fuir son Angleterre natale pour avoir frappé un nobliau local
(*Sackett's Land*, 1975). Il émigre en Amérique, en Caroline,
épouse Abigail qui lui donne quatre enfants Kin, Brian, Yance et
Jubal (*To the Fair Blue Mountains*, 1976) qui partiront vers la
Nouvelle-Angleterre, le Tennessee, la Pennsylvanie et créeront
les clans Sackett. On retrouvera leurs descendants, les Sackett de
Smoky Mountain, les Sackett de Cumberland Gap et les Sackett
de Clinch Mountain, deux siècles plus tard au Mexique, au Texas,
au Colorado, en Louisiane. L'une des Sackett, Emily, épouse un
membre de la famille des Talon qui fait l'objet d'un autre cycle de
l'œuvre de L'Amour. Une troisième série présente la famille
Chantry dont l'ancêtre, un aventurier irlandais, combat les
pirates et les Espagnols en mer pour finir par s'établir en Caroline
du Nord (*Fair Blows the Wind*, 1978). L'ensemble de ces trois
sagas familiales forme un triptyque, une sorte de comédie
humaine de l'Amérique s'étendant sur plus de trois siècles et dans
laquelle chacune des familles représente une étape importante
dans l'évolution des États-Unis : l'épopée des pionniers avec les
Sackett, celle des constructeurs avec les Talon et celle des
concepteurs avec les Chantry [6].

Au début des années 80, Louis L'Amour est à l'apogée de sa
carrière. Plus de 100 millions d'exemplaires de ses romans ont
déjà été vendus, son nom commence à apparaître sur la liste des
best-sellers aux côtés de Judith Krantz, Irving Wallace et Harold

Robbins. Après le cinéma, qui a déjà adapté une vingtaine de ses romans – des adaptations pas toujours heureuses si l'on excepte *Hondo* (1953), *La diablesse en collant rose* (1960, d'après *Heller in Pink Tights*) et *Les collines brûlantes* (1956, d'après *The Burning Hills*) – la télévision commence à s'intéresser à son œuvre : *The Sacketts* (1979, d'après *The Daybreakers* et *Sackett*), *The Cherokee Trail* (1981), *The Shadow Riders* (1983, d'après le roman homonyme), *Down the Long Hills* (1986, d'après le roman homonyme), *Les fusils du désert* (1987, d'après *The Quick and the Dead*). Il est couvert de lauriers : les Western Writers of America lui décernent le trophée du Golden Saddleman 1980, une distinction qui récompensa précédemment John Wayne et John Ford; il obtient l'American Book Award; le Congrès lui remet sa médaille d'or et Ronald Reagan la médaille de la Liberté.

Ce n'est sans doute pas un fait du hasard si ces années de gloire et de triomphe coïncident avec l'ère Reagan. Les deux hommes avaient bien des points en commun – et d'ailleurs, à l'occasion de la remise de la médaille de la Liberté, Louis L'Amour ne put s'empêcher de dire à Ronald Reagan qu'il aurait pu être l'un des héros de sa dernière saga – et s'adressaient à la même clientèle, la majorité silencieuse... « On dit que le cow-boy est un personnage romantique qui a disparu. Mais il y a un peu de cow-boy, un peu de frontière, en chacun d'entre nous. Bien sûr, les gens ne veulent pas revenir à cette époque, mais ils aimeraient bien faire la moitié du chemin. Leurs problèmes sont trop compliqués de nos jours, ils ne savent plus les résoudre. Ils veulent de l'action, des valeurs positives. Si vous y réfléchissez bien, c'est le sens de leur vote du 4 novembre 1980 (l'élection de Reagan). C'est pour ces gens que j'écris [1]... » Comme l'ancien cow-boy hollywoodien, L'Amour n'a cessé de célébrer dans son œuvre les vertus d'une Amérique forte et puissante, une Amérique qui ne doute pas, l'Amérique de la conquête de l'Ouest, celle des pionniers qui abandonnaient tout, traversaient les contrées dangereuses, combattaient les Indiens, bravaient la chaleur, le froid, la pluie et la neige, souffraient mille morts avant d'arriver à destination. Ce sont de tels hommes que Louis L'Amour a décrits tout au long de son œuvre, des individualistes à la recherche de leur identité, qui avaient toutes les qualités morales et physiques pour mener à bien le but qu'ils s'étaient fixé et à réussir leur vie. Et on remarquera en passant que les titres de la plupart de ses romans portent le nom de leur héros : *Hondo, Kilkenny, Bowdrie, Fallon, Shalacko, Lando, Flint, Bendigo Shafter, Canagher, Tucker...* Ce sont des gens simples, peu compliqués, un peu à l'image des lecteurs de Louis L'Amour, « des gens de la campagne, des gens qui travaillent et triment afin de pouvoir survivre, des gens qui créent et construisent [4]... » et dont le jugement lui importe plus que l'opinion des critiques qui ignorent son œuvre ou la lisent d'un œil condescendant et que l'auteur méprise pour leur cynisme et leur incompétence : « Si un homme couche avec la femme d'un autre homme, on dit que c'est de la littérature. Mais si le sujet d'une œuvre est la conquête de la moitié d'un continent, il paraît que ce n'est pas de la littérature. C'est absurde. Ces gars du côté de Martha's Vineyard semblent écrire pour se faire mutuellement plaisir [1]. » L'Amour jugeait lui-même son œuvre avec modestie, estimant que ses romans devaient être lus à haute voix, un peu à la manière des troubadours, des conteurs de village ou des cow-boys assis au fond d'un bar ou à l'ombre d'un feu de camp.

Louis L'Amour est décédé le 10 juin 1988 d'un cancer du poumon. Avec lui, c'est peut-être le western lui-même qui a disparu. Bien mal en point depuis bientôt une décennie – tirages de plus en plus restreints, production de films western pratiquement inexistante, disparition du feuilleton western à la télévision qui ne diffuse plus qu'une demi-douzaine de téléfilms voués au genre –, le Western ne survivait que grâce à l'œuvre de Louis L'Amour qui n'a connu aucune désaffection de la part de son public, bien au contraire.

Jean-Jacques Schleret

1. *The Homer of the Oater*, article sur Louis L'Amour dans *Time* du 1er décembre 1980.
2. Interview avec Thomas Jeier dans *Das Louis L'Amour Western Lesebuch* (éditions de poche Heyne, R.F.A., 1985).
3. Interview avec Ned Smith dans le journal *American Way*, avril 1976.
4. Préface à la nouvelle *Old Doc Yak* dans le recueil *Yondering* (Bantam, 1980).
5. Conférence prononcée par Louis L'Amour à l'occasion de la remise à l'auteur du Golden Saddleman lors de la convention des Western Writers of America à Santa Rosa le 25 juin 1981.
6. Michael T. Marsden in *20th Century Western Writers* (Gale, 1982).

A Gilbert et Charlotte Wenger

1

C'était la nuit. Il roulait dans le désert depuis plus d'une heure sans avoir croisé une seule voiture, à l'exception d'une famille de Navajos dans une camionnette.

Il frissonna. Depuis qu'il avait quitté l'autoroute, il n'avait cessé d'éprouver un malaise croissant. N'avait-il donc jamais connu des centaines de routes solitaires avant celle-ci? Ou bien était-ce ce vieux souvenir, qui continuait de le hanter?

Pourtant ce n'était qu'une histoire racontée par un vieil homme à un comptoir de bar, et il en avait entendu beaucoup, des histoires semblables, et il avait passé une bonne partie de sa vie à prouver qu'elles n'étaient que racontars ou supercheries. Pourquoi celle-ci s'était-elle fixée dans sa mémoire? Était-ce à cause du vieil homme lui-même?

Il roulait lentement, guettant l'embranchement qu'on lui avait dit difficile à trouver. La route n'était qu'une piste serpentant parmi les collines et les sombres silhouettes des mesas aux flancs abrupts qui se découpaient dans la pâleur nocturne du ciel.

Naturellement, la lettre d'Erik Hokart avait beaucoup fait pour l'amener ici. Cette lettre était l'œuvre d'un homme apeuré, et il n'avait jamais connu gaillard plus solide et capable qu'Erik.

Il n'y avait rien d'autre à entendre que le moteur, rien à voir que le tunnel de lumière creusé par les phares à travers l'obscurité. Il se pencha en avant et scruta la nuit, attentif à ne pas dépasser le croisement. Soudain, impulsivement, il se rangea sur le côté, coupa le moteur et les lumières, et resta assis dans le noir, à tendre l'oreille.

Avec les phares éteints, le désert était gris, tacheté çà et là du noir des touffes d'épineux. Par endroits se dressaient d'énormes rochers, dont l'un était taillé comme un grand orgue.

Tout était parfaitement immobile. Il n'y avait plus que le désert et les montagnes, pensa-t-il, pour offrir à l'homme moderne un silence pareil.

Il sortit dans l'air vif de la nuit sans refermer la portière. Le bruit aurait paru obscène dans cette mer de tranquillité. Il s'éloigna de quelques pas et écouta.

Ce qu'il espérait entendre, c'était le bruit du 4×4 d'Erik, mais sans doute était-il lui-même encore loin du canyon où Erik avait fixé leur rendez-vous sans plus de précision.

A l'ouest s'étendait la silhouette sombre et lugubre d'une grande mesa. Probablement celle que mentionnait Erik dans sa lettre. Celle également dont il se souvenait lui-même. Elle formait un plateau d'environ seize kilomètres de long sur une hauteur de cinq à six cents mètres, dont la partie supérieure s'élevait en un mur de falaises abruptes. Avait-il jamais dit à Erik qu'il la connaissait?

Juste au moment où il se retournait vers la voiture, il perçut du coin de l'œil un vif éclat de lumière au sommet de la mesa. Il sursauta et tourna la tête dans cette direction. Le flamboiement dura peut-être trente secondes, changea légèrement de couleur, puis s'estompa.

Il continua de fixer la bordure du plateau où la lumière était apparue. Un feu de camp à cette hauteur et en ce lieu était peu vraisemblable.

Un accident d'avion? Il n'avait entendu ni bruit de moteur ni explosion. Il n'y avait eu que cet étrange éclair.

Perplexe et quelque peu troublé, il regagna la voiture. Moins d'un kilomètre plus loin, il trouva l'embranchement qu'il cherchait. Il descendit une pente sableuse et s'engagea dans le lit à sec d'une ravine. On l'avait averti qu'à partir de là, la piste était difficile, même pour un véhicule à quatre roues motrices, mais il avait une pelle et des plaques de tôle dans le coffre en cas d'ensablement. Dans le désert, de nombreuses pistes empruntaient les ravines, mais il s'en était toujours méfié. Le ciel était dégagé et ce n'était pas la saison des crues, mais celles-ci avaient une façon bien à elles de survenir quand on les attendait le moins. Longtemps avant, alors qu'il n'était qu'un adolescent, il avait vu un homme perdre tout ce qu'il possédait dans un de ces déferlements soudains d'eau et de boue.

10

L'homme l'avait pris en stop. Il pleuvait fort dans les montagnes et, quand ils étaient arrivés devant une large ravine, il avait mis le conducteur en garde contre le danger. Mais l'homme s'était contenté de sourire avec assurance et avait continué d'avancer. Hélas, aux deux tiers de la traversée, ils s'étaient enlisés. Occupés à désensabler les roues, ils avaient bien failli ne pas entendre le grondement des eaux qui se rapprochaient.

Une fraîcheur étrange effleura leurs visages. Étonnés, ils levèrent les yeux. Une muraille d'eau haute de deux mètres, charriant de grands troncs d'arbres, balayait la courbe du rio en amont!

La vague heurta la rive concave, projetant une gerbe d'embruns boueux à quinze mètres en l'air. Leur stupeur passée, ils se mirent à courir.

Le mur liquide était à plus de cent mètres. Une trentaine de mètres seulement les séparaient de la rive la plus proche, mais il s'en fallut de peu qu'ils ne l'atteignent jamais.

Se retournant, ils regardèrent la monstrueuse vague déferler dans le rio. Il se souvenait de l'expression hébétée de l'homme. Il lui avait dit :

— Dans moins d'une demi-heure, la crue sera passée, mais vous pouvez dire adieu à votre bagnole. Il n'en restera rien qu'une carcasse tordue.

— Tout ce que je possédais était dedans, répondit l'homme.

Il y avait longtemps de cela, mais il avait sauvé sa valise fatiguée, qui ne contenait que deux jeans usés, quelques chemises, des chaussettes et un peu de linge de corps. En ce temps-là, il gardait toujours sur lui son rasoir et son peigne.

Le lit qu'il suivait à présent montrait de nombreuses traces de crues semblables. Branches et débris, parfois récents, s'entassaient contre les rochers et les troncs d'arbres. Dans cette région, il fallait s'inquiéter quand il y avait des nuages sur les reliefs. Dans les K'un-Lun Shan, qui bordent le Tibet au nord, on redoutait au contraire le ciel dégagé : par des journées de ce genre, dans cette atmosphère pure et raréfiée, l'ardeur du soleil faisait rapidement fondre les neiges, et les eaux s'engouffraient dans les lits des torrents alors qu'il n'y avait pas un seul nuage dans le ciel.

Mike se pencha en avant pour scruter le rebord de la mesa, mais tout était sombre. La piste se divisait en plusieurs branches, et il prit celle qui, d'après les traces de pneus, paraissait la plus fréquentée. Il contourna un grand peuplier, signe d'une nappe d'eau souterraine, et se dirigea vers le sommet d'une petite colline caillouteuse. Il s'arrêta là, descendit de voiture et, de nouveau, tendit l'oreille aux bruits de la nuit.

Il pensa avec un certain agacement qu'Erik aurait pu venir à sa rencontre. Il se sentait las, et peu désireux de rouler longtemps de nuit dans ces solitudes.

Erik avait proposé qu'ils se retrouvent « quelque part » sur la piste du canyon, ce qui était des plus vagues, et assez inattendu de sa part. Il avait suggéré lui-même le Monument de Jacob, un monolithe qu'ils connaissaient tous deux et qui ne ressemblait à aucune formation voisine.

– Non! s'était écrié Erik. Surtout pas là!

C'était pendant leur dernière conversation téléphonique, il y avait de cela un bon mois, quand il avait proposé à Erik de lui rendre visite. Trois semaines plus tard, la lettre était arrivée, écrite à la hâte, un véritable appel au secours.

Mal à l'aise, il jeta un regard autour de lui et recula pour s'adosser contre la voiture. C'était un lieu solitaire, mystérieux... Il repensa malgré lui à cette vieille histoire. Curieux comme elle venait sans cesse rôder dans sa tête en dépit de ses efforts pour ne plus y penser.

Malheureusement, il ne pouvait pas l'oublier : elle avait trop influé sur sa carrière. Pourtant, quand il avait parlé de la région pour la première fois avec Erik, il n'en avait pas fait mention. Tout ce qu'Erik savait de l'endroit, c'est qu'il l'avait survolé en se rendant de New York ou de Chicago à Los Angeles, et il n'était pas du genre à prêter l'oreille à des sornettes.

Cette histoire, Mike Raglan avait dix-neuf ans quand il l'avait entendue pour la première fois. Deux semaines plus tard, il avait visité la mesa.

Il travaillait depuis quelque temps dans l'ancienne mine Katherine, près du fleuve Colorado, quand la direction avait décidé d'interrompre l'exploitation. Avec trois autres hommes du niveau 300, ils s'étaient retrouvés à midi à la cantine, à se demander ce qu'ils allaient faire. Ils mangeaient sans appétit, pas du tout certains de retrouver rapidement du travail. Il avait confié aux autres qu'il ne savait même pas où aller.

– Pourquoi tu ferais pas la route avec moi? avait proposé Jack. J'ai deux ou trois petites concessions sur le Vallecito, et il faut que je voie ce qu'elles donnent. Il y a des mines dans le coin de Durango et de Silverstone. Tu trouveras peut-être à t'employer là-bas.

12

Mike Raglan n'avait rien de mieux en vue. Il accepta.

Jack était mécanicien. Il avait conduit l'excavatrice dans la même équipe que lui pendant plusieurs mois. C'était un bonhomme de soixante ans passés, amical, d'humeur placide, qui avait connu la grande époque des ruées vers l'or, à Tonopah, Randsburg, Cripple Creek. Sa grand-mère était une Indienne paiute, et il parlait bien la langue.

Ils s'étaient rendus à Flagstaff puis à Tuba City. Un peu plus loin, ils avaient pris une ancienne piste s'enfonçant parmi les canyons et les mesas en direction de Navajo Mountain. Il n'y avait pas beaucoup d'endroits où Jack hésitait à aller avec sa vieille caisse. Haute sur pattes, elle passait là où un modèle récent se serait éventré. Il transportait toujours avec lui un tas d'outils et de pièces de rechange, sans parler de deux énormes bidons, l'un rempli d'eau, l'autre d'essence, et d'un rouleau de treillis métallique long comme une descente d'escalier pour les passages sablonneux. Aucun terrain ne décourageait jamais Jack quand il voyageait ou prospectait.

C'est à Flagstaff, dans une gargotte où ils avaient dîné, qu'ils rencontrèrent le vieux cow-boy, une ancienne connaissance de Jack.

– J' connais c'pays comme ma poche, dit-il à Mike. Quand j'avais ton âge, j' faisais le vacher pour tous les ranches de la région. Et puis j' suis parti prospecter à Lost Adams. J'ai trouvé un peu de poussière par-ci par-là, juste assez pour vivre. J'ai convoyé des troupeaux dans le coin de Winslow et de Big Sandy. Finalement j' suis revenu par ici, et j' me suis remis à prospecter. (Il scruta Mike de ses petits yeux perçants.) T' es jeune, mon gars. T'as tout l'avenir devant toi. Tu prospectes aussi?

– Non, je cherche du travail. Jack et moi, on a bossé ensemble dans une mine, en Arizona.

– Tu m' fais penser à moi quand j' avais ton âge. Toujours à rêver de c'que j' ferais si j' trouvais le filon! Ma foi, j' suis pas devenu riche, mais j' me suis débrouillé. J'ai épousé une brave femme. Et on a de quoi vivre pour nos vieux jours. (Il jaugea Mike d'un regard aigu.) T'as du cran, mon gars?

– Ni plus ni moins que les autres.

– Il a pas froid aux yeux, intervint Jack. J' l'ai vu à l'œuvre, S'dégonfle jamais, le môme. Et y cogne fort. (Il se leva.) J'vais mettre la viande dans le torchon, Mike. On démarre au p' tit jour, demain.

– Je finis mon café, dit Mike, et je te rejoins.

Le vieil homme se reversa du café et, s'adossant à la banquette, regarda Mike.

– Mon gars, j'ai fêté mes quatre-vingt-huit ans c'te année. J'monte encore à cheval comme un jeunot, mais j'ai plus les jambes pour prospecter. J'en ai pas besoin, d'ailleurs. Comme j' te l'ai dit, on a quelques sous de côté, ma femme et moi. On n'a eu qu'un garçon, et le bon Dieu nous l'a repris.

« J'ai jamais raconté mon histoire à personne. Jamais eu l'envie non plus, j' me serais fait traiter de menteur. Les gars ont toujours pensé que j'avais un p'tit filon, et y s'trompaient pas trop. (Il gloussa.) Seulement c'était pas du brut. Non, mon gars, c'était de l'or fin. Ouais, tout ce qu'il y a de plus fin! Et y en a encore plein là où j' l'ai pris... si t'as pas peur des fantômes ou d' choses d'ce genre.

« Quatre-vingt-huit ans, ouais, et ma femme en a presque autant. On s' porte bien mais on voit quand même arriver l' bout d'la route. J'ai jamais raconté l'histoire à mon garçon. J'avais peur pour lui. Jamais rien dit à personne jusqu'ici, seulement aujourd'hui j'ai comme envie d'me soulager avant de partir.

« Mais j' te préviens, mon gars, tu prends un peu d'or, et tu files. Surtout n'essaie pas de rester et, une fois parti, n'y retourne jamais!

« Ils ont jamais su ce que j'avais trouvé. Oh, ils ont bien essayé de me filer, mais, crois-moi, celui qui pourrait me suivre à la trace dans le désert n'est pas encore né.

« Ils ont jamais su qui était passé, et j'ai jamais remis les pieds là-bas. J' te l' dis, mon gars, y' a des choses dans ce monde que personne ne connaît. C'est le cas de cette région au nord et à l'est de Navajo Mountain.

« C'est sauvage par là, vraiment sauvage. Y a des canyons dont personne n'a jamais vu le fond ni même eu envie de le voir, sauf ceux qui sont passés de l'Autre Côté.

– L'autre côté?

– C'est comme j' te dis, mon gars. L'Autre Côté. Les gars disent qu'il y a toujours deux côtés dans toute chose.

« Pourquoi deux seulement? Pourquoi pas trois ou quatre? J'en sais rien. J' veux même pas l' savoir. Tout c'que j' sais, c'est que j' suis tombé sur un grand mystère. J' peux pas t' dire c' qui s'est passé au juste, mais j' peux t'dire où et quand c'est arrivé! J' sais pas c'qui fait une chose pareille, ni même comment ça peut exister, mais ça a marché pour moi. Une seule fois. L'ennui, c'est qu'y savaient que j'étais entré! J'sais pas comment, mais y savaient! Sauf que le temps qu'y s'amènent, j'étais déjà loin!

Il avala une gorgée de café, s'essuya la moustache du revers de la main et reprit :

— J'vais te donner une carte. J'l'ai faite moi-même sur un bout de toile. Y'a une partie que j'ai copiée d'après une plaque en or scellée dans un mur. A vrai dire, j' connais rien de cette partie-là. J'me suis contenté de la recopier, en me disant que ça devait être une clé ou j' sais pas quoi.

— Vous avez trouvé de l'or pur? Des pierres précieuses?

— Non, pas de cailloux, mon gars, mais de la vaisselle en or massif. Des plats, des coupes, des choses comme ça.

Mike se souvenait bien de cette soirée. L'histoire lui avait plu, mais il était sceptique. L'Ouest regorgeait de légendes sur des trésors enfouis, dont la valeur semblait s'accroître avec le temps. On avait d'abord compté en milliers de dollars, mais on en était vite arrivé aux millions.

Pour que la moitié de ces histoires soient vraies, il aurait fallu qu'une multitude de gens enterrent leurs richesses. La plupart des hors-la-loi étaient soupçonnés d'enfouir leur butin, alors qu'ils n'arrivaient jamais à le dépenser assez vite au jeu, en femmes et en beuveries.

— J'ai dessiné une carte... disait le vieux cow-boy.

Le coup classique. Et cette carte serait à lui seul, à personne d'autre. Pour quelques dollars. Il avait entendu parler de ce genre d'arnaque, mais c'est en tombant qu'on apprend à monter à cheval.

— Combien?

— Oh, elle est pas à vendre, mon gars. J' veux pas d'argent. J' te la donne, mais j' te préviens : faut que tu fasses comme j'ai fait. Tu l'étudies bien, tu y vas, tu prends de l'or, et tu files comme si t'avais un couguar aux fesses. Sinon...

Le vieil homme remplit leurs tasses en silence.

— Faut que j' te prévienne au sujet de la région, mon gars. J'l'ai parcourue dans tous les sens une bonne vingtaine de fois, peut-être plus. Eh bien, juste au moment où tu crois la connaître, tout se transforme sans que tu saches comment. Tu te trouves là où t'es déjà venu, mais c'est plus du tout c'que t'avais vu la fois d'avant.

« Tu t'es jamais réveillé en pleine nuit en trouvant que plus rien n'est à sa place? Même la porte? Eh bien, c'pays-là, c'est pareil, sauf que c'est pas pour une minute, le temps que tu retrouves tes esprits. Non, là-bas, ça dure, ça dure des heures!

Il se tut et contempla la nuit par la fenêtre.

– Écoute-moi, mon gars. Fais comme j'ai fait. Quand, d'un seul coup, le paysage aura l'air tout chamboulé, reste où tu te trouves. Surtout, bouge pas! Ne laisse rien ni personne te coincer dans ce foutu pays!

« Ça m'est arrivé trois ou quatre fois du côté des mesas et des canyons, et à chaque fois j'ai eu assez de jugeotte pour rester où j'étais.

« J'avais une mule en ce temps-là. On a crapahuté ensemble sur ces satanées pistes pendant près de vingt ans. C'est elle qui m'a appris à me méfier. Juste en bas de la pente y avait d' l'herbe verte et d'l'eau comme on risque pas d'en trouver dans ce désert – c'était pas un mirage, crois-moi – et pourtant, c' te bourrique, elle refusait d'avancer! J'pouvais toujours la talonner et la traiter de tous les noms, elle couchait les oreilles et bougeait pas d'un poil!

Il porta la main dans la poche intérieure de son vieux blouson de cuir et en sortit un morceau de toile qu'il déplia sur la table.

– C'est ici. Navajo Mountain. On peut pas l' manquer. C'est le plus gros machin de la région, en plein milieu du pays le plus sauvage que t'aies jamais vu. Des gorges si profondes qu'y faut regarder deux fois pour en voir le fond. Une première pour voir aussi loin qu'on peut, et ensuite une deuxième pour voir le reste.

« Cette ligne qui serpente, c'est la San Juan. Elle se jette dans le Colorado. Elle coule presque tout le temps au fond d'un canyon. Y a une piste qui part de Navajo Mountain en direction de l'est.

– C'est justement par là qu'on va avec Jack, dit Mike.

– Eh bien, continuez votre route, les gars. Surtout vous arrêtez pas.

2

Le vieux cow-boy indiqua du doigt une mesa soigneusement dessinée sur la carte de toile.

– C'est là qu'y faut s'armer de courage. On est dans le pays des troglodytes, mais t'en trouveras pas un seul dans ce coin-là. Ces vieux Indiens n'étaient pas bêtes. Y traînaient pas dans les parages!

« Mais y a pas que là. Y a plusieurs centaines d'hectares où y vaut mieux pas s'attarder. J'y suis allé une fois ou deux. J'ai connu un Indien, un sage. Il a attendu des années avant de me parler de la région.

« Y m'a dit qu'y avait une " voie ". J' sais pas trop ce qu'y voulait dire, mais tous ceux qui la connaissaient avaient disparu. C'était un secret du clan, et le clan s'était éteint. Ou il avait été massacré par ceux qui tenaient à garder cette fameuse voie secrète.

Il poussa la carte vers Mike.

– Planque ça sous ta chemise et la montre jamais à personne. Y'en a qu'hésiteraient pas à te faire la peau pour mettre la main dessus... sans même savoir ce qui les attend. C'est pour ça que j'en ai jamais soufflé mot à personne.

« J' suis vieux, vois-tu. Tant de fois j'ai vu le soleil se coucher sur ces roches rouges. J'ai vu bien des hommes partir là où j' te dis. J' les ai jamais vus revenir. J'en connais d'autres qui s'en sont retournés, fous à lier, la mémoire comme effacée, et leur courage avec.

« Y a un autre monde quelque part dans ce coin, mon gars. Et y a moyen d'y accéder. Comme ces Espagnols avec leurs cuirasses. Ils ont vu les Sept Cités de Cibola. Ils les ont vues de leurs yeux! Et c'était pas un pueblo quelconque qu'ils auraient vu avec le soleil dans les yeux! Non! Un voile s'était levé, et y se sont jamais remis de c'qui s'offrait à leurs regards!

« Moi aussi, j'ai vu! Y a un esprit malin, là-bas, un diable comme toi et moi on peut même pas imaginer. Pour lui échapper, les anciens troglodytes se seraient enfuis dans notre monde en passant par un trou dans la terre.

« Dans leurs kivas, leurs temples, y a ce qu'ils appellent un sipapu. C'est un trou dans le sol qui rappelle comment ils ont fui le démon. Mais ce démon est toujours là-bas, mon gars. Ne l'oublie pas.

C'était il y a longtemps, et Mike n'avait raconté l'histoire à personne, pas même à Erik Hokart. Il l'avait bien mis en garde contre la région, lui conseillant de choisir un autre lieu, mais Erik ne l'avait pas écouté.

Il se souvenait qu'au cours du premier voyage, il avait parlé à Jack de la mesa.

– C'est No Man's Mesa, dit le vieux prospecteur. On campera pas loin de là demain soir. (Il secoua la tête.) Il n'y a que quelques pistes empruntées par les Navajos. J'y suis déjà allé à cheval, mais jamais en voiture. Il faudra peut-être que tu marches en éclaireur. Il y a des chutes de pierres et des éboulis. Jamais rencontré de terrain plus difficile.

– Tu sais quelque chose au sujet de cette mesa?

Jack mit longtemps à répondre. A la fin, il haussa les épaules.

– C'est rien qu'un gros tas de rochers, en pente assez raide à la base, et en à-pic tout autour du sommet. Rien d'extraordinaire. En tout cas, rien qui vaille le détour.

Désignant l'un des amis paiutes de Jack, Mike suggéra :

– Demande-lui s'il la connaît.

Jack repoussa l'idée d'un geste un peu trop naturel.

– Inutile. Pas la peine non plus de la chercher sur une carte. Il y a neuf chances sur dix qu'elle soit pas située au bon endroit, ou même qu'elle soit marquée dans un autre État, si ça se trouve.

– Je suis curieux.

– Alors interroge un Hopi. Ils ont toujours vécu dans ce coin-là. Mais, si tu veux mon avis, tu ferais mieux d'oublier ça.

– J'ai rudement envie d'aller faire un tour là-haut.

– T'es dingue, Mike. Laisse tomber, crois-moi.

Il y était allé quand même, mais c'était de l'histoire ancienne. Il avait vu pas mal de pays depuis, il avait pris de l'âge et, espérait-il, un peu plus de jugeotte.

Il remonta dans la voiture, verrouilla les portières et se laissa aller contre l'appui-tête. Il était fatigué. Où diable était Erik? Tout ce qu'il voulait maintenant, c'était manger un morceau et retrouver son lit à Tamarron. Bien sûr, il pourrait toujours se passer du lit et attendre le lendemain pour manger.

Il se redressa, redémarra et poursuivit lentement sur la piste en direction de la San Juan River. La longue mesa sur laquelle avait brillé l'étrange lumière se dressait maintenant à côté de lui, sombre et menaçante, sa corniche nord se découpant sur le ciel comme la proue d'un gigantesque vaisseau.

Au loin, il pouvait distinguer un reflet d'eau. Ce devait être la San Juan ou bien la retenue de Glen Canyon. Il n'était pas retourné dans cette région depuis la construction du barrage. Il arrêta de nouveau la voiture. Avant de descendre, il prit la précaution de défaire sa ceinture pour la faire passer à travers le

18

harnais de son holster qu'il portait au côté gauche. Le lourd revolver serait mieux maintenu dans sa gaine. Il reboucla sa ceinture.

Il lui arrivait souvent de grimper dans des endroits sauvages et retirés, et il se munissait d'une arme pour se protéger en cas de rencontre avec un ours ou un puma. De telles rencontres étaient rares, mais justement ça lui était arrivé. Il n'avait pas plus envie de tuer que d'être tué. Le revolver le rassurait. Il sortit de la voiture et referma la portière sans la claquer.

Il perçut soudain un bruissement quelque part dans le noir. Une pierre roula, puis le silence revint. La main sur la crosse du 357 magnum, il attendit.

Il n'était pas du genre à faire feu au moindre bruit ni sur quoi que ce soit qu'il ne puisse identifier. Ce n'était peut-être qu'un coyote, mais il avait subodoré quelque chose de plus gros.

Il attendit pendant un long moment. Décidément ce rendez-vous ne ressemblait pas à Erik, toujours soucieux d'exactitude. Il fit quelques pas sur la piste. La nuit était noire. Il revint vers la voiture. Il avait la main sur la poignée de la portière quand se produisit à nouveau un vif éclat de lumière tout en haut de la mesa. Un éclat bref, comme le flash d'un appareil photographique, mais qui projeta alentour une forte brillance.

Dans la profonde obscurité qui suivit, le désert parut soudain s'animer. Mike entrevit vaguement une ruée de silhouettes pâles, et l'une d'elles heurta violemment le flanc gauche de la voiture. Il se retourna en tressaillant et, l'espace d'un instant, rencontra le regard vide d'une créature complètement nue. Elle parut ne pas le voir et s'empressa gauchement de contourner le véhicule et de disparaître dans la nuit en laissant derrière elle une odeur fétide.

Puis les créatures – ou les hommes ou Dieu sait quoi – s'évanouirent dans le désert. Seule l'odeur demeura quelque temps dans l'air immobile.

Il frissonna, remonta dans la voiture, verrouilla sa portière. C'était survenu si brusquement qu'il n'avait pas eu le temps d'avoir peur. Plutôt secoué, il exécuta un demi-tour sur la piste et reprit la direction de Tamarron, où il séjournait.

Le trajet était long. Il faisait jour quand il s'arrêta à la réception de la résidence. Laissant le moteur tourner, il alla chercher

19

son courrier avant de poursuivre jusqu'à son appartement. Il y avait quelques lettres et un petit paquet enveloppé dans du papier marron et attaché avec une ficelle. Il ne portait ni timbre ni cachet postal.

Il reconnut l'écriture.

– C'est arrivé quand? demanda-t-il à la réceptionniste. Vous étiez là?

– Hier au soir, vers dix heures. Je lui ai proposé de vérifier si vous étiez là ou pas, mais elle m'a fait signe que non. Elle a simplement posé le paquet sur le comptoir en me regardant bizarrement et elle est repartie. Je me rappelle qu'en arrivant à la porte, elle s'est retournée et a regardé autour d'elle d'un air étrange.

– Vous avez un don d'observation.

La jeune femme rougit.

– C'est que, voyez-vous, elle était plutôt... spéciale.

– Comment ça?

– D'abord, elle était très belle. D'une beauté exotique. Une Indienne, certainement, mais différente de toutes celles que j'ai rencontrées. C'est surtout sa façon de me regarder qui m'a étonnée : ce n'était pas moi qu'elle regardait, mais mes cheveux, mon visage, mes vêtements...

– Pourquoi pas? Vous êtes très élégante.

– Ce n'est pas ça. Elle me regardait comme si elle n'avait jamais vu quelqu'un comme moi. Vraiment.

Une fois chez lui, Mike balança le paquet sur le lit, ainsi que son revolver. Il avait hâte de se coucher.

Le vol depuis New York, le décalage horaire et sa randonnée nocturne l'avaient littéralement épuisé.

Il se mettait au lit quand le téléphone sonna.

– Monsieur Raglan? C'est la réceptionniste. J'ai pensé qu'il valait mieux vous le dire. Il y a un homme qui vient juste de passer ici. Il voulait le paquet que je vous ai remis. Il m'a dit qu'il devait vous le remettre en main propre.

– Que lui avez-vous répondu?

– Que vous l'aviez déjà pris, bien sûr. Puis il m'a demandé où était la fille qui l'avait apporté. (Elle marqua une pause.) Monsieur Raglan, vous allez me trouver bête, mais, je ne sais pas pourquoi, ce type m'a fait peur.

– Que lui avez-vous dit au sujet de la femme?

– Il... il ne me plaisait pas du tout, voyez-vous, alors je lui ai dit que je n'avais pas vu de femme, que c'était un homme qui avait apporté le paquet.

20

– Et?

– Vous auriez dû voir sa tête! Il est devenu livide! « Un homme! » il s'est écrié. Et il est ressorti comme s'il y avait le feu. Je l'ai vu s'engouffrer dans une fourgonnette blanche, et il a démarré sur les chapeaux de roues.

– Eh bien, je vous remercie de l'information.

– J'espère que je n'ai pas fait de gaffe.

– Non, au contraire, vous avez fait exactement ce qu'il fallait. Merci.

Passablement perplexe, il resta un moment accoudé au petit bar du salon. Il n'avait aucune idée de ce qui se passait. Erik devait avoir de graves ennuis, mais de quelle nature? Et à quel sujet? Quel genre de problèmes un homme pouvait-il s'attirer en plein désert, à cent lieues de la moindre habitation humaine?

Il ouvrit le paquet et ne fut pas surpris de découvrir ce qu'il contenait : le carnet de route d'Erik Hokart. Erik avait toujours tenu une espèce de journal détaillé où il notait le fruit de ses réflexions chaque fois qu'il s'attaquait à un problème quelconque. Mike alla poser le calepin sur son lit puis, prenant un roman d'Eric Ambler qu'il venait de lire, il l'empaqueta avec le même papier et la même ficelle, pour le poser bien en vue sur le bar de son salon.

Quelques minutes plus tard, il était au lit, le calepin d'Erik sous son oreiller, et le 357 à portée de la main.

Il neigeait un peu depuis un moment quand il s'endormit. Ce fut son seul souvenir pour plusieurs heures.

Une longue fréquentation du danger développe chez l'homme certaines capacités, notamment une vigilance subconsciente. Il avait beau être épuisé : un mouvement furtif suffit à le tirer du sommeil. Quelqu'un était dans la pièce!

Il souleva imperceptiblement la tête. Un homme aux larges épaules, qui tournait le dos à Mike, venait de s'approcher du bar et ramassait le paquet. Il se tourna vers la porte-fenêtre, s'apprêtant à repartir.

– Je me demande pourquoi vous risquez votre liberté pour voler un bouquin que vous pouvez vous procurer dans n'importe quelle librairie pour deux dollars! dit Mike, le 357 à la main.

L'homme se retourna en sursautant.

– Un bouquin?

– Ça fait des années qu'on échange nos lectures, Erik et moi. Quand un roman lui plaît, il me l'envoie, et de mon côté, j'en fais autant. Mais si vous y tenez tant que ça, allez-y, emportez-le.

– Un... un roman?

– Foutez le camp! Et ne vous avisez pas de revenir. Je risquerais d'être moins patient la prochaine fois. Je n'aime pas les voleurs!

L'homme se hâta de disparaître par la porte-fenêtre entrouverte et sauta du balcon. Un saut pas bien méchant pour un type athlétique. Mike l'entendit atterrir sur la pelouse en dessous.

Il se leva et referma la porte tout en observant l'homme qui courait vers la route en direction d'une fourgonnette blanche. L'instant d'après, elle démarrait en direction de Durango.

Mike alla dans la salle de bains en emportant carnet et revolver, et il se doucha et se rasa.

Il pensa à Erik. Sa lettre montrait qu'il était en danger. Dès le premier message, il avait été clair qu'il se passait quelque chose de grave. Erik n'était pas homme à céder à une soudaine panique. Son appel téléphonique avait été bref et direct.

– J'ai besoin de quelqu'un ayant tes connaissances et surtout ta façon d'appréhender les choses. Bien entendu, je te dédommagerai avec joie de tes frais et du temps que ça te prendra.

– C'est impossible pour le moment, Erik. J'ai un travail à terminer.

Erik était resté silencieux un moment, puis il avait dit :

– Viens dès que tu le pourras, d'accord? Je ne peux parler à personne d'autre de ce qui m'arrive.

– Pourquoi? Que se passe-t-il, Erik?

Erik avait de nouveau hésité. D'où appelait-il? D'une cabine? Craignait-il d'être surveillé?

– Je te le dirai quand tu seras là. Tu penserais que j'ai perdu la boule... Enfin, tout autre que toi le penserait.

Ils s'étaient dit au revoir, et puis Erik avait ajouté, très vite :

– Mike? Je t'en prie! Je ne sais plus quoi faire!

Mike se souvenait de sa stupeur en raccrochant. Cela ressemblait si peu à Erik Hokart. Son ami devait avoir de sérieux ennuis. À ce moment-là, toutefois, il ne les avait pas associés au lieu où se trouvait alors Erik.

Puis il avait reçu la lettre. L'écriture était hachée, presque illisible, si différente de celle qu'il lui avait toujours connue.

Pour l'amour du ciel, arrive tout de suite! Si j'ai jamais eu besoin de quelqu'un, c'est bien de toi, Mike. Si c'est une ques-

tion d'argent, dis-moi ton prix, je paierai, mais viens! Et sois
prudent! Ne fais confiance à personne. A personne!

Retrouve-moi sur la piste du canyon, tu sais laquelle. Si je
ne suis pas au rendez-vous, pour l'amour de Dieu, pars à ma
recherche!

Il n'y a que toi qui puisses faire quelque chose. Je te fais
parvenir mon carnet de route. Sors-nous de là, Mike, et je t'en
serai éternellement reconnaissant.

3

« Nous »? Erik n'était pas seul? Mike s'était interrogé plus
d'une fois à propos de ce pluriel, depuis que la lettre lui était
parvenue. Cela non plus ne correspondait pas à Erik, célibataire endurci, séduisant, mais à qui il n'avait jamais connu de
liaison durable.

Mike retourna l'idée dans sa tête en s'habillant. Puis il se fit
du café et s'installa à une table d'où il pouvait surveiller à la
fois la baie vitrée et la porte d'entrée. Il posa le 357 devant lui.

Il ne redoutait pas de danger précis, mais un homme avait
tout de même pénétré chez lui, et il pouvait recommencer.

Il ouvrit le calepin et, marquant la page de son pouce,
s'adossa à la chaise, hésitant curieusement à en prendre
connaissance. Les gens avaient toujours de l'Ouest une vision
superficielle. Ils y voyaient le pays des bisons, des Indiens, des
chercheurs d'or, des cow-boys et des grands troupeaux, sans
jamais chercher au-delà de ces apparences.

Les Indiens que rencontrait l'homme blanc n'étaient pas plus
les habitants d'origine de cette terre que ne l'étaient en Angleterre les Normands et les Saxons. D'autres peuples les avaient
précédés, ne laissant que leurs ombres. De certains, parfois, il
restait des traces non seulement matérielles, mais spirituelles.
Souvent, les tribus empruntaient à celles qui les avaient précé-
dées, acceptant leurs valeurs comme une façon de maintenir
l'harmonie avec le monde naturel.

Il y avait d'anciens mystères, d'antiques dieux retirés au plus
profond des canyons, attendant de nouveaux croyants qui leur
redonneraient vie.

Qui ne s'est jamais senti épié en traversant des gorges ou en arpentant les solitudes pierreuses au-dessus des fourrés? Épié par quels fantômes d'un passé sans nom, tapis dans un gouffre d'horreur et d'effroi?

L'Indien a toujours su qu'il n'était pas seul. Il sait qu'il existe d'autres *êtres*, d'autres *choses* qui observent. Quand un homme tourne vivement la tête, est-ce parce qu'il a vu – ou cru voir – un mouvement? Les mots employés pour désigner ce qu'on nomme le surnaturel sont tristement inadéquats. Au-delà des noms de *fantôme, spectre, revenant, ange, démon* ou *esprit*, n'y aurait-il donc pas autre chose que notre cécité volontaire nous aurait empêché de voir?

Nous acceptons l'idée qu'il puisse y avoir d'autres mondes habités dans l'univers, mais ne pourrait-il y en avoir d'autres ici même sur cette Terre? D'autres dimensions coexistant avec la nôtre et invisibles... en apparence?

S'il existe des mondes parallèles au nôtre, toutes les portes en sont-elles fermées? L'une d'entre elles, ici ou là, ne serait-elle pas entrouverte?

Chaque jour notre connaissance progresse, mais il reste tant à apprendre. Nos théories ne sont que des ombres chinoises dansant sur l'écran du réel. Combien de phénomènes restent ignorés parce qu'ils n'entrent pas dans les catégories étiquetées!

Mike remplit sa tasse de café et posa le calepin sur la table. Pour avoir passé une bonne partie de sa vie à dénoncer les charlatans de toutes espèces, à enquêter sur les médiums, les sectes et les lieux réputés hantés, il lui était arrivé quelquefois d'être sincèrement troublé.

Et cet homme, pourquoi tenait-il tant à mettre la main sur le journal d'Erik? Mike avait l'impression que l'intrus n'était qu'un exécutant. En tout cas, ce calepin excitait des convoitises, et il était probable qu'on tenterait de nouveau de le lui prendre.

Il était d'accord avec la réceptionniste : le type dégageait un je ne sais quoi d'étrange. Pourtant il avait l'air d'un professionnel, d'un homme qui connaissait son affaire.

Mike reprit le calepin aux pages quadrillées, sur lesquelles Erik avait écrit au feutre. L'écriture était épaisse, noire et très lisible.

Atteint le sommet de la mesa. C'est très différent de ce qu'on pouvait percevoir, vu d'avion. Le sommet forme un ovale grossier, parfaitement plat et parsemé de touffes de végétation. Le sol reste épais malgré des traces d'érosion. Des rochers à la surface lisse affleurent sur une partie de la corniche. Les pentes situées en contrebas sont à cet endroit verticales. Fait très étrange, le reste de la corniche est bordé de dalles rocheuses. Mon impression, sauf erreur, est que le sommet a été cultivé il y a très longtemps.

Découvert une ruine. Trois murs presque intacts. Installé dessus un toit en contreplaqué. Ça me fera un bon abri pour dormir et un atelier pendant la construction. Une table à dessin, un coin pour les outils, et un coin-séjour à l'abri du vent et de la pluie.

La vue est stupéfiante! La San Juan coule en dessous. De l'autre côté de la rivière se dresse une mesa immense. Environ seize kilomètres de long, entourée d'un talus à la base, et, tout autour du sommet, de falaises de cinquante à cent cinquante mètres de haut. Ce doit être No Man's Mesa, la bien nommée.

Dimanche. Aujourd'hui repos. Promenade. Arrangé un peu mon abri. Ces murs sont remarquablement bâtis. Mortier très dur. Différents de ceux élevés par les troglodytes à flanc de falaise, mais les styles varient, et les bâtisseurs apprenaient sur le tas.

La maison que j'ai l'intention de construire, en exécutant moi-même la plus grande partie des travaux, comprendra une dizaine de pièces et un patio. Entièrement en pierres du pays, elle s'appuiera en partie contre les rochers mentionnés plus haut. J'estime à un an ou plus la durée de la construction. Ce sera une maison de rêve dans ce site qui est l'un des plus sauvages de la région.

Lundi. Réveillé par un grondement féroce. Chief debout, montrant les crocs, le poil hérissé, grondant fort. Chief est énorme. Il pèse quatre-vingts kilos. Les mastiffs tibétains sont l'une des plus anciennes races de chiens de garde, réputés pour leur courage et n'hésitant pas à attaquer ours, tigres, yaks sauvages et tout envahisseur de leur territoire.

Il était minuit passé. Je lui ai ordonné de se taire mais il a continué à gronder. En me redressant sur mon lit de camp, j'ai vu une faible lueur rougeâtre venant du coin atelier à travers la bâche. Pendant un instant, j'ai craint qu'il n'y ait le feu, mais la couleur était différente. Saisissant mon revolver, je me suis avancé, prêt à affronter je ne sais quoi. Je me suis arrêté, stupéfait. La lueur provenait de ma planche à dessin! Là, au beau milieu de mon plan étalé sur le plateau, un trait rouge

lumineux dessinait une pièce supplémentaire! Une pièce ronde,
semblable aux kivas des troglodytes!

Mike reposa le calepin et regarda par la baie. Les traces de
son visiteur étaient encore clairement visibles dans la neige,
entre l'appartement et la route. Ceci, au moins, n'était pas un
rêve. Son café avait refroidi. Il alla vider sa tasse dans l'évier,
la réchauffa sous le robinet d'eau chaude; il aimait le café bien
chaud, et une tasse préalablement chauffée conservait mieux la
chaleur. Il se reversa du café et regagna sa table.

Il n'était pas étonné qu'Erik ait fait appel à lui. Mais, pour le
moment du moins, Mike Raglan en avait assez des énigmes et
des mystères. Il avait soif de tranquillité, de calme pour réfléchir, lire, faire le point.

Il s'était retrouvé orphelin à l'âge de douze ans, après que ses
parents eurent trouvé la mort au cours d'un hold-up dans une
station-service où ils venaient de s'arrêter. Une fusillade avait
éclaté, et ils étaient morts sans avoir le temps de comprendre ce
qui leur arrivait. Il avait passé les deux années suivantes dans
un ranch, aidant aux travaux, montant à cheval, chassant. Mais
un divorce sépara sa famille d'adoption, et pendant un an il
devint l'assistant d'un magicien qui faisait les foires du comté.
Ensuite, il tint un stand de tir dans un parc d'attractions. Il
avait appris à tirer au ranch, et le stand lui permit de se perfec-
tionner.

Durant l'hiver qui suivit, le parc ferma ses portes et il dut se
contenter de petits travaux par-ci par-là; il eut souvent le ventre
vide.

Au retour du printemps, il revint chez les forains, tint de nouveau un stand de tir, et remplaça le magicien quand celui-ci
était trop soûl pour faire ses tours. L'homme était libanais, et
Mike apprit à son contact des rudiments d'arabe. A seize ans, il
prétendait en avoir vingt-quatre, et accomplissait des travaux
d'homme.

Sachant qu'il n'aurait guère d'avenir à courir les foires, il se
faisait un devoir de nouer des contacts partout où il passait. Ce
fut ainsi que le propriétaire d'un quotidien dans une petite ville
l'embaucha comme homme à tout faire. Pendant des mois, il
balaya le parquet, répondit au téléphone, livra les journaux,
aida à la typographie, passant ses rares moments de liberté à
lire.

Il hantait la bibliothèque municipale, s'offrait de temps à

autre un livre d'occasion, s'efforçant de rattraper l'éducation qu'il n'avait pas eue. Au bout de trois mois de travail au journal et de lectures forcenées, il fut capable de rédiger de petits articles. A la fin du cinquième mois, il perçut une petite augmentation.

Sa vie sociale était pratiquement nulle. Il bavardait avec les serveuses des cafés où il prenait ses repas, avec son patron ou encore avec le typographe alcoolique qui s'occupait de la presse.

Il se lia d'amitié avec un ancien missionnaire qui enseignait la Bible au collège de la ville. L'homme avait vécu à Damas et parlait couramment l'arabe. Avec lui, le jeune Mike perfectionna sa pratique de la langue. Il assistait parfois aux cours de son ami, se familiarisant avec les terres lointaines de l'Ancien Testament.

Il commença à fréquenter une fille du pays, mais les parents s'interposèrent. Qui était-il, après tout, sinon un nomade sans avenir? Le cœur gros, il dut s'incliner devant le conformisme et la volonté de sa famille.

Il quitta la ville, travailla un temps dans une scierie, réussit à vendre un article sur la vie des forains et un autre sur les daims à une revue de chasse. De nouveau il fut embauché dans un petit journal, et quand l'unique rédacteur et imprimeur tomba malade, il fit tourner le quotidien à sa place, jusqu'au retour du convalescent.

Sur ces entrefaites, un type avait débarqué en ville, qui prétendait communiquer avec les morts. A l'en croire, il en recevait des messages, des témoignages d'affection et de reconnaissance envers ceux qu'ils avaient quittés, mais aussi des conseils sur la façon d'employer l'argent qu'ils leur avaient laissé.

Melburn, le patron, appela Mike à son bureau.

— Mike, tu m'as bien dit que tu avais travaillé avec un magicien, n'est-ce pas?

— Oui.

— Tu as dû entendre parler de ce médium qui est arrivé ici? A ton avis, c'est un charlatan?

— Et comment! Il utilise un truc vieux comme le monde. On employait le même pour lire des messages cachés, quand on faisait les foires avec le Libanais.

— Je voudrais que tu le démasques, Mike. Et que tu m'écrives un article là-dessus. Figure-toi qu'il a dit à cette vieille demeurée de McKenna qu'il avait reçu un message de

son défunt mari précisant ce qu'elle devait faire de ses écono-
mies!

– Tu veux que j'assiste à une séance?

– Oui. Lis dans son jeu, écris ton article, et nous le publie-
rons à la une!

Il avait démasqué le charlatan et, après la publication de
l'article, il en avait écrit un autre, au sujet d'une maison hantée.

A son insu, il avait trouvé sa voie.

Un magazine national lui avait commandé une série
d'articles sur des demeures réputées hantées; une autre série
avait suivi sur les magiciens célèbres. A la suite d'un voyage à
Haïti, il avait écrit un livre sur le vaudou, qui avait remporté un
grand succès. Il entreprit alors d'autres voyages dans des pays
lointains et mystérieux. Il visita le site de Stonehenge, les
grottes des Mille Bouddhas, puis Socotora, l'Ile Enchantée. Il
passa près d'une année au Tibet.

En peu de temps, il acquit une renommée internationale. Il
fouilla dans l'histoire pour en exhumer divers événements
étranges, étudia les phénomènes paranormaux avec un mélange
de scepticisme et d'ouverture d'esprit. Prompt à déceler la
supercherie, il admettait cependant que la science, en l'état de
ses connaissances, échouait à expliquer certains phénomènes.

Il s'était trouvé plus d'une fois confronté à des faits qui
l'avaient incité à chercher d'autres angles d'approche. C'est
ainsi qu'il fit la connaissance d'Erik Hokart.

Hokart était un chercheur, spécialisé dans certains domaines
de l'électronique. Conscient des applications commerciales de
quelques-unes de ses découvertes, il n'avait pas hésité à se lancer dans les affaires. Il avait fait fortune et s'était retiré pour
mieux poursuivre ses recherches à sa guise.

Ce fut lui qui guida Mike à travers le labyrinthe des mathé-
matiques et de la physique. Ils évoquèrent souvent l'obsession
développée par Erik pour la région des canyons de l'Utah et de
l'Arizona, et son désir impérieux de bâtir là-bas une demeure
de rêve.

Erik finit par en choisir lui-même l'emplacement. Si Mike en
avait été informé, il aurait fortement conseillé à Erik de choisir
un autre endroit. Cependant, quelles raisons aurait-il pu allé-
guer?

Mike reporta son regard vers la route où avait stationné la
fourgonnette de son voleur.

Erik semblait être en grand danger, mais il avait réussi à lui faire remettre ses notes. Des notes qui suscitaient d'étranges convoitises. Quelle révélation contenait le calepin?

Peut-être n'y avait-il rien de surnaturel dans cette histoire. Erik était un homme très riche. Un enlèvement, voire une vengeance, n'était pas impossible.

Il y avait quand même dans cette affaire quelque chose d'insolite. La fille de la réception elle-même l'avait senti.

Et cette jeune femme? La beauté exotique venue apporter le calepin? Qui était-elle? Qu'était-elle devenue?

Mike tendit la main vers le journal d'Erik pour reprendre sa lecture.

4

Mike avait commencé à lire en ouvrant le calepin au hasard. Avant de poursuivre, il revint au début.

Les premières pages contenaient des notes concernant la maison qu'Erik projetait de bâtir : matériaux, ordonnance des pièces, dimensions, etc.

Manifestement, ce qu'il appelait son carnet de route n'avait pas eu d'autre fonction à l'origine, mais il s'était avéré pratique pour consigner la suite des événements.

Mike passa rapidement sur les détails techniques et reprit sa lecture où il l'avait interrompue.

Au réveil, je me demandai si l'incident de la nuit n'avait pas été un rêve. Quand j'examinai le plan, la lueur rouge avait disparu, mais le trait que j'avais tracé au compas - ou que je pensais avoir tracé - était là sous mes yeux. Étrangement, cette pièce circulaire s'intégrait parfaitement au plan d'ensemble. Je sortis aussitôt pour en étudier l'emplacement.

Avais-je rêvé tout cela? Étais-je éveillé quand j'avais vu ce trait lumineux? Aurais-je eu d'autres doutes que Chief les aurait écartés, car il ne cessait de renifler le sol en grognant et en tressaillant au moindre bruit. Le mastiff tibétain a bien meilleur odorat que son homologue anglais. C'est Mike Raglan qui m'en a fait cadeau à son retour du Tibet. Le chien était déjà presque adulte.

Chief n'avait pas l'air d'aimer ce qu'il reniflait, mais il ne tarda pas à perdre la piste qu'il suivait le long de la mesa.

Je parvins à l'endroit où, d'après le plan, se situerait la pièce circulaire (si jamais je l'incluais dans la construction). Je n'aurais pratiquement aucun travail de terrassement à faire, car ici le sol était parfaitement plan. Je remarquai une pierre plate à mes pieds, et je me baissai pour la ramasser. Elle refusa de bouger. Creusant tout autour, je découvris qu'il ne s'agissait pas d'un simple caillou, comme je l'avais d'abord pensé, mais d'une pierre faisant partie d'un mur. Je continuai de dégager la terre, et le mur révéla l'amorce d'une courbe.

Mercredi. J'ai creusé pendant deux jours, creusé comme un forcené. Il faut que Mike voie ça. Il n'en croira pas ses yeux. En réalité je ne creuse pas. Je déblaie. J'ai déjà vu des ruines remplies de débris, suite à des effondrements divers, mais celle-ci est différente : elle a été comblée intentionnellement. Pour la préserver?

Je ne sais pas pourquoi, mais j'ai peur. Mike aurait peut-être une explication sur ce vestige au sommet d'une mesa. Moi pas. Maintenant que j'ai commencé à creuser, je ne peux plus m'arrêter. C'est une véritable obsession. Dès que je m'en éloigne, je ne sais quelle force me ramène au trou. Chief ne cesse de faire le tour de la kiva - car de toute évidence, c'en est une - en grognant et en gémissant. Il est visiblement inquiet et refuse de descendre avec moi dans l'excavation.

Mike interrompit de nouveau sa lecture. Son café avait refroidi. Il vida la tasse et se resservit à la cafetière. Erik avait fait une découverte intéressante qui devait être signalée à un archéologue compétent. L'intérêt était grand, car la plupart des kivas découvertes à ce jour l'avaient été à l'état de ruines plus ou moins fragmentaires.

Jamais Erik, à la connaissance de Mike, n'avait témoigné de curiosité particulière à l'égard des Indiens du Sud-Ouest. Il avait probablement lu les quelques ouvrages de vulgarisation qu'on trouvait dans les boutiques de souvenirs et avait peut-être même étudié l'architecture des Indiens troglodytes, qu'on appelait les Anasazis.

Le trait lumineux sur le plan? Quelqu'un voulait-il que la kiva soit déblayée? Dans ce cas, pourquoi? Et qui?

Cette mesa qu'Erik avait choisie pour y construire sa fameuse maison était située à l'écart, dans une région rarement visitée.

Mike alla jusqu'à la fenêtre. Les empreintes de pas dans la neige était encore visibles, rappel brutal d'un fait bien réel.

Où était Erik? Pourquoi n'était-il pas venu à leur rendez-vous? En avait-il été empêché? Était-il blessé? Retenu contre son gré? Mort?

Non, c'était absurde. Et pourtant, un homme avait tenté de voler le calepin, et il essaierait peut-être à nouveau, une fois qu'il aurait compris – ce devait être chose faite, à présent – qu'on l'avait dupé.

Irrité, inquiet, Mike regagna la table et reprit sa lecture.

Si leur intention était de préserver cette kiva, ils ont réussi. La question est de savoir pourquoi ils ont choisi celle-ci, alors que toutes les autres ont été abandonnées au temps et aux éléments. Était-ce un sanctuaire? Un lieu suffisamment sacré pour qu'on le protège de la ruine?

Non seulement les pierres sont intactes mais également le mortier qui les lie. Un mortier couvert de symboles et qui n'est abîmé qu'à un seul endroit par l'humidité.

Jeudi. Nuit agitée. Chief n'a cessé de gronder, mais il ne s'est pas aventuré dehors. A plusieurs reprises, il m'a semblé entendre des bruits de pas, et je jurerais qu'à un moment quelqu'un a passé la tête à l'intérieur de l'abri.

Je me suis réveillé avec la migraine et un mauvais goût dans la bouche. J'ai allumé un feu et me suis fait du café, puis je suis sorti. Comme un idiot, j'ai oublié de regarder s'il y avait des traces sur le sol, jusqu'à ce que Chief et moi nous ayons assez piétiné la terre autour de mon campement pour les brouiller ou les effacer. En considérant de nouveau la kiva, j'ai réalisé qu'elle ne comportait pas de sipapu.

Le sipapu est un trou dans le sol de la kiva, symbolisant l'ouverture par laquelle les Anasazis ont émergé dans ce monde. Les sipapus qu'il m'est arrivé de voir étaient du diamètre d'une soucoupe ou d'une petite assiette. Par contre, dans cette kiva, le mur présente une fenêtre aveugle, une niche semblable au mirhab qu'on trouve dans la muraille des mosquées et qui est orienté vers La Mecque. Déblayée de la terre qui l'obstruait, la paroi concave de la niche est composée d'un matériau grisâtre auquel, bizarrement, je n'ai pas osé toucher.

En revenant de cette rapide tournée d'inspection, j'ai remarqué une chose qui m'avait échappé au réveil. Mon crayon à dessin avait disparu et, à sa place, il y avait un ravissant petit vase en terre cuite, haut d'une dizaine de centimètres à peine!

Mike reposa le calepin et termina son café. Il ferait bien de retourner là-bas et de retrouver Erik, se dit-il, en même temps que son instinct lui soufflait de n'en rien faire. Après tout, c'était le problème d'Erik, pas le sien. Malgré ses mises en garde, Erik s'était entêté à vouloir construire sa maison dans cette région.

– J'ai la conscience tranquille, dit-il à voix haute.

A peine avait-il prononcé ces paroles qu'il en éprouva de la gêne. Erik l'avait appelé à l'aide, et l'homme n'avait jamais été enclin à lancer des SOS au moindre pépin. Si Mike ne l'aidait pas, qui le ferait? Qui savait qu'Erik Hokart avait besoin d'aide? Qui même savait qu'il se trouvait là-bas?

Et puis Mike n'était-il pas *le* spécialiste des questions occultes? N'était-ce pas lui qui enquêtait – avec scepticisme et passion – sur le surnaturel?

Sceptique, il l'était jusqu'à un certain point. Plusieurs fois il avait été confronté à des phénomènes dont il avait préféré se détourner. Il aimait le monde où il vivait et n'avait aucun désir de s'aventurer dans un autre. Et ce qui se passait là-bas, dans le désert, avait peut-être une explication logique, y compris ces étranges éclairs aperçus au sommet de No Man's Mesa.

Mais quelles étaient ces créatures errant dans la nuit? Peut-être des Indiens, de ceux qu'on appelait les Pénitents. Il connaissait leur existence mais savait peu de choses d'eux, sinon qu'ils se livraient à de mystérieux rituels.

Les éclats de lumière étaient-ils des signaux, à eux destinés?

L'esprit préoccupé, il entreprit de rassembler quelques affaires. Une trousse de survie qui le suivait partout, un couteau de chasse, une boîte de cartouches de 357. A la réflexion, il en ajouta une deuxième. Où allait-il donc, à la guerre?

Il remplit d'eau une gourde en alu, fit provision de quelques aliments énergétiques, sans savoir au juste ce qu'il comptait faire.

Erik avait fixé leur rendez-vous sur la piste du canyon, mais la mesa où il voulait construire sa maison était située au nord de la San Juan, et il n'y avait pas moyen d'y accéder sans traverser le pont de Mexican Hat. Il devrait donc passer par Blanding et arriver par le nord pour visiter la mesa d'Erik.

Et ensuite? Il écarta la question. Ensuite, il aurait certainement retrouvé Erik ou du moins établi un contact quelconque avec lui.

Il retourna à sa lecture.

Plus tard, je m'efforçai de me remettre à mes plans et de ne plus penser à ces étranges événements. Peine perdue. Impossible de concentrer mon attention sur les problèmes banals de maçonnerie.

Soudain, Chief s'est mis à aboyer furieusement et, saisissant un bâton, je me suis précipité dehors. Encouragé par mon attitude, Chief sauta dans la kiva et s'élança vers la fenêtre. Celle-ci n'avait plus le même aspect. Le fond de la niche était envahi par une brume épaisse, qui ne débordait pas dans la kiva mais demeurait curieusement dans l'encadrement. Chief chargea vers la fenêtre en aboyant. Je lui criai de revenir, et comme il hésitait, je sautai à mon tour dans la kiva pour le retenir par le collier. Se méprenant sur mon intention, et supposant que j'allais le suivre, Chief bondit à travers la fenêtre! J'entendis ses aboiements se perdre au loin.

Chief avait disparu! Mais où donc? Non seulement il s'agissait d'une fenêtre aveugle, obstruée par un épais mortier (du moins précédemment), mais elle donnait sur le bord de la falaise, qui tombait à pic d'une hauteur de plus de cent mètres!

Pourtant il n'était pas tombé. Je l'avais entendu aboyer dans je ne sais quel espace, donnant la chasse à je ne sais quoi! Pendant un moment, je suis resté absolument pétrifié, figé comme un bloc de glace, et j'avais soudain terriblement froid. M'arrachant enfin à ma stupeur, je remontai fébrilement de la kiva en m'écorchant les genoux sur les cailloux.

Je revins d'un pas chancelant à mon campement dans la ruine et me laissai choir sur mon lit. Je passai une main sur mon visage. Malgré la fraîcheur matinale, j'étais trempé de sueur.

Je dois me raccrocher à la raison, à la logique, au bon sens. Il venait de se passer quelque chose qui dépassait mon entendement. Certes, j'avais déjà entendu parler de mystérieuses disparitions. Cet homme que plusieurs témoins virent s'effacer comme par enchantement alors qu'il traversait un champ. Cet autre qui était parti chercher de l'eau à une source. Ses traces, clairement visibles dans la neige fraîchement tombée, s'arrêtaient net à quelques pas de la source. Le seau, qu'il avait emporté, gisait renversé. Le type semblait s'être envolé. Littéralement. Plus étrange encore, on l'avait entendu appeler au secours d'une voix de plus en plus lointaine. Et puis plus rien.

J'ai mis longtemps à surmonter la peur qui me nouait le ventre. Si je n'avais pas espéré contre toute raison la réapparition de Chief, j'aurais décampé sur-le-champ et n'aurais jamais remis les pieds sur ce maudit plateau. Mais Chief était un brave chien qui s'était risqué dans cette kiva et avait bondi à travers cette brume uniquement parce qu'il me croyait prêt à le suivre.

Mon chien avait disparu. Il fallait bien qu'il ait atterri quelque part en sautant par cette fenêtre. Mon devoir était de le retrouver, même si cela impliquait que je franchisse à mon tour l'ouverture.

Je l'avais vu sauter et je l'avais entendu aboyer. J'en déduisis que le franchissement de la fenêtre n'avait pas altéré sa nature. On avait emporté mon crayon et laissé un présent à la place. Celui qui se trouvait de l'autre côté de cette fenêtre savait raisonner et témoignait d'une certaine morale. Il devait donc être possible d'établir une communication. Je commençai par ce qui me paraissait le plus logique : je retournai à la kiva et appelai mon chien. Il ne se passa rien. Ma voix était-elle audible au-delà de la fenêtre? A supposer que je la franchisse, pourrais-je revenir? Je regagnai le campement et m'installai à ma table à dessin pour réfléchir. Si Chief pouvait revenir, il le ferait. Mais quand? Dans une heure? Dans un jour? La fenêtre ouvrait peut-être sur une autre dimension, un monde parallèle au nôtre.

Difficile à croire, mais quelle autre explication pouvais-je trouver? Certes, l'idée était aussi vieille que le monde, et certaines spéculations de la physique contemporaine semblaient en autoriser la possibilité. En tout cas, cette ouverture conduisait manifestement quelque part.

Pourquoi avait-elle été si soigneusement obstruée? Y avait-il quelque danger de l'autre côté? Ou bien était-ce dans le but de maintenir les deux mondes séparés?

Les Indiens hopis tenaient la Terre pour le Quatrième Monde. Ils avaient fui le Troisième, devenu la proie du mal, en passant par un trou dans le sol.

Quel était ce mal? Une calamité naturelle? Une tyrannie? Je connaissais bien mal leurs croyances et leur culture, mais je savais qu'ils avaient des affinités avec les Anasazis, les Anciens.

Quelle monstruosité m'attendait au-delà de cette fenêtre? Avait-on comblé la kiva pour l'empêcher de sortir?

5

Qui avait tracé ce trait sur le plan? Quelqu'un qui chercherait à passer dans cet autre monde?

Le vol de mon crayon, puéril en apparence, était peut-être une tentative de communiquer.

N'y avait-il pas un autre passage? Comment la personne qui s'était manifestée à moi était-elle parvenue jusqu'ici?

Que tout cela était extravagant! Il me fallait quelqu'un comme Mike Raglan, quelqu'un qui soit familiarisé avec ces phénomènes.

Lundi. Il s'est passé beaucoup de choses. Je me suis réveillé l'autre matin pour découvrir qu'on avait rapporté mon crayon avec la pointe tellement émoussée qu'il ne pouvait plus servir.

Je suis resté perplexe pendant un bon moment. Puis j'ai pensé que l'emprunteur ne savait peut-être pas comment le tailler. J'ai eu alors l'idée de le tailler et de le laisser bien en évidence sur la table, la pointe engagée dans le taille-crayon, en compagnie de deux autres crayons.

Au matin, tout avait disparu, ainsi qu'un vieux cardigan que j'avais accroché au dossier d'une chaise pliante. J'en fus contrarié. Elle avait beau être vieille, j'aimais bien cette veste. Elle était en cachemire, et chaude.

Ce matin, à ma grande surprise, j'ai trouvé mon cardigan et, à côté, bien pliée, une autre veste de laine tricotée, toute neuve! La teinte, d'un marron foncé aux épaules, se dégradait en beige clair vers le bas.

Le vêtement m'allait à la perfection. A la place de la marque, à l'intérieur du col, il y avait un tournesol brodé de fil d'or!

Mercredi. J'ai déblayé les derniers débris encombrant la kiva. Je vais maintenant examiner de plus près tous ces symboles sur les murs. J'en avais volontairement différé l'examen tant que l'ensemble n'était pas dégagé.

Jeudi. Trouvé au réveil une fleur de tournesol sur ma table à dessin! Si mon campement est hanté, il l'est par de gentilles créatures!

35

Cet après-midi, qui est revenu aussi soudainement qu'il avait disparu? Chief! Il s'est arrêté à l'entrée de l'abri, m'a regardé et n'est venu à moi qu'à mon appel. Mais une fois qu'il m'a eu reniflé, il a jappé et sauté de joie comme un jeune chien. Glissée sous son collier, il y avait une fleur de tournesol!

Mon étonnement était grand, car Chief est le chien d'un seul maître, et personne n'a jamais pu le toucher sauf moi, et Mike Raglan. En ma présence, et sur mon ordre de ne pas bouger, c'est tout juste s'il permet au vétérinaire de l'examiner. Pourtant quelqu'un lui avait glissé cette fleur sous son collier.

Il n'empêche, je suis inquiet. J'ai presque envie de tout laisser tomber et de retrouver l'ordre normal des choses. Voilà près d'une semaine que je n'ai pas pris une seule vraie nuit de sommeil.

Pendant toute la matinée, je me suis efforcé de me rappeler tout ce que j'avais pu entendre au sujet des mondes parallèles et autres dimensions. Hélas, mon savoir en ce domaine est des plus limités.

Mike reposa le calepin et fit quelques pas dans la pièce. Erik n'était pas un homme facilement impressionnable. Son savoir-faire d'électronicien et de financier lui avait valu l'estime des milieux de la recherche et des affaires, où le pragmatisme était de règle. Il n'était pas homme non plus à se laisser abuser par une supercherie quelconque. L'agglomération la plus proche était à plus de cent kilomètres de la mesa, et personne ne vivait dans les parages. Au sud de la San Juan, on trouvait bien quelques familles de Navajos, mais ils se mêlaient rarement des affaires d'autrui.

Alors, que se passait-il? A en croire ses notes, Erik avait découvert une voie d'accès à ce qu'il est convenu d'appeler un monde parallèle, et cette découverte semblait avoir fait des envieux, au point qu'on avait tenté de mettre la main sur son carnet de route.

Où était Erik? Qui était la fille chargée d'apporter le calepin?

Qui était l'homme chargé de le dérober? Enfin, que penser de cette kiva? Mike en eut soudain assez de se poser toutes ces questions.

— Je ferais mieux d'aller là-bas sans perdre de temps, dit-il à voix haute. Si Erik n'y est pas...

36

Il déplia sur la table une carte de la région des Four Corners et examina les voies d'accès. Il n'était pas facile de gagner la mesa d'Erik. La plupart des pistes étaient carrossables, mais aucune ne menait à la mesa, qu'Erik avait choisie précisément pour son isolement. Il avait prévu d'utiliser un hélicoptère, du moins pendant les travaux, car c'était le meilleur moyen d'acheminer les matériaux nécessaires.

Mike se souvenait comment Erik avait découvert la mesa. Il survolait la région à basse altitude quand il repéra cette table parfaitement plate. Il lui sembla que le sol avait été cultivé il y a fort longtemps. La situation du plateau au milieu des canyons voisins, son isolement avaient aussitôt attiré son attention. Depuis lors, il n'avait plus songé à d'autre lieu que celui-ci pour son projet de maison.

– Si tu voyais toutes ces pierres au bas de la falaise! Il y a de quoi bâtir un château! avait-il dit.

Ni le temps ni l'argent n'étaient un obstacle pour lui, et il avait décidé de faire les plans lui-même ainsi qu'une partie de la construction.

Erik avait toujours agi à sa guise mais, cette fois, il était tombé sur un phénomène qui lui était étranger et auquel il n'était pas préparé le moins du monde.

Tout en réfléchissant, Mike finit de rassembler son matériel. Il ajouta une paire de jumelles aux objets soigneusement alignés sur une table. Il éprouvait une curieuse réticence à quitter Tamarron, sachant qu'une fois qu'il aurait pénétré dans la région des Four Corners, il ne pourrait plus reculer.

Pendant près de vingt ans, il avait enquêté sur des mystères, démasqué des supercheries, s'aventurant dans des domaines mal connus. Cependant, cette fois, il avait le sentiment de se hasarder dans une zone particulièrement dangereuse. Pourquoi avait-il cette impression? Où y avait-il un signe de danger?

Il s'installa à sa table et se mit en devoir d'écrire ce qu'il venait d'apprendre et ce qu'il comptait entreprendre. Au cas où il lui arriverait quelque chose, ces notes pourraient témoigner. Il les mettrait en lieu sûr, avec le carnet d'Erik. Quand il eut terminé, il reprit sa lecture.

Est-ce que j'avais peur? Il ne s'était rien passé de vraiment effrayant, mais je me trouvais confronté à l'inconcevable. Mike dit que devant ce que les gens nomment le surnaturel, un bagage de prestidigitateur est presque indispensable. Je ne suis qu'un scientifique et n'entends rien aux tours de passe-passe et autres truquages.

Je pensais jusqu'ici que si l'on ne croyait pas aux miracles, on ne risquait pas d'en être le destinataire.

Samedi. Nouvelle nuit agitée. J'ai perçu des mouvements dans l'obscurité, et Chief est resté près de moi, à gronder et se plaindre de temps à autre. Le matin, au réveil, je suis resté allongé, en réfléchissant.

Et puis soudain j'ai pris ma décision. Je vais m'en aller. Je prendrai quelques affaires, laisserai le reste ici, et filerai sans traîner.

Connaissant Chief, Mike était inquiet. C'était un chien courageux, sauvage. D'ordinaire, il aurait chargé tout ce qui se serait approché du campement : homme, ours ou loup. Il devait avoir peur pour ne pas réagir comme il l'avait toujours fait à l'égard de tout intrus.

Si Chief avait pu pénétrer et revenir de cette autre dimension qu'Erik disait avoir découverte, un être humain pouvait en faire autant.

Qui avait pu broder le motif du tournesol? Qui avait pris les crayons? Et pour quelle raison?

Demain, décida Mike. Il partirait demain, à l'aube, après avoir mis en sûreté le carnet d'Erik et ses propres notes. Mieux, il expédierait le tout à un vieil ami, un ancien du FBI, qui interviendrait au cas où il ne redonnerait pas signe de vie.

Il chargea son 4×4 avec un sac de couchage, un bidon d'eau et les affaires qu'il avait préparées.

Puis il regagna l'appartement, se versa une tasse de café et s'assit, regardant par la fenêtre, sans rien voir, pas même la neige ni les falaises impressionnantes qui flanquaient la route. Il se demandait ce qui l'attendait. En fait, il n'avait pas envie de partir. Perdait-il le goût de l'aventure? Sa curiosité pour l'inconnu? Ou avait-il peur de découvrir quelque chose qui bouleverserait sa relative quiétude?

Dès l'enfance, nous apprenons à vivre dans un monde en trois dimensions. C'est un monde que nous comprenons et où nous évoluons à l'aise. Autrefois, l'homme n'avait d'autre horizon que son village ou sa petite ville, les gens qui l'entouraient, la rue où il habitait. Il devait s'accommoder de son seigneur ou de son roi. A l'intérieur de ses limites, il pouvait se sentir tranquille.

Des soldats, des marins revinrent avec des récits de terres lointaines, de peuples et de mœurs différents, et lentement le monde s'agrandit. Au début, la plupart des gens n'accordèrent qu'une foi limitée à ces descriptions qui leur paraissaient extravagantes. Cependant le monde continua de s'élargir, la vapeur succéda à la voile, et la conquête des airs abolit les frontières naturelles.

La Seconde Guerre mondiale expédia de jeunes Américains aux quatre coins du monde, et soudain des gosses du Kansas ou du Vermont se mirent à parler avec familiarité de la Birmanie ou du Maroc. A la fin de la guerre, les avions sillonnaient les airs comme les bateaux les océans.

Des gens, quelques années plus tôt, avaient vécu un voyage en Floride comme un événement, et maintenant ils travaillaient en Arabie Saoudite, au Yémen, à Oman. Leurs enfants accueillaient les ordinateurs avec moins d'émerveillement que leurs pères à la vue du premier film.

On avait envoyé des hommes sur la Lune. Des sondes spatiales étaient en route vers de lointaines étoiles au-delà de notre système solaire. Einstein et la théorie des quanta apportaient d'étranges perspectives.

L'homme qui, devant son poste de télévision, une canette de bière à la main, regardait un match de football, prenait rarement conscience que le monde évoluait très vite autour de lui. Savetiers, rétameurs, réparateurs en tous genres appartenaient au passé, au « bon vieux temps ». Seule la terre sous ses pieds, le ciel au-dessus de lui, la route sur laquelle il roulait ne s'étaient guère modifiés.

La mémoire des conteurs avait colporté jusqu'à nous l'existence de mondes parallèles, et le monde des téléspectateurs avait regardé *La Quatrième Dimension* avec intérêt et amusement, mais sans jamais prendre le sujet au sérieux. C'était juste un sujet de conversation et de spéculation entre amis. De temps à autre, il se produisait quelque mystérieuse disparition, mais il y avait toujours un scientifique de service pour en donner une explication bien rationnelle, avec l'air vaguement ennuyé de quelqu'un qui n'a pas de temps à perdre avec ces sornettes.

C'était bien assez de s'adapter comme on pouvait à un monde en constante mutation, pensait Mike, sans aller spéculer sur les univers parallèles. Existaient-ils? Il l'admettrait s'il le fallait, mais il ne le désirait pas vraiment. Il avait déjà assez d'ennuis avec le monde en trois dimensions oÙ il vivait. Pourtant des primitifs auxquels il avait parlé évoquaient la question avec un naturel qui l'avait toujours frappé. Leur langage et leur mode de pensée semblaient avoir intégré parfaitement un monde pour lequel nous n'avons nous-mêmes aucun mot capable d'en exprimer la nature exacte, puisque celle-ci nous est inconnue. A ce sujet, les aborigènes australiens étaient étonnants.

Il reprit à contrecœur la lecture du carnet.

Je me dépêchai de rassembler mes affaires : mes plans, mes notes, quelques bouquins. Je laissais beaucoup de choses, mais je pensais que je pourrais toujours repasser par ici, ne serait-ce que le temps d'une brève visite en hélico. Ce n'est pas facile de voir un rêve mourir, et cette maison sur la mesa était un rêve que je poursuivais depuis mon enfance.

Hésitant et le cœur serré, je regardai une dernière fois autour de moi.

Et c'est alors que je vis cette femme.

6

Ma première impression fut qu'elle n'était pas du genre à laisser une fleur de tournesol sur la table d'un homme, pas plus que sous le collier d'un chien.

En même temps je n'avais vu de ma vie beauté plus parfaite. Elle se tenait sur le seuil de l'abri dans la lumière du soleil. Ses cheveux d'un noir de jais étaient noués en deux lourdes tresses derrière la nuque. Sa peau avait la couleur du vieil ivoire. Elle me fixait de ses yeux noirs fendus en amande.

Puis je remarquai le comportement de Chief : il grondait mais sans conviction, comme s'il était inquiet et troublé. J'en déduisis qu'elle ne pouvait être la personne que Chief avait laissée l'approcher.

Elle me fit signe de la suivre, et je sortis pour la regarder se diriger vers la kiva d'un pas assuré, comme si elle ne doutait pas que je vienne.

Cependant j'hésitais, et d'autant plus que Chief se pressait contre ma jambe, comme pour m'empêcher d'y aller. Il éprouvait, et à juste raison, une méfiance instinctive. Elle s'arrêta au bord de la kiva et tourna la tête dans ma direction. Voyant que j'étais resté en arrière, elle me fit signe à nouveau. Je secouai la tête. Il me sembla lire de la contrariété sur son visage, mais peut-être était-ce mon imagination.

Sa beauté était littéralement stupéfiante, mais il émanait d'elle une sourde malignité. Malgré moi, j'étais sur mes gardes. Sa robe était faite d'une matière semblable à celle du cardigan laissé par la personne aux fleurs de tournesol, mais plus fine et décorée de motifs indiens d'un grand raffinement. Elle portait de magnifiques bijoux en turquoise.

– Tu as peur? De moi?

Sa voix était grave, chaude, invitante.

Ne sachant que répondre, je dis ce qui me passait par la tête :

– J'attends des gens qui doivent m'aider à construire ma maison.

Je désignai d'un geste le terrain autour de moi.

– Non! cria-t-elle. Personne ne doit venir. Personne, comprends-tu?

– Je regrette, ce terrain est à moi, et j'ai l'intention de m'y installer.

– Que dis-tu? Ce terrain est à toi! Ici, tout appartient à... (Elle se tut brusquement.) Viens! fit-elle d'un ton impérieux. Je te montrerai.

– Je ne peux pas, insistai-je.

A ses façons altières, je comprenais qu'elle n'était pas habituée aux refus, mais dans la situation présente elle ne savait visiblement pas comment réagir.

– Viens! Viens, sinon on viendra te chercher. Tu attireras la malédiction sur toi!

Elle hésita pendant un instant, puis elle descendit dans la kiva et disparut.

Je devais partir, loin, le plus loin possible. Dix minutes plus tard, mon calepin dans la poche, je me hâtai de descendre le sentier. J'avais garé mon 4×4 en bas sur la piste. J'étais presque arrivé quand quelqu'un me siffla depuis un bosquet de genévriers.

Je me retournai en tressaillant et me retrouvai face à une ravissante jeune femme avec une fleur de tournesol dans les cheveux.

– Non! me dit-elle. Ils t'attendent plus bas!

– Qui ça « ils »? Mais que me veut-on?

– Ils ne veulent personne ici ! S'ils te prennent, ils te tue-
ront.
   – Qui es-tu?
   – Je m'appelle Kawasi. Je suis leur ennemie. Ils me
cherchent depuis longtemps.
   – Mais tu parles anglais?
   – Un peu. Le vieil homme m'a appris.
   – Mais l'autre femme, elle aussi parlait anglais.
   – Ils ont quatre mains qui parlent anglais. Pas plus.
   – Quatre mains?
Elle leva les mains, ferma les doigts, les rouvrit. Quatre
mains, vingt personnes.
   – Il faut partir. Suis-moi.
Elle se détourna pour s'élancer sur un sentier qui sinuait à
travers les rochers, jusqu'à la San Juan.
Parvenue au bas de la falaise, Kawasi hésita.
   – Tu dois traverser la rivière ou attendre la nuit.
   – Et toi, que feras-tu?
   – Je retourne de l'Autre Côté... si je peux. On ne peut pas
toujours, sauf si on passe par la kiva. Mais le passage est sur-
veillé.
   – Tu veux dire que par la kiva on accède à un... un autre
endroit?
   – Oui, l'Autre Côté, me répondit-elle laconiquement. Il y a
longtemps mon peuple vivait ici. Mais des malheurs arri-
vèrent. Beaucoup de sécheresse et des sauvages qui venaient du
nord. Des bandits qui tuaient et emportaient notre grain. Alors
une partie de mon peuple s'en est allée ailleurs, mais l'autre
est retournée dans l'ancien territoire, d'où nos parents
venaient. Un endroit mauvais. Des gens méchants.
   – Toi, tu n'es pas méchante.
   – Moi non. Elle oui. Elle a un rang élevé. Si tu dors avec
elle, tu meurs. C'est une Femme-Poison.
   – Tu es une Indienne?
   – « Indienne »? Qu'est-ce que c'est? Je ne connais pas.
   – Ton peuple vit dans la région? Où ça?
   – Plus personne ne vit ici. Avant, les prêtres venaient planter
des herbes du diable sur cette mesa. Aujourd'hui, une partie de
mon peuple vit très loin d'ici. L'autre partie vit de l'Autre Côté.
Dans de grandes maisons contre les rochers.
   – Tu me disais que cette femme était une « Femme-
Poison »?

42

*– Oui. Dès la naissance elles sont nourries avec du poison.
De toutes petites quantités qui ne les font pas mourir mais qui
les font devenir poison elles-mêmes. Elles sont baignées tous
les jours dans un bain d'herbes secrètes. Quand elles sont
devenues des femmes, l'homme qui se couche sur elle meurt.
Quand un homme a un ennemi, il lui envoie une Femme-
Poison.*

*Nous avons attendu la nuit, dissimulés parmi les rochers et
les genévriers. On nous cherchait, je pouvais entendre leurs pas
dans l'obscurité, mais ils ne nous ont pas trouvés. Puis, profi-
tant de la nuit, nous nous sommes remis en marche en direction de l'est.*

*Vendredi. Je leur ai échappé pour le moment. Mike, si tu
reçois ces notes, pour l'amour du ciel, viens à notre secours !*

*Kawasi m'a pressé de traverser la rivière, mais j'étais sûr
que nous pourrions nous en tirer autrement. Nous n'étions pas
éloignés de la piste où j'avais laissé la Jeep. Nous nous
sommes approchés à la faveur de l'obscurité. Tout était calme.
Nous avons sauté dans la voiture. J'ai mis le contact, et Dieu
merci, le moteur a démarré du premier coup. J'ai entendu un
cri, vu un mouvement dans le noir et j'ai accéléré brutalement,
renversant un homme qui s'était jeté sur le capot. Un kilomètre
plus bas, nous avons pris une autre piste menant à la route
goudronnée.*

*Nous sommes enfin arrivés en ville, à cent kilomètres de là,
sains et saufs, du moins le pensais-je. Nous avons trouvé un
petit restaurant encore ouvert. Kawasi ne tarissait pas de questions. Tout semblait nouveau pour elle – les aliments, les voitures, les vêtements. Je lui ai expliqué comment commander
un repas dans un restaurant ou un café, comment acheter un
billet d'autocar et des vêtements. Je lui ai donné cent dollars
et de la monnaie.*

*– S'il m'arrivait quoi que ce soit, porte ce calepin à Mike
Raglan, à Tamarron, lui ai-je dit en lui donnant mon carnet et
un bout de papier sur lequel j'avais noté ton adresse.*

– Mais c'est impossible, m'a-t-elle dit. Ils sont déjà ici.

*Une ombre passa devant la fenêtre. Je suis allé payer à la
caisse. Un type aux larges épaules et au crâne chauve est venu
encaisser mon addition. Je lui ai dit :*

*– Ami, je m'appelle Erik Hokart. Je fais construire une
maison dans la région, et j'aurais besoin d'une arme. Si vous
avez un revolver, pourriez-vous me le prêter?*

Il m'a regardé avec de grands yeux.

— Tout le monde possède une arme, ici, monsieur, mais il faudrait être fou pour la céder au premier venu.

Je me suis retourné pour regarder dehors. D'où j'étais, je voyais ma Jeep. Le parking était désert. Si nous...

Kawasi avait disparu !

7

Pendant un moment je suis resté figé, les mains à plat sur le comptoir, le dos à la fenêtre. Tout s'était passé si soudainement. J'avais laissé Kawasi, le temps d'aller jusqu'à la caisse, et quand je m'étais retourné, elle n'était plus là ! Comment avait-elle fait pour disparaître sans que je m'en aperçoive?

— Monsieur, dis-je au patron, gardez votre arme, mais laissez-moi vous avertir que s'ils arrivent, vous feriez bien de vous en servir. Je ne serais pas étonné qu'ils veuillent se débarrasser des témoins.

« Je m'appelle Erik Hokart, comme je vous l'ai dit. Souvenez-vous-en s'il y a enquête. Si la police n'intervenait pas, j'ai un ami qui s'en chargera. Son nom est Mike Raglan.

— Écoutez, monsieur, me dit-il, j'ignore dans quel pétrin vous vous êtes fourré, mais je vais appeler la police et...

— Faites-le de la cuisine, alors. S'ils vous voient décrocher ce téléphone, ils vous tueront.

— Qui ça « ils »? (Il regarda derrière moi.) Je ne vois personne.

— Je vais courir jusqu'à ma Jeep. Et vous feriez bien de sortir d'ici, vous aussi.

Mike repoussa le calepin en jurant tout bas. Erik avait commencé par prendre ces notes pour lui-même, puis il avait dû penser que c'était le meilleur moyen d'apprendre à Mike ce qui s'était passé.

Mike vérifia son revolver, glissa son couteau de chasse dans sa botte. Quand il ouvrit la porte, il prit soin d'observer le parking. Il y avait plusieurs véhicules garés non loin du sien, mais tous lui étaient familiers. Dès qu'il fut installé au volant, il verrouilla la portière, non sans avoir d'abord jeté un coup d'œil à l'arrière. Il démarra et prit la direction de la sortie.

Il s'arrêta devant le poste du vigile.

– Si jamais quelqu'un demandait après moi, dites-lui que vous ne savez pas si je suis sorti ou pas. Merci.

Une fois sur la route, il jeta de fréquents coups d'œil dans le rétroviseur pour voir s'il était suivi, mais ne remarqua rien de suspect. Quelques heures plus tard, il s'arrêta dans la petite ville d'Oljeto, où s'interrompait le récit d'Erik. Il chercha des yeux le café-restaurant où il avait fait halte lors de ses visites précédentes.

Plus de café! Seules quelques poutres noircies encore fumantes témoignaient de son emplacement. Il y avait un peu plus loin dans la rue un autre établissement qui, à son dernier passage, était fermé pour cause de morte saison. Il était ouvert, à présent. Mike rangea la voiture de façon à pouvoir la surveiller depuis l'intérieur.

Trois Navajos étaient installés au comptoir, et un chauffeur routier terminait ses œufs au bacon. Son poids lourd était garé à côté des camionnettes appartenant aux Indiens. Une fille était assise seule dans l'un des boxes du fond.

Il prit place à deux tables d'elle.

– On dirait qu'il y a eu un incendie dans le coin, dit-il à la serveuse venue prendre sa commande.

– Ça, on peut le dire! Ça lui a coûté sa place, à ma copine. Elle servait là-bas dans la journée.

Mike commanda une omelette au jambon.

– Des blessés?

– Jerry, le patron. Il est à l'hosto. C'est John, le cuisinier, qui l'a sorti de là. John s'en est tiré sans trop de mal, mais Jerry est salement brûlé. Il paraît qu'il ne souffrirait pas seulement de brûlures, mais personne ne sait grand-chose.

– Comment le feu a-t-il pris?

– Allez savoir! D'après John, il s'est déclaré dans l'entrée.

Elle s'en fut avec sa commande, et Mike jeta un regard à la jeune femme dans le box. Elle avait une tasse de café devant elle. Il la trouva très jolie et séduisante. Toutefois son attitude était réservée, presque craintive.

La serveuse revint avec du café.

– Si vous aviez vu ces flammes! On aurait dit que ça avait explosé comme un réservoir d'essence, sauf qu'on a rien entendu, juste une espèce de « Poufff! » La baraque a flambé entièrement en moins de temps qu'il ne faut pour le dire. Personne n'avait jamais rien vu de semblable.

— Qu'est-ce qu'il en dit, Jerry?

— Lui? Pour le moment il est dans l'incapacité de parler. D'après John, il y avait deux clients dans la salle juste avant que ça arrive. Il a regardé parce qu'il allait fermer la cuisine. Une fille, et ce type qui cherchait une arme.

— Une arme?

— Oui. John l'a entendu qui demandait à Jerry s'il pouvait lui prêter son revolver. Le type était complètement paniqué, d'après John. Jerry a refusé, bien sûr. Qui prêterait son arme à un étranger ou même à un ami?

— Et puis?

— Et puis soudain la fille a fait irruption dans la cuisine. John n'a pas eu le temps de lui demander ce qu'elle venait faire là qu'elle filait par la porte de derrière. C'est alors qu'il a entendu la porte d'entrée de la salle claquer, et il est allé voir si quelqu'un était entré ou sorti. Il y a eu ce « Poufff ! » comme je vous l'ai dit, et Jerry a été projeté contre John. Toute la salle était en flammes, et John a réussi à traîner Jerry jusqu'à la porte de derrière.

— Et l'homme qui voulait une arme?

La serveuse haussa les épaules.

— Disparu. Je suppose qu'il a décampé juste à temps. Il a laissé sa voiture sur le parking avec la clé de contact dessus. La voiture est maintenant à la fourrière.

— Et la fille?

La serveuse se pencha vers Mike avec un signe de tête imperceptible en direction de la jeune femme dans le box.

— Personne ne la connaît, dit-elle tout bas, mais elle n'a pas bougé d'ici de toute la matinée. On dirait qu'elle attend quelqu'un.

Mike jeta un coup d'œil à la jeune femme et croisa son regard. Il détourna la tête.

— Cet homme qui cherchait un revolver? Il n'a rien dit d'autre?

— Seulement qu'il voulait faire construire dans le désert, mais ça, on le savait déjà. (Elle le quitta pour aller chercher son omelette et revint l'instant d'après.) Le pays est vaste, reprit-elle, mais on est si peu à y habiter que c'est pas bien sorcier de savoir ce que fabrique le voisin, même s'il se trouve à cent kilomètres.

46

« Il est descendu une ou deux fois en ville, pour acheter une bonbonne de gaz et de l'épicerie. Il a même déjeuné ici. Un bel homme. Quand elles l'ont vu, les filles du coin se sont aussitôt demandé s'il était célibataire. Mais il n'était pas très causant. Courtois mais plutôt du genre solitaire. Je crois qu'il s'appelle Hokart.

– Où est-ce que je peux trouver le shérif?

– Il est parti à Mexican Hat, mais il rentrera aujourd'hui.

– Pas d'étrangers en ville?

– Non, à part elle. Il y a peu de passage ici, en hiver. L'été, on a quelques touristes, mais c'est pas comme à Durango. Le train ne passe pas par ici, et nous sommes loin de l'autoroute. Il y a quand même des curieux qui font un détour. (Elle le regarda.) Vous connaissez Monsieur Hokart?

Il hésita un court instant.

– Oui, c'est un ami. C'est pourquoi je suis ici.

Elle alla chercher la cafetière et lui resservit du café. Les Navajos étaient partis, ainsi que le chauffeur de camion.

– Vous n'êtes pas du pays? demanda-t-elle à Mike.

– J'y ai séjourné un peu il y a longtemps. En fait, c'est moi qui ai fait découvrir la région à Hokart. Il en est tombé amoureux, au point de venir s'installer ici.

Elle le laissa pour vaquer à ses occupations. Mike regarda à nouveau la jeune femme, puis il prit son assiette et sa tasse de café, et s'approcha de sa table.

– Kawasi? demanda-t-il.

L'inquiétude disparut aussitôt des yeux noirs.

– Tu es Mike Raglan?

Elle articula son nom en détachant avec application les syllabes.

Il s'assit.

– Vous... tu parles anglais?

– Un peu. Le vieil homme m'a appris.

– Qu'est-il arrivé à Erik?

– Ils l'ont pris.

– Le feu, c'est eux? Comment ont-ils fait?

– C'est une chose comme... (Elle souleva sa tasse vide, prit la soucoupe et esquissa le geste de la lancer.) Ils la lancent comme ça... (Elle refit le geste.) Et ça met le feu, tout de suite.

– Ces choses qu'ils lancent... elles sont grosses?

– Non, petites. (Elle désigna sa tasse.) Comme ça. Elles éclatent et elles brûlent tout.

47

– Tu en as parlé à la police?

– Non.

– Kawasi, je ne sais rien de ton peuple ni de la région où tu vis. J'ai pris connaissance des notes d'Erik. Il faut que je sache qui sont vos ennemis, où ils ont emmené Erik, et ce qu'ils comptent faire de lui. Je veux également savoir comment le joindre, là où il est.

Soudain Mike pensa que Kawasi n'avait peut-être pas mangé. Il lui posa la question.

– Non, répondit-elle. J'ai donné tout l'argent pour le car jusqu'à Tamarron puis pour la chambre au motel.

Il fit signe à la serveuse et commanda pour la jeune femme. Quand ils furent seuls de nouveau, Kawasi dit :

– Je ne sais pas comment repasser de l'Autre Côté. Je suis loin de l'endroit qu'on m'a indiqué.

– Si je te ramenais là-bas, tu pourrais retrouver cet endroit dont tu parles?

– Je ne sais pas. Je chercherai.

Il resta silencieux pendant qu'elle mangeait. Que diable se passait-il? Qu'est-ce que c'était que cette histoire de fous? Pour avoir lu les notes d'Erik et vu ce qui restait du restaurant de Jerry, il savait avec certitude que ces gens étaient dangereux. Mais qui étaient-ils?

– Dis-moi tout ce que tu sais, Kawasi. J'avoue ne rien comprendre à cette histoire.

– Il y a longtemps, mon peuple vivait ici. Ils construisirent des maisons, plantèrent du maïs et des courges. Mais la pluie ne tombe plus pendant un an. Des gens cruels sont arrivés du nord. Ils tuent, volent notre grain. Ils étaient plus forts que nous, alors nous sommes partis.

« Longtemps avant ça, mon peuple vivait dans un autre monde. Un monde où régnait le diable. C'est pour le fuir que mon peuple est venu ici. Après la sécheresse et les bandits, une partie de mon peuple est retournée dans l'ancien monde avec l'espoir que peut-être le diable avait disparu.

« Mais il est toujours là. On avait fui un malheur pour en retrouver un autre, peut-être pire. Notre peuple avait bouché ses oreilles et ne pouvait plus entendre La Voix.

– Il est où, ce monde où vous êtes revenus?

Mike attendit en redoutant d'entendre confirmer ses soupçons.

– C'est... de l'Autre Côté. Je ne sais pas les mots pour le dire. C'est comme ici, et c'est différent.

– Tu as dit que ton peuple était reparti là-bas. Comment avez-vous fait?

– Il y a des endroits et des moments pour passer, mais ce n'est pas... permanent, comme vous dites. Le vieil homme qui m'a appris votre langue, il est passé mais il n'a jamais pu ressortir. Il était jeune alors. Il était cow-boy, comme il dit. Les autres l'ont cherché partout. Ils savaient que quelqu'un était entré. Mais ils n'ont jamais pu le retrouver. Il était très malin et très fort. Il connaissait des cachettes.

– Il vit encore?

– Oui. Il connaît bien les hommes de mon peuple. Aujourd'hui, les autres ne le cherchent plus. Enfin, je ne sais pas trop.

– Comment s'appelle-t-il?

– Johnny.

– Avant, ton peuple vivait dans les grottes? Comme les Anciens que les Navajos appellent les Anasazis?

– Oui.

Mike regarda par la fenêtre. Un camion s'était arrêté de l'autre côté de la rue. Le chauffeur marchait lentement vers le restaurant. Sa propre Jeep était bien en vue. Deux hommes du pays bavardaient sur le trottoir d'en face. Tout semblait banal et quotidien.

Qu'allait-il faire? Erik se trouvait de cet « autre » côté, comme disait Kawasi. Il n'avait pas la moindre idée de ce que pouvait être ce monde que la jeune femme évoquait de manière si floue, mais si Erik se trouvait là-bas, il risquait fort de ne jamais revenir.

– Que feront-ils d'Erik?

– Ils poseront beaucoup de questions. Quand ils auront obtenu toutes les réponses qu'ils cherchent, ils le tueront. Ils sont pleins de haine et de peur. Ils ont tout le pouvoir, et pourtant ils tremblent. Ils ont peur des idées de ton monde. Et ils tuent tous ceux qui réussissent à passer.

– Et il y en a beaucoup qui passent?

– Non, c'est très, très rare. Il y a longtemps un homme jeune est entré, mais on dit qu'il aurait réussi à s'enfuir. Il y a eu Johnny, mais lui est resté. Et puis deux autres hommes qui cherchaient de l'or. Ils ont été pris, torturés à mort, et leurs corps ont été abandonnés de ce côté-ci.

– Que savent-ils de nous? Des gens de notre monde?

– Beaucoup de choses. Des fois ils envoient des espions pour ramener certains objets. Vous avez des appareils pour écouter, pour parler à travers de longues distances. Ça les intéresse beaucoup.

Erik était un spécialiste en ce domaine. S'ils l'apprenaient, ils le garderaient peut-être en vie.

– Parle-moi de la kiva.

– C'est un endroit sacré. C'est aussi un passage. Avant il était bouché, mais il est maintenant ouvert de nouveau. Ils veulent un passage qui leur permette d'aller et venir quand ils veulent.

Mike regarda dehors. Il avait l'esprit confus. Quel crédit pouvait-il accorder à cette histoire? Il avait déjà rencontré des gens réputés sérieux qui croyaient à l'existence de mondes parallèles. Il avait lui-même été témoin de faits curieux en Asie centrale et au Tibet. Y aurait-il un lien? Il en doutait.

Néanmoins il devait prendre au sérieux l'appel à l'aide d'Erik.

– Et là-bas, de l'autre côté, après que ton peuple est reparti d'ici, que lui est-il arrivé?

Elle secoua la tête d'un air vague.

– Je sais très peu de chose. Pendant un temps ils ont vécu comme toujours. Un de mes ancêtres s'appelait Celui Qui Possédait La Magie. Il était encore tout jeune quand il a construit un barrage de ses mains, pour retenir l'eau. Il a fait de belles récoltes. Et puis il a fabriqué des... machines, comme vous dites. Des machines pour mieux irriguer les terres, pour utiliser le vent, pour faire chauffer les choses. Ceux qui étaient restés à servir le diable au pouvoir ont dit que c'était un sorcier et, un jour, ils l'ont tué.

« Mais ils ne pouvaient pas tuer ses idées. Et ceux qui l'avaient tué ont utilisé sa propre magie. Ils ont construit d'autres barrages, des demeures plus grandes. Puis ils ont fait des lois pour dire qui pouvait avoir de l'eau pour les cultures et quand. Ces lois étaient injustes, mais les gens de mon peuple les ont acceptées parce qu'ils n'aimaient pas se battre. Et puis il y a eu d'autres lois, encore plus mauvaises que celles pour l'eau. Alors certains des nôtres se sont enfuis ailleurs pour vivre comme ils l'avaient toujours fait.

« Les autres nous ont poursuivis. Ils en ont tué ou emmené comme esclaves un grand nombre, mais tous ceux qui avaient pu leur échapper ont retrouvé l'endroit où mon ancêtre avait construit ses machines. Il restait plein de choses qu'il avait fabriquées ou seulement commencées. Nous nous en sommes servis pour nous défendre, et les autres n'ont plus osé nous attaquer. Johnny nous a aidés. Il dit que mon ancêtre était un nouveau de... de Vinci?

– Léonard de Vinci. C'est un artiste italien qui a inventé beaucoup de choses.

– C'est ça.

– Tu étais déjà passée de ce côté-ci?

– Non, c'est interdit. Je ne sais pas comment ils font, mais ils savent toujours quand quelqu'un réussit à passer. Quand ça arrive, ils partent à sa recherche, et ils ne s'arrêtent que lorsqu'ils l'ont retrouvé.

– Et ceux qui ont le pouvoir, est-ce qu'ils passent souvent?

– Ils prétendent que non, mais ils le font. Une fois ils sont passés, et puis beaucoup d'eau a recouvert l'endroit par où ils étaient venus. Pendant longtemps ils ont dû rester ici, jusqu'à ce qu'Erik dégage la kiva.

– Mais n'y a-t-il pas d'autres passages? La personne qui a dessiné ce trait sur le plan d'Erik doit connaître une autre voie.

– Il y en a, mais je ne sais pas vraiment comment ça se produit. Ça s'ouvre soudain et puis ça se referme, mais ça se passe rarement au même endroit.

– L'eau dont tu parles est probablement celle du lac Powell. On a construit un barrage sur le Colorado et noyé une grande partie de Glen Canyon.

Ils restèrent silencieux pendant un moment. Mike regarda à nouveau dans la rue. S'ils arrivaient maintenant, que ferait-il?

– Je dois secourir Erik, dit-il.

– Tu ne pourras pas. C'est trop tard.

– Où l'auront-ils emmené, d'après toi?

– C'est un lieu maudit, une cité interdite qui existait déjà avant qu'on fuie dans le Quatrième Monde, le tien. Je ne suis jamais allée là-bas, mais celui qui était le père de ma mère le connaissait.

Elle le regarda avec un soudain intérêt.

– Maintenant c'est toi qu'ils vont chercher. Ils te prendront, toi aussi, parce que personne ne doit savoir qu'ils existent.

– Et toi?

Elle haussa les épaules.

– Ils me haïssent. Ils me cherchent depuis longtemps. Je suis le chef du clan, maintenant. Je descends de Celui Qui Possédait La Magie. Il est tard, je dois repartir.

– Par la kiva?

– Non, je t'ai dit qu'ils surveillaient le passage.

– Tu connais un autre passage?

– Oui, mais c'est très dangereux. Les autres ne savent pas où c'est. Seuls les Saquas savent.

– Les Saquas? Ceux aux longs cheveux?

– Tu les connais? Ils ne sont pas des êtres humains mais ils connaissent certaines choses. Ils passent de ce côté pour chasser ou voler des moutons.

– A qui? Aux Indiens?

– Je ne sais pas à qui.

Mike termina son café.

– On ferait mieux de partir d'ici et de réfléchir à ce qu'on va faire, dit-il.

Il allait se lever quand une main se posa sur son épaule. Il leva les yeux.

L'homme était grand et solidement bâti. Il portait l'étoile de shérif.

– Ça ne vous ennuie pas que je pose quelques questions à cette dame? A vous aussi, par la même occasion. (Il se tourna vers la serveuse.) Mary? Un autre café, s'il te plaît. (Il les toisa.) Je m'appelle Gallagher. D'habitude, c'est moi qui pose les questions.

8

Il jeta un regard à Mike puis à la fille.

– Comment vous appelez-vous, madame?

– Kawasi.

– Vous êtes de la région?

– Je suis... touriste.

Elle parlait calmement, sans hésitation.

– Vous êtes indienne?

– Il y a très longtemps, mon peuple vivait ici. Je suis venue voir comment c'est.

Il se tourna vers Mike.

– Vous êtes de vieilles connaissances?

– Nous venons de nous rencontrer. Je l'ai reconnue d'après la description d'un ami commun, Erik Hokart.

– Hokart? N'est-ce pas lui qui projette de bâtir dans le désert? Un scientifique, n'est-ce pas?

– Oui, mais aussi un homme d'affaires. Les deux ne s'accordent pas toujours. C'est vrai, il aime cette région et il veut y construire une maison. Il a fait une fortune dans l'électronique, et il peut se permettre de vivre où bon lui semble.

La serveuse apporta une tasse de café à Gallagher. Il en but une gorgée et reporta son attention sur Kawasi.

– Vous vous trouviez dans le restaurant quand il a pris feu?

– Non, mais j'y étais juste avant. Quand j'ai vu ces hommes, j'ai pris peur, et je me suis enfuie.

– Quels hommes?

– Je ne les connais pas. Ils étaient deux, peut-être trois. M. Hokart aussi avait peur, et il est allé demander son revolver au patron. Le patron n'a pas voulu.

– Et il a eu raison. Qu'a fait Hokart à ce moment-là?

– Je ne sais pas. J'étais déjà partie.

– Où êtes-vous allée?

– Je me suis cachée, et puis j'ai pris une chambre pour dormir.

Gallagher se tourna vers Mike.

– Que savez-vous d'Hokart? Il se droguait?

– Sûrement pas. Il n'avait pas besoin de ça pour se sentir bien. C'était un homme sobre, presque trop sérieux, pas du tout mondain. Il aimait la solitude parce qu'il pouvait y réfléchir à son aise. Il rêvait d'une maison sans téléphone. Vous savez, quand un homme a réussi comme lui, il se trouve toujours une bande de casse-pieds pour lui proposer leurs services, et Erik n'avait besoin de personne.

« Il n'est pas à proprement parler un scientifique, plutôt un homme d'imagination, doublé d'un esprit pratique. La plupart de ses collègues faisaient de la recherche pure, mais Erik n'avait pas son pareil pour exploiter les applications et les débouchés économiques de leurs travaux.

– Des ennemis?

– Pas que je sache. Il n'avait ni parents ni héritiers. Quant à ses amis et collègues, ils auraient plutôt intérêt à ce qu'il vive le plus longtemps possible.

Si Gallagher savait quelque chose, il ne semblait pas disposé à en faire état. C'était du moins l'impression de Mike.

– Madame, pourquoi aviez-vous peur de ces hommes?

– J'étais dans le désert avec M. Hokart. Il était très inquiet.

Quand on est montés dans la voiture, ces hommes ont essayé de nous arrêter, mais on leur a échappé. Ensuite ils sont venus au restaurant.

– Où est Hokart, maintenant?

– C'est la question que nous nous posions, intervint Mike. Il est probable qu'ils l'ont emmené avec eux.

– Un enlèvement?

– Si on veut. D'après ce que j'ai entendu dire, aucun corps n'a été retrouvé dans les décombres. Il n'a donc pas péri dans l'incendie. Quant à sa voiture, il paraît que c'est vous qui l'avez.

Gallagher sirotait son café, l'air pensif. Il reposa sa tasse et regarda Mike.

– C'est quoi, votre métier?

– Écrivain. Spécialiste ès mystères et légendes, répondit Mike avec un sourire. Je connais Erik depuis des années et il avait sollicité mon avis.

– A quel sujet?

– Au sujet de la région, précisément. J'ai passé quelque temps dans ce pays, il y a longtemps. Du côté de la San Juan et des canyons, surtout.

– Où ça?

– Dark Canyon, Fable Canyon, Beef Basin, les collines de Sweet Alice, Woodenshœ, partout...

Gallagher opina du chef.

– Je vois que vous connaissez le coin. (Il marqua une pause.) Vous ne voyez personne qui aurait intérêt à nuire à Hokart?

Mike secoua la tête négativement. Il parut hésiter puis dit :

– Shérif, Erik et moi, nous avons souvent échangé nos lectures, des romans pour la plupart. Il y en avait justement un pour moi qui m'attendait à Tamarron, où je séjourne. Peu de temps après, un type a pénétré chez moi pendant que je dormais pour essayer de me le faucher.

– Voler un bouquin! Et pourquoi?

– Je suppose qu'il s'attendait à autre chose qu'un bouquin.

Aussi brièvement que possible, Mike raconta au shérif que la fille à la réception, là-bas à Tamarron, l'avait mis en garde au sujet d'un homme venu réclamer le paquet que lui avait adressé Erik, puis comment il avait surpris le bonhomme chez lui.

– Vous avez de la chance qu'il ne vous ait pas tué, fit remarquer Gallagher.

Mike sourit.

54

– Je me serais défendu, dit-il d'un ton suave.

Gallagher le considéra avec un regain d'intérêt.

– Vous pourriez me le décrire? demanda-t-il.

– Un peu moins d'un mètre quatre-vingts, cheveux foncés, yeux noirs, peau mate. Large d'épaules. Un type certainement dangereux.

– Qu'est-ce qui vous fait dire ça?

– Son sang-froid. Il n'a pas bronché quand je l'ai surpris. Il a jaugé la situation d'un seul coup d'œil. Il a tout de suite compris que je n'essaierais pas de l'arrêter, et il savait qu'en m'attaquant il prendrait un risque inutile. Pour moi, ce type est un pro. Il savait ce qu'il devait faire ou ne pas faire. Il a déguerpi rapidement, mais sans hâte excessive.

– Et puis?

– Et puis je suis allé à la fenêtre et je l'ai vu qui regagnait la route, où une camionnette de couleur blanche l'attendait. Il est monté et a aussitôt démarré en direction de Durango.

– Un professionnel, hein?

– Oui, il m'a rappelé certains agents de la CIA ou du FBI que j'ai croisés au cours de mes voyages : des types à la tête froide.

– Une idée de son poids?

– A peu près le mien, quatre-vingt-dix kilos, mais paraissant moins. Il se déplaçait comme un chat.

– Ce Hokart... il ne travaillerait pas lui-même pour le service des renseignements?

– Plus maintenant, du moins à ma connaissance. Mais ça lui est arrivé dans le passé.

Personne ne parla pendant plusieurs minutes. Mike, favorablement impressionné par le policier, décida de courir sa chance. En faisant part de ce qu'il avait appris d'Erik et de Kawasi, il risquait de passer pour un fou, mais il valait mieux préparer Gallagher à ce qu'il risquait de rencontrer sur son chemin. Le laisser aller à l'aveuglette serait une erreur. L'homme méritait mieux que ça.

– Ça fait longtemps que vous êtes shérif du comté, n'est-ce pas? demanda-t-il.

– Ça fait un bail, oui. Pourquoi?

Mike hésita, comme s'il ne savait par où commencer.

– Oh, il y a pas mal de légendes qui courent sur la région, dit-il. Pas ici, mais plus loin, du côté de la San Juan. Quand Hokart m'a prié de venir le rejoindre, j'ai eu l'impression que son sujet d'inquiétude se trouvait là-bas, sur sa mesa.

« J'ignore ce qu'il s'y passe, mais je ne voudrais pas que ça attire des curieux. Si vous décidiez de vous y rendre, emmenez quelqu'un qui sache tenir sa langue et qui connaisse aussi le pays.

Gallagher s'adossa à la banquette du box et considéra Mike. Puis il tourna la tête vers la salle.

– Mary? appela-t-il. Un cheeseburger, s'il te plaît. Sur du pain de seigle. Et apporte-nous encore du café.

Il remarqua le regard que jetait Mike par la fenêtre.

– Vous attendez quelqu'un?

– Oui et non. Pas plus que la nuit dernière, quand ce type a pénétré chez moi. En vérité, c'est une camionnette blanche que je guette.

– Il y en avait une dans le coin, ces derniers jours, dit Gallagher. Qu'est-ce qui a décidé Hokart à construire là-bas?

– Il était passé plusieurs fois en avion au-dessus de la région, et il en était tombé amoureux. Il rêvait d'une maison au sommet d'une mesa, une maison bâtie en pierres du pays, un endroit retiré où il pourrait réfléchir et méditer. C'est un bricoleur de génie, et il avait tout le temps devant lui.

– C'est le dernier endroit au monde que je choisirais, dit lentement Gallagher. Quelques Paiutes vivaient dans les parages, mais ils ont disparu. Personne ne semble savoir où. Il y a eu aussi quelques chercheurs d'or, mais ils ne se sont pas attardés. (Il regarda Mike dans les yeux.) Ils ont dit en revenant que ce coin-là leur donnait la chair de poule.

Gallagher, les deux mains autour de sa tasse, considérait avec attention Mike.

– Ça y est, ça me revient, dit-il soudain. Écrivain, vous m'avez dit? C'est vous qui avez fait le ménage dans les maisons hantées et dégommé pas mal de charlatans, si ma mémoire est bonne.

– Oui, disons que je m'intéresse à certains mystères. Mais je ne dégomme personne. Je cherche la vérité, c'est tout.

– C'est pour ça que Hokart vous a appelé?

– Oui.

– Vous avez dû en voir, des étrangetés. Vous êtes allé à Haïti, au Tibet, et dans la jungle, au Pérou, n'est-ce pas?

– Oui, j'ai voyagé un peu, et j'ai vu des choses étranges, c'est vrai. Et j'ai comme l'impression, Gallagher, que vous savez ce qui se passe ici.

L'homme tarda à répondre.

56

– Non, dit-il enfin. Je n'en ai pas la moindre idée. La région où veut s'installer votre ami ne fait pas vraiment partie de ma juridiction. Je n'y mets jamais les pieds. Personne, d'ailleurs, ici, même les Indiens. Ils n'aiment pas trop ce coin-là.

Son cheeseburger arriva et, quand il en eut avalé un morceau, il regarda de nouveau Mike.

– Mais ce type que vous m'avez décrit n'était pas un fantôme, et cet incendie n'a pas été une illusion...

– Kawasi m'a dit que l'un des hommes a lancé une espèce de disque qui a mis le feu en éclatant.

– Des disques? Gros comment?

Kawasi désigna la soucoupe de sa tasse.

– Pas plus grand que ça.

– Gallagher, reprit Mike, vous devez savoir que les Hopis disent que la Terre est le Quatrième Monde.

– Tout le monde connaît cette légende.

– Et qu'ils ont fui le Troisième Monde où ils vivaient pour échapper à je ne sais quel fléau.

– C'est ce qu'on raconte. Et après?

– Supposons qu'à cause des sécheresses répétées et des invasions des Indiens du nord, une partie d'entre eux soient retournés dans le Troisième Monde, où ils avaient pourtant souffert? Supposons que quelques-uns d'entre eux sachent comment passer d'un monde à l'autre?

Gallagher laissait son regard errer dans la rue tout en mastiquant son sandwich.

– Vous me demandez de croire à l'incroyable, dit-il, l'air pensif. Et cette camionnette blanche? Elle viendrait du Troisième Monde?

– Ils peuvent fort bien avoir une base quelque part, où ils entreposent ce dont ils ont besoin, véhicule ou autre.

Il y avait du monde, à présent, dans le restaurant. De temps à autre l'un des clients au comptoir, des camionneurs pour la plupart, coulait un regard curieux en direction de Mike et de Kawasi.

– Si je sortais un truc pareil aux gens d'ici, ils penseraient que j'ai attrapé une insolation ou que j'ai trop bu, même si tout le monde dans le coin croit plus ou moins à la sorcellerie des Navajos. (Il marqua une pause.) Et alors? Vous comptez vous rendre dans ce Troisième Monde?

– Erik a disparu, et je vais partir à sa recherche.

– De mon côté, je vais voir si je peux localiser cette camionnette, dit le shérif.

– Gallagher? Prenez un homme ou deux avec vous. Je ne suis pas un alarmiste, mais ces types-là n'ont pas l'air de plaisanter. En outre, ils peuvent toujours se réfugier au-delà de votre juridiction.

Gallagher avala son dernier morceau de sandwich.

– Il y a des fois où ma juridiction s'étend là où je veux. (Il regarda Kawasi.) Et vous, madame, où serez-vous?

– Avec moi, répondit Mike, du moins tant que cela sera possible. Ce soir, elle dormira dans la chambre voisine. Si vos hommes pouvaient surveiller le motel...

– Nous le ferons. J'ai avec moi des garçons de confiance. (Il s'essuya la bouche avec une serviette en papier.) Alors, et ce Troisième Monde?

– Ne riez pas, mais il se peut que je sois obligé d'y pénétrer.

Gallagher considéra longuement Mike.

– Sincèrement, vous accordez foi à ces histoires? Je sais bien, il m'est souvent arrivé de parler avec des Indiens et, parfois, l'un d'eux, quand il avait bu un peu, me racontait d'étranges histoires. Mais tout de même...

Il secoua la tête d'un air incrédule.

– Pour le moment, Gallagher, je ne formule que des hypothèses. J'ai en ma possession un document que je ne peux pas vous montrer parce qu'il ne m'appartient pas. De toute façon, cette pièce elle-même serait interprétée de façons radicalement opposées, selon que l'on est sceptique ou pas. En tout cas, vous avez un restaurant qui a brûlé en un éclair. Ça, c'est une preuve tangible. Erik Hokart a disparu, et c'est un fait. Nous pourrons peut-être le retrouver, et peut-être pas.

« Il est arrivé à Erik des choses pour le moins curieuses. Si je vous disais qu'il a rencontré une très belle femme du Troisième Monde?

– Vous plaisantez?

– Pas du tout. Et si jamais il vous arrivait de la croiser, passez votre chemin si vous tenez à la vie.

– C'est une Femme-Poison, dit Kawasi. Elles sont une dizaine comme elle.

– Une Femme-Poison?

– Il semblerait que ces femmes soient imprégnées d'un poison mortel contre lequel elles seraient immunisées depuis l'enfance, mais qui peut tuer quiconque aurait une relation sexuelle avec elles. J'ai recueilli des histoires semblables dans le Moyen-Orient et aux Indes.

Gallagher se tourna vers Kawasi.

58

– Et vous croyez ces choses-là?

– Oui.

Il secoua la tête.

– Ma foi, vous aurez au moins réussi à convaincre quelqu'un, Raglan.

– C'est moi qui lui ai dit, protesta Kawasi. Je l'ai averti, et je t'avertis, toi aussi. Les Femmes-Poison sont dévouées à La Main.

– La Main?

– Celui qui a le pouvoir dans notre monde. C'est comme ça qu'on l'appelle : La Main.

Gallagher la considéra avec des yeux ronds.

– Je ne sais vraiment plus que penser, dit-il. Il y a toujours eu dans ce pays d'étranges rumeurs, mais là... vraiment ça me dépasse!

– C'est la vérité, affirma Kawasi.

– Vous croyez que ce Troisième Monde existe? lui demanda-t-il. Vous le croyez sincèrement?

Kawasi, très calme, très belle, le fixa de ses yeux noirs.

– Comment ne pas croire? Je suis née et j'ai passé ma vie là-bas.

9

Gallagher la considéra d'un air songeur pendant un moment puis il reporta son attention sur Raglan.

– Je ferais mieux de m'en tenir à ce que je sais faire, dit-il. Ce type, celui qui a pénétré chez vous, qu'avez-vous remarqué d'autre à son sujet, à part sa taille et son poids, et que c'est un « professionnel », bien que je ne comprenne pas très bien ce que ça veut dire?

– C'est un professionnel, comme vous en êtes un vous-même, Gallagher. Quant à sa description, il a une cicatrice d'environ cinq centimètres de long à la joue droite. Les oreilles sont aplaties, avec de petits lobes. Les cheveux sont plantés bas sur le front, à moins qu'il ne porte une moumoute, ce dont je doute. Sa peau est un peu plus sombre que celle de Kawasi, ses yeux plus petits. L'ossature du visage est forte, les pommettes hautes et charnues.

– Pas mal, votre description, apprécia Gallagher. (Il prit quelques notes sur un calepin et reporta son regard sur Raglan.) Si vous avez toujours l'intention de vous rendre à la mesa où Hokart campait, soyez prudent. Une fois que vous aurez quitté la route, vous ne pourrez plus compter que sur vous. (Il se tourna vers Kawasi.) Cela dit sans vouloir vous offenser, madame, je ne crois pas beaucoup à votre histoire. Avouez que c'est assez incroyable. Mais admettons que ce soit vrai. A quoi ressemble ce fameux « Troisième Monde »?

– C'est comme ici, mais en même temps c'est différent, répondit Kawasi. Le soleil ne brille pas comme ici. Là-bas il est toujours voilé. Les champs sont tous irrigués par des canaux, et l'herbe est verte.

Gallagher, visiblement peu convaincu par la description de Kawasi, se leva.

– Vous allez là-bas? demanda-t-il à Mike. Sur la mesa de votre ami?

– Oui.

– Et ensuite?

– J'irai partout où il y aura une chance de retrouver Erik. Je ne cherche pas les ennuis, mais il m'a appelé à l'aide, et je ne peux pas le laisser tomber.

– Soyez prudent, Raglan. (Il se retourna.) Une Femme-Poison, hein? Ça, c'est nouveau!

– Non, c'est vieux comme le monde, répliqua Mike. On raconte que lorsqu'un roi voulait se débarrasser d'un rival, il lui faisait présent d'une de ces femmes. Après ça, il pouvait dormir tranquille.

Gallagher haussa les épaules et s'éloigna.

Quand il fut parti, Kawasi demanda à Mike :

– Qui c'est, cet homme?

– Le représentant de la loi. Un shérif. Quand il y a un crime, un vol ou un incendie comme celui du restaurant, c'est lui qui est chargé de trouver les coupables. Il m'a l'air d'un type intelligent et astucieux.

– Il est gentil?

– Je le pense. En tout cas, il me paraît capable.

– Il ne croit pas ce que je dis.

Mike désigna d'un geste de la main les clients dans la salle.

– Il n'y en a pas un ici, qui te croirait. Il ne faut en parler à personne. Tu passerais pour une menteuse ou une folle. Si jamais on t'interrogeait, dis seulement que les tiens vivaient dans la région, que tu as du sang indien.

Mike regarda à nouveau par la fenêtre. S' « ils » avaient osé entrer chez lui par effraction et incendier le restaurant dans le seul but d'éliminer Erik et Kawasi, ils n'hésiteraient pas à s'en prendre à lui. Était-ce prudent d'emmener Kawasi avec lui? Mais où pourrait-il la laisser? Et, en l'absence de menaces précises, il était vain de demander la protection de la police. La protéger contre qui? Des tueurs venus d'un autre monde?

— Je vais aller sur la mesa, m'assurer qu'Erik ne se cache pas là-bas.

— Je viens avec toi.

— Ce cow-boy que tu connais, le vieil homme...

— Johnny?

— Oui. Comment a-t-il pu passer de l'autre côté? La kiva n'était pas encore ouverte en ce temps-là.

— Je t'ai dit, il y a d'autres passages, mais ils sont changeants. On ne sait jamais très bien où ni quand le voile s'ouvre. Johnny raconte qu'il poursuivait une vache errante... une « maverick * », comme il les appelle. Elle a descendu une colline, et lui il a galopé derrière avec son lasso. Soudain la vache a disparu, il a continué et... il s'est retrouvé de l'Autre Côté. Ça s'est passé comme ça, mais après quand il a voulu revenir, il n'a jamais pu retrouver le passage.

— Que lui est-il arrivé ensuite?

— Ils ont su que quelqu'un était entré. Ils sont venus voir. Mais Johnny s'est caché. (Elle leva les yeux vers Mike.) La région est très sauvage, là où il est. Il était jeune en ce temps-là. Aujourd'hui il est vieux. Ils n'ont jamais trouvé sa cachette.

— Il en a tué?

— Peut-être. Il ne le dit pas, mais on raconte qu'il en a tué, au début, quand ils le traquaient. Maintenant, beaucoup de temps a passé. Peut-être qu'ils ont oublié. Ils ne cherchent plus.

— Et toi, tu sais où il se trouve?

— Oh oui! Il est avec mon clan. C'est un grand ami.

Ils restèrent silencieux pendant un moment. Mike réfléchissait, essayant de mettre un peu d'ordre dans les informations qu'il avait pu recueillir. Gallagher avait raison de se mettre en quête de la camionnette blanche. C'était, après tout, la seule piste concrète qu'ils avaient.

Si ces gens opéraient de ce côté-ci, ils devaient probablement disposer d'une base, d'un endroit où dissimuler leur véhicule, et

---

* De Samuel Maverick (1803-1870), éleveur texan qui ne marquait pas son bétail. (*N.d.T.*)

qui ne soit pas trop éloigné de leur « porte », afin de faciliter leurs passages entre les deux dimensions. Il se surprit une fois de plus à considérer froidement l'existence de ce monde parallèle. Dans cette hypothèse, il était également plausible que certains d'entre eux devaient être installés depuis des années de ce côté-ci sous une couverture et une identité quelconques. Il y en avait peut-être ici même, dans cette salle. Après tout, c'était un bon observatoire. Il devrait se montrer très prudent.

Comment étaient-ils entrés en possession de la camionnette? Il fallait un permis de conduire, un compte en banque. Ils devaient bénéficier de complicités.

Avaient-ils d'autres véhicules?

— Kawasi, reconnaîtrais-tu l'un de ces hommes de ton monde, si tu en voyais un?

— Oui, je pense, mais je ne suis pas sûre.

— Allons-y.

Il se leva et alla régler la commande à la caisse sous le regard attentif de la jeune femme.

A la sortie du restaurant, il s'immobilisa pour observer la rue. Une camionnette à ridelle passa, avec deux Navajos dans la cabine. Il traversa la chaussée jusqu'à son 4×4, jeta un coup d'œil à la ronde et ouvrit la portière. Personne ne semblait leur prêter attention.

La plupart des habitants de la ville étaient des mormons. Ils se connaissaient les uns les autres. Cela pourrait aider Gallagher dans son enquête.

Il s'arrêta à la première station-service et fit le plein. Il observa le jeune homme qui servait. Encore un bon poste pour écouter, cette station... Mais le garçon ne s'intéressait visiblement pas à eux, hors un ou deux coups d'œil appréciateurs sur Kawasi assise sagement à l'avant.

Alors qu'ils reprenaient la route, Mike aperçut à quelques centaines de mètres devant lui une voiture garée sur le bas-côté. C'était Gallagher. Alors que Mike approchait, le shérif passa un bras par la portière et lui fit signe de s'arrêter.

Mike se rangea à sa hauteur. Gallagher était seul.

— Vous avez une arme à feu? demanda-t-il.

Mike eut une brève hésitation.

— Oui, répondit-il. J'en emporte toujours une avec moi quand je vais dans les montagnes.

— Je vous conseille de la garder à portée de la main.

Mike lui fit part de ses réflexions précédentes. N'auraient-ils

pas installé une espèce de base opérationnelle quelque part?
Gallagher hocha la tête.

— Moi aussi, j'ai pensé à ça. Je me suis livré à un petit recensement mental de tous les gens que je connais de vue ou de nom. (Il marqua une longue pause, fixant la route d'un regard vague, puis il tourna la tête vers Mike.) Quelle histoire incroyable, dit-il d'une voix basse. Je ne sais vraiment pas qu'en penser. (Il se tut de nouveau.) Ah! j'ai lu un article à votre sujet, dit-il en montrant un magazine posé sur le siège à côté de lui. Vous êtes un habitué de ce genre de truc.

— Peut-être, mais on ne s'y fait jamais, répliqua Mike. Rien de plus facile que de monter une supercherie. Les gens ne demandent qu'à croire, et ils se fichent pas mal d'avoir affaire à des charlatans. Ils n'apprécient pas trop qu'on démasque ceux-là mêmes qui les trompent, parce que ça leur enlève leurs illusions.

— Oui, c'est vrai, approuva Gallagher. Les gens cherchent souvent un bâton pour se faire battre. (Il regarda Mike avec un soudain sérieux.) Pas un mot à quiconque, Raglan. Inutile de déclencher une rumeur quelconque.

Mike hocha la tête, salua le shérif et démarra. L'embranchement de la piste se trouvait à plus de quatre-vingts kilomètres devant eux, et il était facile de le rater. Il lui faudrait faire attention.

Kawasi se taisait, les yeux à demi clos. Mike n'avait pas envie de parler. Il essayait de se remémorer la carte qu'Erik lui avait envoyée. La route qu'il suivait était différente de celle qu'il avait prise la veille, Canyon Road, qui se trouvait beaucoup plus au sud. Il roulait depuis une heure quand il quitta le goudron, pour prendre la piste. Après qu'il eut parcouru une courte distance, il s'arrêta dans un creux.

Kawasi ouvrit les yeux.

— Qu'est-ce qu'il y a?

— Je vais jeter un coup d'œil, dit-il. Voir s'il y a des traces.

Il se mit à marcher lentement en bordure de la piste. Il y avait deux empreintes de pneus différentes, qu'entrecoupaient celles de quelques rongeurs, d'un porc-épic et d'un serpent. Il continua d'avancer, jusqu'à parcourir une centaine de mètres. La première voiture roulait vite. Le chauffeur semblait connaître la route... probablement Erik. Un autre véhicule était passé après lui mais, à en juger par l'écartement des roues, ce ne pouvait être la camionnette blanche. Les traces n'allaient que dans un sens.

Il regagna la voiture. Kawasi l'attendait, tendue et inquiète.

– Ils ne sont pas revenus par cette piste, lui dit-il.

– Ils connaissent d'autres chemins, répondit-elle.

Où pouvait être Erik? L'avaient-ils emmené à la base qu'il les soupçonnait d'avoir quelque part dans le désert? Il en fit part à Kawasi.

– Peut-être, dit-elle, mais pas longtemps. La Main est pressée de l'interroger.

– Et puis ils le tueront?

– Pas sûr. S'il est très savant, comme tu dis, La Main le gardera peut-être à son service. La Main possède... comment ça s'appelle? Des objets pour écouter quand les gens parlent entre eux. La Main écoute tout le temps.

De l'endroit où il se trouvait, Mike pouvait apercevoir la route goudronnée qu'ils venaient de quitter. Elle s'enfonçait tout droit à travers le désert. Il n'y passait pas plus d'une vingtaine de véhicules par jour. Il scruta le paysage alentour. Il y avait plusieurs endroits où des guetteurs pouvaient se poster sans risquer d'être repérés.

Il remonta en voiture et redémarra. C'était une carabine qu'il lui aurait fallu, ou mieux un fusil de chasse à canon scié, maniable à souhait.

Quelques kilomètres plus loin, la piste fourchait, et il prit vers l'est. Il jeta un regard à Kawasi.

– Peur? demanda-t-il.

– Oui. Ce sont des gens sans pitié. Depuis longtemps ils cherchent à me tuer. Ils ont très peur des gens de ce côté-ci. Pas de discipline, ils disent.

– Ils sont nombreux à être infiltrés de ce côté?

– Seulement quelques espions, mais je ne sais pas vraiment. Et ils savent toujours si quelqu'un est sorti ou entré. Alors ils le rattrapent et ils le tuent.

– Johnny s'en est bien tiré, lui.

– Oui, mais Johnny est très malin. Il ne laisse jamais de traces.

– Et toi?

– Moi, je suis une rebelle. Je pense trop, je pose des questions. Je suis une menace pour eux, alors je vis cachée dans les collines avec ceux de mon clan. (Elle se tut tandis que Mike négociait un virage et traversait un lit à sec.) Il y a de la sécheresse dans les collines, reprit-elle. Il est difficile de cultiver.

Mike s'arrêta derrière un gros buisson de genévriers et scruta la piste devant lui. Il ressentait une vague inquiétude, mais il avait beau examiner le terrain autour d'eux, il n'y décelait rien d'anormal. Il avait eu tort de prendre la route à une heure si tardive. Il aurait dû attendre le matin, comme il en avait eu l'intention, et avoir ainsi toute la journée devant lui pour entreprendre ses recherches.

Par ailleurs, il n'avait pas de temps à perdre. Erik gisait peut-être quelque part, blessé.

Rien ne bougeait dans le désert. Il redémarra. La piste tournait puis descendait en pente raide. Il lâcha le volant pendant un bref instant pour sentir sous sa main son 357 magnum dans son holster.

— Quand on... passe de l'autre côté, y a-t-il une réaction physique? demanda-t-il. Est-ce que cela produit un effet sur le corps? Sur l'esprit?

— Un peu. Des fois, on a la tête qui tourne. Et aussi... là. (Elle porta la main à son ventre.) On peut avoir mal pendant quelque temps, mais pas plus d'un jour ou deux. (Elle posa la main sur le bras de Mike.) Monsieur Raglan? Je sens une présence. Je le sens. Ils sont là...

Il arrêta de nouveau la voiture. Il ne faisait pas très chaud à cette heure, et pourtant il y avait comme un miroitement de chaleur sur la piste. Il scruta une fois de plus le terrain devant lui, mais sans rien remarquer d'anormal. Pourtant lui aussi sentait une présence.

— Là-bas, dit Kawasi en désignant une pente à quelques centaines de mètres d'eux. C'est là qu'Erik a laissé sa voiture la dernière fois. On ne peut pas aller plus loin.

Il continua sur la piste et parvint au lieu désigné par la jeune femme. Il le trouva trop dégagé, exposé aux regards. Çà et là se dressaient de grandes roches aux formes tourmentées.

Kawasi lui toucha à nouveau le bras.

— Monsieur Raglan? J'ai peur.

— Appelle-moi Mike, Kawasi, dit-il doucement.

10

Quand il eut coupé le contact, il éprouva un moment de frayeur. Le bruit du moteur avait été d'une certaine façon rassurant, et maintenant dans le profond silence il se sentait seul et isolé.

La voiture représentait la sécurité; elle permettait de fuir, de regagner l'ordre naturel des choses, le quotidien.

Qu'est-ce qu'il fabriquait ici, de toute façon? Pourquoi n'était-il pas à Tamarron, où il prendrait son petit déjeuner au San Juan Room au milieu d'un monde normal, agréable? Que faisait-il ici au bout de nulle part?

Des ombres se formaient parmi les rochers et les buissons épars de genévriers. Un vent léger se levait. Il vérifia à nouveau son revolver et prit une lampe électrique dans la boîte à gants.

— Nous n'en aurons pas pour longtemps, dit-il tout en souhaitant ne pas se tromper. Nous nous contenterons de jeter un coup d'œil sur la mesa, pour voir si Erik est par là.

Il descendit de la voiture et referma la portière. Le bruit résonna dans le silence. Kawasi n'avait pas bougé. Elle regardait droit devant elle. Il fit le tour et ouvrit de son côté. Elle lui prit la main et descendit.

— J'ai peur, dit-elle en levant son beau visage vers lui. Je sens un grand danger... là... partout.

Elle balaya la nuit d'un geste de la main.

— Nous ferons vite, dit-il pour la rassurer.

Il se demanda s'il n'avait pas commis une erreur en l'emmenant. Mais elle connaissait le chemin, et lui pas.

— Allons-y, murmura-t-il.

Elle lui emboîta le pas en jetant de brefs regards autour d'elle. Il tâtonna sa poche pour s'assurer qu'il avait emporté la clé de contact. Oui. Il se retourna pour vérifier la position de la voiture et se traita d'imbécile. Il aurait dû la placer dans l'autre sens pour fuir plus rapidement en cas d'urgence. C'était une précaution qu'il prenait toujours dans les lieux isolés et sauvages. Pourquoi avait-il négligé de le faire?

Était-ce que, sans se l'avouer, il n'avait pas l'intention de revenir? C'était absurde. Bien sûr qu'il allait revenir, et dans moins d'une heure.

Kawasi marchait devant lui d'un pas rapide et sûr. Il la suivait, tous les sens en alerte.

Pourquoi était-il si nerveux et inquiet? Ce n'était pourtant pas la première fois qu'il se rendait dans le désert. Il avait connu ceux du Sahara, de Gobi, du Kalahari, et tous avaient leurs mystères. Il pensa au désert de Gobi, l'ancien Taklamakân, à la fumée âcre des feux d'excréments de chameaux et aux ombres dansantes dans la nuit.

C'était là, et aussi dans les K'un-Lun Shan, qui bordaient le désert au sud, qu'il s'était approché le plus d'une invisible frontière – une frontière qu'il n'avait pas osé franchir. Ne se trouvait-il pas en ce moment dans la même situation?

Le sentier qu'ils suivaient était à peine visible. A l'approche du sommet de la mesa, il s'arrêta pour reprendre son souffle. Kawasi était derrière lui. La voiture était loin en dessous d'eux, vague tache claire dans l'obscurité. Pendant un instant il éprouva une violente envie de rebrousser chemin.

– Si Erik n'est pas là-haut... commença-t-il.

– Il ne sera pas là-haut, l'interrompit Kawasi. Il est de l'Autre Côté, maintenant. Ils l'ont pris. (Elle désigna le plateau devant eux.) Là-bas, derrière les rochers. C'est là qu'Erik a construit sa maison, avec les rochers pour murs.

– Et la kiva?

– Pas loin.

Ils se remirent en marche, et il effleura de sa main la crosse du 357. C'était une sensation rassurante, mais que pourrait une balle contre ces... quoi? Ces créatures?

Mais qu'est-ce qu'il racontait là! Kawasi n'était-elle pas l'une de ces créatures? Du moins le prétendait-elle.

Toute cette histoire ne serait-elle pas une fabuleuse escroquerie? Erik était un homme riche, très riche. N'était-ce pas un plan ourdi par quelque esprit imaginatif pour lui soutirer de l'argent?

Si c'était le cas, Kawasi devait être complice, et cette supposition ne lui plaisait guère. Bien sûr, il ne serait pas le premier homme à avoir été abusé par une femme charmante et douce. Mais si ce n'était pas le cas, s'il ne s'agissait pas d'une arnaque, pouvait-il considérer la jeune femme comme un être humain? A quoi ressemblaient ces créatures du Troisième Monde? Kawasi existait-elle seulement? Était-ce un fantôme, une apparition d'au-delà du voile, de ce monde malin et cruel que les anciens Indiens avaient fui?

Qu'était-ce donc que cet Autre Côté? Cette interrogation parasitait chaque pensée, chaque décision de Mike. Certes, la notion de mondes parallèles ne lui était pas inconnue. Il s'était intéressé à tous les cas connus de disparitions aussi soudaines que mystérieuses. Comme celle de l'*Iron Mountain*, par exemple, un bateau fluvial qui, avec son équipage et cinquante-cinq passagers, disparut un jour de l'an 1872 au détour d'une courbe du Mississippi. On retrouva les canots de sauvetage, mais aucune épave, aucun corps, tandis que, des rives, personne n'avait rien remarqué ni entendu. Depuis ce jour, le Mississippi enfanta bien d'autres légendes.

Il n'y avait plus de sentier, mais Kawasi avançait avec assurance parmi les rochers et les rares buissons. Soudain ils se retrouvèrent sur le sommet de la mesa. Il s'arrêta, frappé par l'étrange apparence du plateau. On aurait dit un champ grossièrement labouré.

Rares étaient les tables géologiques de ce type à présenter une quelconque couche de terre au sommet. Le sol était le plus souvent rocheux, à l'exception de quelques plaques terreuses où s'accrochait une maigre végétation.

Ils arrivèrent à l'abri d'Erik, avec sa grande planche de contreplaqué maintenue par des pierres sur les trois murs en ruine. A l'intérieur Mike trouva un sac de couchage, un coussin gonflable, un petit réchaud à gaz et quelques couverts. Il y avait aussi une petite glacière et un garde-manger soigneusement fermé.

Il jeta un coup d'œil à la table sur laquelle s'étalaient les plans de la future construction. De la fenêtre dans le mur il pouvait voir l'espace bordé de rochers où Erik projetait de bâtir la maison. Le sol rocheux exigerait peu de travaux pour être parfaitement plan. Quant aux murs prévus, les rochers en fournissaient deux avec leurs faces internes verticales et lisses. Et ce n'était pas la pierre qui manquait pour élever les deux autres, ainsi que les séparations entre les pièces. La vue était stupéfiante.

De l'autre côté de la rivière, légèrement en aval, se dressait la grande mesa où il avait vu ces étranges éclats de lumière. Il fronça les sourcils. Avec tout ce qui s'était produit depuis, il avait oublié l'incident. Y avait-il un rapport entre ces lumières et la disparition d'Erik?

Se tournant vers Kawasi, il la vit qui contemplait la grande mesa.

— Qu'y a-t-il? Tu as remarqué quelque chose? demanda-t-il à voix basse en se rapprochant d'elle.

Sans détourner son regard, elle répondit :

— Là-bas! Ça ressemble à...

— A quoi?

Elle secoua la tête.

— Impossible, dit-elle comme si elle parlait toute seule. Si c'était... (Elle secoua de nouveau la tête.) Non, impossible.

Perplexe, Mike regarda autour de lui.

68

– Erik n'est plus ici, c'est évident. On ferait mieux de retourner...

– Non! Pas retourner! Pas maintenant! Pas la nuit!

– Pourquoi pas la nuit?

– Trop dangereux. Ils... ils sont pires la nuit. Ils nous voient mais nous ne les voyons pas. C'est mieux si nous restons ici.

Il n'avait aucune envie de rester. Il voulait repartir, retrouver une ville, des gens, être n'importe où sauf ici. Il n'en redoutait pas moins le trajet de retour par des pistes sur lesquelles il était déjà difficile de rouler de jour.

C'était un lieu lugubre et solitaire. Les falaises bordant la mesa tombaient à pic de tous côtés, à l'exception de celui par lequel ils étaient arrivés.

– D'accord, dit-il à contrecœur. Nous passerons la nuit à la dure.

Il trouva dans la glacière portative du fromage, un peu de viande froide et des boîtes de bière et de soda. Il y en avait d'autres en réserve dans un coin de l'abri. Il sortit chercher du bois. Il avait besoin d'un bon feu.

Erik avait fait provision de racines, de branches et d'arbustes touchés par la foudre. Le tas n'était pas énorme, mais le bois très sec. Il prit rapidement. Kawasi s'approcha des flammes, les mains tendues.

– Il fait froid, dit-elle.

Des étoiles apparaissaient dans le ciel, et seules les crêtes et le lointain mont Navajo accrochaient encore la dernière lueur du jour.

– Je vais faire du café, dit Mike.

Erik était bien organisé. Il y avait assez de provisions pour tenir quelques jours. Les avait-il apportées lui-même? Quelqu'un s'en était-il chargé? Par hélicoptère, peut-être? C'était certainement le moyen le plus pratique, et la place ne manquait pas pour atterrir.

Mike sortit son revolver, vérifia le chargeur. Kawasi, qui l'observait, demanda :

– C'est quoi? Une arme?

– Un revolver, répondit-il. Sais-tu si Erik en avait un?

– Peut-être, mais son arme à lui était différente. Plus plate.

– Un automatique, je suppose. Je me demande s'ils l'ont trouvé? (Il la regarda.) Penses-tu qu'ils l'auront fouillé? Cherché dans ses poches?

– Je ne sais pas, mais c'est possible.

Le ciel s'assombrit encore et Mike rajouta un peu de bois. Les flammes montèrent. Instinctivement il regarda en direction de la grande mesa où avait brillé l'étrange lumière. Elle était sombre et sinistre.

Plus près, juste de l'autre côté de la rivière, il y avait un autre plateau. Il reconnut sa forme et se souvint que des chercheurs d'or y avaient prospecté à une époque, mais sans succès, si sa mémoire était bonne.

Il trouva du pain dans le garde-manger et fit des sandwiches à la viande. Quand le café fut prêt, ils s'assirent sur le seuil de l'abri.

Il pensa soudain à la kiva. Elle devait être à sa gauche. A moins que ce ne soit à droite? Il essaya de se rappeler ce qu'Erik lui avait dit.

Il se tourna vers Kawasi.

– J'ai peur, dit-elle.

– Il ne faut pas. Tout se passera bien.

– Mais s'ils viennent?

Il haussa les épaules.

– Tu resteras derrière moi. J'ai de quoi me défendre.

– Tu ne les connais pas. Ils savent comment te rendre sans force. Ils sont diaboliques.

Il rajouta encore du bois dans le feu puis il tendit à Kawasi une assiette avec un sandwich et une tasse de café. Il but une gorgée du sien; c'était bon. Avec la nuit la température avait brusquement chuté, et le café le réchauffait.

Il mordit dans son sandwich, satisfait du silence qui les entourait et qui leur permettrait d'entendre le moindre bruit. Il regarda la jeune femme. Elle était très belle. Son visage lisse luisait doucement à la lueur du feu.

– Là-bas, de l'Autre Côté, dit-il, tu vis dans une maison?

– Maison? (Elle parut réfléchir au sens de ce mot.) Grotte, je vis dans une grotte. Là où vivaient les anciens. Nous vivons cachés. Ils nous cherchent. Toujours ils cherchent.

– Comment vivent-ils, les autres?

Elle désigna les murs.

– Comment tu appelles ça?

– Une pièce, du moins ce qu'il en reste.

– Là-bas, il y a beaucoup de pièces ensemble pour beaucoup de gens. Chaque famille a ses pièces.

– Comme chez nous dans un immeuble. Ou comme dans un pueblo *?

– Oui! Un pueblo! J'ai entendu ce mot, mais ce n'est pas un mot à nous. Il y a beaucoup de pueblos, certains très beaux.

Il se releva, sa tasse au creux de la main, et scruta l'obscurité au-delà du feu.

– C'est grand comment, ton pays? demanda-t-il.

Elle secoua la tête.

– Je ne sais pas. Personne ne sait. Ceux qui travaillent savent seulement où ils travaillent. Ils n'ont pas le droit d'aller plus loin que le champ et le pueblo. (Elle se tut pendant un instant, l'air songeuse.) Des fois, reprit-elle, je pense que ceux qui commandent n'en savent pas plus que nous. (Elle marqua une pause à nouveau, et une lueur de tristesse s'alluma dans ses yeux.) Avant, c'était différent. Quand mon peuple commandait...

– Ton peuple?

– Oui. Mon grand-père était... ce que vous appelez le chef. Mais un jour les ennemis ont attaqué, et mon grand-père a été tué. Nous avons fui dans les collines où personne ne va. Où personne n'est venu avant Erik. Maintenant tout est différent.

Lentement, l'histoire prenait forme. La famille de Kawasi avait gouverné pendant des années, et puis il y avait eu une espèce de révolution de palais. D'autres, cruels et sans scrupules à en croire Kawasi, avaient pris le pouvoir et imposé leur loi. Sa famille et quelques autres s'étaient échappées dans les canyons sauvages où personne ne se rendait jamais, et ils avaient vécu là comme, avant eux, avaient vécu les Anciens.

– Ceux que les Navajos appellent les Anasazis?

– Oui, je...

Elle se tut brusquement. Quelque chose avait bougé dans l'obscurité.

Mike resta immobile. Son revolver était dans son holster, et il regretta de ne pas l'avoir à la main.

Il y avait quelque chose tout près, quelque chose qui se rapprochait encore...

* Type de village communautaire de certains Indiens du sud-ouest des États-Unis et d'Amérique latine.

71

11

Le visage de Kawasi était très pâle. Elle se rapprocha de Mike.

Dans le ciel bleu de la nuit quelques étoiles brillaient. De l'autre côté de la San Juan, en aval, se dressait la longue et sombre silhouette de la grande mesa.

— N'aie pas peur, Kawasi, murmura-t-il. N'aie pas peur.

Un mouvement se produisit dans la pénombre au-delà du feu. Il porta la main à son revolver. Et soudain la chose entra dans le cercle de lumière que projetaient les flammes.

C'était un chien, un très grand chien. C'était Chief.

Mike poussa un soupir de soulagement.

— Chief? appela-t-il doucement. Viens, Chief!

Le mastiff ne bougea pas.

— Allons, Chief, tu ne te souviens pas de moi?

Le grand tibétain avança d'un pas, puis d'un autre.

— Viens, Chief. Viens. Où est Erik, Chief? Où est ton maître?

Le chien s'approcha, contourna le feu, et Mike tendit la main vers lui.

— Tu te souviens de moi, Chief? Nous sommes de vieux amis. Nous sommes revenus ensemble du Tibet. Nous avons descendu les montagnes, toi et moi, et nous avons campé dans le désert.

Reconnaissant soudain Mike, le chien bondit avec des jappements de joie.

— Holà! doucement! Tu es trop grand maintenant pour te jeter au cou des gens! Tu les flanquerais par terre!

Kawasi, stupéfaite, s'était retirée dans l'abri, tandis que Mike frictionnait le crâne et le cou de Chief tout en lui parlant.

— Où as-tu laissé Erik, Chief? Il faut le retrouver!

Le chien ne se tenait plus de joie.

— Allons, allons, du calme, mon grand, je vais voir s'il y a quelque chose à manger pour toi. Il me semble avoir vu des boîtes pour chien quelque part dans un coin.

Il y avait un carton sous la table à dessin et il en sortit deux boîtes, qu'il ouvrit et versa dans une petite bassine de plastique. Chief se jeta sur la nourriture comme s'il n'avait pas mangé depuis des jours.

Kawasi regarda Mike avec des yeux ronds.

— C'est une bête? Tu parles avec elle comme avec un être humain.

Mike gloussa.

— C'est une bonne question, Kawasi. Pour moi, Chief a toujours été une personne. Nous avons fait connaissance au Tibet. Il n'était qu'un tout petit chiot, alors. C'est un vieil ami tibétain qui m'en a fait présent. Quand Erik m'a appris qu'il venait s'installer ici, je lui ai donné Chief, pensant qu'il pourrait en avoir besoin. Ça fait pas mal de temps qu'il est avec Erik, maintenant, mais dans sa mémoire et peut-être aussi dans son cœur, Chief me considère toujours comme son maître.

Il regarda Kawasi, et il y avait dans ses yeux un mélange de tendresse et de regret.

— Je voyageais beaucoup en ce temps-là, reprit-il, et il m'était difficile de le garder. Ce gaillard est habitué aux grands espaces. Il a tellement d'énergie à dépenser.

Chief avait nettoyé la bassine. Mike la remplit d'eau, que le chien lapa avidement.

— Tu aimes les bêtes? demanda Kawasi, manifestement décontenancée. Pourquoi?

— Il n'y a donc pas de chiens là d'où tu viens?

— C'est interdit, répondit Kawasi. De toute façon, nous n'aurions pas l'idée d'avoir un animal. (Elle plissa le front d'un air perplexe.) Pourquoi tu l'aimes?

— Parce que c'est mon ami, dit Mike. Le chien a été le premier animal domestiqué par l'homme, et ça fait des milliers d'années qu'ils se côtoient. Je suppose que les premiers chiens étaient de jeunes loups capturés et élevés pour être mangés, et qu'ils se sont révélés si bons compagnons que les hommes ont décidé de les garder. Hommes et chiens ont commencé à chasser ensemble, et depuis ils ne se sont plus jamais quittés.

— Nous gardons les animaux seulement pour la nourriture et les peaux, déclara Kawasi avec un vague ton de reproche.

— Vous ne savez pas ce que vous ratez, dit Mike, amusé. Bien sûr, il y a des pays où on consomme de la viande de chien. C'est surtout en Europe et en Amérique, et aussi chez certains peuples nomades, que les chiens sont des animaux de compagnie.

– « Nomades »? Qu'est-ce que c'est?

– Des gens qui vont de lieu en lieu, souvent avec leurs troupeaux, en quête de pâturages. Y a-t-il des nomades chez toi?

– Je ne sais pas. Il y a un grand désert, mais personne n'y va. Il y a beaucoup de plantations, mais toutes appartiennent aux Seigneurs de Shibalba.

– Shibalba?

– Oui. C'est le nom de l'endroit où mon peuple vit.

– Selon une légende maya, il existerait un endroit sous terre où vivent les ennemis des hommes. Cet endroit s'appelle Xibalba.

– C'est pareil, je pense.

Il ajouta du bois dans le feu, et quelques étincelles s'élevèrent.

– Tout à l'heure j'ai cru comprendre que la grande mesa, là-bas, te rappelait quelque chose. Tu te souviens?

Elle se tourna vers la mesa.

– Oui, ça ressemble à un endroit que je connais de l'Autre Côté. Mais c'est impossible...

– Tu penses que c'est le même?

– Ça ressemble et c'est différent. Je n'aime pas cet endroit, ajouta-t-elle. Je ne veux même pas y penser.

Chief reposait à côté d'eux, la tête sur ses pattes. Mike regarda en direction de la mesa, au-delà des eaux argentées de la San Juan. Les étoiles étaient très brillantes, la nuit sombre. Quelque part, au loin, un coyote hurla. Chief leva la tête, les oreilles dressées.

Kawasi contemplait en silence le feu. Mike entreprit de mettre un peu d'ordre dans ses pensées. Il ne devait pas agir à l'aveuglette. Il devait établir un plan qu'il pourrait adapter aux circonstances.

Il n'avait aucune idée de ce qui l'attendait, exception faite de l'hostilité d'êtres appartenant à un monde dont il ne savait rien. Surtout, le phénomène auquel il était confronté échappait à tout critère logique. Il avait l'impression d'être parvenu à la frontière du réel, et ce qui l'attendait peut-être au-delà lui semblait plus étrange et inconnu que la plus lointaine galaxie.

Erik avait disparu.

Il y avait une fine couche de poussière sur la table à dessin et les plans. Le sac de couchage était roulé serré, sage précaution en région désertique si on ne voulait pas avoir pour compagnons de nuit les serpents, les araignées et les scorpions.

Il déroula le sac.

– Tu peux dormir dedans, dit-il à Kawasi. Je me débrouillerai avec la parka d'Erik.

Il apporta davantage de bois près du feu et fit quelques pas hors de l'abri. Le sol de la mesa était poudreux, et la végétation rare. La nuit était fraîche, les étoiles semblaient proches. Un grand silence régnait. Il n'y avait pas une seule habitation à moins de quatre-vingts kilomètres à la ronde, à moins qu'il n'y eût quelque campement navajo au sud de la rivière, qui était profonde et ne pouvait être traversée qu'à Mexican Hat.

Chief le rejoignit, humant l'air, les oreilles pointées. Un sourd grondement monta de son large poitrail. Mike posa une main sur la tête du chien.

– Guette, mon grand! dit-il tout bas. Guette!

Comme il aurait voulu que le chien lui apprenne ce qu'il savait, ce qu'il sentait! Mais le grondement l'avertissait qu'ils n'étaient pas seuls. Il y avait quelqu'un, quelque *chose* là, quelque part dans le noir.

Il regagna l'abri, tout en ramassant du bois pour le feu. Kawasi, emmitouflée dans le sac de couchage, semblait dormir paisiblement à en juger par le bruit régulier de sa respiration. A nouveau il porta la main à son revolver. A quoi pouvait ressembler cet Autre Côté? Est-ce que son arme fonctionnerait, une fois franchi l'invisible mur? Se produirait-il en lui quelque changement physique, intellectuel?

Kawasi lui semblait tout à fait normale, et il n'avait remarqué aucune anomalie particulière chez l'homme qui avait pénétré chez lui à Tamarron.

Les Hopis et d'autres tribus croyaient que ce monde-ci était le quatrième. Des deux premiers ils déclaraient ne pas se souvenir, mais parce que le Troisième Monde était tombé sous l'emprise du mal, ils s'étaient réfugiés ici-bas, selon l'une de leurs légendes, à travers un trou dans la terre.

Une autre légende voulait que les Hopis soient arrivés par la mer. La différence des versions ne gênait pas Mike. L'univers des légendes n'avait nulle frontière, et rien n'empêchait une histoire de se répandre et de s'imprégner ainsi de couleur locale.

Il n'était pas surpris que les Hopis aient plusieurs versions de leurs origines. Souvent un homme d'une tribu prenait pour épouse une femme d'une autre tribu, qui transmettrait aux enfants qu'elle aurait de lui les contes qui avaient émerveillé sa propre enfance. C'est ainsi que le patrimoine oral d'une tribu se mêlait à celui d'autres tribus.

Mike s'accroupit à côté du feu et remua avec un bâton les braises du feu qui mourait. Erik avait disparu. En supposant qu'il s'agisse d'un kidnapping, la prochaine étape des ravisseurs serait de demander une rançon. Mais à qui? Mike ne connaissait à Erik aucun parent. Peu de gens savaient que Mike était un ami d'Erik. Si lui-même ne connaissait personne à qui la demande de rançon pouvait être adressée, comment les ravisseurs pourraient-ils le savoir?

Une action des services d'espionnage d'une puissance étrangère? Non, l'hypothèse était à rejeter. Erik n'avait pas travaillé pour le gouvernement depuis longtemps et, avec la rapidité des progrès dans les domaines techniques, ce qu'avait accompli Erik était à présent dépassé.

Une vengeance? Erik n'était pas homme à se faire des ennemis. Toujours courtois, paisible, c'était un grand travailleur qui n'étalait jamais ni ses talents ni sa fortune. Il ne risquait pas de s'attirer l'animosité de quiconque.

Et pourtant, il avait disparu.

Mike fourragea à nouveau dans les braises. Dans son appel à l'aide, Erik lui avait demandé de *les* sauver. Ce pluriel impliquait donc qu'il y avait quelqu'un avec lui.

Peut-être Kawasi connaissait-elle la réponse. Peut-être pourrait-elle lui dire qui était cette autre personne... à moins que ce ne soit elle-même.

Il détourna les yeux du feu, tendit l'oreille. N'avait-il pas perçu un bruit? Chief dormait, ou semblait dormir. Il avait encore grondé un moment plus tôt. Sûrement quelque chose rôdait. Un coyote? Un puma? Un être humain?

Mike n'était pas mécontent de son entretien avec Gallagher. Le shérif était intelligent et ouvert. Il était difficile de dire dans quelle mesure il avait prêté foi à cette histoire mais au moins avait-il patiemment écouté. Si les autres avaient établi une base dans le pays, Gallagher finirait par l'apprendre tôt ou tard. Opiniâtre, il n'aurait de cesse de trouver la réponse.

Une douce brise soufflait sur le plateau. Mike continuait de tendre l'oreille, guettant tout bruit qui lui paraîtrait étranger à la nuit.

Ce Troisième Monde, d'où venait Kawasi, était « mauvais », comme disait la jeune femme. Il était sous l'emprise du mal. Mais de quel *mal* s'agissait-il? Pour certains le mal est de pécher contre Dieu. Pour d'autres, c'est de pécher contre les hommes. Quel mal avaient fui les Anasazis? Un mal social?

Mike en doutait. Les hommes finissaient toujours par se rebeller contre les tyrans, quitte à les remplacer par d'autres. Quel était ce mal qui avait poussé un peuple à fuir en laissant tout derrière lui? Quel était-il en vérité pour que certains de ceux-là mêmes qui l'avaient fui retournent vivre en sa présence?

C'était une question qu'il devrait poser à Kawasi.

Mike se leva. Il ajouta du bois dans le feu, et scruta les ténèbres.

Pourquoi ne pouvait-il dormir? Qu'y avait-il donc là, dehors? Pourquoi cela ne s'approchait pas, n'attaquait pas? Le mal qui régnait de l'Autre Côté était-il quelque monstre capable de tuer ou bien était-ce quelque chose de plus insidieux, de plus subtil?

Il jeta un regard vers Kawasi. Elle dormait paisiblement. Il alla s'asseoir à côté d'elle contre le mur. Il jeta un coup d'œil à sa montre. Il était à peine minuit. Lui qui pensait que l'aube ne tarderait plus!

Les flammes dansaient, projetant des ombres mouvantes sur les murs. La crosse de son revolver était froide dans sa main. Il le tira à moitié du holster pour dégainer plus vite.

Chief leva soudain la tête. Mike regarda dans la direction que fixait le chien. Il se relevait doucement quand une main toucha la sienne.

– Non! (C'était Kawasi.) Ne sors pas! Pas maintenant, quoi qu'il arrive!

12

Il hésita, un peu agacé. Qu'avait-il à redouter?

– Ils viennent pour le feu, dit Kawasi. Ils observent le feu.

Ils restèrent silencieux pendant plusieurs minutes. Raglan écoutait, passant sa langue sur ses lèvres sèches. Qui étaient-« ils »? Il se souvint des créatures qu'il avait aperçues dans la nuit et qui semblaient répondre à la lueur apparue au sommet de la grande mesa. Étaient-ce les mêmes?

Il y eut un léger bruissement dans l'obscurité puis le silence retomba. Il avait envie d'éteindre le feu, mais il lui faudrait s'exposer, et il lui répugnait de se retrouver seul dans le noir.

Comme si elle avait pressenti ses intentions, Kawasi lui toucha le bras.

— Ils ne doivent pas te voir, chuchota-t-elle. Si on ne bouge pas, ils partiront quand le feu mourra.

Il regrettait qu'il ne fasse pas jour. S'il devait affronter un danger, il préférait le faire en pleine lumière. Les créatures qu'il avait vues avaient une apparence humaine, et il ne souhaitait tuer personne. De toute façon, un meurtre entraînerait de nombreuses questions et beaucoup d'ennuis. Il y aurait enquête, et comment expliquerait-il la situation? Qui croirait à une pareille histoire?

Dissimulés dans l'ombre contre le mur, ils attendirent. Kawasi était assise à côté de lui, son bras contre le sien. Elle, au moins, était réelle. Du moins préférait-il le penser.

Le feu n'était plus que braises rougeoyantes sous la légère brise balayant le plateau. Il avait les jambes engourdies, et il changea légèrement de position. De l'endroit où il se trouvait, il apercevait la sombre bordure de rochers, et au-delà le ciel constellé d'étoiles.

Pas d'ombres, pas de mouvements.

— Je pense qu'ils sont partis, murmura-t-il.

— Non, attends! dit Kawasi en le retenant par le bras.

Il se laissa aller contre le mur et se détendit un peu. Il était las de cette longue attente. Il sentit ses yeux se fermer. Il se secoua aussitôt. Ce n'était pas le moment de s'endormir. Pourtant il devait prendre un peu de repos. Il n'avait pas passé une seule nuit de sommeil complète depuis qu'il avait quitté New York, sa première nuit dans son appartement à Tamarron ayant été interrompue par son visiteur nocturne.

Il sentit le sommeil le prendre, et cette fois il ne résista pas.

Un bruit de pas le réveilla. Il faisait grand jour! Il cligna les yeux en regardant autour de lui et sursauta.

Kawasi avait disparu!

Il se releva précipitamment et s'immobilisa. Gallagher le regardait depuis l'entrée de l'abri.

Mike regarda de nouveau autour de lui. Kawasi avait disparu, disparu comme si elle n'avait jamais été là. Avec un dernier regard dans l'abri, il fit un pas dehors.

Gallagher le considérait d'un air curieux.

— Que se passe-t-il? demanda-t-il. Vous avez perdu quelque chose?

— Oui. Kawasi. Elle est partie.

Il regarda de chaque côté de la mesa. Le soleil effleurait les rochers alentour, et le sommet du mont Navajo brillait comme un phare sous les rayons.

– Comment ça, partie?

– Elle se trouvait là, à côté de moi, quand je me suis endormi. Nous attendions que le feu meure. (Il se tut, comprenant combien ses paroles devaient paraître insensées.) Il y avait quelque chose dehors. Kawasi a dit que c'était le feu qui les attirait.

Gallagher avait les mains sur les hanches. Son regard était froid. Il dit d'une voix calme :

– Elle serait partie où? Je suis venu jusqu'ici avec l'intention de lui poser quelques questions. Et maintenant vous me dites qu'elle a disparu. (Il embrassa la mesa d'un geste de la main.) Disparu où ça? Ce plateau est plat comme ma main. J'ai vu votre voiture, là où vous l'avez laissée. Je n'ai vu ni croisé personne en venant, et il ne faisait pas encore jour quand j'ai pris la route. Je vous demande encore une fois, Raglan : où est-elle?

– Et moi, je vous le répète, on était là, à guetter, et j'étais mort de fatigue. J'ai lutté contre le sommeil comme j'ai pu, mais j'ai fini par m'endormir.

– Vous m'avez dit qu'il y avait quelque chose, dehors?

Il regarda autour de lui.

– Oui, et à peu près à l'endroit où vous vous tenez. Nous avons entendu un bruissement, quelque chose qui se déplaçait. Je n'ai rien vu, et je ne pense pas qu'elle-même ait vu quoi que ce soit. J'ignore à quoi ou à qui elle faisait allusion, mais elle a dit qu'ils étaient attirés par les flammes et qu'ils s'en iraient quand le feu serait éteint.

– C'est un témoin, Raglan. Un témoin important. J'ai besoin de lui parler. Elle a été vue pour la dernière fois en votre compagnie. Vous êtes venu ici avec elle. Ne me dites pas qu'elle a pu s'envoler comme ça.

– Mais...

– Et ne recommencez pas avec votre histoire de monde parallèle. (Il marqua une pause.) J'ai retrouvé votre fourgonnette blanche, du moins *une* fourgonnette blanche.

Mike attendit que Gallagher continue tout en scrutant la mesa. Il devait y avoir des empreintes de pas dans la poussière. Si ces êtres étaient venus, ils avaient dû laisser des traces.

– Et alors? demanda-t-il.

– Elle appartient à des Paiutes. Ça fait des années qu'ils sont dans le coin. Je n'ai rien relevé de particulier à leur sujet.

– Vous en êtes certain?

– Ils vivent là depuis des années. Ils ont quelques moutons, et un cheval ou deux. Les Indiens ne se sentent jamais bien tant qu'ils n'ont pas un canasson. Même s'ils ne le montent pas, il leur en faut un.

– Et la fourgonnette?

– Dans le garage qui jouxte la maison.

– Un garage?

– Une construction métallique. Une sorte d'atelier. Ils doivent faire eux-mêmes les réparations.

– Vous leur avez parlé?

– Bien sûr. Ils étaient trois. Un type âgé avec sa femme, et un jeune, dans les vingt-cinq ans.

Mike était déçu. Il avait espéré que la découverte de la fourgonnette leur fournirait une piste.

– Vous connaissez ces Paiutes?

– Non, c'est la première fois que je les vois. J'en ai parlé à Weston, qui est leur voisin le plus proche. Il m'a dit que d'autres Paiutes avaient vécu dans le coin mais qu'ils étaient partis il y a longtemps. D'après lui, le vieux n'a jamais embêté personne. Il ramasse des bricoles de-ci de-là, le long de la route : de vieux pneus, des trucs abandonnés ou jetés, qu'il essaie de revendre quand ce n'est pas en trop mauvais état.

Gallagher entra dans l'abri. Il jeta un bref regard aux plans étalés sur la table à dessin, puis dans la pièce où se trouvaient le lit de camp et le reste des affaires d'Erik.

Mike fit quelques pas sur le plateau. Il y avait une multitude de traces, brouillées, indéfinies. Il en fit part au policier.

– Vous avez pu vous-même laisser ces empreintes, fit remarquer Gallagher. Ou Hokart. Il n'y a pas eu de pluie ni de grand vent pour les effacer. Ça fait peut-être des semaines qu'elles sont là.

– Si c'était le cas, elles seraient recouvertes d'une fine couche de poussière. (Il s'éloigna de quelques mètres.) Gallagher? Venez voir. Pensez-vous que j'ai des pieds comme ça?

C'était une empreinte de pied nu, un très grand pied.

Gallagher se pencha pour examiner l'empreinte et émit un léger sifflement.

– Bon Dieu, murmura-t-il. (Il désigna du doigt un point de l'empreinte.) Vous avez vu?

Au bout de chaque orteil, parfaitement imprimé dans la poussière, on voyait nettement la marque d'une griffe, ou d'un ongle long, pointu et recourbé.

Gallagher se redressa et regarda attentivement autour de lui.

80

– Vous dites que Kawasi a disparu. Pensez-vous qu'elle aurait été emmenée par ces... choses?

– Kawasi avait trop peur pour se risquer seule dans le noir. Et personne n'aurait pu rentrer et l'enlever sans qu'elle se débatte, crie et me réveille.

– Alors où est-elle?

– Elle a dû partir quand la voie était libre. Et j'aimerais bien savoir pourquoi.

Gallagher le regarda.

– Mais j'étais sur la route, et je n'ai vu personne. Elle n'a tout de même pas filé dans le désert, comme ça, au risque de tomber dans un canyon, non?

– Elle est peut-être repartie là d'où elle venait, de l'Autre Côté.

Gallagher enfonça ses pouces sous son ceinturon.

– Vous recommencez avec cette histoire? J'ai repensé à ce que vous m'avez dit, vous savez. C'est invraisemblable, si vous voulez mon avis. Je refuse de croire à des sornettes pareilles! Par contre, vous vous trouvez dans une sale situation, Raglan. Vous feriez peut-être bien de téléphoner à un bon avocat. Nous avons deux disparus, maintenant, un homme d'affaires richissime, et une jeune beauté. Et vous êtes le seul lien entre ces deux événements.

– Vous oubliez la kiva.

– Il y a des tas de kivas dans la région. (Il jeta un regard en direction de la table à dessin.) Allons voir un peu ces plans, suggéra-t-il.

Deux des pièces prévues par Erik – le salon et le bureau – utilisaient au maximum les parois rocheuses dont la surface lisse nécessitait très peu de travaux.

Gallagher examina attentivement le dessin des pièces.

– C'est grand et beau, commenta-t-il. Vous disiez qu'il comptait bâtir tout seul?

– C'est ce qu'il projetait. Il aurait probablement fait appel à une entreprise pour la plomberie et l'installation électrique.

– Il ne risquait pas d'avoir beaucoup de visiteurs en s'installant ici, remarqua Gallagher.

– C'est ce qu'il voulait. Erik avait un appartement somptueux à New York, mais il n'était pas mondain. Il n'avait qu'une poignée d'amis, des relations de travail pour la plupart. Il avait envie d'être tranquille pour réfléchir à son aise.

Gallagher regarda à nouveau autour de lui.

— Le moins qu'on puisse dire, c'est qu'il aurait eu de la vue. Ce doit être quelque chose, je l'avoue, de se réveiller le matin devant un tel panorama! (Il marqua une pause.) Il avait de la famille? Des héritiers?

— Pas que je sache. C'était un homme très discret sur sa vie privée.

— D'où était-il originaire?

— Tout ce que je sais, c'est qu'il est américain. Je crois qu'il avait un ancêtre suisse, mais je n'en suis pas sûr. Comme je vous l'ai dit, il n'était pas bavard.

— Secret?

— Pas vraiment. C'était plutôt un homme tranquille qui menait rondement ses affaires.

Gallagher regarda en direction de la kiva, sans bouger.

— Bizarre, tout de même, dit-il, que le seul homme qu'il appelle à l'aide sache si peu de chose à son sujet.

Raglan haussa les épaules, agacé malgré lui par la remarque de Gallagher.

— Il a pensé faire appel à un expert. Quand votre plomberie fuit, vous appelez un plombier. Si vous êtes malade vous faites appel au médecin. Il s'est passé quelque chose d'étrange ici, alors il m'a contacté.

— C'est plausible, accorda Gallagher. Ce qui l'est moins, c'est l'histoire que vous m'avez racontée, vous et cette fille qui a disparu. L'incendie du restaurant semble être d'origine criminelle, mais je n'arrive pas à savoir si vous y êtes mêlé. Pas encore, du moins.

— Pourquoi aurais-je mis le feu à ce restaurant?

— C'est bien la question que je me suis posée. Il y en a d'autres que je me pose, mais aucune réponse ne me satisfait. Si mes collègues en connaissaient la nature, ils exigeraient ma démission sur-le-champ. En tout cas, Hokart a disparu, et maintenant c'est au tour de la fille. J'ai deux disparus et un incendie sur les bras. Je peux me demander également si tout ça n'est pas dirigé contre vous.

Raglan considéra avec stupeur le policier.

— Contre moi? Et pour quelle raison?

— Je ne sais pas. Je suis dans le noir, alors je tâtonne. Hokart avait-il un quelconque motif pour se débarrasser de vous?

— Non, bien sûr que non.

— C'est lui qui vous a invité ici. Lui qui vous a appelé au secours. Puis il ne vient pas au rendez-vous, mais vous laisse

82

une histoire abracadabrante de monde parallèle et autre dimension. Il n'a pas plus tôt mis les pieds dans un restaurant que celui-ci part en fumée. Et plus aucune trace de lui, si ce n'est sa Jeep qu'il abandonne en ville et les quelques affaires qui sont ici. Je trouve que quelque chose pue dans cette histoire, si vous voulez mon avis.

Il regagna la ruine et s'arrêta devant les plans.

— Je cherche, dit-il d'une voix irritée. Et plus je cherche, moins ça a de sens. Je pourrais aussi bien supposer que vous les avez tués tous les deux.

— Je n'avais aucune raison de tuer Erik, et rien à y gagner. Et si je devais tuer quelqu'un, je ne commencerais pas par une jolie femme. Il n'y en a jamais assez autour de nous.

— Ça, je vous l'accorde, dit Gallagher. (Il examinait le cercle qui marquait l'emplacement de la kiva, au cas où Erik aurait intégré celle-ci à la construction.) C'est vrai que ça colle, dit-il tout bas. Mais qui nous dit qu'il n'a pas eu une crise de somnambulisme, tracé lui-même ce cercle, pour s'en étonner ensuite à son réveil? On a déjà vu des cas de ce genre.

— Mais Erik ignorait qu'il y avait une kiva sur la mesa. Personne ne le savait.

— Il n'y a donc pas d'autres ruines dans les parages?

— Dans le canyon, en aval. Il m'a dit qu'il y avait deux abris en pierre pour le stockage du grain. Et puis il y a d'autres ruines en amont.

— Oui, je les connais. J'y suis allé une ou deux fois. (Gallagher ressortit de l'abri et contempla le plateau.) On dirait que le sol a été cultivé jadis.

— Les Anasazis plantaient sur les mesas, mais je n'ai jamais rien vu de semblable.

Gallagher ôta son chapeau et passa une main dans ses cheveux.

— Je vais commencer par me renseigner au sujet d'Hokart. Je veux savoir qui il était et d'où il venait. (Il regarda Raglan.) Et autant à votre sujet.

— Pas d'objection. Pour Hokart, je doute que vous trouviez grand-chose.

— C'est possible, mais je ne veux rien négliger.

— Allons voir cette kiva, proposa Mike.

Gallagher secoua la tête.

— Attendez. J'ai assez de rébus comme ça sur les bras.

J'aimerais d'abord retrouver cette fille. J'aurais dû l'interroger avant que vous me racontiez toutes ces histoires de Troisième Monde et autres foutaises.

— Foutaises ou pas, comme vous dites, je pense quand même qu'elle est retournée de l'Autre Côtě.

— Pensez-vous que votre chien pourrait la retrouver?

— C'est possible, mais ils n'aiment pas les chiens là-bas. Ils ne les comprennent pas. Et si elle était tombée de la falaise? Ça doit faire une bonne trentaine de mètres à pic.

— C'est la première chose à laquelle j'ai pensé, dit Gallagher en regardant Raglan. Mais j'aurais remarqué les traces depuis le sentier, quand je suis monté. (Il passa à nouveau une main dans ses cheveux.) Bon, allons voir cette kiva.

13

Mike ne bougea pas.

— Gallagher? Vous avez dit que les Paiutes avaient un garage? Un grand garage?

— Assez grand pour quatre voitures, répondit le policier en se tournant vers lui. Avec une espèce d'atelier dans un coin.

— Ça doit coûter pas mal d'argent, un truc comme ça. Je me demande à quoi ça peut leur servir. Ça me paraît beaucoup, un garage capable d'abriter quatre véhicules, pour un couple de vieux Indiens élevant quelques moutons et faisant les décharges publiques.

— Et alors?

— Ça pourrait cacher quelque chose. Vous avez vérifié le kilométrage de la fourgonnette?

— Oui. (Il feuilleta les pages de son calepin.) Quatre-vingt-deux mille huit cent quatre-vingt-douze kilomètres.

Mike pensa soudain à son 4×4 avec l'envie pressante d'en prendre le volant et de revenir à Tamarron, en laissant tomber cette histoire de fous.

— Eh bien, ça fait beaucoup de route pour un vieux couple, même avec le jeune qui vit avec eux.

— Je me suis fait la même réflexion.

— Réfléchissez-y encore. Vous rentrez en ville? Cette mesa

commence à me porter sur les nerfs. J'ai envie de retrouver un peu de civilisation.

— D'accord. Nous nous arrêterons chez Eden Foster. Elle n'est pas très loin de la route en allant vers Durango. Elle a appris que vous vous trouviez dans le coin, et elle aimerait faire votre connaissance.

— Qui est Eden Foster?

— Quelqu'un à connaître quand on vit ici. C'est une femme intéressante et entreprenante. Elle a enseigné dans une université dans l'Est. Elle est venue s'installer à Santa Fe, puis elle a décidé qu'elle préférait cette région. Elle a acheté une boutique d'antiquités sur la route, et elle vend de l'artisanat indien — peintures, tapis, bijoux, mais uniquement de très belles pièces.

Ils avaient atteint les voitures. Gallagher s'arrêta et regarda en direction de la mesa.

— Raglan? A votre place je ne parlerais pas de ces empreintes de pieds. La rumeur aurait vite fait de nous inventer quelque abominable homme des canyons.

— Oui, bien sûr.

— Quant à la fourgonnette blanche, il se peut que ce ne soit pas la même. Je parierais qu'il doit y en avoir une bonne douzaine d'ici à Durango, et nous n'avons aucune preuve que l'homme qui a pénétré chez vous ait un lien quelconque avec l'incendie du restaurant. Si les gens du pays savaient la moitié de ce que nous savons, ils feraient aussitôt le rapport entre ces événements, et toutes ces histoires recommenceraient, alors que ça s'était calmé.

— Quelles histoires?

Gallagher hésita.

— Oh, des trucs que les gens racontent. Il est très facile de disparaître dans ce pays. On peut tomber dans un canyon ou se faire emporter par une crue. Quand ça arrive, il y a toujours quelques naïfs pour parler de sorcellerie. La plupart des Indiens restent muets sur le sujet, mais ils y croient. Quant aux Blancs qui vivent dans le pays depuis longtemps, ils hausseront les épaules si vous leur posez la question, mais ça ne veut pas dire qu'ils n'y croient pas. Bien au contraire.

Chief dressait la tête, le nez au vent.

— Qu'est-ce qu'il y a, Chief? Tu as senti quelque chose?

Le chien se rapprocha de Mike mais il regarda de nouveau en direction de la mesa et de l'abri d'Erik.

— J'ai l'impression qu'il cherche Kawasi, dit Mike. Il est inquiet.

– Passez devant, dit Gallagher. Je vous suis.

Mike fit monter Chief dans la voiture puis il s'installa au volant. Comme il démarrait, il tourna la tête vers le chien assis à côté de lui.

– Moi aussi, je suis inquiet, dit-il. Je me demande bien pourquoi elle a disparu comme ça.

Quand ils atteignirent la route, Gallagher se porta à sa hauteur et lui cria :

– On va chez Eden. On y sera pour le déjeuner. Sa cuisine est réputée.

Le policier passa devant, et Mike le suivit.

– Nous sommes dans le pétrin, Chief. Gallagher est un type bien, mais il a une enquête à mener, et je suis le seul lien entre deux disparus et un incendie criminel. Pour toute défense, je n'ai qu'une histoire que je trouverais parfaitement farfelue, si j'étais à sa place.

Chief ne fit aucun commentaire, pas même un grognement ou un gémissement. Il continua de regarder la route devant lui.

– J'aimerais quand même en savoir plus sur ce garage, poursuivit Mike. Je me demande à quoi il peut bien leur servir. Est-ce qu'ils y mettent d'autres voitures?

Un moment plus tard, Gallagher ralentit pour prendre un chemin de terre qui contournait une petite colline et s'arrêtait devant une maison à un étage bâtie en pierres du pays. Il y avait une belle et vaste véranda, et à droite une pelouse avec de grands arbres et des parterres de fleurs. Gallagher se rangea sur un parking en gravillons et grimpa prestement les marches du perron. Mike se hâtait de le suivre, quand la porte s'ouvrit.

Eden Foster était une beauté. Brune, grande, mince, avec des yeux gris qu'on ne risquait pas d'oublier. Elle portait un pantalon bouffant et un chemisier beige, que rehaussait un collier de turquoises.

– Gallagher! Vous arrivez juste à temps pour déjeuner!·

– Je le sais bien. (Il se tourna vers Mike.) Mike Raglan, je vous présente Eden Foster.

Leurs regards se rencontrèrent, et Mike fut soudain sur ses gardes. Il n'aurait su dire pourquoi. Elle était belle, avec un sourire charmant et une poignée de main chaleureuse.

– Entrez, voulez-vous?

Il faisait sombre et frais à l'intérieur. Il y avait quelques beaux tapis indiens sur le sol et également sur les murs. En passant devant une bibliothèque chargée de livres, Mike remarqua

86

trois de ses ouvrages et à côté deux d'Evans-Wentz et un d'Eliade.

La petite salle à manger dans laquelle elle les conduisit donnait sur le jardin qu'il avait aperçu.

— Vous me pardonnerez, j'espère, d'avoir demandé à Gallagher de me présenter à vous, dit Eden Foster à Mike. Je ne voulais pas manquer l'occasion de rencontrer l'un des mes auteurs préférés.

— Merci, mais je ne suis pas vraiment un écrivain. Je n'ai fait que rendre compte de mes voyages et de mes enquêtes.

— Il n'empêche, vous êtes un homme intéressant, et la compagnie est rare quand on vit loin de tout.

Elle se tourna vers ce qui devait être la porte d'une cuisine.

— Mary? Vous pouvez servir, s'il vous plaît? (Elle reporta son regard sur Mike.) Vous êtes plus jeune que je ne pensais. Il se dégage de vos livres une telle expérience que je vous imaginais plus âgé.

— La lumière est trompeuse, dit Mike avec un geste de la main vers la baie vitrée.

Mary était une jeune Navaja aux grands yeux noirs. Elle apporta un plateau avec des sandwiches, et une salade de branches de céleri, d'olives et de rondelles de concombre. Alors qu'elle se tenait derrière Eden Foster et s'apprêtait à regagner la cuisine, elle regarda Mike avec insistance, sans que son visage trahisse la moindre expression.

Eden tourna son attention sur Gallagher et s'enquit, dans l'ordre, de sa femme, de ses enfants, et de son jardin. Mike croqua une branche de céleri et, tout en feignant de contempler le jardin, s'interrogea sur l'étrange impression que lui faisait Eden Foster.

C'était une femme attirante, d'une beauté comme un homme pouvait en rêver, et il s'étonnait de la méfiance instinctive qu'il éprouvait à son égard.

— Monsieur Raglan, resterez-vous quelque temps parmi nous? demanda-t-elle.

— Appelez-moi Mike, sinon j'aurais tendance à me retourner pour voir si mon père est là. (Il marqua une pause.) Non, je ne pense pas rester longtemps ici.

— Un nouveau livre?

Il haussa les épaules.

— Juste une visite. Vous savez, je ne fais pas profession d'écrire. Disons que j'y consacre mes loisirs. En vérité, je suis venu dans la région pour y retrouver un ami.

– Un ami, dit Gallagher, qui construit une maison dans le désert.

Mike reporta son regard vers le jardin. Il n'était pas venu ici pour parler mais pour écouter. Gallagher l'avait-il emmené chez Eden Foster pour simplement lui présenter une voisine ou bien y avait-il autre chose?

Eden, qui était assise en face de lui, versa du café. Elle le regarda.

– Je parie qu'il s'agit d'Erik Hokart. Je ne connais personne d'autre qui ait l'intention de bâtir du côté des canyons.

– C'est un ami, dit-il.

– Je me demande ce qu'en pense sa femme, reprit Eden. L'endroit est bien solitaire pour une femme.

– Hokart est célibataire, dit Gallagher. Il aime la solitude. N'est-ce pas, Mike?

– Oui, il a besoin d'être seul pour réfléchir. C'est un homme très important dans certains cercles, vous savez. Je suis sûr que le gouvernement sait où il se trouve.

Eden le fixa de ses grands yeux gris, dans lesquels il crut déceler une soudaine lueur d'intérêt.

– Il est aussi important que ça?

– Dans son domaine, oui. Il y a des gens au Pentagone qui seraient prêts à le considérer comme trésor national.

C'était un peu exagéré mais pas trop éloigné de la vérité, après tout, pensa-t-il en prenant un sandwich.

– Vous avez de bien belles fleurs, dit-il en regardant le jardin. Et puis j'aime beaucoup les soucis.

Eden haussa les sourcils.

– Des soucis?

– Oui, ils ont, dit-on, la propriété de chasser les insectes.

– Je l'ignorais. C'est Mary qui s'occupe du jardin. (Elle se tourna à nouveau vers Gallagher.) Vous devez inviter M. Hokart à venir ici. J'aimerais beaucoup le rencontrer.

– Il n'était pas là, dit Gallagher. Nous aussi, nous aimerions le rencontrer.

Elle regarda Mike.

– Mais vous êtes son ami. Vous devez savoir où il est.

– Bien sûr. (Il prit un autre sandwich et lui sourit.) Je le sais. Quand je le verrai, je lui ferai part de votre désir de faire sa connaissance.

Les yeux d'Eden ne souriaient plus, ou bien était-ce son imagination? Cette dernière avait été rudement sollicitée ces dernières vingt-quatre heures, et il était probablement prêt à voir un fantôme derrière chaque cactus du désert.

Il avala une gorgée de café. Celui-ci était fort bon, avec un léger arôme qu'il n'arrivait pas à situer. Il allait poser la question quand il se ravisa.

— Vous habitez un bel endroit, dit-il à la place. Je suis content que vous m'ayez amené ici, Gallagher.

— A quoi ça me servirait d'être policier si je ne savais pas où l'on peut déjeuner agréablement en compagnie d'une jolie femme?

— Je suis bien d'accord avec vous pour ce qui est de la beauté de notre hôtesse.

Mike sourit à Eden dont le regard se réchauffa. Il se félicita d'avoir connu tant de femmes. Celle-ci avait un don certain pour la séduction. Elle savait ce qu'elle faisait... à chaque instant.

La conversation tourna sur la région et quelques personnes de la ville, et Mike savoura son café et reprit un autre sandwich. Il entendit un bruit de voix dans la maison : Mary qui parlait à quelqu'un, mais qui?

Il ne savait rien des gens dont ils s'entretenaient. Eden paraissait bien informée, jusqu'à ce qu'elle demande :

— Nous avons aperçu la fumée d'un incendie l'autre jour. Rien de grave?

— C'est le restaurant de Benny qui a brûlé. Jerry a été blessé assez sérieusement. Le feu a probablement pris dans la cuisine. Ça arrive de temps à autre. (Gallagher se leva.) Nous ferions bien d'y aller, Mike. Il faut que je passe au bureau. A bientôt, Eden.

Mike se leva, prit son chapeau et suivit Gallagher jusqu'à la porte. Comme il passait devant la bibliothèque, il jeta à nouveau un coup d'œil aux titres.

— Vous avez des livres intéressants, dit-il. Je suis flatté de trouver les miens parmi eux.

Il s'arrêta devant l'une des étagères et sortit l'un de ses ouvrages, qu'il feuilleta distraitement.

— La prochaine fois que je viendrai, je vous en dédicacerai un, si vous voulez.

— Oh oui, cela me ferait très plaisir.

Mike s'immobilisa en haut des marches.

— Si jamais vous voyez Erik avant moi, dites-lui de ne pas s'en faire. Tout se passera bien.

Une lueur d'inquiétude passa dans le regard d'Eden. Comme

elle lui tendait la main, il jeta un bref regard à un livre sur une table basse dans la véranda.

– J'espère vous revoir, dit Eden. Et n'attendez pas Gallagher pour venir. Il est toujours bien trop occupé par son travail.

– Je n'y peux rien, ma chère Eden. Il se passe toujours quelque chose. Il y a eu cet incendie, et puis il semble qu'Erik ait disparu. (Il marqua une pause.) Et cette fille, également.

Eden Foster tressaillit légèrement.

– Une fille? dit-elle d'une voix curieusement aiguë.

– Oui, et jolie. Jeune. De grands yeux noirs. Elle se trouvait en ville, et puis soudain on ne l'a plus vue. J'aimerais bien la retrouver avant que les Fédéraux viennent fourrer leur nez dans le coin.

– Une Navajo? demanda Eden.

– Non, mais elle ressemble à une Indienne. Vous qui lui avez parlé, Mike, c'était une Indienne à votre avis?

– Oui, mais pas de la région. C'est du moins mon impression.

Eden regarda Mike avec curiosité.

– Vous lui avez parlé? Et elle a disparu?

Mike gloussa.

– Elle ne m'a pas faussé compagnie pendant que nous bavardions. Elle était trop polie pour ça. Une gentille fille. (Il marqua une pause.) Elle a quitté ce restaurant juste à temps. Il a pris feu quelques secondes plus tard. Elle a eu de la chance.

Il monta dans sa voiture et démarra aussitôt, Gallagher derrière lui. Arrivé en ville, il s'arrêta devant le café où il avait parlé à Kawasi. Gallagher se rangea à côté.

– Alors, que pensez-vous d'Eden? demanda-t-il. Jolie femme, n'est-ce pas? Et bonne table, non?

– Vous jouez les entremetteurs, Gallagher?

Le policier le regarda avec un air d'innocence.

– J'ai seulement pensé que ça vous plairait de rencontrer des gens pendant que vous êtes ici. Eden est l'une des femmes les plus belles et les plus brillantes que je connaisse. Ça ne fait pas longtemps qu'elle est dans la région, mais elle s'est déjà fait quelques amis. Elle a été reçue deux ou trois fois chez le gouverneur, elle a de l'argent à la banque, et son commerce marche bien. Elle est discrète mais fréquente le meilleur monde, soutient modestement les associations caritatives. C'est une femme respectée, qui n'a jamais donné lieu au moindre ragot.

Mike posa les bras sur son volant.

– Mary m'a l'air d'une gentille fille, dit-il.

– Une Navajo. Je connais ses parents. Ils élèvent des mou-

90

tons pas très loin d'ici, en allant vers le mont Navajo. Mary a fait de bonnes études. Les Indiens n'étalent pas beaucoup leur savoir, et je parie qu'Eden pense avoir à son service ce que nous appelons dans l'Oklahoma un tapis indien, cela dit sans penser à mal. Mais je sais que Mary a non seulement une excellente éducation mais que c'est une fille brillante. Son père se fait vieux, aussi quand Eden lui a proposé cette place avec un bon salaire, elle a accepté. Comme ça, elle n'est pas loin de chez elle et de son père.

– Vous savez, Gallagher, mes bouquins qui sont chez Eden? Elle vient juste de les acheter. Celui que j'ai feuilleté n'a visiblement pas été lu, et c'est la troisième édition, qui date seulement du mois dernier. J'ai l'impression qu'Eden veut savoir qui je suis et ce que je pense.

– C'est possible.

– Mais elle devrait lire quelques romans policiers, dit Mike, si elle a l'intention de jouer à certains jeux. Elle aurait besoin d'apprendre.

– Que voulez-vous dire par là?

– Elle pèche par négligence. Vous vous souvenez de ce roman d'Eric Ambler dont je vous ai parlé? Celui que mon visiteur a emporté en pensant qu'il s'agissait des notes d'Erik?

– Je me rappelle ce que vous m'en avez dit, oui.

– Il se trouvait sur une table dans la véranda.

– Eric Ambler est un auteur connu. Je dois en avoir un ou deux chez moi. Ça ne veut rien dire.

– Non? Gallagher, j'achète et je reçois beaucoup de livres. Quand j'en ai lu un que j'ai l'intention de passer à quelqu'un d'autre, comme je l'ai souvent fait avec Erik, par exemple, je fais une marque dessus. Une marque au feutre rouge, de façon à ne pas le mélanger avec les autres. Celui que j'ai vu sur la table portait cette marque!

14

De retour à Tamarron, Mike alla au San Juan Room et s'installa à sa table habituelle près de la fenêtre. Avec une tasse de café devant lui, il sortit son bloc-notes et l'ouvrit à une page vierge.

Que savait-il exactement?

Hormis le contenu du journal d'Erik, il savait seulement ce que Gallagher savait : deux personnes avaient disparu et un incendie avait ravagé un restaurant. Les informations contenues dans le journal lui donnaient un avantage qu'il n'était pas disposé à partager avec Gallagher.

Le policier s'en saisirait aussitôt comme pièce à conviction et il y avait peu de chance qu'il prenne au sérieux ce qu'Erik avait consigné par écrit.

Si Erik n'avait pas pris cette précaution, il aurait disparu sans laisser la moindre trace, et au bout de quelques jours, on aurait probablement conclu à quelque chute dans la rivière, et l'affaire aurait été classée.

S'il fallait en croire les notes d'Erik, et les propos de Kawasi, les Anasazis existaient de l'autre côté d'une espèce de rideau, de frontière invisible, perpétuant leur propre civilisation et ne désirant aucune communication avec ce monde-ci. Apparemment, le passage qu'il leur arrivait d'emprunter avait disparu sous les eaux du barrage du lac Powell. Mais il y avait, semblait-il, non loin de la mesa d'Erik, une zone de passages intermittents causés par quelque instabilité d'origine inconnue. La fenêtre dans la kiva échappait à cette instabilité et offrait une voie permanente entre les deux mondes. C'était sans doute la raison pour laquelle on l'avait fermée en comblant la kiva. Naturellement, ce n'était qu'une supposition. Quelqu'un de ce côté-ci, désirant la réouverture de ce passage, aurait ainsi poussé Erik à le faire en traçant sur ses plans ce fameux trait rouge.

Erik, écrivit-il sur son bloc-notes. Que savait-il d'Erik, à vrai dire? Un homme réservé, doué pour les affaires, pragmatique et complètement étranger au surnaturel et au fantastique.

Erik croyait-il ce qu'il avait écrit? Connaissant l'homme, Mike penchait vers l'affirmative. Ce devait être en toute bonne foi qu'Erik avait pris ces notes. D'abord pour lui-même, et il ne les avait envoyées à Mike que poussé par le désespoir.

Soudain le souvenir du vieux cow-boy et de son or lui revint. Son or, et sa mise en garde. Le vieil homme n'avait pas désigné avec précision la région, mais celle-ci devait être aujourd'hui sous les eaux du lac Powell, qui n'existait pas encore à l'époque.

Sous le nom d'Erik, Mike écrivit celui de Kawasi.

Dans l'hypothèse de l'enlèvement, elle pouvait jouer un rôle. Mais aucune demande de rançon n'avait été formulée, et rien dans la suite des événements ne venait appuyer cette supposition.

Que pouvait-il attendre de Gallagher? L'homme était sérieux et avait du métier. En outre, il avait vécu dans la région, connaissait les gens et comprenait bien les Indiens et leurs croyances. Assez pour considérer ce qui se passait avec un esprit ouvert.

Que savait-il d'Eden Foster? Mike était persuadé que Gallagher ne l'avait pas emmené chez elle pour y prendre uniquement le café et échanger quelques propos mondains. La découverte de son exemplaire d'Eric Ambler l'avait tout de même surpris.

L'homme qui avait pénétré chez lui était donc passé chez Eden ou bien avait rencontré celle-ci quelque part. Il y avait donc un lien entre eux.

Son visiteur nocturne avait su où le trouver. Eden Foster aussi avait dû le savoir. Ce devait être le cas pour d'autres. Quels que fussent ses adversaires, ils avaient des intentions criminelles, et il devait rester sur ses gardes. Ici même, dans cette pièce, quelqu'un l'observait peut-être, attendant le bon moment.

Mike balaya la salle du regard, tandis que le serveur lui resservait du café. Il y avait là plusieurs personnes qu'il connaissait. Des habitués. Les touristes étaient facilement reconnaissables, souvent avec des enfants ou discutant de l'itinéraire de la journée. Deux des tables étaient occupées par des hommes seuls, ce qui ne voulait pas dire grand-chose.

Il était possible que les autres aient quelqu'un dans la place. Ce pouvait être un employé de longue date ou un intérimaire employé pour la saison.

Eden Foster ignorait, bien sûr, qu'il avait remarqué le livre, et même si elle avait vu son regard, elle ne soupçonnait certainement pas qu'il l'avait reconnu comme étant le sien. Elle jouissait d'une excellente réputation et devait se croire au-dessus de tout soupçon, ce qui était un avantage pour lui. Il devait néanmoins se montrer très prudent.

Il posa son stylo et essaya de se remémorer tout ce qu'il avait pu apprendre de cette contrée. Il y était venu la première fois par une piste difficile à l'est du mont Navajo. Il se rappelait combien il avait été frappé par la beauté de ce pays.

C'est dans cette région qu'avaient vécu les Anasazis. Ils avaient d'abord habité sur les plateaux, dans des *pithouses*, maisons partiellement enterrées. Puis ils avaient délaissé les sommets pour occuper les vastes grottes dans les falaises, en les aménageant de façon ingénieuse. Les portes étaient plus larges en haut qu'en bas. Plusieurs explications furent avancées par les archéologues, mais la plus simple semble avoir prévalu : une personne portant une jarre d'eau, un fardeau de bois ou la carcasse d'un daim pouvait la franchir plus commodément.

Il y avait parfois une source dans la grotte, mais le plus souvent l'eau devait y être acheminée par des sentiers escarpés depuis le canyon. Une tâche pénible et dangereuse s'il en était, mais que devaient justifier les menaces du monde extérieur.

Il se produisit au cours de la deuxième moitié du XIIIe siècle une longue sécheresse et, avec elle, des raids d'Indiens venus du nord. Sans doute ceux-ci représentaient-ils l'avant-garde des Navajos, des Apaches et des Utes qui peupleraient plus tard la région.

Quelle qu'en fût la cause, les Anasazis désertèrent leurs champs et leurs grottes. Les Anasazis disparurent.

Il est admis que certains d'entre eux se joignirent à d'autres groupes ou clans pour former les Hopis. D'autres rallièrent peut-être les Zunis, mais la plus grande partie semble s'être évanouie dans la nature.

Avec la persistance de la sécheresse et les attaques des nomades du nord, les Anasazis avaient-ils choisi de regagner le Troisième Monde? Avaient-ils opté pour ce mal qui leur semblait moindre? Une fois de l'Autre Côté, ils auraient alors fermé le passage afin d'interdire à tout poursuivant éventuel de les rejoindre. Avec le temps, il est possible qu'une paranoïa collective se soit emparée de tous les habitants de ce monde refermé sur lui-même.

Peut-être aussi seule l'élite savait comment et où traverser, et elle franchissait parfois la frontière pour se procurer certaines choses introuvables ou inconnues de l'Autre Côté. C'était ce que laissait entendre Kawasi.

Mike termina son café, son regard fixé sur la page où il avait noté les deux noms.

Erik. Kawasi.

La jeune femme connaissait Erik. Elle l'avait rencontré. Pourtant il devait y avoir quelqu'un d'autre, car Erik avait employé le pluriel dans son appel à l'aide. Qui était l'autre?

Erik était vraisemblablement prisonnier, mais c'était un homme intelligent dont les vastes connaissances pourraient peut-être l'aider à s'échapper.

Quel était ce mal qui ravageait l'Autre Côté? Ceux qui régnaient avaient-ils imité leurs cousins du Mexique et de l'Amérique centrale dans l'accomplissement de sacrifices humains? Était-ce cela que les Anasazis avaient fui une première fois? Ou s'agissait-il de quelque chose de plus insidieux?

Mike s'efforçait de considérer chaque aspect du problème, mais tout le ramenait au fait qu'Erik était prisonnier et qu'il devait tout faire pour le libérer. Qui d'autre que lui pouvait tenter l'aventure? Gallagher avait ses propres obligations, sans parler de la hiérarchie à laquelle il était nécessairement soumis. Mike pourrait peut-être rencontrer ce vieux cow-boy dont Kawasi lui avait parlé? S'il parvenait à libérer Erik, pourrait-il en faire autant avec le vieil homme?

Johnny, au cours de toutes ces années passées de l'Autre Côté, devait avoir appris pas mal de choses pour survivre. Plus Mike considérait cette possibilité, plus elle lui plaisait. Il lui fallait cependant assurer ses arrières.

Il devait en apprendre plus au sujet de ces Paiutes, si c'en était, et aussi d'Eden Foster.

Surtout, il ne devrait pas oublier un seul instant qu'ils tenteraient par tous les moyens de le capturer ou de le tuer. De nouveau, il balaya la salle du regard. L'un des hommes seuls était parti. Celui qui restait avait le crâne étroit et les cheveux coupés en brosse. Il portait un blouson gris en nylon sur un T-shirt bleu marine. Il lui tournait le dos mais de telle façon qu'il pouvait percevoir les mouvements de Mike du coin de l'œil. Il participait peut-être à l'une de ces conventions de représentants de commerce qui se tenaient régulièrement au San Juan Room ou bien était-il en vacances.

Comment savoir? En tout cas, une chose s'imposait : il devait se montrer vigilant. Partout où il allait. Dans l'ascenseur, dans la rue, au volant, chez lui... Ses adversaires ne tenaient certainement pas à attirer l'attention, aussi essaieraient-ils de le coincer dans quelque lieu isolé. Il avait jadis pratiqué assidûment des sports de combat, mais les années avaient passé, et il doutait de sa forme physique.

Il revint à ses réflexions. A quoi ressemblaient ceux de l'Autre Côté? Eden en faisait-elle partie? Si c'était le cas, elle avait remarquablement réussi à s'adapter. Elle avait gagné l'estime de la communauté et s'était fait pas mal d'amis.

Elle avait été prompte à repérer les gens de pouvoir et à s'en faire des alliés. Elle comptait le gouverneur parmi ses relations et entretenait des liens d'amitié avec Gallagher.

Le policier soupçonnait-il quelque chose? Mais quoi? Sûrement pas qu'elle venait d'une autre dimension. Pourtant le fait de l'avoir présentée à Mike n'était pas anodin. Qu'avait-elle pu faire pour éveiller sa méfiance? Mike avait-il dit quelque chose qui avait déclenché la suspicion de cet homme rusé et fin qu'était Gallagher?

Mike jeta à nouveau un regard autour de lui. La plupart des clients avaient quitté la salle. Les serveurs avaient l'habitude de le voir s'attarder à sa table. Souvent ils venaient bavarder un moment avec lui, lui posant des questions sur son travail. Certains, qui étudiaient au collège voisin, connaissaient ses ouvrages, et ils avaient ensemble d'intéressantes discussions.

L'homme au blouson de nylon n'avait pas bougé, apparemment indifférent à ce qui se passait autour de lui. Il pouvait voir Mike se lever. Il pouvait également voir les gens s'arrêter à sa table pour échanger quelques mots. Mais il se trouvait trop loin pour entendre ce qu'ils se disaient.

— Comment vont les affaires? demanda Mike au garçon qui le servait fréquemment. L'hôtel est complet?

— Non, la dernière assemblée de représentants est partie hier. Il ne reste que quelques clients.

— Beaucoup d'étrangers?

— Très peu. Juste des gens de passage.

— Vous connaissez le type au blouson gris, là-bas?

— Non. Il ne séjourne pas à l'hôtel.

La vérité était que Mike avait peur. Pas de l'homme au crâne étroit ni de qui que ce soit d'autre. Il avait peur de cet autre monde, de s'aventurer dans un univers où tout repère était impossible, où toutes ses connaissances ne lui serviraient à rien. Dans son bureau il avait un atlas. Il pouvait l'ouvrir, poser le doigt sur l'Afghanistan, le Tibet, l'ancien site de Babylone. Tout cela était réel. Ce qu'il ne souhaitait pas découvrir, c'était qu'entre la page 357 et la page 358, par exemple, il existait une infinité de mondes dont il ne savait rien.

Là, dans cette salle de café, il éprouvait un sentiment de sécurité. Chaque matin, il pouvait y venir, commander son petit déjeuner. C'était une certitude rassurante.

S'il passait par cette fenêtre dans la kiva, il ne pourrait pas faire marche arrière, comme lorsqu'on s'est trompé de route. Les jeux seraient faits.

Il n'avait pas envie d'y aller. Il aurait préféré partir sans un regard en arrière, rentrer à Los Angeles, retrouver des amis, dîner en bonne compagnie, ou simplement s'installer dans un fauteuil confortable avec un bon bouquin.

Mais Erik était prisonnier, et il n'avait pas d'autre choix que de tout tenter pour le libérer.

15

Mike guettait une occasion de se lever sans se faire voir. Les portes vitrées derrière lui ouvraient sur la terrasse, où les tables étaient inoccupées, les parasols pliés, et où seuls s'activaient les écureuils en quête de miettes.

Soudain il y eut un bruit de pas précipités près de l'entrée, deux gosses d'une famille de touristes qui se poursuivaient. Surpris, l'homme au blouson tourna la tête dans leur direction, et Mike en profita.

Il avait déjà réglé sa commande, et il se leva rapidement, passa les portes vitrées et dévala les marches menant au parking. Sa voiture était garée à quelques mètres de là, avec Chief qui attendait patiemment sur le siège arrière. Il démarra et, quelques minutes plus tard, se retrouva sur la route.

Il ne quittait pas le rétroviseur des yeux. Aucun véhicule ne s'élança à sa suite. Peut-être s'était-il trompé sur l'homme, mais il en doutait.

Que s'était-il passé après qu'il eut quitté le San Juan Room? L'homme au blouson gris avait-il essayé de le suivre? Ou bien avait-il été décontenancé par sa soudaine disparition?

Mike ne se rappelait pas avoir vu l'homme régler son addition, aussi celui-ci avait-il dû perdre de précieuses minutes avant de pouvoir se lancer à sa poursuite.

Il avait une longue route devant lui. Plaçant son revolver en bonne position sur le siège à côté de lui, il prit la direction de l'ouest, roulant vite mais en dessous de la vitesse limite. Ce n'était pas le moment de se faire arrêter.

Il se mit de nouveau à réfléchir à la situation. A moins qu'Erik ait trouvé un moyen quelconque de s'échapper, Mike n'avait pas le choix. Il devrait traverser le rideau et le retrouver.

— Et ce ne sera pas facile, Chief, dit-il.

L'énorme tête du chien reposait sur sa cuisse, et seule une oreille bougea.

– Tu es comme moi, mon grand. Tu préférerais rester de ce côté-ci.

Rien n'apparut dans le rétroviseur, à l'exception de quelques véhicules, des camionnettes pour la plupart, roulant tranquillement vers leurs destinations, mais il n'en demeurait pas moins sur ses gardes.

La fenêtre dans la kiva donnait apparemment sur l'autre monde, dans une zone vraisemblablement contrôlée, à en juger par les craintes de Kawasi. Il y avait cependant d'autres passages intermittents, et c'était à travers l'un d'eux que Johnny, le vieux cow-boy, avait pénétré accidentellement dans le Troisième Monde, alors qu'il poursuivait cette vache errante. Ces passages se trouvaient dans le voisinage de la mesa, à en croire Kawasi. Mais peut-être la voie empruntée malgré lui par Johnny se trouvait-elle à l'époque là où s'étendent aujourd'hui les eaux du lac Powell.

Les légendes des Hopis parlaient d'une longue migration entrecoupée de haltes jusqu'à l'arrivée dans la contrée cherchée. Et il n'y avait là ni eau ni sol fertile. Pourquoi avaient-ils choisi une région aussi déshéritée?

Sans doute le peuple des grottes s'était-il uni aux Hopis et avait-il partagé avec eux ses propres légendes, mais pourquoi ce lieu inhospitalier? Était-ce parce qu'il se trouvait près d'un passage?

Les légendes elles-mêmes étaient confuses parce que d'autres tribus avaient rejoint les Hopis, apportant avec elles leurs propres histoires. La kiva, à présent centre de cérémonie, était bâtie à la manière des habitations des Koriaks de Sibérie. Le système de ventilation était le même, et la similitude ne manquait pas d'être troublante.

Selon une autre légende, les Hopis auraient traversé un vaste océan pour parvenir là où ils s'établirent.

Il est dit également qu'une sorcière les aurait accompagnés, apportant la malédiction sur ce monde.

Mike jeta un coup d'œil dans le rétroviseur. Rien en vue, mais l'homme au blouson n'était pas seul. Il y avait son visiteur, et certainement d'autres encore.

Où était Kawasi? se demanda-t-il. Comment avait-elle pu disparaître si subitement? Il était à peu près sûr qu'elle ne s'était pas risquée dans la kiva. Y avait-il un autre passage non loin de la mesa? L'avait-elle quitté délibérément sans même lui laisser un quelconque message? Ou bien avait-elle été capturée par ses ennemis?

Il jura amèrement. Que pouvait-il faire contre des forces dont la nature même lui échappait?

En supposant qu'Erik ait été pris et soit retenu de l'Autre Côté? Que ferait-il s'il traversait? Comment le retrouverait-il? Par où commencer ses recherches? Leurs habits seraient certainement différents des siens, et il serait immédiatement repéré. Son manque total d'informations était un terrible handicap. Il ne connaissait pas ses ennemis, et il n'avait aucun moyen de passer parmi eux sans se faire remarquer. Où gardaient-ils leur prisonnier? Décidément, traverser ainsi à l'aveuglette était follement téméraire.

Pourquoi n'avait-il pas posé davantage de questions à Kawasi, quand elle était encore avec lui?

Il courait droit au piège s'il passait la frontière sans plus d'informations.

Quelle frontière? Accordait-il vraiment foi à cette histoire? Y croyait-il sincèrement?

S'il y avait eu enlèvement, non pour exiger une rançon mais pour soutirer à Erik ce qu'il savait? Cela s'était déjà produit, et Erik Hokart avait une réputation internationale dans le domaine de l'électronique.

Alors que pouvait-il faire? Il n'en savait rien. Aucune de ses méthodes d'investigation habituelles ne s'appliquait à une pareille situation. Il se contenterait de retourner sur la mesa, de camper là-haut et d'attendre la suite des événements. Ceux de l'Autre Côté passeraient peut-être à l'action. Kawasi pouvait réapparaître...

Et cette prétendue Femme-Poison? Celle qui était apparue à Erik, et qui avait ensuite disparu dans la kiva? S'il n'y avait rien de l'autre côté du supposé rideau, où était-elle donc passée?

Il jura de nouveau.

– Raglan, dit-il tout haut, tu es en train de perdre la tête.

Il approcha de la petite ville de Dove Creek. Il ralentit, songea à s'arrêter pour prendre un café, puis décida de continuer. Alors qu'il sortait de la ville, il jeta un coup d'œil dans le rétroviseur et vit déboucher sur la route une camionnette, avec deux hommes à l'avant.

Il accéléra. La prochaine agglomération était éloignée, et la voie était déserte. Il porta la main à son revolver et le dégagea de sa gaine. Il était bon conducteur et avait suivi des cours de conduite sportive. Malheureusement la route s'enfonçait tout droit à travers le désert, et les chemins de terre qui en partaient pouvaient s'avérer des culs-de-sac.

La camionnette maintenait sa distance à plus d'un kilomètre derrière lui. Il accéléra encore, mais sans parvenir à augmenter l'écart.

Il s'alarmait peut-être pour rien. C'était probablement quelque éleveur rentrant chez lui.

Il reprit le cours de ses réflexions. S'il existait un autre monde parallèle à celui-ci, à quoi ressemblait-il? Quelle était sa différence?

Il avait lu quelques romans de science-fiction traitant de sujets semblables, mais il ne se souvenait d'aucun.

Ils devaient ressembler à des Indiens, bien sûr, mais ils avaient dû évoluer depuis le temps où ils avaient abandonné leurs habitations à flanc de falaise pour regagner cet autre monde. Mais évoluer dans quel sens? Comment étaient-ils à présent? Il avait beau retourner les questions dans sa tête, il en arrivait toujours à la même conclusion : il ne savait rien.

S'il revoyait Kawasi, il n'aurait de cesse qu'elle réponde à toutes ses interrogations. Apparemment, l'accès à ce monde était strictement contrôlé, et peut-être avait-il été interdit durant de longues années, voire des siècles. Kawasi avait suggéré qu'ils étaient curieux de ce monde-ci mais qu'ils ne désiraient pas se faire connaître.

La camionnette derrière lui gagnait du terrain, et ils ne tarderaient pas à le rattraper.

La route descendait dans un vallon, remontait, puis plongeait de nouveau. A sa droite il aperçut soudain la petite bretelle d'une aire de repos, masquée par des buissons de genévriers et quelques arbres. Il s'y engagea sans ralentir, s'arrêta derrière deux grands cèdres, prêt à regagner la chaussée dès qu'il le pourrait. Il prit le revolver et le posa sur ses genoux.

L'instant d'après, la camionnette passait à vive allure. Ils ne s'attendaient probablement pas à cette manœuvre ou peut-être n'avaient-ils pas l'habitude de poursuivre une voiture. Il compta jusqu'à dix, puis regagna la route, les laissant prendre de la distance. Il était toujours dans le creux et hors de leur vue, au cas où ils regarderaient derrière.

100

Il roula lentement et parvint en haut de la côte. Ils étaient déjà loin, petit point disparaissant rapidement.

Il reposa le revolver sur le siège à côté de lui et continua de rouler lentement. Ils devaient penser qu'il avait brusquement accéléré, et ils faisaient de même. Monticello n'était plus très loin, et s'ils ne s'apercevaient pas de ce qui s'était passé avant d'y arriver, ils s'arrêteraient certainement là-bas pour essayer de le retrouver.

Il avait eu des amis, il y avait bien longtemps, à Monticello, mais il doutait qu'ils soient encore dans le coin. En entrant dans la ville, il quitta la rue principale et, passant par les artères secondaires, il retrouva la route en direction du sud.

Il était minuit passé quand il s'arrêta dans un motel, où il prit une chambre. Il se réveilla comme d'habitude à la première lueur du jour. Pendant un moment il ne bougea pas, l'oreille tendue.

Une voiture démarra sur le parking. Quelqu'un passa devant sa chambre. Un moment plus tard une porte s'ouvrit et se referma, et il entendit un bruit de pas sur le gravier de l'allée. Un touriste chargeait sa voiture, tandis que sa femme recommandait à ses enfants de ne pas faire de bruit, parce qu'il y avait des gens qui dormaient encore.

Il se leva, se rasa, prit une douche, réfléchissant à ce qu'il devait faire. Gallagher serait sûrement dans le coin, avec des questions auxquelles Mike ne pourrait toujours pas répondre.

Deux hommes tournaient autour de sa voiture quand il sortit. C'étaient sûrement ceux qui l'avaient suivi la veille.

– Je peux faire quelque chose pour vous? demanda-t-il d'un ton agressif, pensant qu'il n'aurait rien à gagner en se montrant timoré.

– Non, rien. Je regarde la voiture.

– Allez-y, regardez. (Il fit un geste vers le parking.) Il y a plein de voitures à regarder. (Il montra du doigt une voiture de police garée devant la cafétéria.) Si vous avez des questions, la police sera contente de vous répondre.

– Police? Qui parle de police?

L'homme jeta un regard furtif autour de lui, et il se hâta de s'éloigner, suivi de son compagnon.

Le touriste qui avait terminé de charger sa voiture se tourna vers Mike.

– Ils traînaient déjà par ici quand je suis sorti. J'ai l'impression qu'ils n'aiment pas trop la police!

Mike jeta un regard vers la cafétéria. Gallagher devait l'attendre.

— Bonne route! lança-t-il à l'homme en s'éloignant.

16

Gallagher prenait son petit déjeuner à une table dans un coin.

— Je vous attendais, dit-il. Je suis debout depuis quatre heures du matin, mais j'ai eu scrupule à vous réveiller.

Raglan s'assit de façon à pouvoir observer la rue. Gallagher sourit.

— Prudent, hein? Ça me plaît. (Il beurra un toast.) On peut dire que vous m'en créez, des problèmes, reprit-il d'un ton bonhomme. C'était plutôt tranquille par ici avant que vous arriviez. Rien de méchant : quelques ivrognes le samedi soir et toujours les mêmes braconniers. Mais depuis que vous êtes là, je n'ai pas pris une seule vraie nuit de sommeil.

— Désolé.

— Ne le soyez pas. J'ai besoin d'exercice. (Il regarda Mike par-dessus sa tasse de café.) Du nouveau?

Mike haussa les épaules.

— Un type qui me surveillait à Tamarron. Deux autres qui m'ont suivi sur la route, hier au soir. Et deux autres encore, les mêmes qu'hier, je suppose, qui tournaient autour de ma voiture il y a quelques minutes, quand je suis sorti. Lorsque je leur ai montré votre voiture, ils ont filé.

Gallagher considéra Mike avec attention.

— Vous pensez qu'ils font partie de vos amis de l'Autre Côté, comme vous dites?

— Je ne le jurerais pas, mais je le pense, oui.

Gallagher gloussa.

— Je connais une demi-douzaine de voleurs dans le coin, et ils savent que je les connais, mais ils savent que je n'ai pas un seul bout de preuve contre eux.

Mike passa sa commande et regarda par la fenêtre. Il n'avait pas changé d'avis au sujet de Gallagher : ce type connaissait son métier, et il le faisait avec honnêteté, une vertu qui commençait à se faire rare dans le pays.

— Le monde devient trop compliqué, dit Gallagher. Avant,

un homme connaissait ses ennemis et savait où les trouver. Si on concluait un marché avec un type, on se serrait la main, et c'était suffisant. Aujourd'hui, il y a des avocats, un gouvernement, toujours des paperasses et encore des paperasses. Et puis quelqu'un vient vous parler de quatrième dimension et de monde parallèle!

– Vous savez, ce n'est pas vraiment nouveau. Einstein en a parlé en 1919, si ma mémoire est bonne. A ma connaissance, l'idée ne lui a pas beaucoup plu. La plupart des gens continuent de vivre dans ce doux et confortable monde que Newton a défini.

– Je ne sais pas grand-chose de tout cela, dit Gallagher. Supposons que ce que vous avancez soit vrai. Supposons que les Anasazis soient retournés dans ce monde qu'ils avaient quitté parce qu'il était trop cruel. D'après vous, à quoi ça peut bien ressembler là-bas, maintenant?

– Difficile à dire. Ça dépend des influences qui auront affecté leur culture. Ils cultivaient sur les mesas, apprenant à utiliser toute l'eau qu'ils pouvaient recueillir. Ils savaient certainement exploiter les sols arides, mais l'irrigation ne leur était pas inconnue.

« J'ignore à quel point ils étaient liés avec les Hohokams, mais il y a certainement eu des échanges de techniques et d'idées. Aussi, s'ils ont continué de cultiver de l'Autre Côté, ils doivent bénéficier aujourd'hui d'un remarquable système d'irrigation.

– Quand on a besoin d'eau, approuva Gallagher, une autorité doit contrôler son usage, sinon c'est la pagaille et la guerre.

– Exactement. Il semble en tout cas que pendant longtemps les contacts avec ce monde-ci aient été coupés. Pour se développer, une civilisation a besoin d'un apport extérieur. L'Europe était sillonnée de rivières navigables, il y avait des ports, les échanges étaient faciles et les savoir-faire pouvaient circuler et faciliter ainsi le progrès.

« Personne ne sait précisément à quand remonte la navigation en Europe. On connaît mieux les premiers navigateurs du bassin Méditerranéen, mais il y avait des navires dans le golfe Persique, dans l'océan Indien, et dans le Pacifique. Il y en avait dans la mer Baltique et dans l'Atlantique. C'est ce qui a permis l'échange de nouvelles armes, de nouveaux outils, de nouvelles cultures.

Mike marqua une pause pour boire un peu de café.

— Qu'allez-vous faire, maintenant? demanda Gallagher.

Mike haussa les épaules.

— Retourner là-haut, sur la mesa. Et voir ce que je peux apprendre. Il faut que je retrouve Erik. Il m'a presque supplié de venir, et ce n'est pas son genre. Il avait peur. Terriblement peur.

— Et vous?

— Moi aussi, j'ai peur. J'ignore ce qui m'attend là-bas. Je ne sais même pas si je pourrai en revenir. Johnny n'a jamais pu y parvenir et, d'après ce que j'ai appris, le bonhomme était un dur à cuire.

— Soyez prudent.

— Ça, vous pouvez en être sûr. (Mike regarda dans la rue.) Vous avez revu Eden Foster? demanda-t-il d'un ton détaché.

Gallagher secoua la tête négativement.

— Ma femme a fait la tronche quand elle a appris que j'étais passé la voir. Elle ne connaît pas Eden, mais elle soupçonne le pire.

Mike garda le silence pendant un moment puis il dit:

— D'après ce que j'ai pu remarquer à leur contact, ils ne savent pas très bien comment nous fonctionnons de ce côté-ci.

« Eden le sait, elle, mais pour des raisons qui lui appartiennent, il semble qu'elle ne partage pas ses connaissances avec eux. Ce type, à Tamarron, qui me surveillait au San Juan Room, j'ai l'impression qu'il n'a pas pensé que je pouvais m'esquiver par les portes-fenêtres. Il s'était placé de façon à voir l'entrée, comme s'il ignorait qu'il y avait d'autres issues.

Mike regarda de nouveau dans la rue sans rien remarquer de particulier, si ce n'est quelques passants d'apparence innocente qui vaquaient à leurs occupations.

— La postière m'a parlé ce matin, dit Gallagher. Elle m'a dit que Hokart n'était pas passé prendre son courrier. Je lui ai dit de le garder, qu'il s'était peut-être absenté quelque temps.

— Elle l'a cru?

— Je ne pense pas. Elle n'a fait aucun commentaire mais elle a pincé les lèvres d'un air de doute. (Gallagher repoussa sa chaise.) Ça commence, Mike. Les gens du pays vont

104

commencer à se poser des questions. C'est une petite ville, et rien de ce qui peut s'y passer ne leur échappe. Hokart n'était pas ce qu'on peut appeler un voisin, mais c'était un type amical, et il passait souvent en ville pour acheter de l'épicerie, manger au restaurant, se procurer des clous, des outils, ce genre de choses.

— Des munitions aussi?

— Ouais. Et en assez grande quantité. Ça a soulevé de la curiosité, parce que c'étaient des cartouches de revolver. Il disait qu'il s'entraînait à tirer sur des cibles.

— Plausible.

— Bien sûr, les gens d'ici ont trouvé ça normal. On ne tire jamais assez bien, selon eux. (Il marqua une pause, regardant par la fenêtre.) Bref, les gens se demandent pourquoi on ne le voit plus. Mais ce n'est qu'un commencement. Ils n'en sont pas encore à soupçonner l'un ou l'autre mais ils ne tarderont pas à se poser des questions et à s'interroger, par exemple, sur votre présence ici. Pourquoi vous êtes là et qu'est-ce que vous faites, etc.

— Je m'y attends.

— Ah oui? Mais vous savez aussi qu'ils ne manqueront pas de faire le rapport entre votre arrivée ici et la disparition de Hokart. Une fois qu'ils auront commencé à poser des questions, ils voudront des réponses. Et je n'en ai pas une à leur mettre sous la dent. Vous en avez, vous?

— Je suis un ami d'Erik. C'est aussi simple que ça.

— Si vous êtes un ami à lui, comment se fait-il que vous ne sachiez pas où il peut être? (Gallagher le regarda avec attention.) Vous voyez ce que je veux dire? C'est une petite ville. Tout le monde se connaît. Vous, ils ne vous connaissent pas. Erik n'était pas du pays, mais ils s'étaient habitués à sa présence. Certes, ils trouvaient un peu fou ce qu'il voulait entreprendre, mais à partir du moment où cela ne gênait personne et qu'il payait rubis sur l'ongle tous ses achats, ils n'y voyaient aucun inconvénient. (Gallagher se tut pendant quelques minutes. Ça a déjà commencé. A Mexican Hat, une femme dans un magasin a amené la conversation sur Erik Hokart, se demandant où il était passé. Elle a ajouté qu'il devait probablement se trouver sur sa mesa... avec vous. Selon elle, si quelqu'un savait où se trouvait Hokart, c'était bien vous.

— Une femme a dit ça?

– Ouais. Une femme très belle, paraît-il. Le commerçant en question ne la connaissait pas, mais ce n'était pas la première fois qu'elle venait dans son magasin. Une femme de la ville, d'après lui.

– Eden Foster?

– Ça se pourrait bien. En tout cas, j'ai dans l'idée que certaines personnes n'attendront pas longtemps pour vous désigner du doigt.

Mike était pensif. La question soulevée par Eden Foster serait rapportée et, naturellement, c'était le but recherché. Comme Erik ne réapparaîtrait pas, les soupçons se porteraient inévitablement sur lui. Eden n'avait pas besoin d'accuser quiconque, il suffisait de glisser de-ci de-là un mot, une question, et les gens feraient le reste.

– Vous comprenez, maintenant? reprit Gallagher. Si je leur racontais, pour toute réponse, que vous pensez qu'Erik a disparu dans un monde parallèle, ils me boucleraient aussitôt dans ma prison en attendant de m'expédier à l'asile. Vous êtes dans le pétrin, Mike, et vous avez intérêt à retrouver rapidement votre copain.

Mike se dit qu'il ferait mieux de tout laisser tomber, de regagner Tamarron, d'y récupérer ses affaires et de prendre le premier avion pour New York.

Après tout, qu'était Erik pour lui? Une connaissance, parmi tant d'autres. Bien entendu, il ne pouvait repousser le fait que c'était à lui qu'Erik avait fait appel, et d'une manière pressante et désespérée. L'homme était seul, confronté à Dieu sait quels ennemis. Des ennemis qui seraient les siens, s'il poursuivait son intention de retrouver le disparu.

Il se leva.

– A bientôt, Gallagher.

– Vous allez là-bas?

– Que puis-je faire d'autre? Fuir? Erik compte sur moi, et il n'y a personne d'autre qui puisse lui venir en aide.

– Et moi? Vous m'oubliez?

– Vous êtes officier de police. Vous avez des devoirs envers la communauté. Nous ne savons rien de ce qui nous attend. Par ailleurs, je préfère vous savoir de ce côté-ci... au cas où j'aurais besoin d'aide à mon tour.

– Pourquoi dites-vous que nous ne savons rien de ce qui nous attend?

Mike se pencha vers lui et baissa la voix.

– Sait-on jamais, Gallagher. Supposez qu'ils débarquent une nuit. Toute une bande. C'est une petite ville. Ils savent combien vous êtes et quels sont vos moyens de communication. Supposez qu'ils décident de prendre la ville?

Gallagher le regarda avec des yeux ronds.

– Vous y allez fort, non? Pourquoi feraient-ils une chose pareille?

– Je ne pense pas qu'ils en aient jamais l'intention. C'était juste une supposition. Mais convenez qu'ils n'auraient pas beaucoup de mal à s'emparer d'une ville endormie.

– Vous croyez ça? Je ne connais personne ici qui n'ait pas au moins une arme chez lui. Et ce sont des chasseurs, dans le coin. Ils savent tirer, croyez-moi.

Mike alla jusqu'à la caisse et régla sa commande. Il sortit au soleil, et Gallagher le suivit.

– Bon Dieu, pourquoi avez-vous des idées pareilles? marmonna le policier. Vous avez réussi à me faire peur.

– Écoutez, ce n'était pas mon intention . On baigne depuis le début de cette histoire dans les suppositions les plus folles, alors une de plus ou une de moins... (Ils firent quelques pas sur le trottoir.) D'après la légende, continua-t-il, les Anasazis ont fui le Troisième Monde parce que le mal s'en était emparé.

« De quel mal s'agissait-il? De quoi étaient-ils menacés? Les Aztèques, les Mayas et d'autres Indiens du sud pratiquaient les sacrifices humains. Les meilleures sources font état de dizaines de milliers de sacrifices. Était-ce cela qu'ils ont fui? Considéraient-ils les sacrifices humains comme un mal? Je ne le pense pas, car c'était un rite religieux. (Il s'arrêta devant sa voiture.) Gallagher, je ne sais plus quoi penser. Je suis un sceptique, mais je sais aussi qu'il y a beaucoup de choses que nous ignorons. Nous commençons seulement à connaître ce monde, et croyez-moi, les idées de nos petits-enfants seront très différentes des nôtres. Le monde change rapidement. Quand j'étais jeune, il y avait encore des centaines de travaux qu'un homme pouvait faire sans qu'il ait besoin d'un diplôme quelconque. La plupart de ces métiers ont disparu. Ce n'est même plus un monde mécanique dans lequel nous vivons, c'est un monde informatisé, un monde d'ordinateurs, et celui qui n'a ni la chance ni la capacité de s'y adapter n'a plus qu'à faire la queue à la soupe populaire... quand il y en a une.

– Ouais, on peut voir les choses comme ça, approuva tristement Gallagher.

– Vous avez vu Mesa Verde, Gallagher. Voilà une civilisation qui a duré près de mille ans. Pensez-vous qu'ils doutaient que cela durerait toujours? Quand on regarde ces ruines laissées par les Anasazis, il ne faut pas seulement s'émerveiller de leur architecture mais se demander ce que ces gens devaient croire et penser. Nous pouvons reconstituer leur environnement matériel à partir des vestiges retrouvés, mais que savons-nous de leur pensée? Connaissaient-ils d'autres Indiens, d'autres tribus? Il semble qu'il y ait eu des échanges avec les Hohokams et les Mogollons. La découverte de perroquets momifiés dans les ruines impliquerait que des échanges avec des peuples d'Amérique centrale...

– Vous allez retourner là-haut, sur la mesa? l'interrompit Gallagher.

– Oui. J'ai quelques provisions à faire, et j'y vais.

– Soyez prudent, Mike, et pour l'amour du ciel, ne disparaissez pas! J'ai déjà assez de mal comme ça à expliquer l'absence d'Hokart!

Mike démarra. Dans le rétroviseur, il vit Gallagher rester un moment sur le trottoir, enlever son chapeau et passer une main dans ses cheveux, avant de se diriger vers son propre véhicule.

Une demi-heure plus tard, avec Chief à ses côtés, Mike prenait la direction de la mesa.

Et il n'avait pas envie d'y aller. Mais alors pas du tout.

17

La route était déserte, et il accéléra. Il avait envie de la quitter le plus vite possible pour entrer dans le désert. Jusqu'ici il ne semblait pas être suivi ou observé, mais il y avait toujours le risque que quelqu'un l'ait devancé et l'attende plus loin.

Le temps était clair et chaud. Des vagues de chaleur scintillaient au loin. Il brancha l'air conditionné, et Chief essaya de se lover sur le siège. Mais il était bien trop grand. A la deuxième tentative, il abandonna et s'installa de nouveau avec sa tête sur la cuisse de Mike.

Au début il y avait des cèdres en bordure de la route, puis ils s'éclaircirent jusqu'à disparaître, cédant le terrain aux épineux et à quelques cactus.

Un camping-car apparut devant lui, avec un homme et une femme sur le siège avant. La femme était au volant. Ils poursuivirent leur route sans ralentir, et il les vit bientôt disparaître par-delà une colline.

L'embranchement était à peine visible, avec ses traces de pneus s'enfonçant dans la poussière de la piste. Il ralentit pour s'y engager et, à partir de là, roula lentement, car les ornières et les virages étaient nombreux.

Chief se redressa, soudaine alerte, les yeux fixés sur la route. Avec les vitres fermées et l'air conditionné, il ne risquait pas de sentir quoi que ce soit, mais il semblait pourtant savoir où ils allaient.

Parvenu là où il s'était arrêté la fois précédente, il observa le terrain et s'aperçut qu'il pouvait se rapprocher de cinq cents mètres de la mesa. Il continua jusqu'à un bosquet de cèdres, en fit le tour de façon à placer la voiture dans la direction d'où il était venu et recula parmi les arbres afin de la dissimuler le mieux possible. Il resta assis pendant un long moment après avoir coupé le moteur. Puis il ouvrit la portière et descendit, Chief bondissant après lui.

De nouveau il tendit l'oreille, ferma soigneusement la portière en faisant le moins de bruit possible, verrouilla et empocha la clé.

— Allons-y, Chief, dit-il doucement en prenant les quelques paquets qu'il avait momentanément posés sur le capot.

Ils avaient fait à peine une douzaine de mètres quand Chief s'arrêta net, la tête pointée vers la mesa. Mike leva les yeux et perçut un mouvement au coin de l'une des roches rouges qu'Erik prévoyait d'inclure dans la construction.

Quelque chose avait bougé, puis disparu. Mike scruta le terrain avec attention. Avait-il vraiment décelé un mouvement, ou bien était-ce son imagination? Il regarda autour de lui avec appréhension. Il était désormais en territoire ennemi.

Le sentier était raviné et jonché de pierres. Il ne pouvait garder l'œil sur la ruine sans risquer de trébucher.

Il repensa à son ami paiute avec qui il avait travaillé comme mineur et qui lui avait fait découvrir pour la première fois cette contrée, et au vieux cow-boy qui lui avait confié avoir trouvé de l'or. La cache dont il lui avait parlé se trouvait-elle sous le lac Powell? Ou bien près d'ici? Il lui sembla soudain que la carte que lui avait donné le vieil homme situait le lieu plus proche d'ici que de l'actuel emplacement du lac. Il fallait absolument qu'il consulte de nouveau le document. « Tu y vas, et puis tu files aussitôt », lui avait conseillé le vieux cow-boy. Pourquoi n'avait-il pas eu la curiosité d'examiner plus attentivement cette carte?

Excité par cette perspective, il hâta le pas. Chief, sur le qui-vive, trottait devant.

La ruine était déserte et ne présentait aucune trace d'une visite quelconque depuis qu'il l'avait quittée. Il posa le sac d'épicerie, rangeant les aliments à conserver au frais dans la petite glacière. Accompagné de Chief, il alla jusqu'à la kiva.

Rien ne semblait avoir changé dans l'excavation. La « fenêtre » était toujours là mais, à sa vue, Chief recula en grondant. Mike ne releva aucune trace particulière, et il regagna la ruine tout en ramassant du bois mort pour le feu.

La carte du vieux cow-boy devait indiquer le passage à travers le voile, mais également l'emplacement de l'or.

Par qui cet or avait-il été amassé? Et quand? Il se posait décidément plus de questions qu'il n'obtenait de réponses. Mais le vieux cow-boy l'avait averti que ceux de l'Autre Côté savaient toujours quand le voile avait été franchi. Il s'en était fallu de peu qu'ils ne s'emparent de lui.

Cela s'était passé il y avait bien des années, mais la situation avait-elle changé? En supposant qu'il découvre comment le vieux avait traversé, serait-il immédiatement repéré? Comment se faisait-il qu'il n'y ait eu personne pour surveiller cet or? Ceux de l'Autre Côté ignoraient-ils l'existence de cette cache? L'or avait-il été déposé là par une génération précédente dont ils ne savaient rien?

Mike dressa un feu mais ne l'alluma pas. Il contempla le soleil couchant, qui baignait de pourpre les falaises de No Man's Mesa.

Il se dit que la grande mesa n'était guère différente des autres. Pourtant l'étrange lueur aperçue précédemment hantait son esprit. Et qui étaient ces créatures bizarres dont il avait surpris les mouvements cette nuit-là? Des Indiens participant à quelque cérémonie secrète?

C'était près de cette mesa que le vieux cow-boy avait découvert le passage dans l'autre monde. Mais où, exactement? Mike essaya à nouveau de se remémorer la carte que le vieil homme lui avait léguée. La San Juan River était portée sur la carte, mais sur quelle rive se situait l'ouverture?

110

Parmi les affaires d'Erik il trouva une feuille de papier à dessin, et il entreprit de retracer la carte de mémoire. Le document était à Tamarron, dans son appartement. Il n'avait pas pensé qu'il en aurait besoin.

La San Juan, le mont Navajo, Moonlight Water, tous ces endroits, il s'en souvenait. Il ajouta une autre mesa à l'ouest de No Man's, une beaucoup plus grande. Il reposa son crayon et fit de nouveau quelques pas dehors, Chief sur ses talons.

– Nous devrons ouvrir l'œil, mon grand, dit-il. Nous ne savons pas quel genre de guêpier nous attend.

Le soir tombait sur le désert, et No Man's Mesa se voilait de sombre. Le mont Navajo était encore couronné d'or et de pourpre. Mike se retourna brusquement. Pourtant il n'avait rien entendu ni rien vu.

– Tu deviens nerveux, se dit-il tout haut.

Il alluma le feu. Chief, sur le seuil de l'abri, humait l'air avec insistance.

La nuit était fraîche, comme c'est le cas dans le désert, et la planète Vénus accrochait sa lanterne dans le ciel. Mike se pencha sur la carte qu'il avait grossièrement tracée. Il y ajouta la mesa d'Erik. Puis il s'occupa d'attiser le feu, ouvrit un paquet de biscuits secs et en prit une poignée. Il en jeta un à Chief qui s'en saisit adroitement et n'en fit qu'une bouchée, l'air satisfait.

Des arbres. Le vieux cow-boy avait mentionné des arbres. Mike secoua la tête. Dans ce pays? Il y avait bien quelques cèdres, mais pas grand-chose d'autre. La première nuit, en se rendant au rendez-vous fixé par Erik, il avait vu quelques peupliers des marais en bordure d'une ravine. Mais le vieil homme avait parlé d'un grand nombre d'arbres. Il y avait également de l'eau dans le canyon, et des vestiges de grottes murées où les Anasazis entreposaient leur grain. Il faudrait qu'il explore le canyon, se dit-il.

Il déroula son sac de couchage dans un coin de l'abri. Rien ne pourrait venir jusque-là sans devoir franchir le feu à l'entrée... rien d'humain, en tout cas.

Qu'entendait-il par rien d'*humain*? A quoi s'attendait-il?

Il porta son regard vers le mont Navajo. Le fait est qu'il ne savait pas à quoi s'attendre. Il n'avait pas la moindre envie de se rendre dans cette autre dimension, mais Erik comptait sur lui, et il était le seul à pouvoir lui venir en aide. Sans lui, que pouvait faire Erik?

Erik avait beau être l'un des hommes les plus astucieux qu'il ait jamais rencontrés, que pouvait-il face à une situation aussi extraordinaire?

Qui étaient ses geôliers? Quelle langue parlaient-ils? Quelle était leur éducation? Leur culture?

Ses pensées revinrent à Eden et à la jeune fille navaja qui travaillait chez elle. Il se rappela le regard que cette dernière lui avait lancé, un regard qui n'avait rien de séducteur. Avait-elle essayé de le mettre en garde? Ou avait-elle voulu s'assurer qu'il n'était qu'un étranger de passage? Une fille brillante, avait dit Gallagher. Il devait lui parler, dès qu'il aurait l'occasion de se trouver seul avec elle.

Mike but du café et grignota quelques biscuits. Il faisait sombre, à présent. Au loin, au-delà de No Man's Mesa, les étoiles brillaient, mais étaient-ce les mêmes étoiles?

Il secoua la tête pour chasser ces pensées confuses. Le voilà qui inventait des fantômes là où il ne pouvait y en avoir. Kawasi avait dit que la grande mesa lui paraissait familière, comme si elle l'avait vue de l'Autre Côté. Pouvait-il exister deux mondes à la fois?

Soudain il perçut un bruit de pas. Le bruit se rapprocha et une silhouette émergea de l'obscurité dans le cercle de lumière que projetaient les flammes. C'était Gallagher.

– J'ai pensé que vous auriez besoin de compagnie.

Et que savait-il de Gallagher? se demanda Mike.

18

Gallagher s'empara d'un pliant et s'assit.

– J'étais inquiet à votre sujet, dit-il en repoussant sa casquette sur son crâne. Et je me suis dit qu'une petite discussion ne nous ferait pas de mal.

« Je ne suis pas bavard d'habitude, mais des fois c'est en parlant que jaillit la lumière, comme on dit.

Mike ne fit aucun commentaire. Il pensait à Gallagher et à son arrivée inopinée. Avait-il été à ce point préoccupé qu'il n'avait pas entendu le bruit d'une voiture arriver? A croire que le véhicule de Gallagher était muni d'un silencieux. A moins que le policier ait utilisé un moyen de locomotion autre que le moteur à explosion! Il chassa ces pensées ridicules. Malgré ses tendances à la méfiance, il faisait confiance à Gallagher. Il l'appréciait, certain que celui-ci avait un désir sincère de l'aider, et il sentait que sous des dehors ironiques et froids, l'homme avait de la sympathie pour lui.

– Il y a deux façons de voir la situation, reprit Gallagher. Nous pouvons logiquement penser qu'il s'agit d'un enlèvement ou d'un meurtre, et enquêter de ce point de vue. Ou nous pouvons accepter cette idée d'un autre monde et voir où cela nous conduit.

– C'est ce que nous avons fait jusqu'ici.

– Exact. (Gallagher remua les braises avec un bout de branche.) J'ai téléphoné dans l'Est pour avoir quelques renseignements sur Hokart. Il semble qu'il avait l'habitude d'appeler son bureau, et ils s'étonnent de ne plus avoir de nouvelles de lui.

Ils restèrent silencieux pendant un moment, et Mike regarda Chief. Le grand chien n'avait pas levé la tête de ses pattes, mais ses oreilles étaient dressées.

– S'il ne réapparaît pas rapidement, les questions vont fuser. Apparemment Hokart est un type important et, hier, pendant que j'étais sorti, quelqu'un du bureau du gouverneur a appelé, pour dire que le gouverneur aimerait consulter Erik Hokart et que celui-ci devait le rappeler le plus tôt possible.

« Il faut qu'on le retrouve, Mike, et vite. Sinon ça va chauffer, croyez-moi.

– Est-ce qu'Eden Foster est au courant?

– Je lui en ai parlé, histoire de voir sa réaction. Je suis allé chez elle aujourd'hui, comme pour dire un petit bonjour au passage. Elle se montre toujours curieuse de ce que je peux faire, aussi je lui ai dit que je recherchais un homme qui avait disparu, et que si je ne le retrouvais pas rapidement, le pays allait être envahi d'une armée d'enquêteurs et de fouineurs de tous poils.

« J'ai également précisé que le premier endroit qu'ils vérifieraient, c'était la mesa où Hokart campait, sans oublier la kiva qu'il avait dégagée.

– Quelle a été sa réaction?

– C'est une femme qui sait masquer ses émotions, mais elle m'a paru tout de même inquiète. Elle a voulu savoir pourquoi Hokart passait pour un homme aussi important. Je lui ai répliqué que tout citoyen était important dans un pays de droit, mais qu'Erik était connu dans les milieux scientifiques, et que les autorités ne lésineraient pas sur les moyens pour le retrouver.

– A-t-elle dit quelque chose à mon sujet?

– J'allais y venir. (Il gloussa.) C'est bien la première fois que je vois Eden s'intéresser à quelqu'un autrement que pour ses affaires ou par mondanité. Elle m'a demandé si vous étiez marié.

– Elle voulait probablement savoir si quelqu'un s'inquiéterait au cas où je disparaîtrais.

– Oh, non. Pas cette fois. Son intérêt pour vous m'a paru tout ce qu'il y a de plus personnel.

Mike était sceptique. Eden était une femme fort séduisante, que les hommes ne laissaient peut-être pas insensible, mais il doutait que sa curiosité envers lui soit d'ordre affectif. Il en fit la remarque à Gallagher.

Le policier n'était pas d'accord.

– Si je connais quelque chose aux femmes, je peux vous dire que vous vous trompez, affirma-t-il.

Mike regarda dehors en direction de No Man's Mesa.

– Et si, moi aussi, je connais quelque chose aux femmes, dit-il, je vous assure qu'Eden n'a aucune envie de se lier à qui que ce soit. C'est une femme de tête, et qui aime avoir les coudées franches. J'ai même l'impression qu'elle ne craindrait pas d'être une renégate pour garder son indépendance.

– Une renégate?

– Supposez que ce dont nous la soupçonnons soit vrai? Qu'elle soit un agent de l'Autre Côté? J'ai l'intuition qu'elle a pris goût à la vie de ce côté-ci et qu'elle la préfère à celle qu'elle a quittée.

« Je ne veux pas dire qu'elle est décidée à trahir. Elle est comme ces Soviétiques envoyés ici ou en Europe. Ils apprécient l'existence que nous menons à l'Ouest, et ils n'ont guère envie de retourner de l'autre côté du rideau de fer. Tout simplement parce qu'ici ils jouissent de biens qui leur font défaut là-bas, sans parler du sentiment de liberté qu'ils doivent ressentir après toutes les pressions qu'ils sont habitués à subir.

Gallagher, pensif, se taisait. L'air était frais, et la nuit tranquille. Chief se leva et alla s'étirer dehors.

– Ce qui m'inquiète, poursuivit Mike, c'est que nous ignorons leurs capacités, tout comme ils ignorent les nôtres.

– Ils en savent sûrement plus sur nous que nous sur eux, dit Gallagher. Eden est de ce côté. Elle a des contacts, elle écoute,

114

elle lit, elle apprend. Nous, nous ignorons ce qu'elle sait de là-bas, l'information reste à sens unique. A notre désavantage.

Mike était troublé. La kiva se trouvait là, à quelques pas, et son ouverture dans un autre monde, quel qu'il soit, était une réalité inquiétante. Erik se trouvait quelque part là-bas, et ses geôliers devaient connaître d'une façon ou d'une autre cet univers parallèle au leur.

Jusqu'où allaient leurs connaissances? Quel tableau avait fait Eden de ce monde-ci, et comment l'avaient-ils interprété, dans l'hypothèse où elle était leur agent?

Il était toujours difficile à un peuple d'en comprendre un autre quand les cultures étaient aussi radicalement différentes. Si seulement lui-même en savait davantage sur les Anasazis! Certes, les ruines qu'ils avaient laissées et les produits des fouilles archéologiques étaient pleins d'enseignement, mais il aurait tant voulu savoir ce que ce peuple pensait, ce qui régissait son existence.

— Vous avez un couteau? demanda Gallagher. Ça sert parfois.

— J'en ai un.

Le policier grimaça un sourire.

— J'ignore quelles autres armes vous avez encore, mais elles vous seront peut-être utiles. Ce serait une chance si vous pouviez rencontrer ce vieux cow-boy dont vous m'avez parlé. Celui appelé Johnny.

« Le principal problème, pour vous, sera de passer inaperçu. Ici, c'est facile avec tous ces étrangers et ces touristes, mais là-bas...

« Comment ferez-vous pour manger, par exemple? Est-ce qu'ils ont des lieux publics pour ça? Ou bien prennent-ils leurs repas chez eux? Et que demander? Vous ignorez tout de leur langue...

Mike ne pouvait prétendre le contraire.

— Les Indiens troglodytes vivaient de la terre, dit-il. Les Hopis étaient d'habiles fermiers, et les Hohokams étaient passés maîtres dans l'art de l'irrigation. Aussi, sauf bouleversement, les Anasazis ont probablement maintenu le système d'irrigation, et celui-ci s'accompagne toujours d'une autorité rigide. Le contrôle de l'eau est en effet nécessaire si l'on veut que chacun ait une part égale.

— Et à propos de ce mal qui se serait abattu sur leur monde? Qu'est-ce que ça peut être, à votre avis?

– A vrai dire, je l'ignore. Nos conceptions du mal sont issues de la morale judéo-chrétienne, mais les leurs peuvent être radicalement différentes. Les Mayas et les Aztèques, qui s'apparentent probablement à ce peuple, pratiquaient à grande échelle les sacrifices humains. En allant là-bas, vous risquez peut-être de vous retrouver couché sur un autel de sacrifice.

– C'est pour vous, ça, Mike, pas pour moi. Mon métier comporte assez de dangers comme ça.

Ils bavardèrent encore pendant un long moment, puis ils se glissèrent dans leurs sacs de couchage. Mike resta longtemps à écouter les bruits de la nuit et à réfléchir. A un moment il entendit Chief gronder, mais le grand chien ne se leva pas. Le danger n'était pas proche ou bien Chief rêvait. Mike finit par s'endormir.

A l'aube il était debout et il préparait le café quand Gallagher arriva de dehors.

– J'ai fait un petit tour, dit-il. Vu de plus près cette kiva.

– Je n'ai pas encore osé le faire, dit Mike.

– On ne risque pas de voir quoi que ce soit à travers cette fameuse fenêtre. Elle est colmatée avec une espèce de mortier. Et puis elle donne sur la falaise.

– Le chien l'a traversée. Je suppose qu'Erik en a fait autant, bien qu'à vrai dire je n'en sache rien. (Il observa un silence.) Gallagher? Vous connaissez bien le coin autour de la mesa? Un canyon avec beaucoup d'arbres, ça vous dit quelque chose?

– Vous plaisantez? Il n'y a pas un seul arbre, à part quelques cèdres sur la route en venant et un peuplier par-ci par-là dans les ravines.

– S'il y a effectivement un passage par cette kiva, il est étroitement surveillé, selon Kawasi. Mais j'ai entendu dire qu'il y avait d'autres passages, dont l'un se trouverait dans un canyon avec des arbres. J'irai jeter un coup d'œil dans les parages.

– Faut que je retourne en ville. (Gallagher tendit la main vers la cafetière.) Pour l'amour du ciel, Mike, soyez prudent. Je n'ai pas envie que vous disparaissiez. J'ai assez de mal comme ça avec un disparu.

Ils burent du café, bavardèrent un peu, puis Gallagher regagna sa Jeep. Au moment de monter, il se retourna et regarda en direction de la mesa, hésitant comme s'il répugnait à partir. Puis il haussa les épaules d'un air fataliste, s'installa au volant et démarra.

116

Mike écouta le bruit du moteur jusqu'à ce qu'il disparaisse, puis il rentra sous l'abri. Il chargea quelques affaires dans son sac à dos, vérifia son revolver et appela Chief.

– Viens, Chief, nous allons faire une balade.

Sur la vieille carte de toile du cow-boy, No Man's Mesa pointait comme un doigt gigantesque. Pour désigner quoi?

Le terrain était accidenté, mais il prenait son temps, se félicitant d'avoir aux pieds des chaussures de randonnée à la place des bottes mexicaines qu'il portait d'habitude. Il lui fallait faire attention où il posait les pieds, car le sentier, ou ce qui en tenait lieu, était jonché de pierres. Le « trou » dont lui avait parlé le vieux cow-boy pouvait désigner dans le langage des prospecteurs n'importe quelle dépression, creux, vallon, et même gorge. Il s'arrêtait de temps à autre pour choisir son chemin et vérifier s'il n'était pas suivi.

Il ne vit rien, hormis un aigle haut dans le ciel, un lézard se réfugiant sous une roche. C'était un monde de silence, où seul résonnait le bruit de ses pas.

De l'autre côté de la San Juan, No Man's Mesa étirait sa masse sombre et lugubre vers le sud. Il dut poursuivre par un éboulis, sachant que le moindre faux pas risquait de lui coûter la vie, même si sa chute se soldait seulement par une jambe cassée. Il marqua une pause près d'un buisson de genévriers et froissa une feuille entre ses doigts, savourant l'odeur résineuse. Quelque part en dessous de lui, un roitelet chanta.

Il se remit en route. Chief tantôt le suivait, tantôt passait devant. La corniche longeant la pente escarpée du canyon était étroite, et il redoubla de prudence. Il aperçut bientôt les têtes verdoyantes des arbres qui indiquaient la présence d'eau, mais il lui fallut une autre heure de marche difficile pour arriver au-dessus de l'endroit où se trouvait le bois.

Le vieux cow-boy avait dit vrai. Mais à partir de là, la pente formait un brusque surplomb, et il ne pouvait descendre plus bas sans risquer une chute. Il se mit en quête d'une voie et suivit le bord de la gorge. Au bout d'une heure de recherche, il renonça et revint à son point de départ, d'où il entrevoyait une partie des frondaisons et un vague miroitement d'eau au fond du canyon.

Il décida de camper là pour la nuit. Une roche en surplomb l'abriterait des chutes de pierres éventuelles, et la pente était jonchée de bois mort avec lequel il pourrait dresser un feu. Un cèdre de belle taille en masquerait en partie la lueur.

Il calcula qu'à vol d'oiseau moins de quatre kilomètres le séparaient de la mesa et de l'abri d'Erik, mais même avec la torche électrique qu'il avait emportée, il n'avait aucune envie de refaire le chemin dans le noir.

Un coyote jappa quelque part dans l'obscurité, et une pierre roula le long de la pente, mais il ne s'inquiéta pas. Quand la nuit tombait, la différence de température provoquait de nombreux éclats dans le rocher.

Il ne fit qu'un petit feu, et il ne s'allongea pas mais s'adossa contre le rocher derrière lui, une couverture jetée sur les épaules. Il somnola, rajouta un peu de bois, somnola de nouveau.

La nuit avança, la lune se leva, baignant la gorge d'une lueur argentée. Il laissa le feu baisser, ajoutant juste assez de combustible pour qu'il ne meure pas. La fumée de bois de cèdre sentait bon, et il pensa combien l'arbre avait été utilisé dans tant de pays pour les cérémonies sacrées. Il avait lui-même vu un sorcier en disperser la fumée à l'aide d'une aile d'aigle au-dessus des têtes des anciens de la tribu pour les purifier avant une réunion importante.

Il prit un morceau d'écorce pour l'ajouter au feu, mais alors qu'il l'approchait des braises, il suspendit soudain son geste. Il venait de percevoir un léger bruit qui n'appartenait pas à la nuit. Chief aussi avait senti une présence.

Quelque chose approchait, se déplaçant lentement, prudemment, en s'efforçant de ne pas faire de bruit.

Mike était adossé à la roche, difficilement visible à la faible lueur des braises.

Les coyotes avaient cessé leur bavardage. Un grand silence était tombé.

Sous sa couverture il serra la crosse du 357, mais que pouvait un revolver contre un fantôme? Il se produisit un léger bruissement, comme le frottement d'une étoffe contre un buisson. Le bruit cessa, comme la chose s'immobilisait, scrutant la pénombre de la roche au pied de laquelle rougeoyait doucement le petit amas de braises.

Mike se cala contre le rocher. D'une main il tenait sa couverture, de l'autre le revolver. Chief, la tête levée, fixait l'ombre sans broncher. Il ne grondait pas.

19

– Je peux parler?

La voix était basse, pas désagréable.

Mike attendit quelques secondes, puis il dit :

– Avancez près du feu. Lentement.

L'homme était grand et maigre, avec un visage émacié. Il portait un turban serré autour de la tête et une espèce de robe longue ceinte à la taille par un large ceinturon de cuir. Ses pieds étaient chaussés de mocassins. Il n'avait pas d'arme apparente.

– Asseyez-vous, dit Mike.

L'homme le regardait d'un air perplexe.

– Asseyez-vous! répéta-t-il en désignant une place près du feu juste en face de lui.

L'homme s'assit en tailleur sur le sol et le contempla. Sa tenue ne surprenait pas Mike, qui avait connu l'ère des hippies et ne s'étonnait plus de rien.

– Parlez, je vous écoute, dit-il.

– Vous cherchez quelque chose? demanda l'homme.

– Nous cherchons tous quelque chose.

L'homme eut un sourire qui révéla des dents blanches, remarquablement égales.

– Oui. C'est notre rôle, chercher. (Son sourire disparut.) Un rôle que tous n'ont pas, mais un rôle dangereux.

Il observa un bref silence puis, parlant lentement comme s'il cherchait ses mots, il dit :

– Je pense que vous habitez une belle maison quelque part. C'est mieux si vous y retournez.

Mike n'avait pas lâché son revolver dissimulé sous la couverture, et il se demanda si l'homme avait deviné qu'il avait une arme.

– J'ai perdu un ami. Je suis à sa recherche.

– Il est parti. Vous ne le retrouverez pas. Si vous essayez de le chercher, vous finirez là où il est. (L'homme marqua une pause.) Je vous dis ça par amitié.

– Si vous êtes un ami, ramenez donc Erik Hokart ici, et alors je saurai que vous êtes vraiment un ami, dit Mike en prenant soin de bien articuler. S'il ne réapparaît pas, je continuerai mes recherches. Si je ne le retrouve pas rapidement, beaucoup d'hommes viendront. Ils le découvriront, et ils découvriront aussi tout le reste. Il ne pourra plus y avoir de secrets à ce moment-là.

— Cela ne doit pas se faire.

— Désolé, mon ami, mais c'est ce qui arrivera. Ils iront tout droit sur la mesa, et passeront par la fenêtre de la kiva. Ils retrouveront Erik Hokart.

— Alors ils devront se battre.

— Ils seront préparés. Ils seront nombreux, très nombreux. Il y aura d'abord des policiers, et ensuite l'armée. Ils auront des armes et des machines de guerre. Rien ne pourra les arrêter.

L'homme secoua la tête et sourit à nouveau. Mais, cette fois, son sourire était moins chaleureux.

— Ne dites pas des mensonges. Vous n'êtes pas nombreux. Vous êtes faibles.

— Qui vous a dit ça? Il ne faut pas croire ce qu'on vous a raconté. Nous sommes une multitude, et quand les gens de mon peuple arrivent quelque part, rien n'est plus comme avant. Ce qui, soit dit en passant, est une erreur qu'ils ne veulent pas toujours reconnaître.

Mike était perplexe. L'homme parlait correctement l'anglais, mais avec lenteur et en prononçant soigneusement les mots. Il semblait intelligent, et dénué d'intentions belliqueuses. Cependant il n'était pas sûr qu'il soit seul; il y en avait peut-être d'autres dissimulés dans l'obscurité. Aussi, tout en parlant, tendait-il l'oreille aux bruits environnants.

Cette rencontre le troublait. L'homme semblait l'avertir d'un danger, essayant de le dissuader sans pour autant le menacer.

— Il y a longtemps, dit Mike, quand mon peuple vint dans ce pays, seuls quelques-uns poussèrent vers l'Ouest pour échanger des marchandises contre des fourrures. Les Indiens qu'ils rencontraient les méprisaient car ils les trouvaient ridicules de ne pas chasser eux-mêmes. Les Indiens ne voyaient qu'une poignée de Blancs, et ils n'avaient pas idée que là-bas, dans l'Est, ils étaient des millions. Vous commettez la même erreur. Vous n'avez vu que quelques-uns d'entre nous, et vous ignorez combien nous sommes en vérité.

« Vous ne connaissez pas notre curiosité insatiable, notre goût d'explorer, d'apprendre. Aucun obstacle n'arrête jamais les hommes de mon peuple, même si certains d'entre nous le déplorent, souvent à juste raison. Il y a sans doute sur vos terres du minerai que nous pourrions exploiter. Il peut y avoir beaucoup de choses dont nous avons, ou pensons avoir, besoin. Non, croyez-moi, aucun obstacle ne nous a jamais arrêtés, quand nous pensons pouvoir en tirer un profit.

« Vous n'avez pas d'autre choix que de nous rendre Erik Hokart, et nous refermerons la fenêtre de la kiva. Ainsi vous pourrez continuer de vivre en paix.

– C'est impossible. Ce n'est pas de moi que dépend la liberté de votre ami. Je n'ai pas d'autorité. Allez, ajouta-t-il, et ne revenez pas. Si la fenêtre de la kiva a été découverte, c'est de ma faute. C'est moi qui ai souhaité ouvrir le passage.

– Vous?

– Une ancienne table parlait de la kiva et de l'ouverture sur votre monde. Je suis le Gardien des Archives. Toutes les tables sur lesquelles sont consignées l'histoire et la mémoire de mon peuple passent entre mes mains. Elles emplissent des salles entières à Shibalba. Elles sont écrites en caractères anciens que la langue parlée ne peut traduire. Je les ai transcrites dans votre langue.

– En anglais? Pourquoi?

– Peu les lisent. Et le savoir qu'elles contiennent n'est pas pour le peuple. (Il hésita.) Pas même pour les Maîtres.

– Je croyais que votre maître était celui que l'on appelle La Main?

Il regarda Mike avec de grands yeux.

– Vous avez entendu parler de La Main? Qui vous a informé?

Peu désireux de trahir Kawasi, Mike dit :

– Nous aussi, nous avons nos archives.

– C'est impossible! Vous ne savez rien de nous! Personne de votre monde n'est jamais entré ici.

– Vous en êtes sûr? Pas même il y a des années de ça?

Il hésita puis il dit :

– Ce n'est pas dans les Archives.

– Vous les avez toutes examinées?

– Il faudrait des années pour cela, et je n'ai fait que commencer.

– Alors vous n'avez pas le savoir. Vous savez seulement ce que les gens disent, rapportent. Un vrai spécialiste se doit de questionner, de vérifier ce que la rumeur colporte.

L'homme gardait le silence, et Mike ajouta un peu de bois dans le feu.

— Ce que je dis est vrai, dit soudain l'étranger. Vous devez vous en aller. Celui que vous cherchez est maintenant sous le pouvoir de La Main. Lui seul en disposera comme bon lui semble. Personne ne peut s'opposer à la volonté de La Main.

— Non? Même ceux qui suivent Celui Qui Possédait La Magie?

L'homme regarda Mike en secouant la tête.

— C'est une légende. Celui dont vous parlez n'existe pas.

Les flammes vacillèrent sous un souffle de vent. Pendant un moment les deux hommes contemplèrent le feu en silence.

— Je regrette que cette kiva ait été découverte, dit Mike d'une voix douce. Vous avez provoqué quelque chose qu'on ne peut plus arrêter. (Il marqua une pause.) On dit que votre monde est sous la domination du mal. De quel mal s'agit-il?

L'homme évita le regard de Mike. D'un geste vague, il désigna le canyon.

— Où sommes-nous, ici?

— Quelque part dans le désert. Là-bas, c'est la San Juan. Un nom espagnol, car les Espagnols ont autrefois dominé le pays.

— Y a-t-il des cités?

— Oui, de très grandes cités, loin d'ici. La plus proche est à des centaines de kilomètres, mais il y a aussi toutes sortes de villages et de villes, et des routes qui s'étendent comme une toile d'araignée dans tout le pays.

Chief, qui n'avait pas bougé depuis l'arrivée de leur étrange visiteur, se leva soudain et s'étira. L'homme tressaillit de peur et commença à se relever.

— Ne bougez pas, dit Mike. Il ne vous fera aucun mal. C'est mon chien.

L'homme coula vers Chief un regard inquiet et croisa de nouveau les jambes.

— Nous pourrons parler plus tard de nos cultures, dit Mike. Pour le moment, vous devez me dire ce que vous savez au sujet d'Erik Hokart. S'il est prisonnier de La Main, alors j'irai voir La Main.

— Vous ne savez pas ce que vous dites.

— Vous pourriez me conduire à lui.

— C'est impossible. Vous ne comprenez pas. Personne n'approche jamais La Main. Je commence à avoir des cheveux gris, et pourtant je ne l'ai jamais vu.

« Je passe ma vie parmi les Tables. Je suis leur gardien, et peu de gens savent seulement qu'elles existent. Il y a longtemps, ceux qui nous gouvernaient venaient les étudier, mais cela fait des générations que plus personne ne s'y intéresse. Jadis, nous qui étions les Gardiens du Monde, nous faisions partie du conseil des Maîtres, mais c'est fini depuis longtemps. Peut-être que La Main ne se souvient même plus de nous.

A mesure qu'ils parlaient, Mike commençait à comprendre ce qui avait pu se passer. Les Archives avaient été accumulées en des temps anciens, bien avant l'Exode, quand une partie du peuple avait fui quelque fléau et cherché refuge de ce côté. Pendant plus de dix siècles, ils avaient vécu dans le nouveau monde qu'ils avaient découvert, jusqu'à ce que les sécheresses répétées et les envahisseurs venus du nord les aient poussés à repartir. Dans l'intervalle ils avaient oublié le mal auquel ils avaient voulu échapper. Certains, toutefois, qui s'en souvenaient, avaient rejeté toute idée de retour et s'étaient alliés à d'autres tribus.

Au moment de l'exode, la plupart devaient être de simples travailleurs dans les champs, et seuls quelques hommes instruits avaient fui avec eux, aussi avaient-ils connu peu de chose de leur propre monde.

Mike interrogea son visiteur au sujet de La Main. Était-ce un seul homme ou plusieurs? Où Erik pouvait-il être détenu?

L'homme secoua la tête.

— Je ne sais pas, répondit-il. Il y a tout un secteur de la cité où personne n'a le droit d'aller. C'est sûrement là qu'il aura été conduit. Il n'y a que sur un ordre de La Main que l'on peut y entrer, et ceux qui y pénétrent n'en ressortent pas toujours. (Il regarda Mike dans les yeux.) De fait, peu désirent s'y rendre.

— Pourquoi êtes-vous venu à moi? demanda Mike.

— Je l'ai dit. Vous ne devez pas aller là-bas. C'est inutile.

— Et je vous ai dit que si je ne retrouvais pas mon ami, beaucoup d'hommes viendraient. Ils seraient déterminés, et rien ne pourrait les arrêter. Erik Hokart doit être libéré. Si vous tenez à ce que votre propre peuple reste en paix, vous devez m'aider.

— Moi? fit-il d'un air étonné. Que puis-je faire? Je ne suis que le Gardien des Archives.

— N'y a-t-il pas dans vos tables des récits vantant les exploits de guerriers, d'hommes ayant accompli des prouesses?

Le regard de l'homme s'anima.

— Oh oui, il y en a beaucoup! Pourtant personne ne les lit

plus. Il n'y a que moi et quelques autres. Les tables se couvrent de poussière, et nous continuons de balayer les salles pour rien. Personne ne veut plus rien apprendre, parce qu'ils pensent tout savoir. Je doute même que La Main connaisse mon existence, et les Varanels, ses gardes, passent à côté de moi sans me voir. (Son visage exprimait de la tristesse.) Vous me parlez de préserver mon peuple, mais je ne sais plus si mon peuple vaut encore la peine qu'on le préserve.

— Les tables dont vous parlez sont des tablettes de pierre?

— Naturellement. On les compte par milliers, toutes bien rangées, certaines assemblées par paquets quand elles traitent du même sujet. Beaucoup sont faites en argile cuite. A cette époque-là, notre peuple aimait l'étude, et les Varanels étaient nos serviteurs. Aujourd'hui tout le monde se moque bien d'apprendre, et les Varanels sont nos maîtres. (Il observa un silence puis, avec un regard de sympathie pour Mike, il ajouta :) Cela fait du bien de parler, d'avoir quelqu'un qui écoute. Je me sens très seul parmi mon peuple, et c'est pourquoi je cherchais le moyen d'entrer dans votre monde. Les miens ont fermé leurs esprits à la connaissance, comme d'autres se bouchent les oreilles pour ne plus rien entendre.

— Et cependant ils ont peur de ce que notre monde peut leur apporter, n'est-ce pas?

— Oui. Mais pas moi. Pas vraiment. J'ai tout de même un peu peur parce que je ne sais pas qui vous êtes ni ce que vous avez. Vous semblez si sûrs de vous, si confiants.

— En vérité peu d'entre nous le sont, mon ami. Notre assurance n'est qu'apparence, mais beaucoup parmi nous aiment apprendre. Bien sûr, il y en a qui refusent le savoir, parce que le savoir met quelquefois en péril ce qu'ils tenaient pour certain. Mais il y a des hommes et des femmes qui ne cessent de chercher les réponses à toutes les questions qui se posent sans arrêt à nous. Nous disposons partout dans le monde de laboratoires et de bibliothèques, qui sont un peu comme vos archives, sauf que les nôtres sont pleines de monde, jour et nuit, et qu'à la place de vos tablettes de pierre ce sont des livres en papier, et ces livres sont vendus à ceux qui n'ont pas le loisir de se rendre dans les bibliothèques.

— Il y a des livres qui parlent de mon peuple?

— Beaucoup, et pourtant nous savons peu de chose. Ce que nous savons, nous l'avons appris de poteries retrouvées, de vestiges de maisons, d'ossements. Certains consacrent leur vie à

124

fouiller patiemment dans la terre pour tenter d'y retrouver les témoins du passé, mais il y a aussi des pilleurs de ruines qui ne cherchent que leur propre profit et se moquent bien de détruire ces marques du temps si importantes pour comprendre les hommes qui nous ont précédés.

– Notre histoire est importante pour vous?

– Toute histoire est importante. De chacune nous apprenons ce qui fit la gloire et le déclin des peuples. Beaucoup d'entre nous apprennent pour le simple plaisir d'apprendre. Un écrivain russe a écrit : « Je ne veux pas la fortune, je veux une réponse à mes questions. »

– C'est très bien, ça, dit l'homme avec enthousiasme. (Son visage s'assombrit de nouveau.) Nous, nous ne nous posons plus de questions, sauf peut-être au sujet de votre monde. Nous désirons certaines choses que vous avez, mais nous avons peur de ce qui pourrait nous arriver si nous les possédions.

– Comment vous appelez-vous?

– Tazoc.

– Moi, c'est Mike. Mike Raglan. (Il hésita avant de demander :) Avez-vous jamais entendu le nom d'Eden Foster?

Tazoc secoua la tête :

– C'est un nom de chez vous.

– Le nom, oui, mais je soupçonne cette femme d'être de votre peuple, bien qu'elle vive parmi nous.

– Elle vit ici, de ce côté? demanda-t-il, étonné.

Mike la lui décrivit, mais Tazoc secoua la tête.

– Non, je ne connais personne qui lui ressemble.

– Peut-être une Femme-Poison?

Tazoc sourit.

– C'est une légende. On raconte qu'il y a très longtemps, il y avait des femmes comme ça. S'il en existe encore aujourd'hui, seule La Main peut le savoir.

– Est-ce que vous pourriez pénétrer dans les quartiers où réside La Main?

– Moi? Vous plaisantez! C'est impensable. Seuls les Varanels peuvent aller là-bas, et ceux qui ne reviennent pas. Oh, il y en a quelques-uns qui vont et viennent. Ce sont les serviteurs de La Main ou les Seigneurs de Shibalba.

– C'est donc possible?

Tazoc secoua énergiquement la tête.

– Non. C'est un lieu interdit. Celui qui entrerait là sans y être autorisé serait immédiatement arrêté. Si vous y allez, vous n'aurez pas le temps de faire trois pas qu'ils vous découvriront.

Mike attendit un moment avant de demander :
– Dans vos archives, y a-t-il une carte de votre cité interdite?
Tazoc ne répondit pas.

20

Le jour était levé quand il parvint au bord du canyon. Celui-ci s'étendait sur un peu plus de trois kilomètres. Le flanc était accidenté et escarpé; à l'ouest, du côté où il se trouvait, la pente était moins abrupte, sillonnée par endroits de fissures par lesquelles la descente était possible. Mike savait toutefois par expérience qu'elle serait plus difficile qu'il n'y paraissait.

Il y avait un petit bois au fond de la gorge. De jeunes arbres pour la plupart. Il aperçut deux anciens séchoirs à tabac tels que les construisaient les Navajos.

Les quelques espaces découverts qu'il pouvait voir de sa position étaient parsemés de touffes d'herbes. Il s'accroupit sur ses talons et scruta le canyon, sans trop savoir ce qu'il cherchait.

Il doutait de trouver un passage aussi évident que celui de la kiva. Il savait par Kawasi que les autres voies étaient incertaines, soumises à quelque caprice de la nature. Il en était réduit à concevoir qu'en cet endroit se produisait de temps à autre une anomalie, une rupture dans la trame du temps et de l'espace. Il ignorait tout de pareils phénomènes, hormis les histoires que l'on racontait.

Existait-il vraiment un lieu tel que Shibalba? Une fois de plus il fut tenté de considérer toute l'affaire comme une fantastique supercherie.

Il commença sa descente par l'une des fissures qu'il avait repérées. La roche était si lisse par endroits qu'il n'avait pas d'autre moyen que de se laisser glisser jusqu'à un bout de corniche et de recommencer jusqu'à la suivante, tout en pensant avec angoisse qu'il aurait un mal fou à remonter. Quand il atteignit enfin le fond de la gorge, son cœur battait fort, et il jeta un rapide coup d'œil autour de lui.

Il ne vit que les arbres, de l'herbe éparse, et un vague sentier que, malgré l'absence de traces de daim ou autre animal, il supposa emprunté par le gibier.

Un profond silence régnait dans le canyon. Il n'y avait pas

même un bruissement de feuilles dans le bois. Il s'avança au milieu des arbres où l'ombre était fraîche, tendit l'oreille, guettant le moindre bruit, presque étonné de ne remarquer aucune empreinte sur le sol.

Qu'allait-il faire, se demanda-t-il, s'il se produisait l'une de ces ouvertures? Prendre un repère de façon à pouvoir retrouver l'emplacement quand il reviendrait? Et si le phénomène ne se manifestait qu'une seule fois?

Il s'arrêta et scruta attentivement les environs. Ce silence était inquiétant. Et pas le moindre animal en vue. Pas même un lézard!

C'est alors qu'il distingua à travers les frondaisons un pan de mur en ruine à l'entrée d'une vaste anfractuosité. L'un de ces abris où les Anasazis entreposaient leur grain. Il était situé assez haut sur la pente et Mike n'avait pas l'intention d'y grimper. Mais cela prouvait au moins que des hommes avaient jadis vécu ici. Il poursuivit sa progression et tomba sur les cendres d'un feu, qui devait être très ancien, car ce n'était plus en vérité qu'un mince film de poussière grise sur la roche ocrée.

Il sortit du sous-bois, et observa la gorge. Quelque chose attira son attention en aval, là où le canyon s'élargissait. Il fronça les sourcils, l'air décontenancé. Avait-il un problème de vue? L'air miroitait comme sous l'effet de la chaleur, alors qu'il ne faisait pas chaud du tout.

Mike se posta à l'ombre d'un arbre pour mieux observer le phénomène. Il se souvenait d'avoir contemplé une fois l'île de Chiloé depuis Puerto Monte, et d'avoir été capable de distinguer les feuilles des arbres, comme s'il avait regardé à travers des jumelles. Il supposa que ce type de manifestation atmosphérique devait se produire en d'autres endroits, mais c'était la seule fois, sur cette côte du Chili, qu'il en avait été témoin. Les indigènes lui avaient dit que cela arrivait souvent.

Ici, cependant, il ne voyait pas les choses avec cette stupéfiante clarté. Au contraire, le miroitement brouillait la vision. Il distinguait les ombres des rochers derrière cette étrange palpitation de l'air mais ne pouvait remarquer aucun détail.

Soudain, derrière cette étrange brume, un mouvement se fit. De vagues et informes silhouettes approchaient! Mike recula dans le sous-bois et guetta.

Les silhouettes se précisèrent à travers le voile brumeux. Des hommes! Au nombre de quatre, ils approchaient en ligne!

Chacun d'eux portait une sorte de casque, une cuirasse d'un

bleu pâle qui lui couvrait le buste et une jupe semblable à celle des légionnaires romains, faite de fines bandes de métal. Ils tenaient à la main une arme, espèce de fusil-harpon que Mike ne pouvait voir avec précision.

Espacés les uns des autres d'une dizaine de pas, ils approchèrent du flanc du canyon.

Mike recula plus profondément dans le bois puis il courut se dissimuler parmi un chaos de rochers au bas de la pente. Avec sa veste de chasse et son pantalon beige, sa chemise vert sombre, il se fondait parfaitement dans l'environnement. Il déboutonna la langue de cuir qui maintenait le 357 dans sa gaine, et il attendit.

Manifestement, les quatre hommes cherchaient quelque chose.

Tazoc? Lui-même?

Le plus proche se trouvait à présent à moins de cinquante mètres, un homme de sa taille, mais plus élancé et plus mince. Ce devaient être, supposa-t-il, les Varanels, les gardes de Shibalba.

L'un d'eux tourna la tête dans sa direction sans le voir. Attentif à ne pas même cligner une paupière, bien qu'à cette distance cela n'eût guère compté, Mike les regarda passer devant lui. Soudain ils s'arrêtèrent puis, se plaçant en demi-cercle, ils se remirent en marche. Ils avaient aperçu le séchoir. L'arme levée, ils avancèrent lentement en direction de la construction.

Quand ils l'eurent atteinte, ils en firent prudemment le tour, apparemment perplexes quant à la nature de la construction. Pourtant, s'ils avaient quelque mémoire du passé, ils devaient savoir que les Anasazis avaient de pareils séchoirs à tabac.

Ils se rassemblèrent, échangeant leurs impressions. De temps à autre ils scrutaient les parois du canyon. Soudain Mike perçut le bruit lointain d'un avion. Peu d'appareils survolaient la région, hormis quelques avions de tourisme. Le bruit se rapprocha.

Les Varanels s'étaient de nouveau dispersés, les yeux levés vers le ciel. L'un d'eux aperçut le bimoteur et le désigna aux autres.

Le moment de stupeur passé, ils coururent se mettre à couvert. Mike les entendit converser à voix basse dans le sous-bois, puis le silence retomba alors que l'avion s'éloignait.

D'où ces hommes venaient-ils? se demanda Mike. De cette

brume étrange? Était-ce là l'ouverture qu'il cherchait? Combien y avait-il de Varanels, en dehors de ces quatre-là? Selon la règle du combat qui exige de connaître son ennemi, il aurait bien aimé en savoir plus sur eux. Il lui paraissait évident qu'ils étaient à la recherche de quelqu'un. Peut-être avaient-ils suivi Tazoc. Peut-être étaient-ils ici pour lui-même.

Mike ne se prenait pas pour un héros. Il n'avait pas envie de risquer sa vie pour Erik, mais s'il ne faisait pas tout ce qu'il pouvait pour venir en aide à son ami, il serait à jamais hanté par cet homme qu'il aurait abandonné à un sort cruel.

La situation, cependant, était décourageante. Il n'avait personne pour le seconder. Gallagher n'était qu'un officier de police accomplissant son devoir. Il s'efforcerait certainement de retrouver Erik, et il était prêt à accepter la version de Mike, aussi extraordinaire puisse-t-elle lui paraître, mais son aide ne pouvait sortir du cadre de sa juridiction. A la place de Gallagher, Mike aurait sans doute agi de même.

Et Eden Foster? Il ignorait qui elle était au juste. Il la soupçonnait toutefois d'être une ennemie. Il avait vu chez elle l'exemplaire d'Ambler, ce qui prouvait ses liens avec l'homme qui avait tenté de lui reprendre le carnet d'Erik. C'était une femme intelligente, qui avait su se faire d'importantes relations, lesquelles trouveraient complètement absurde et invraisemblable qu'on puisse la soupçonner d'être l'espionne de quelque puissance invisible.

Il ne percevait plus aucun bruit venant du sous-bois. Les Varanels étaient-ils repartis ou bien restaient-ils à guetter? Connaissaient-ils les avions? En avaient-ils eux-mêmes?

Tazoc s'était montré assez bavard, et Mike commençait à se faire une idée plus précise de l'Autre Côté.

Pour le moment il valait mieux qu'il ne quitte pas son poste. Il regarda en direction de la gorge, d'où les Varanels étaient apparus, mais il ne remarqua rien de particulier. Le miroitement avait disparu, à moins que de l'endroit où il se trouvait il ne pût le voir.

Où était Tazoc? L'homme était parti aussi brusquement qu'il était venu. Si les Varanels le découvraient, ils le tueraient.

Gardien des Archives! Son savoir devait être grand. Pourtant c'était un homme sans importance, de l'Autre Côté. Un homme ignoré, oublié dans son coin.

Cela impliquait une civilisation décadente, une culture déclinante. Les Varanels, toutefois, avait progressé en un ordre par-

129

fait, maintenant une distance de sécurité entre eux et courant se mettre à couvert avec un bel ensemble.

Soudain ils réapparurent, sortant du bois. L'un d'eux passa à moins de quarante pas de Mike, mais celui-ci était trop bien dissimulé pour que l'autre le remarque.

Ils poursuivirent leur chemin et disparurent bientôt à un détour de la gorge.

Mike attendit plusieurs minutes, puis il sortit de sa cache et gagna les arbres. Là, il s'accroupit contre un tronc et attendit, guettant. Rien. Pas un bruit, pas un mouvement. Il rengaina son revolver et continua par le bois. Il devait trouver le moyen de sortir du canyon et regagner la mesa.

Mike était découragé. Il avait espéré trouver ce fameux passage dans le canyon, et à peine avait-il atteint le fond de la gorge que les Varanels étaient apparus. Savaient-ils qu'il viendrait?

La falaise au-dessus de lui était abrupte et difficile à escalader. Surtout il lui fallait trouver un endroit où il puisse grimper sans s'exposer aux regards ou aux coups.

Il découvrit enfin ce qu'il cherchait : une fissure étroite et profonde qui remontait la gorge. Le soir tombait quand il parvint en vue de la ruine. Soudain un mauvais pressentiment l'envahit. Dissimulé derrière un buisson de genévriers, il scruta la mesa avec méfiance. Sa décision fut prise en un instant. Sa voiture n'était pas loin. Il allait rentrer sans plus tarder. Durant tout ce temps, Chief était resté près de lui, grondant parfois et se pressant contre sa jambe comme pour l'avertir de quelque mystérieux danger. A présent qu'il avait deviné l'intention de Mike, il le devança à la voiture et l'attendit devant la portière.

Prenant garde à ne pas faire de bruit, Mike s'installa au volant, Chief à côté de lui. Il verrouilla les portières et démarra. Il ne perçut aucun mouvement dans le rétroviseur, alors qu'il s'engageait sur la piste.

La route en bas était déserte et il prit la direction de la ville. Il avait envie de regagner Tamarron, mais il jugea préférable de s'arrêter au motel de la veille. Il aurait peut-être une chance d'y rencontrer Gallagher.

Malheureusement le policier n'était pas là, et le café était presque vide. Deux chauffeurs routiers se restauraient au comptoir, et deux autres hommes, des gens du pays, occupaient une table.

Mike choisit une place dans un coin d'où il pouvait surveiller la porte, et il commanda un repas et du café.

Il était fatigué et inquiet. Le menton appuyé sur ses mains croisées, il essaya de mettre de l'ordre dans ses idées. Il ne devait plus tarder à passer à l'action, mais il ne pouvait pas non plus foncer dans le brouillard. S'il pénétrait maintenant dans ce monde dont il ne savait presque rien, il serait immédiatement repéré et capturé.

Le café lui fit du bien. Il reposa sa tasse, se demandant où était le policier. Il aurait bien aimé lui parler.

En repensant aux Varanels, il se dit qu'il avait eu de la chance. S'ils l'avaient repéré et attaqué, il aurait été forcé de tirer. Avoir un ou plusieurs cadavres sur les bras n'aurait pas arrangé ses affaires. Qu'aurait-il pu dire pour sa défense?

La serveuse arriva avec sa commande. Il commençait à manger quand l'idée lui vint d'aller voir Eden Foster. Peut-être accepterait-elle d'intervenir pour la libération d'Erik.

La serveuse revint à sa table.

– Nous allons fermer. Ça ne vous dérangerait pas de me régler? Nous faisons la caisse, mais prenez quand même votre temps pour finir.

Il la paya et se remit à manger. Il lui tardait maintenant d'aller se coucher. Il n'avait plus faim. Il laissa là son repas et sortit.

Il faisait sombre, et la rue était déserte. Derrière lui les lumières du café s'éteignirent, et il prit la direction du motel.

Il était presque parvenu à sa voiture quand il entendit dans son dos un bruit de pas précipités.

21

Mike fit un pas de côté, pivota sur son pied gauche, et lança le droit en direction du plus proche des deux hommes... une technique Bando.

Le coup cueillit son adversaire derrière le genou, et il s'affala devant son complice, qui l'enjamba et se jeta sur Mike. Celui-ci contra l'attaque d'un direct du gauche à la face. Il sentit le nez s'écraser sous son poing et s'écarta rapidement, frappant d'un coup de pied à l'aine. L'homme tomba sur les mains et les genoux. Un dernier coup de pied à la tête le cloua à terre.

Le premier s'était relevé, et Mike reconnut l'homme du San Juan Room, celui au blouson gris.

— Allez, dit-il tranquillement, approche!

Son adversaire tourna autour de lui, cherchant l'ouverture, puis il fonça soudain. La manœuvre était grossière, et Mike, qui avait fait ses premières armes comme videur dans les foires, frappa à l'estomac.

Le coup cueillit l'homme en pleine course, lui coupant le souffle, et il tomba à genoux en se tenant le ventre.

Laissant ses deux adversaires au tapis, Mike gagna sa chambre et appela la police.

— Il y a deux types K.O. sur le parking de l'hôtel. Ils ont dû trébucher sur quelque chose dans le noir, dit-il. Je pense que ça intéresserait Gallagher de les voir.

Il raccrocha sans donner son nom.

Il venait à peine d'enlever sa chemise qu'il entendit un crissement de pneus sur le gravier du parking. A travers les rideaux il vit les phares de la voiture de police et entendit une voix qui criait :

— Allez, debout, vous deux! Qu'est-ce qu'il se passe ici?

Mike se lava le visage et les mains pour enlever toute trace possible de sang. Il avait les phalanges légèrement égratignées. Il enfilait son pyjama quand on frappa doucement à la porte.

— Ouvrez! C'est la police! dit à voix basse le policier.

Mike alla ouvrir.

— Que se passe-t-il, officier?

— On a reçu un appel nous signalant la présence de deux hommes sur le parking, et comme votre chambre était la seule allumée... Vous connaissez ces deux individus?

Les deux hommes, menottes aux poignets, lui jetèrent un regard mauvais.

— Celui-ci, dit Mike, je l'ai vu à Tamarron, aujourd'hui. On m'a dit là-bas qu'il n'était pas le bienvenu. Lui et son copain avaient l'air de chercher un mauvais coup.

— Vous n'avez rien entendu?

— Non, je suppose que j'étais trop occupé pour ça.

— Vous êtes un ami de Gallagher?

— Gallagher? Oui, je suis un ami à lui. Si vous avez besoin de moi pour quoi que ce soit, je serai ici ou au café, là-bas.

Plus tard, réfléchissant à l'incident, il se dit qu'il avait été chanceux. Sa tactique les avait pris par surprise, mais la prochaine fois il aurait peut-être moins de veine. Les hommes de

132

main avaient tous une façon particulière de se battre. Visiblement ces deux-là ne s'étaient pas attendus à rencontrer une résistance mais comptaient sur leur supériorité numérique pour le maîtriser. Ils n'avaient donc pas eu le temps d'user de leurs capacités réelles. L'action n'avait pas duré plus d'une minute, et il ne devait pas, loin de là, s'estimer meilleur qu'eux.

Ses talents dans ce domaine étaient limités. Il s'était souvent battu quand il était jeune, et il lui était arrivé de le faire au cours de ses voyages à l'étranger. Çà et là, il avait appris des techniques de combat. En Chine, au Japon, au Tibet, à Sumatra, à Java, il avait eu la chance de rencontrer de remarquables maîtres en arts martiaux qui l'avaient initié à leurs sciences, mais il n'avait jamais assez pratiqué ces disciplines pour prétendre à une parfaite maîtrise.

Il se réveilla avec le jour, se rasa, prit une douche et s'habilla rapidement. Il pensait que Gallagher serait au café, et il avait ensuite l'intention de rendre visite à Eden Foster.

Il ignorait si elle reconnaîtrait être en relation avec l'Autre Côté, mais, quelle que soit sa réaction, il lui parlerait d'Erik. Il y avait peut-être une chance d'obtenir sa libération par une négociation. Cela valait la peine en tout cas d'essayer, avant de s'aventurer dans l'autre dimension et de tenter d'arracher par la force Erik à ses geôliers.

Dans le même temps il devrait être prudent. En se rendant chez Eden, il allait en un sens en territoire ennemi. Si ce dont il la soupçonnait était vrai, elle avait certainement à sa disposition des hommes qui ne demanderaient pas mieux que de mettre la main sur lui.

Gallagher était assis à sa place habituelle. Il leva la tête quand Mike s'approcha de sa table.

— Je vous attendais, lui dit-il.

— Il y a eu de la bagarre ici, la nuit dernière. Dommage que vous n'ayez pas été là.

Gallagher jeta un regard à ses phalanges.

— Apparemment, vous étiez aux premières loges. C'était bien?

— J'ai eu de la chance. Ils ont seulement commis l'erreur de penser qu'ils m'auraient facilement. Je n'ai pas dit grand-chose à vos hommes, parce que j'avais besoin de dormir et puis, pour être franc, qu'est-ce que j'aurais pu leur raconter?

— Ils essayaient de vous enlever ou de vous tuer?

— Ça, j'en sais rien. Ils se sont jetés sur moi par-derrière, et j'ai dû me défendre. Vous leur avez parlé?

133

– Si je leur ai parlé? Je ne les ai même pas vus! Ils ont réussi je ne sais comment à s'échapper de la prison pendant la nuit!

Mike lui raconta sa journée de la veille : ce qu'il avait vu dans le canyon, son retour en ville, l'attaque des deux hommes, l'arrivée des deux policiers.

– J'ai déjà vu l'un d'eux à Tamarron, au San Juan. Ce sont sûrement eux qui m'ont suivi sur la route la dernière fois.

Gallagher regarda par la fenêtre.

– Les ennuis ne vont pas tarder, dit-il. Il y a eu deux appels téléphoniques de plus au sujet d'Erik Hokart. L'un d'une firme d'électronique et l'autre d'un avocat.

– Je vais faire une petite visite à Eden.

Gallagher hocha la tête.

– Affaires ou plaisir?

– Affaires. Je vais jouer cartes sur table et essayer de négocier. C'est une femme intelligente. Soit elle s'efforce de faire libérer Hokart, soit elle se retrouve tôt ou tard accusée de complicité d'enlèvement. Il faut qu'elle mesure la gravité de la situation. Le problème est de savoir si elle pourra le leur faire comprendre, à eux.

Le soleil commençait à chauffer dans la rue. Des routiers arrivèrent et s'installèrent au comptoir. Gallagher remplit sa tasse à la cafetière laissée sur la table. Mike réfléchissait, se demandant si en allant voir Eden, il ne cherchait pas sans se l'avouer à reculer le moment où il devrait franchir cette « fenêtre ». Bien sûr qu'il hésitait. Une fois de l'Autre Côté, les jeux seraient faits. Il n'avait pas la moindre idée de ce qui l'attendait là-bas ni de l'endroit où se trouvait Erik.

Il y avait, semblait-il, une espèce d'enceinte officielle, comme la Cité Interdite à Pékin ou le Kremlin à Moscou, une zone à laquelle n'avait accès qu'une minorité munie de laissez-passer. Une fois à l'intérieur, il devrait faire vite. Mais comment faire vite, quand il ignorait où était retenu Erik? C'était l'information essentielle qu'il lui fallait obtenir, sans quoi sa mission serait vouée à l'échec.

Et Eden? Au cas où elle travaillait pour eux, quelle était son influence? S'il parvenait à la convaincre, les autres l'écouteraient-ils?

Il fit part de ses réflexions à Gallagher.

– Supposons que cet autre monde existe, commenta le shérif. A quoi ressemble-t-il, à votre avis?

– A en croire Kawasi et Tazoc, c'est un monde fermé, qui a

peur des idées ou des étrangers susceptibles de semer un désir de changement. Nous représentons une menace pour l'ordre qu'ils ont établi. En même temps, ceux qui détiennent le pouvoir sont certainement curieux d'en savoir plus sur notre fonctionnement et surtout désireux d'acquérir certaines de nos connaissances qui pourraient les aider à affermir davantage leur autorité.

— Pensez-vous que c'est pour cela qu'ils ont enlevé Hokart?

— Non, je ne le pense pas. Ils se sont emparés de lui parce qu'il avait découvert un passage accédant à leur monde. Mais ce qu'ils auront appris de lui leur aura peut-être donné envie de le garder avec eux. J'ai dans l'idée qu'en ce moment même ils doivent avoir une sacrée difficulté à digérer ce qu'il a pu leur raconter de notre monde.

— Vous pensez qu'il les aidera?

— J'en doute, mais il essayera désespérément de les convaincre qu'il a trop de valeur pour qu'on le supprime. Je pense qu'il leur livrera assez d'informations pour exciter leur appétit jusqu'à ce qu'il trouve le moyen de leur fausser compagnie.

— J'aimerais bien rencontrer ce Tazoc, dit Gallagher. Il pourrait nous aider.

— Certainement, mais il pourrait surtout aider Erik. Il est le Gardien des Archives, et il doit en savoir plus que quiconque. C'est un atout pour nous.

— Que voulez-vous dire?

— L'homme a soif de connaissance. C'est un homme curieux. Chez nous, il passerait pour un intellectuel. J'ai excité sa curiosité et, croyez-moi, il reviendra me trouver.

« C'est d'ailleurs mon unique chance. Tazoc peut ouvrir la porte que je cherche. Il est la clé de l'Autre Côté.

— Vous pensez qu'il vous aidera?

— J'y compte sérieusement.

22

Usant du téléphone dans sa chambre, Mike appela un ami à Denver, et un autre à Washington. S'ils n'avaient pas de ses nouvelles d'ici à quinze jours, leur dit-il, qu'ils prennent contact avec Gallagher, ainsi qu'avec sa banque à Tamarron, afin de récupérer le carnet de route d'Erik Hokart déposé dans son coffre. Puis il passa un troisième coup de fil, celui-ci pour s'assurer le concours d'un témoin... dans l'immédiat.

Ce qu'il avait l'intention d'entreprendre était pour le moins périlleux. Quoi qu'il puisse lui arriver, quelqu'un devait être mis au courant, car si ce monde parallèle existait, ainsi que la rencontre avec Tazoc et l'apparition des Varanels le lui avaient confirmé, il n'y avait aucun moyen de savoir ce qui l'attendait de l'Autre Côté.

Volkmeer arriva au motel au coucher du soleil. Grand, les épaules étroites, passablement voûté, un visage buriné, l'homme avait une cinquantaine d'années mais en paraissait dix de moins.

Il portait un vieux Stetson noir, un veston gris, un jean délavé et des bottes aux talons usés.

— Ça fait un bail, dit-il quand il se fut assis. J'ai entendu parler de toi de temps à autre. Je m'attendais pas à ton appel.

— J'ai besoin de ton aide, Volk.

— C'est ce que je me suis dit, mais ça m'étonnait, venant de toi. Quand je t'ai connu, c'était toujours toi qui aidais les autres.

— Tu t'es déjà baladé dans le coin de No Man's Mesa?

Volkmeer tira un cigare de la pochette de son veston, le fit rouler, l'air pensif, entre ses doigts puis en sectionna l'extrémité d'un coup de dents.

— Une fois ou deux. Pas très sympathique, comme endroit. (Il craqua une allumette sur le fond de son pantalon et alluma le cigare.) C'était le pays des Paiutes. Les Navajos ne l'aimaient pas beaucoup. Moi non plus, d'ailleurs.

— Il y a une mesa de ce côté de la rivière. Plutôt lugubre aussi. Il semble qu'à une époque le sommet ait été cultivé.

— Herbes de sorcier.

— Quoi?

— Ils y cultivaient des plantes vénéneuses. C'est un petit copain indien qui m'a dit ça. On devait avoir dix, douze ans à l'époque. On est montés là-haut pour boire un coup. Il y a un réservoir naturel dans le grès. Le gosse connaissait la mesa par ouï-dire. Quand il a reconnu les plantes, il a décampé, et moi avec.

— Tu n'es jamais revenu?

— Une seule fois. Des années plus tard. Je cherchais des

136

vaches errantes. Je me suis souvenu de ce réservoir, et je suis monté. Une vraie piscine d'eau de pluie. Il y a des milliers de litres là-dedans. Et bonne à boire, sauf si un animal s'y est noyé. D'après mon pote indien, les plantes étaient cultivées par les sorciers qui les utilisaient contre leurs ennemis.

– Tu as campé là-haut?

Volkmeer lui jeta un regard amusé de ses petits yeux durs.

– Dans une vieille ruine. Le vent soufflait dur cette nuit-là, et ce qui restait des murs faisait un bon abri. Mais le coin me donnait la chair de poule. Le jour pointait à peine que j'étais déjà en selle. Mon cheval non plus n'avait pas aimé.

Volkmeer posa son chapeau sur une chaise. Il avait des cheveux clairsemés et gris, à présent, mais restait toujours l'homme qu'il avait été : un dur à cuire doté d'un solide bon sens. Il y avait des années de cela, il avait capturé sans l'aide de personne trois voleurs de bétail, qui avaient emmené des têtes du ranch pour lequel il travaillait alors. Il était revenu avec les trois hommes saucissonnés en travers de leurs selles.

– Je me souviens du temps où tu montais à cheval dans les montagnes Bleues, dit Mike.

– Ouais, je les ai toutes faites, les Henry, La Sal... Il y avait de sacrés bandits dans le coin, à l'époque. Cassidy avait disparu, Matt Warner aussi. Mais il en restait encore pas mal. Cassidy nous avait jamais embêtés. Mais la bande à Warner, il a fallu qu'on sorte les Winchester et qu'on en descende quelques-uns, pour qu'ils comprennent et nous fichent la paix. (Il se tut brusquement, et fit tomber la cendre de son cigare.) Alors, Mike, qu'est-ce que je peux faire pour toi? Ça fait quelques années que je m'endors le cul sur ma chaise, à attendre qu'il se passe enfin quelque chose.

– Ça risque de ne pas être dans tes goûts, dit Mike, qui lui raconta brièvement l'histoire.

Volkmeer, les yeux plissés, l'écouta sans broncher. Puis, quand Mike eut fini, il écrasa son cigare dans le cendrier et demanda :

– Et tu comptes y aller?

– Oui.

– J' dirais pas que t'es cinglé. J'ai entendu une histoire semblable dans la bouche des vieux Indiens. Aujourd'hui, les jeunes n'y croient plus. Mais faut écouter ceux de ma génération et, crois-moi, on en a les cheveux qui se dressent sur la tête. (Il marqua une pause.) Qu'est-ce que tu attends de moi?

– Que tu assures mes arrières. Je cherche quelqu'un qui ne panique pas. Quand je serai passé par cette fenêtre, je veux qu'il y ait quelqu'un qui soit là, au moment où je reviendrai.

– Il y a longtemps, Mike, tu m'as sorti de cette mine. Je te dois bien ça. Je me croyais foutu quand tu t'es pointé. Tu courais des risques en venant me chercher, et il n'y avait pas un seul témoin. Il n'y avait que toi et moi. Tu aurais pu me laisser, et personne n'aurait jamais rien su. Alors, comment on va faire?

– D'abord, il faut que je passe voir quelqu'un. Eden Foster.

Volkmeer lui adressa un pâle sourire.

– Tu la connais? Elle est venue chez moi il y a quelques années.

Mike s'étonna.

– Elle est venue chez toi? Que voulait-elle?

– Elle avait appris que je guidais des groupes dans la réserve des Utes. Je les emmenais voir aussi un ancien pueblo à flanc de falaise, un qu'on appelle le Nid de l'Aigle. Tu le connais?

– Oui.

– Elle ne me l'a pas dit, mais j'ai cru comprendre que de lointains parents à elle avaient vécu là. Elle voulait tout voir, les grottes, les peintures rupestres, ce genre de choses.

– Quoi d'autre?

– Elle m'a demandé si j'étais allé à No Man's Mesa. Comme ça m'intriguait, je lui ai répondu que je la connaissais de nom seulement. Je lui ai pas parlé du Trou.

– Le Trou de Johnny?

– Tu connais ça, aussi?

– Pas grand-chose, à dire vrai. Je suis descendu dans le canyon. Pour tout te dire, j'en suis revenu hier.

– J'ai jamais connu Johnny. J'étais trop jeune. A ce qu'on raconte, c'était un sacré lascar. Il a travaillé dans tous les grands ranches de la région. C'était un cavalier. Il n'avait pas son pareil, à ce qu'on dit, pour débourrer les chevaux. On l'a beaucoup regretté quand il a disparu.

« Johnny partait souvent seul à cheval. Il est revenu une fois ou deux en parlant de ce trou qu'il avait trouvé, un canyon avec de l'eau, des arbres et tout. Les gars ne savaient pas trop s'ils devaient le croire ou pas, mais personne n'avait envie de faire près de cent kilomètres juste pour prouver que c'était un menteur. Johnny ramena quelques vaches errantes, qui provenaient pour la plupart de notre ranch. Et puis, un jour qu'il était reparti en chercher, nous ne l'avons plus revu.

138

« A cette époque-là il y avait une révolte indienne menée par Old Polk et Posey, son fils. C'était en 1915. Ils tuèrent deux Mexicains, et quand une compagnie de volontaires partit à leur poursuite, ils descendirent l'un des gars. Polk et sa bande campaient dans Cow Canyon, près de Bluff, quand la compagnie leur tomba dessus, et il y eut une fusillade.

« Johnny était parti dans la direction de Bluff, et comme il ne revenait pas, les gars pensèrent qu'il était tombé sur Posey et ses renégats. Bref, qu'il ait fait une chute dans un canyon ou qu'il se soit fait scalper, pour tout le monde le pauvre Johnny était mort.

— Je vais te surprendre, Volk, mais il est toujours vivant. Je ne sais pas trop comment, mais il est passé dans cet autre monde, et il n'a jamais pu retrouver le chemin du retour.

— C'est difficile à croire, une chose pareille, Mike. Johnny était une tête brûlée, mais il aurait retrouvé une aiguille dans une botte de foin. (Il se tut soudain comme s'il saisissait enfin ce qu'avait dit Mike.) Vivant, tu dis? Mais alors il aurait plus de cent ans!

— Pas tant que ça, mais quatre-vingt-dix passés, certainement.

— Bon Dieu! Ma foi, c'était une nature. Un vrai bâton de dynamite, à ce qu'on raconte. Et tu comptes le retrouver?

— Je l'espère. Avec cette fille, Kawasi, et ce type, Tazoc, dont je t'ai parlé, il est le seul qui puisse m'aider une fois que je serai de l'Autre Côté.

Ils continuèrent à bavarder pendant longtemps encore, puis Volk souhaita bonne nuit à Mike et alla se coucher dans le lit jumeau. Mike resta dans le noir, à réfléchir. Il n'était pas mécontent d'avoir le soutien de Volkmeer. Il connaissait l'homme pour avoir travaillé avec lui longtemps auparavant, et il avait eu de la chance de trouver son nom dans l'annuaire. Le bonhomme ne risquait pas de battre en retraite s'il y avait de la bagarre, et après avoir vu les Varanels, Mike savait qu'il aurait en face de lui des adversaires aguerris et disciplinés.

Mais d'abord il allait rendre visite à Eden. La meilleure solution serait, bien sûr, de négocier le retour d'Erik.

Une fois de plus il se demanda quel était le pouvoir de cette femme. Serait-elle prête à compromettre sa propre position pour assurer la sécurité des siens?

Quant à Tazoc, c'était un homme avide de connaissances. Il devait se poser mille questions sur ce monde-ci, et il n'aurait de cesse d'obtenir des réponses. Mike tablait sur sa curiosité pour s'en faire un allié.

Tazoc ne croyait pas, par exemple, à l'existence du peuple de Kawasi. Voilà une information qui avait dû être jalousement préservée. Il pensait, ou feignait de penser, que Celui Qui Possédait La Magie n'était qu'une légende. Pourtant il devait bien y avoir parmi les tablettes une trace de l'exode de l'ancêtre de Kawasi et de son groupe.

Il fallait qu'il revoie Tazoc, retrouve Kawasi et rencontre Johnny.

Il faisait jour quand il ouvrit les yeux. Volkmeer était déjà habillé et se donnait un coup de peigne.

— Allons prendre le petit déjeuner, proposa Mike. Gallagher sera peut-être là. (Alors qu'il enfilait ses bottes, il ajouta :) Je n'ai pas parlé d'argent, Volk, mais j'ai l'intention de te payer.

Volkmeer le regarda.

— J'ai rien demandé, Mike. Tu as besoin d'un coup de main, et c'est tout ce qui compte.

— Mais il faut bien que je te paye pour le temps que tu passeras à m'attendre, protesta Mike. Ce n'est pas juste de t'arracher à ton travail, et de ne pas te dédommager.

Volkmeer haussa les épaules.

— Je parle jamais affaires tant que je me suis pas mis quelque chose sous la dent. Allons-y.

L'air était frais, et le ciel couvert. Leurs bottes crissaient sur le gravier, tandis qu'ils se dirigeaient vers le café.

Celui-ci venait juste d'ouvrir, et la fille derrière la caisse tourna la tête à leur entrée.

— Bonjour, monsieur Volkmeer! Ça fait longtemps qu'on ne vous a vu!

Volkmeer lui répondit d'un grognement et prit place à l'une des tables.

— Tu viens ici de temps en temps? demanda Mike.

— Oh, pas souvent, comme dit la fille. Je suis presque tout le temps à Monticello.

Ils buvaient leur café quand Gallagher entra.

— Hé! Monsieur Volkmeer! s'exclama-t-il. Je ne savais pas que vous vous connaissiez, vous deux!

— Ça fait des années, répondit Volkmeer. Il a retrouvé mon nom dans l'annuaire.

Il s'excusa et alla au comptoir s'acheter un cigare. Gallagher se pencha vers Mike et lui dit tout bas :

140

— Pourquoi ne m'avez-vous pas dit que vous connaissiez Volkmeer?

— Volk? Je l'ai sorti d'une galerie de mine effondrée, il y a des années de ça. Je ne l'avais pas revu depuis.

Gallagher le regarda avec une lueur d'amusement dans les yeux.

— Eh bien, depuis ces temps héroïques, Volkmeer est devenu l'un des plus gros propriétaires-éleveurs de toute la région. C'est pas une maison qu'il habite, c'est un palais! Il est l'un des citoyens les plus respectés de l'Utah!

23

Mike referma la portière, la verrouilla et mit la clé dans sa poche. L'ombre était fraîche sous la véranda, et les fleurs aussi belles que dans son souvenir.

Ce fut Mary, la jeune Navaja, qui vint lui ouvrir.

— J'aimerais voir Eden Foster, dit-il.

Elle s'effaça, ses grands yeux noirs fixés sur lui.

— Je vais l'informer, répondit-elle. Voulez-vous vous asseoir?

Elle écarta une chaise de la table, brossa quelque invisible poussière sur le coussin, et murmura :

— Soyez prudent!

Il resta debout, jetant un coup d'œil autour de lui. Sur la table il y avait l'un de ses livres, qui retraçait sa visite dans un monastère reculé de T'ai Shan, dans le Shan-tung.

Il perçut un murmure de voix dans la direction où avait disparu Mary, et il balaya de nouveau la pièce du regard. Deux portes donnaient sur d'autres parties de la maison, une troisième ouvrait sur le jardin, et enfin une quatrième sur une pelouse bordée d'arbres. Comme il regardait de ce côté, il entr'aperçut une ombre sur l'herbe, comme si quelqu'un se tenait sur le côté de la maison. Il traversa la pièce et plaça une chaise contre le battant. Quiconque voudrait pousser brusquement la porte serait gêné par la chaise.

Eden Foster entra dans la pièce en souriant.

— Monsieur Raglan! Comme c'est aimable à vous de me rendre visite. J'espérais que vous m'appelleriez.

Le vert émeraude de sa robe lui allait bien. Elle avait un collier et des bracelets de turquoise.

– Voulez-vous boire quelque chose?

– Du café, s'il vous plaît. Il est un peu tôt pour autre chose.

– Très bien. (Elle l'invita d'un geste à s'asseoir.) J'ai lu votre livre. Quel étrange endroit! Est-ce vrai que les Chinois eux-mêmes connaissent mal cette région?

– C'est exact, mais je doute qu'ils l'admettent. Les gens qui vivent dans ces montagnes ont toujours préservé leur indépendance.

– Vous avez visité des pays bien mystérieux, n'est-ce pas? Il sourit.

– Et je suis prêt à en visiter d'autres. C'est devenu une manière de vivre, chez moi.

Le sourire d'Eden disparut. Elle prit une cigarette dans un coffret sur la table. Elle semblait nerveuse. Se demandait-elle pourquoi il était ici? Où était-ce parce qu'il s'était déclaré prêt à visiter d'autres lieux étranges?

Elle s'assit et il l'imita. Mary apporta du café et ils échangèrent quelques mots sur le temps. Quand Mary fut partie, il dit :

– Quand on se rend dans un pays étranger, il est bon de connaître quelqu'un qui y est déjà allé ou quelqu'un qui y vit. Cela évite bien des mésaventures.

– Oui, bien sûr.

– Avez-vous entendu parler de mon ami? Le disparu?

– Le dis... oh, vous parlez d'Erik Hokart? Oui, j'ai appris la nouvelle. Le monde est petit, vous savez.

– J'espérais qu'on le retrouverait avant que les autorités ne s'en mêlent. Ce serait tellement plus facile pour tout le monde s'il réapparaissait. Quand la machine policière se met en branle, il est difficile de l'arrêter.

– Vous aussi, il me semble.

– C'est un ami. (Mike but une gorgée de café.) Et je suis assez obstiné. Je commencerai mes recherches par cette mesa où il voulait bâtir, et surtout par cette kiva.

– Une kiva? C'est une construction ronde, n'est-ce pas? D'anciens lieux de cérémonies? Elles ne sont plus qu'à l'état de ruines, à présent.

Mike sourit.

– Mais celle-ci a une fenêtre très mystérieuse. Mon chien est passé à travers, et Erik m'a dit qu'une femme, une très belle femme, était passée par là, elle aussi.

— Il a parlé avec elle?

— Elle l'a invité à la suivre, mais Erik n'a pas eu confiance.

— Et vous? Vous n'aimez pas les jolies femmes?

— Au contraire, je les adore. Mais il y a un temps pour tout.

— Elle l'aurait peut-être conduit dans un endroit charmant.

— Je suis sûr que c'était son intention. Mais j'aurais réagi comme Erik.

— Vous devez être très fort. L'êtes-vous?

Elle avait de très beaux yeux. Elle posa sa tasse et alluma une autre cigarette.

— Je pensais à Erik, dit-il tranquillement, et à tous les problèmes que nous allons avoir si on ne le retrouve pas rapidement.

— Cette histoire vous inquiète.

— Naturellement. Et elle devrait vous inquiéter également. (Il eut un geste de la main.) Tout ça est bien beau, confortable, et ce serait dommage de le perdre.

Elle resta silencieuse pendant un moment. Quand elle leva la tête, ses yeux étaient innocents.

— Je n'ai pas l'intention de perdre quoi que ce soit, dit-elle. J'ai des amis, des gens importants qui veilleront à ce que rien de fâcheux ne m'arrive.

— Même quand leur réputation sera en jeu? Même quand ils seront brusquement soumis à une enquête en raison de leur relation avec une très belle femme?

— Les relations que j'entretiens avec ces personnes sont parfaitement...

— Je sais qu'elles sont parfaitement convenables, Eden, l'interrompit Mike. Mais vous savez comment est la presse, et la vie d'un politicien dépend du moindre scandale. Le scandale est la peste noire de l'homme public.

Il s'adossa à sa chaise, affectant un air détendu mais restant vigilant. Quelqu'un écoutait-il leur conversation? Attendait-on son signal? Elle ne devait pas tolérer qu'on écoute aux portes, mais lui obéissait-on à la lettre?

— Eden, j'aimerais que nous parlions, et sérieusement. Je veux qu'Erik revienne, et sain et sauf. Je pense que vous avez le pouvoir de le faire libérer. Si vous ne l'avez pas, vous devez tout faire pour convaincre ceux qui le détiennent de le relâcher sans tarder.

Elle écrasa sa cigarette dans un cendrier en onyx et se versa du café. Elle était manifestement inquiète.

– Je ne vois pas comment... commença-t-elle de dire.

– Vous savez très bien, Eden, la coupa Mike. Le lendemain de mon arrivée, un homme a pénétré chez moi en pleine nuit. Il m'a dérobé un livre. Ce n'était pas exactement ça qu'il était venu chercher. La dernière fois que je suis venu ici en compagnie de Gallagher, j'ai vu ce bouquin ici, sur une table dans la véranda.

« Vous avez appris pas mal de choses sur nos façons de vivre, mais vous n'avez vu que la partie visible de l'iceberg. Pour votre propre bien-être, Eden, je vous conseille d'intercéder en faveur d'Erik.

– Je ne peux pas, dit-elle. Je n'en ai pas les moyens. Je ne fais jamais que ce que l'on me dit de faire. Autrement dit, je reçois des ordres, je n'en donne pas.

– Vous ne pouvez pas parler à La Main?

Elle sursauta.

– Vous connaissez son existence?

– Oui, et celle des Varanels. Mais connaissez-vous les dissidents? Ceux qui ont fui dans les montagnes avec Celui Qui Possédait La Magie?

– C'est une légende!

– Je ne suis pas de votre avis. Vous savez seulement ce que La Main veut que vous sachiez, La Main et les Seigneurs de Shibalba.

Elle le regarda avec stupeur.

– Comment êtes-vous au courant? Personne...

– Si vous ne m'aidez pas, Eden, je vais aller là-bas et le ramener.

Elle eut un rire méprisant.

– Vous? Ne soyez pas stupide! Vous n'aurez pas fait dix pas qu'ils vous auront arrêté! Vous ne saurez où aller, ni que faire. Vous serez prisonnier à votre tour, et une fois qu'ils vous auront fait parler, ils vous tueront.

– Et si vous m'aidiez?

– Moi? Vous êtes fou!

Elle regarda soudain autour d'elle d'un air inquiet, comme si elle craignait qu'on les écoute.

Il baissa la voix.

– Pensez-y, et pensez-y vite. Si Erik n'est pas de retour dans les quarante-huit heures, je me rendrai là-bas et, croyez-moi, on ne m'arrêtera pas comme ça. (Il claqua des doigts.) Vous êtes ma seule chance d'un règlement pacifique. Vous avez quarante-huit heures, pas une minute de plus. Je veux revoir Erik, sain et sauf, ou bien je vais le chercher.

— Tout seul?

— C'est préférable que j'y aille seul. Pour le moment je ne tiens pas à y emmener tout un bataillon de Marines.

— Ils vous tueront.

— Ils peuvent toujours essayer. Mais vous savez, ce carnet de route? Celui que votre complice a tenté de me dérober? Il est en sûreté quelque part, loin d'ici, et s'il m'arrivait quoi que ce soit, il parviendrait aussitôt aux autorités compétentes. Et vous pouvez être sûre qu'après ce qui se sera passé, elles prendront très au sérieux ce qui est consigné dans ce carnet.

— Vous croyez? Ils n'accorderont aucun crédit à une histoire pareille.

— Détrompez-vous. Il s'est passé trop de choses durant ces dernières années pour que les gens restent fermés et sceptiques. Nous avons envoyé des hommes sur la Lune...

— C'est ce que vous dites. Nous ne le croyons pas.

Il haussa les épaules.

— Il n'empêche que c'est la vérité, et que nous acceptons aujourd'hui des concepts que nous tenions hier pour des délires. L'homme de la rue a entendu parler des trous noirs, et la littérature et le cinéma de science-fiction ont ouvert les esprits aux spéculations de toutes sortes. Votre propre peuple étudiait les étoiles.

— Que savez-vous de mon peuple? Nous ne pouvons pas voir les étoiles. Le ciel est toujours brumeux. Nous ne voyons même pas le soleil et la lune.

— Pas de soleil?

— Oh, il est là, mais derrière des nuages ou je ne sais quel écran...

— Mais cela ne vous empêche pas de spéculer, d'imaginer.

— Et à quoi cela nous servirait-il? Nous avons assez de quoi nous occuper avec notre travail, nos familles. Nous nous inquiétons uniquement de ce dont nous avons besoin. Rien de plus.

— Vous croyez cela? Après avoir vécu ici? (Il marqua une pause puis demanda d'un ton détaché :) Vous vous intéressez à votre histoire? Tenez-vous des archives?

— Des archives? Oh, je suppose qu'il en existe, mais personne ne s'y intéresse. A quoi cela servirait-il? Nous n'avons pas besoin de savoir ce qui s'est passé il y a longtemps.

— Vous avez des artisans? Des gens qui travaillent le bois, les métaux?

– Bien sûr.

– Comment savent-ils ce qu'il faut faire avec les matériaux qu'ils travaillent?

– Ils l'ont appris de leurs pères.

– Mais c'est cela, l'histoire, Eden. L'acquisition des savoir-faire est une partie de l'histoire. Si le savoir ne se transmettait pas, chaque artisan devrait tout recommencer à zéro. C'est la raison pour laquelle il y a des livres d'histoire et que nous pouvons profiter des expériences de ceux qui nous ont précédés.

– Cela ne vous empêche pas de refaire les mêmes erreurs!

– Exact. Les gens ont la mémoire courte. Et il y a peut-être une fatalité de l'erreur. Peut-être sommes-nous condamnés à nous tromper, à osciller entre le faux et le vrai, comme nous vivons entre le jour et la nuit.

Il se tut pour boire un peu de café et réfléchir. Elle ne savait rien des archives. La salle où elles étaient rassemblées se trouvait-elle dans la cité interdite? Il tenait peut-être là un moyen d'y accéder.

Si Eden ignorait l'existence des archives, combien se trouvaient dans le même cas? Tazoc lui avait dit qu'il était seul. Il ne recevait jamais de visiteurs, et vivait pratiquement ignoré de tous.

– En m'aidant, Eden, vous aiderez votre peuple. Si Erik revenait, votre monde ne souffrirait aucun bouleversement. Sinon, je devrai aller chercher mon ami et...

– Ils vous tueront! Vous n'avez pas la moindre chance!

– Je serai armé et prêt à toute éventualité. Même s'ils me tuent, ce que j'aurai eu le temps de faire changera beaucoup de choses. Les gens se mettront à réfléchir, ils se poseront des questions, et bientôt exigeront des réponses.

– Nous aussi, nous avons des armes.

Il n'en doutait pas. Il avait vu celles que portaient les Varanels. Quelle était leur efficacité?

Il avait besoin d'en savoir plus! Beaucoup plus! Il reposa sa tasse.

– Vous qui avez vécu parmi eux, dit-il abruptement, avez-vous envie d'y retourner?

– Pensez-vous que votre monde soit si merveilleux que je ne puisse plus le quitter? demanda-t-elle avec mépris.

– Non, bien sûr, mais vous semblez apprécier le confort dont vous jouissez ici. Mais après tout, j'ignore quelles sont les conditions de vie, là-bas. Est-ce qu'elles sont meilleures qu'ici?

146

Elle hésita.

— Non, elles sont bien pires. C'est un pays très... très démuni.

— Vous n'êtes pas obligée d'y retourner.

Elle rencontra son regard et détourna aussitôt les yeux. Elle avait évidemment pensé à cela.

— Comment pourrais-je vivre? Comment ferais-je pour gagner ma vie ici?

— Vos revenus proviennent de là-bas?

— Bien sûr. De toute façon, je ne pourrais jamais vivre comme une femme indépendante ici. Je suis surveillée. Tout le monde est surveillé. On ne nous fait pas confiance. S'ils savaient de quoi nous parlons, je serais immédiatement supprimée.

— Quelqu'un vous espionne?

Elle haussa les épaules.

— Oui, mais je ne sais ni qui ni comment.

— Des micros dans la maison? Vous savez ce qu'est un micro, n'est-ce pas?

— Je lis les journaux.

— A en juger par votre train de vie, vous devez avoir un revenu confortable. Comment vous paient-ils?

— Je reçois de l'or, des pierres précieuses, que je vends. Nous n'avons pas d'argent comme ici, seulement de l'or et des pierres.

— Comment le recevez-vous?

— On me l'apporte. Ici même.

— Vous avez un supérieur? Vous me disiez que vous étiez surveillée?

— Je ne le sais pas au juste. On me fait parvenir des messages. Je dois rencontrer telle ou telle personne. C'est comme ça que j'ai fait la connaissance du gouverneur, de plusieurs sénateurs, de militaires. Je recevais les invitations.

Mike se leva.

— Souvenez-vous : quarante-huit heures. Erik réapparaît ou je pars à sa recherche. Réfléchissez, Eden. Vous avez encore une chance. Vous pouvez partir à Washington, Paris, Londres! Vous pouvez facilement trouver refuge quelque part dans le monde. Aidez-moi, et je vous aiderai. Vous êtes très belle, intelligente, vous avez dix fois plus de chances qu'une autre de trouver le bonheur.

— Moi? Jamais je ne trouverai le bonheur. (Son ton était soudain amer.) Il n'y a pas de bonheur pour moi. Dès ma naissance, mon destin était scellé. (Elle le regarda soudain avec acuité et elle lui parut d'une beauté à couper le souffle.) Vous n'avez pas deviné? Je suis une Femme-Poison!

24

Sur le chemin du retour, Mike surveilla la route dans le rétroviseur. Quarante-huit heures! Cet ultimatum valait autant pour lui-même que pour Eden. Si celle-ci ne pouvait intervenir positivement auprès de ceux qui détenaient Erik, il était désormais tenu par sa promesse de partir à sa recherche.

Il fallait qu'il voie Tazoc, mais comment le retrouver? Il avait pensé que l'homme viendrait à lui, poussé par sa curiosité, mais Tazoc n'avait aucun moyen de le joindre. Il n'y avait que sur la mesa qu'il avait une chance de le trouver. Il n'avait plus qu'à retourner là-bas et s'efforcer d'obtenir de lui toutes les informations possibles sur cette enceinte interdite, ainsi que le moyen de parvenir jusqu'à lui, une fois qu'il serait en pays inconnu... Quand il aurait pénétré dans la zone interdite, il ne pourrait errer au hasard. Il avait besoin d'une « adresse ». Après cela...

Il frissonna. Dans quel guêpier n'allait-il pas mettre les pieds! Il aimait ce pays et comprenait parfaitement ce qu'Erik avait ressenti.

Probablement se retirerait-il lui-même un jour dans cette région. Il aimait la beauté sauvage de ce désert entouré de montagnes, sillonné de canyons. Dans sa jeunesse, il avait su, malgré la brièveté de son passage, se faire des amis parmi les Navajos et les Utes. Un vieil « homme médecine » navajo lui avait appris à connaître les plantes sauvages et leurs propriétés médicamenteuses. Il avait fait avec lui de longues randonnées à l'intérieur des terres, écouté passionnément ses histoires, et développé un amour profond pour le pays.

Ses pensées revinrent brusquement à Volkmeer. Qui aurait imaginé que ce rude cow-boy deviendrait riche? Cela prouvait seulement qu'il ne fallait jamais douter des hommes. Celui-là était un dur, âpre à la besogne, et quand Mike l'avait rencontré, il possédait quelques têtes de bétail.

Eh bien, ses bêtes avaient fait de nombreux petits. Il gloussa.

Quel idiot il avait été! Il avait pensé s'assurer le soutien d'un vieux dur à cuire qui ne rechignerait pas à filer un coup de main à un ami pour quelques dollars. Et c'était cela qu'il s'apprêtait à proposer quand il avait appris par Gallagher que Volkmeer comptait parmi les grosses fortunes de l'Utah!

Heureusement que Gallagher avait été là! Néanmoins Volkmeer était l'homme dont il avait besoin.

Gallagher n'était pas dans le coin, et il mangea seul, observant la rue et réfléchissant. Il irait à la mesa avec l'espoir d'y retrouver Tazoc. Il attendrait quarante-huit heures puis retournerait de nouveau chez Eden Foster.

Quand il eut arrêté sa voiture le plus près possible de la ruine sur la mesa, il laissa Chief se dégourdir les pattes. Volkmeer n'était pas là. Dommage, pensa Mike qui aurait aimé avoir de la compagnie. Le ciel était encore très clair et sans un seul nuage quand il atteignit la ruine.

Rien ne semblait avoir bougé. Il alla jusqu'à la kiva. Elle était semblable à celles qu'il avait eu l'occasion de voir, hormis son état de parfaite conservation. Il se forca à regarder la fenêtre. Elle aussi n'était qu'une fenêtre aveugle comme il en avait vu dans les mosquées. Seulement elle réservait, une fois franchie, pas mal de surprises!

Il retourna à l'abri tout en ramassant du bois pour le feu. Il aperçut quelques bonnes branches mortes en bordure du plateau et il alla les prendre. Alors qu'il se retournait, les bras chargés, il vit Tazoc.

— Je vous attendais, dit celui-ci. (Il semblait heureux de le revoir.) Nous savons si peu de choses. Notre monde est isolé. A l'ouest, c'est le désert.

— Vous l'avez exploré?

— Oh non! C'est interdit! Nous ne savons pas ce qu'il y a au-delà. La Main dit qu'il n'y a rien, que notre monde s'arrête aux portes du désert. Et il est dangereux de poser des questions. Mais nous avons vu de vieilles ruines, et certains s'interrogent.

« Il est dit qu'on doit lever le regard vers l'avenir et tourner le dos au passé. (Il marqua une brève pause.) Je suis le Gardien des Archives. Autrefois j'étais un personnage important, aujourd'hui je ne suis plus rien. J'ai peur de parler car je mettrais en péril les Archives. Ils pourraient les détruire. (Il baissa la voix et jeta un regard autour de lui comme s'il redoutait d'être entendu.) J'ai étudié nos tables, et je me suis posé tant de questions! Je n'ai personne à qui parler, et je...

– Vous pouvez toujours me parler, mais n'y en a-t-il pas d'autres qui, comme vous, aimeraient savoir? Se souvenir?

– Il y en a, mais ils ont peur de parler. La Main a des espions partout. (Il s'assit sur une pierre plate.) Quand je ne serai plus de ce monde, il n'y aura personne pour conserver la mémoire de notre peuple. (Il regarda Mike.) Il y a toujours un fils, un disciple, mais je n'ai ni l'un ni l'autre. Les portes seront fermées, et les Archives oubliées.

– Il faut les sauver, dit Mike. Pareil trésor n'a pas de prix.

– Ce que vous dites est vrai. Nous qui avons été les Gardiens avons toujours pensé ainsi. (Il ferma les yeux pendant un moment.) Votre soleil est chaud. Comme c'est bon de le sentir sur sa peau!

– Le soleil ne brille-t-il pas chez vous?

– Oh non! Notre ciel est toujours couvert.

– Pour en revenir aux Archives, personne ne les consulte plus?

– C'est très rare que je reçoive de la visite. Autrefois, du temps de La Voix, beaucoup venaient.

– La Voix?

– C'était ce que vous appelez un oracle. Une voix qui annonçait ce que nous devions faire. Nous l'écoutions avec ferveur. C'était La Voix qui commandait alors, et La Main faisait ce que La Voix disait. Puis La Voix se fit plus faible, et La Main nous expliquait ce que voulait La Voix. Un jour on n'entendit plus La Voix. Il ne restait plus que La Main.

– Vous disiez que les gens venaient du temps de La Voix. Pourquoi? Il y avait un lien entre La Voix et les Archives?

– La salle où sont entreposées les archives est ce que vous appelez un temple. Un lieu de prière. (Tazoc jeta de nouveau un regard inquiet autour de lui.) Tous les hommes ont besoin de prier ou simplement de méditer dans le silence. Certains d'entre nous croyaient aux anciens dieux, d'autres pas, mais tous avaient besoin de prier, de méditer.

C'était vraisemblable. Les premiers écrits connus apparurent dans les temples, où l'on tenait le compte des offrandes faites aux dieux, ainsi que leur nature. Cela avait été le cas à Babylone et à Tyr, notamment.

Ainsi, à en croire Tazoc, La Voix avait été remplacée par La Main. Un coup d'État? Ou bien La Voix s'était-elle éteinte naturellement? Un événement similaire s'était produit dans la Grèce Antique avec l'oracle de Delphes. Il était donc possible que l'histoire se soit reproduite ailleurs, selon ces mystérieuses correspondances qu'on avait pu relever entre les civilisations.

– Avez-vous une idée du nombre d'années que couvrent les archives?

– Oh oui! Je ne prétends pas les connaître toutes, mais les Gardiens ont toujours appris à les dater. Les premiers écrits furent gravés dans l'argile. Ces tablettes sont des listes des dîmes payées au temple. Celles qui suivent portent certains symboles indiquant les biens appartenant au temple et l'endroit où ils sont entreposés.

« Ensuite on en trouve où le payeur réclame une diminution de son impôt et où il indique ce qu'il possède. On trouve donc des textes plus longs. L'écriture commence à faire de grands progrès à cette époque.

« Il y a des milliers de tablettes en argile puis en pierre. On en trouve en bois, également. Nous étions très nombreux à une époque à nous occuper des Archives. Mais les Gardiens sont morts, sans jamais être remplacés. Je suis le dernier, et plus personne ne prête attention à moi.

– N'importe qui peut entrer dans la zone interdite?

– Non, il n'y a que ceux qui y habitent. Les autres ont bien trop peur de s'y risquer.

S'il parvenait à y entrer, pourrait-il retrouver Erik?

Il se souvint soudain de la carte que lui avait donnée le vieux cow-boy. La zone interdite y était-elle mentionnée?

– Y a-t-il dans vos Archives un plan de la zone?

– Oh oui! Nos anciens dirigeants prévoyaient toutes choses avec le plus grand soin. Il y a des étagères chargées de plans, de cartes, où sont représentées toutes les habitations, toutes les pièces, à l'exception des Portes de La Mort.

– Les quoi?

– Dans la zone interdite, chacun sait où il doit se rendre, mais il ne sait rien d'autre. Seule La Main sait tout. Aussi, certaines portes ouvrent-elles sur des pièges.

– Comment ça, des pièges?

– La pièce est dans le noir quand la porte est ouverte. Ce n'est qu'en la fermant que la lumière s'allume. Si on essaie d'entrer dans une pièce qui nous est étrangère, on risque de se retrouver pris au piège. On referme la porte mais on reste dans le noir, et il n'y a pas d'air. On n'a aucune chance de s'échapper ni même d'être secourus, car les murs et le battant de la porte sont tellement épais qu'on ne peut rien entendre du dehors.

« C'est une erreur qui peut vous coûter la vie. Il y a des dizaines de pièces comme ça, et c'est pourquoi il y a peu de gardes dans la cité. Tout intrus qui ne connaîtrait pas parfaitement son chemin court tôt ou tard le risque de franchir une mauvaise porte.

– Comment sont ces pièces? Grandes? Petites?

– Qui sait? Personne n'en est jamais ressorti pour le dire.

– Personne n'a jamais réussi à s'échapper?

– Comment serait-ce possible? Les murs sont en pierre. Et comme il n'y a pas d'air, on suffoque rapidement.

– Mais on peut toujours se tromper et entrer là-dedans par erreur!

– Qui s'en soucie? Et qui le saurait? (Tazoc sourit.) Personne n'en est jamais revenu pour se plaindre.

– Et la zone interdite est grande?

– Oui, plusieurs de ce que vous appelez hectares.

Mike soupira. Comment retrouver Erik dans un tel labyrinthe? Pourtant il y avait nécessairement quelqu'un qui savait où il était détenu.

– Ça m'intéresserait beaucoup de connaître l'histoire de votre peuple, déclara-t-il. D'après ce que vous dites, votre pays est petit et sévèrement contrôlé. Pourtant il semble qu'on y ignore l'exode d'une partie de la population...

– Ce n'est pas possible.

– J'ai rencontré une jeune femme appartenant à ce groupe. C'est une descendante de Celui Qui Possédait La Magie.

Tazoc secoua la tête d'un air de doute.

– C'est une légende. Ils n'auraient pas pu s'enfuir. Et puis où auraient-ils pu aller? Comment vivraient-ils?

– Il n'y a pas de place dans les montagnes? Dans le désert?

– Non, personne ne va jamais là-bas. C'est trop dangereux.

– N'avez-vous pas dans vos Archives une trace quelconque de voyages effectués dans ces contrées il y a longtemps?

Tazoc était manifestement mal à l'aise. Il jeta un regard inquiet autour de lui.

– Ce sont des histoires qu'on raconte, mais plus personne ne les croit. Il y a une section aux Archives où il est interdit d'entrer.

– Vous n'avez jamais eu la curiosité d'y aller? Ou votre père? Votre grand-père?

– On prétend que les Archives, dans le temps, se trouvaient ailleurs, en un lieu qui était interdit. Certains disent que cela

152

n'est pas vrai, que ce lieu n'a jamais existé. C'était là que La Voix résidait, à l'époque où le peuple avait coutume de se rendre dans ce temple, un voyage de plusieurs jours. Puis La Voix s'est rapprochée, pour vivre dans la zone interdite. Tout pèlerinage était désormais inutile.

Un temple où résidait La Voix, un lieu où se trouvaient les Archives, aujourd'hui déserté? Si c'était vrai, cet endroit devait avoir une ouverture permanente. Le vieux cow-boy chercheur d'or avait peut-être pénétré par là.

— Tazoc, je dois aller dans votre monde. Je dois aider mon ami à s'échapper. S'il ne revient pas, d'autres partiront à sa recherche, et ce sera la fin de ton monde. Des hommes de grand pouvoir désirent le retour de mon ami, et s'ils ne le revoient pas bientôt, ils enverront une armée pour fouiller ces collines. Je l'ai dit à cette femme, Eden Foster.

« Si la force est employée, vos précieuses archives risquent d'être détruites. Je ne le souhaite pas, et vous non plus. Si vous voulez m'aider, Tazoc, nous pourrons peut-être les sauver, les emporter même dans notre monde où elles feront l'objet des plus grands soins et où elles seront étudiées.

Tazoc demeura silencieux pendant un long moment. Finalement il secoua la tête et répondit :

— Je ne sais pas. Je souhaite que les Archives soient sauvées, mais libérer votre ami? Je ne pense pas que cela soit possible. Personne n'oserait entreprendre une chose pareille, et vous êtes tout seul...

— Un seul homme a peut-être plus de chances de réussir que toute une bande. Voyez-vous, ajouta Mike, nos savants aimeraient tant savoir ce qu'il advint de ceux que nous appelons les Anasazis, après leur retour dans votre monde. D'après ce que nous savons, c'était un peuple pacifique, qui avait développé une belle civilisation. Vos Archives doivent certainement témoigner de leurs modes de vie et de pensée. Les Anasazis étaient de remarquables bâtisseurs et d'habiles fermiers, compte tenu des conditions climatiques difficiles sous lesquelles ils cultivaient. S'ils n'avaient pas dû subir d'incessantes attaques de la part des Indiens venus du nord, ils auraient sans doute triomphé de la sécheresse en étendant leur système d'irrigation. Ils auraient également développé leurs relations avec d'autres peuples, notamment les Mayas.

Tazoc se leva.

— Je suis resté absent trop longtemps. Je le regrette infiniment, mais je ne peux pas vous aider comme vous le souhaiteriez. Je sais peu de choses, et je n'ai pas d'amis. S'il y avait le moindre soupçon sur ma personne, je serais aussitôt abattu.

« La seule chose que je peux faire pour vous, c'est de vous apporter une tunique et des chaussures comme les miennes. Je peux également vous montrer le portail par lequel j'entre dans la zone interdite, ainsi que le chemin que j'emprunte. Ensuite, ce sera à vous de vous débrouiller tout seul.

Une fois que Tazoc fut parti, Mike resta longtemps à réfléchir. Il allait donc pénétrer dans ce monde étrange. Et, comme avait dit Tazoc, il devrait se débrouiller tout seul.

Mais que faisait Erik? Mike se refusait à penser que son ami n'entreprendrait rien de son côté. Sûrement mobilisait-il en ce moment même toutes ses capacités pour s'évader. Mais de quels matériaux disposait-il? Comment pourrait-il communiquer avec le monde extérieur?

Enfant, Erik bricolait des postes à galène, quand ses petits copains en étaient encore à jouer aux soldats de plomb. Pourrait-il fabriquer aujourd'hui une radio de fortune qui lui permette de communiquer?

Mais surtout quelles étaient les connaissances de ses geôliers? Quel était le niveau de leurs sciences? Ces armes que portaient les Varanels, quelle était leur nature, leur portée?

La vie de Mike dépendait des réponses à ces questions. Sa vie, et celle de combien d'autres?

25

Mike se dit qu'à la place d'Erik, s'il était prisonnier de gens n'ayant aucune raison particulière de le garder en vie, sa première pensée serait de s'évader. Si toute évasion s'avérait impossible, il tenterait alors de convaincre ses geôliers qu'il avait bien plus de valeur vivant que mort.

Il soumettrait alors sa requête à celui qu'on appelait La Main, mais si ce dernier était inaccessible, il s'adresserait aux Varanels.

A en croire Kawasi et Tazoc, chacun était étroitement surveillé. Mike ignorait comment était exercée cette surveillance, mais Erik était un électronicien; s'il parvenait à les persuader de le laisser construire un instrument qui puisse leur être utile, il sauverait peut-être sa tête. Il aurait également accès à certains matériaux ou équipements qui pourraient lui être utiles pour s'évader ou communiquer avec ses pairs. Mais on ne pouvait écarter l'hypothèse que ceux de l'Autre Côté possédaient une technologie supérieure.

Erik était un homme intelligent et perceptif. Il avait certainement mesuré la situation et dressé un plan d'évasion. Il avait, dans sa lettre, utilisé le pluriel, parlant de « nous ». Il y avait fort à parier qu'il s'agissait d'une femme.

Était-elle comme lui prisonnière? Ou bien une alliée extérieure dont il attendait assistance?

De toute évidence, c'était dans la zone interdite qu'il était détenu. Ce grand ensemble que Mike imaginait comme un gigantesque labyrinthe était réservé, semblait-il, à La Main, aux Seigneurs de Shibalba et aux Varanels. Si l'on en croyait Tazoc, une bonne partie de la zone avait été abandonnée, à l'exemple de la Salle des Archives. Tazoc n'avait apparemment plus qu'un triste rôle de gardien de musée fermé aux visites.

Mike devait donc pénétrer dans cette zone, trouver sur l'une de ces cartes entreposées aux Archives l'endroit exact où Erik était prisonnier, le libérer et s'enfuir avec lui. Plus facile à dire qu'à faire.

D'abord, Tazoc devait lui apporter un costume semblable au sien, que Mike supposait être la tenue traditionnelle des Gardiens des Archives. Il lui faudrait également imiter la démarche de l'homme, avec ses épaules maigres légèrement voûtées. Une fois parvenu dans la Salle des Archives, il devrait trouver le plan dont il avait besoin, l'étudier. Une fois qu'il saurait quelle direction prendre, il devrait passer à l'action. L'établissement d'un chemin de repli serait capital.

Sans aucun doute, on se lancerait à leur poursuite. C'était là que Volkmeer interviendrait. Il se tiendrait à la « fenêtre » et couvrirait leur retraite.

Si seulement Mike pouvait entrer en communication avec Erik, l'avertir de ce qui allait se passer!

Soudain il se souvint de la fleur de tournesol au collier du chien, et celle brodée sur le chandail qu'Erik avait retrouvé à son réveil.

Qui avait pu faire cela? Kawasi? Quelqu'un d'autre? Quelqu'un qui n'était pas seulement un allié mais qui avait également la possibilité de passer de ce côté-ci. Quelqu'un qui

155

avait eu besoin d'un crayon mais qui n'avait pas su comment le tailler.

La fleur de tournesol ne ressemblait pas aux plantes qu'il avait pu voir dans le Middle West, qui étaient aussi larges que des assiettes. Celle qu'avait décrite Erik semblait plus petite, et devait être de l'espèce sauvage, qui poussait sous tous les climats. Elles avaient manifestement valeur de symbole pour celui ou celle qui avait emporté les crayons et fait présent du chandail.

Mike dressa un feu avec le bois qu'il avait ramassé, un petit feu pour le café et le réconfort.

Où était Volkmeer ? L'éleveur avait sans doute quelques affaires à régler avant de pouvoir se libérer pendant plusieurs jours, mais Mike ne doutait pas de le voir arriver.

Chief était allongé dans l'entrée de la ruine. Mike se releva et fit quelques pas dehors. Il faisait très sombre. Un grand silence régnait.

L'heure était proche, pensa Mike. Si Tazoc revenait avec la tenue qu'il lui avait promise, il devrait se mettre en route sans plus tarder, mais d'abord il passerait voir Eden. Après tout il lui avait donné quarante-huit heures, et il était possible qu'elle soit parvenue à un arrangement.

Il porta son regard en direction de No Man's Mesa. Elle avait toujours le même aspect lugubre. Le Trou de Johnny, le fameux canyon où étaient apparus les Varanels, devait se situer à l'ouest, du moins par rapport à la mesa d'Erik. Soudain il sentit une légère pression contre sa jambe.

C'était Chief. Il baissa la main et le gratta derrière l'oreille.

– Je te laisserai ici, quand je passerai de l'autre côté, dit-il. Si je ne reviens pas, cours chercher Gallagher. C'est un type chouette, et il te traitera bien.

En y réfléchissant, Chief était probablement le seul à qui il manquerait – Chief et son agent littéraire. A voyager sans cesse à travers le monde, il n'avait guère eu le temps de se faire des amis. Des relations, oui. Des connaissances éphémères qu'il ne reverrait probablement jamais. Il n'avait jamais eu de famille. C'était un homme seul.

Pour avoir des amis, se dit-il, il fallait être sédentaire, se fixer quelque part. A l'époque où il avait travaillé comme journaliste, il avait noué quelques amitiés, mais il restait tout de même un étranger. Les conversations avaient souvent pour sujets des gens et des lieux qu'il ne connaissait pas. En réalité,

156

il savait qu'il ne faisait que passer et préférait ne pas tisser des liens trop solides, qui rendaient les départs plus difficiles.

— En vérité, Chief, dit-il doucement en frottant la grosse tête du chien, personne ne me pleurera si je ne reparais pas.

Il regagna la ruine, jeta un coup d'œil dans le réduit où Erik avait installé sa table à dessin. Les plans se couvraient de poussière. Erik et lui étaient de la même espèce : des solitaires. Si Erik ne l'avait pas contacté, personne n'aurait su ce qui lui était arrivé. Toutefois, il semblait qu'un changement se soit produit dans la vie de son ami, ainsi qu'en témoignait le « nous » de sa lettre. Quelqu'un s'échapperait peut-être avec lui. Erik n'était plus seul.

La lune se levait et l'ombre s'épaississait dans les canyons. La San Juan prenait des reflets d'argent. Il alluma le feu et écouta les premiers crépitements des flammes.

Qui pouvait être La Main? Un homme brillant? Un ignorant? Un paranoïaque?

Eden Foster était sa représentante de ce côté, mais était-elle la seule? Qui commandait l'équipe d'hommes de main?

Que désirait La Main? Un meilleur système de surveillance afin de mieux contrôler ses sujets, en même temps que davantage d'informations provenant de l'autre monde? Certainement, mais il voulait avant tout que personne de ce côté-ci ne découvre leur existence.

Soudain Mike perçut un mouvement au-delà de la faible lueur que projetaient les flammes.

Tous les sens en alerte, il attendit. Il n'avait pas entendu de bruit de moteur ni vu de lumières. Il toucha la crosse de son revolver, une sensation qu'il trouvait toujours rassurante. Il guetta, l'oreille tendue.

Il perçut un léger bruit. Il ne pouvait douter d'une présence étrangère, quelque part dans l'obscurité. Du côté de la kiva, une pierre roula sur les rochers.

Naturellement, une voiture aurait pu venir sans qu'il l'entende. Gallagher?

Qui étaient ses ennemis, se demanda-t-il. N'avait-il donc pas d'alliés?

Certes, il y avait Gallagher, et Volkmeer.

Mais que pouvaient réellement les deux hommes? Le croyaient-ils seulement?

La nuit était froide. Sous la lueur de la lune les sommets des mesas semblaient des mares d'argent. Il frissonna. Le froid? Ou bien ces bruits dans l'ombre? Étaient-ce de nouveau ces étranges créatures aperçues dans le désert?

Il lui tardait de revoir Tazoc. Il devrait écouter attentivement sa voix, s'imprégner de son timbre, de sa démarche. Il enfilerait la tenue que lui apporterait le Gardien des Archives, la serrerait à la taille de la même façon que lui, et pénétrerait dans la zone interdite en priant le dieu de la chance.

Il retrouverait Erik, il le sortirait de là, et à leur retour, ils feraient sauter cette kiva. Il le fallait. Ce lieu avait quelque chose de sinistre, de malsain.

Il se souvint de la soudaine animation de Tazoc quand celui-ci lui avait parlé des Portes de La Mort. L'homme lui avait paru à la fois effrayé par la cruauté du stratagème et fasciné par son ingéniosité. Mike se demanda s'il n'y avait pas quelque sadisme à s'émerveiller d'un piège aussi abominable.

Il déroula le sac de couchage mais ne se glissa pas à l'intérieur. Il s'allongea dessus et remonta la fermeture Éclair de son blouson. Il aurait peut-être plus chaud dans le sac, mais ce n'était guère aisé de s'en extirper rapidement en cas d'urgence. Et cette nuit, il aurait peut-être à le faire.

Avait-il vu quelque chose bouger ou bien était-ce son imagination?

Il se leva de nouveau et ajouta du bois dans le feu. Puis il s'étendit, la torche électrique près de la main, son revolver à côté.

Il avait besoin d'une bonne nuit de sommeil, mais comment pourrait-il fermer l'œil quand là, dehors... n'avait-il pas vu une ombre? Étaient-ce les flammes? Ou bien...

26

Confiant à Chief le soin de monter la garde, il finit par s'endormir. A plusieurs reprises le chien gronda, mais Mike, plongé dans un sommeil profond, ne l'entendit pas.

Il se réveilla dans la froide lueur de l'aube et regarda par-delà les cendres fumantes de son feu en direction du dôme massif de Navajo Mountain.

Il resta les mains croisées derrière la tête, savourant ces précieuses minutes de repos avant de se lever.

Aujourd'hui il se rendrait à Tamarron et verrait son banquier. S'il ne revenait pas de son aventure, il tenait à ce que ses affaires soient en ordre. Il prendrait également son courrier. Au retour il rendrait visite à Éden. Le délai qu'il lui avait accordé ne serait pas tout à fait écoulé, mais il avait décidé de ne pas attendre davantage.

Il se leva, secoua ses bottes avant de les enfiler. Il faisait un temps superbe. No Man's Mesa était baignée de soleil, ses flancs abrupts encore dans l'ombre. Inquiétante mais majestueuse.

Il s'étira. Il se sentait plutôt en forme, ce dont il pouvait se réjouir. Il aurait besoin de toute sa force pour affronter ce qui l'attendait. Au pied de l'un des gros rochers pourpres qu'Erik voulait utiliser comme mur, il vit quelques fleurs sauvages, parmi lesquelles des tournesols. Il en cueillit un et, regagnant la ruine, déposa la fleur sur la table d'Erik. Sur une feuille de papier il écrivit :

Erik, tiens-toi prêt. Je vais avoir besoin de ton aide.

C'était un pari hasardeux, mais quelqu'un était venu de l'Autre Côté avec un tournesol en signe d'amitié. Quelqu'un qui pouvait savoir où se trouvait à présent Erik, quelqu'un qui saurait peut-être communiquer avec lui. En tout cas, cela valait le coup d'essayer.

Le trajet était long jusqu'à Tamarron. Mike fit une halte au motel et au café.

Pas de messages, pas de signe non plus de Gallagher ou Volkmeer. Il demanda à la serveuse de dire à Gallagher, au cas où il viendrait, que Mike Raglan était allé à Tamarron et qu'il serait de retour le lendemain.

Il ne vit personne sur la route. En arrivant à Tamarron il eut l'impression de pénétrer dans un autre univers. Il alla directement à son appartement prendre son courrier. Il faisait une journée magnifique, et le terrain de golf, probablement le plus beau du monde, était très animé.

Chez lui rien ne semblait avoir bougé. Il ne lui fallut que quelques minutes pour ouvrir son courrier : un chèque pour un article récent, une note d'un ami lui apprenant la découverte d'une ruine en Colombie, une autre lui annonçant l'exhumation de momies dans la région d'Arica, au Chili. Une facture ou deux, et une carte postale d'une fille rencontrée au Brésil, qui lui demandait quand il pensait revenir là-bas.

Il changea de chemise et, tout en s'habillant, contempla la

vaste pièce de séjour. C'était là son monde, un lieu confortable et agréable. Et là-bas, où il s'apprêtait à aller?

Il ne put s'empêcher de frissonner à la pensée qu'il risquait de pousser une de ces Portes de La Mort et de se retrouver comme enterré vivant entre quatre murs de pierre, tombeau au sol jonché des ossements de ceux qui l'auraient précédé dans cet horrible piège.

Mais avait-il le choix? N'étions-nous pas conditionnés par l'idée qu'on se faisait du bien et du mal? Fuir était mal, fuir était pour Mike se condamner à une honte insupportable, certainement plus douloureuse que l'épreuve qui l'attendait de l'autre côté de cette invisible frontière.

Il glissa un calepin dans sa poche et sortit. Il avait faim. Et ça, c'était un besoin qu'il pouvait satisfaire sur-le-champ.

Sur la route, il passa devant un endroit où il avait vu une fois une belette traverser avec un serpent entre ses dents.

Qui serait-il? La belette ou le serpent? Le prédateur ou la proie?

Ils avaient capturé Erik, incendié un café, tenté de l'éliminer lui-même. C'étaient eux qui menaient le bal... pour l'instant. Il avait fait des tours de magie dans les foires, mais il doutait que cet ancien talent lui soit là-bas de quelque secours. Après tout, l'illusion était connue de nombreux peuples, et pratiquée par les sorciers de tous les continents.

Quand il se fut assis à une table du San Juan Room et qu'il eut passé sa commande, il observa la salle. Elle était aux trois quarts pleine d'une clientèle animée. Un homme âgé, grand et légèrement corpulent, se leva d'une table voisine et s'approcha de la sienne. Il portait un costume et des bottes de rancher avec une élégance simple.

– Monsieur Raglan? Puis-je m'asseoir à votre table? fit-il avec un sourire aimable.

– Je vous en prie.

Il commanda du café et regarda Mike.

– J'avais envie de bavarder avec vous, Raglan. Nous avons des relations communes. Gallagher, par exemple.

– C'est un type bien.

– Oui, très bien. (Le vieil homme marqua une pause, son regard errant dans la salle.) Je m'appelle Weston, Artemus Weston. J'ai été banquier. Je suis à la retraite depuis quelques années. Mais j'ai fait un tas de boulots quand j'étais jeune. J'ai marqué des vaches dans l'Utah. Mais j'étais doué pour les chiffres, et mon patron l'a remarqué. Il m'a pris comme comptable. J'ai tenu ses livres pendant quelques années, puis quand il s'est installé comme banquier, je l'ai suivi. A sa mort, j'ai pris la succession. (Il sirota d'un air pensif son café.) Je suppose que vous vous demandez où je veux en venir. Eh bien, écoutez-moi. Je vais vous expliquer.

« Les hommes de mon espèce ne parlent pas beaucoup. Ils écoutent le plus souvent, enregistrent. A la banque, mon patron m'avait confié le service des prêts. J'aimais ça, et je réalisais de bons placements, pour les clients et pour la banque.

« Vous savez, ce n'était qu'une petite banque régionale, et nous traitions en un mois ce que n'importe quelle banque dans une ville réalise en un jour. Pour que la maison marche, il nous fallait avant tout connaître nos clients.

« Est-ce qu'ils avaient la réputation d'honorer leurs dettes ? Est-ce qu'ils étaient travailleurs, entreprenants ? Quelles étaient les personnes à leur charge ? Leurs ranches avaient-ils de l'eau, une bonne herbe ? Des choses comme ça. Nous devions le savoir, et nous menions nos petites enquêtes le plus discrètement possible. C'était important, la discrétion, dans ce métier. Nous savions nous taire sur les affaires de l'un ou de l'autre, mais la seule façon de ne pas faire faillite, c'était de savoir ce que les clients avaient non seulement en poche mais aussi dans la tête.

« Il y a quelques jours j'ai rencontré Gallagher, et nous avons bavardé. Il vous apprécie beaucoup, et j'ai une petite-fille qui a lu tous vos bouquins et qui ne jure que par vous.

« Gallagher m'a appris qu'un ami à vous avait disparu du côté de No Man's Mesa ?

– C'est exact.

– C'est sauvage par là-bas. Il est facile de se perdre. (Il marqua de nouveau une pause, sirotant lentement son café.) Facile de se perdre, mais pas de disparaître. C'est un pays sec. Les cadavres s'y conservent drôlement bien. On n'y pourrit pas comme dans les régions humides. Quand un homme laisse sa peau dans le désert, on retrouve toujours ses restes.

« J'en ai trouvé un ou deux moi-même. Des vaches et des chevaux aussi, bien sûr. Faut des années avant qu'un corps disparaisse. Aussi quand quelqu'un disparaît, c'est qu'il y a une raison.

« J'aime cette contrée. Sauvage, belle. Je pourrais m'y balader à cheval des jours et des jours. Hélas je ne peux plus monter. Je suis trop vieux pour risquer de me rompre les os, et même les meilleurs chevaux peuvent chuter. C'est accidenté par là-bas.

« Étrange pays, aussi. Ça a l'air vide, désert, mais vous et moi, on sait que ce n'est pas le cas. Les Navajos et les Hopis le savent bien.

« Il y avait pas mal d'Indiens à l'époque où je marquais les bêtes, et certains étaient dangereux, comme ceux qui avaient fui avec Posey. Ils vous volaient votre cheval sous votre selle. Mais ils avaient beau être de sacrés durs à cuire, il y avait des endroits où ils n'allaient jamais. D'autres où ils ne se rendaient qu'avec prudence. (Il laissa le serveur leur resservir du café.) Vous vous demandez où je veux en venir, hein? demanda-t-il avec un sourire chaleureux.

— Non, répondit Mike en lui retournant son sourire. Et, par déformation professionnelle, je ne me lasse jamais d'entendre ce genre d'histoires.

Weston gloussa.

— Je sais bien, vous ne m'avez pas demandé de venir vous ennuyer avec des bavardages, mais après la petite conversation que nous avons eue, Gallagher et moi, il y a une chose ou deux qui m'inquiétaient, et je voulais vous en parler.

« Comme je vous le disais, je connais bien ce pays, pour l'avoir parcouru à cheval quand j'étais cow-boy, et comme banquier, en vérifiant qui était qui et qui faisait quoi. A cheval, je suis allé partout, mais il y avait des endroits où je n'aimais pas m'attarder. (Il observa un silence et parcourut la salle du regard, tandis que Mike attendait, sa curiosité éveillée.) Et comme banquier, je devais savoir si je pouvais prêter de l'argent à celui qui sollicitait un emprunt. Et la plupart des gars qui travaillaient dans le coin, petits éleveurs ou autres, finissaient toujours par venir à la banque. La plupart sauf Volkmeer.

Mike tressaillit.

— Volkmeer marquait quelques têtes par-ci par-là, reprit le vieil homme. Il n'avait pas à proprement parler un élevage, mais seulement quelques têtes, des vaches errantes. Celles-là, vous savez, font une viande un peu trop ferme, et puis elles n'ont pas la réputation d'être de bonnes génitrices. Mais on rencontre parfois de petits élevages d'errantes, qui finissent par s'agrandir. Néanmoins, on dit toujours dans ces cas-là que le propriétaire doit surtout avoir un grand lasso... Bref, le gars

162

Volkmeer avait à l'époque où je vous parle une centaine d'errantes à sa marque. Et puis, un beau jour, il est monté dans l'Oregon pour y acheter plusieurs centaines de bonnes vaches, des têtes blanches comme on les appelle.

— Volkmeer a toujours été un type malin, dit Mike. Quant au grand lasso, Weston, vous et moi savons très bien que des tas de grands éleveurs ont commencé avec seulement un fer à marquer. A cette époque il y avait toujours des bêtes qui s'enfuyaient et se perdaient dans la nature. Aussi elles appartenaient aux premiers qui les marquaient.

— Bien sûr, Raglan. Et des histoires comme ça, j'en connais des centaines. J'ai vu des troupeaux s'agrandir comme si chaque vache avait donné cinq veaux dans la saison! (Il se tut pendant un instant, passant ses doigts dans ses cheveux gris.) J'ai eu l'occasion de travailler avec Volkmeer. Un type dur et peu bavard. Il avait fait un peu de prospection, comme tout le monde.

— Je l'ai sorti d'un éboulement, une fois.

— J'ai entendu ça. En vérité, je l'ai appris au moment où ça s'est passé.

« Quoi qu'il en soit, Volkmeer s'était bien débrouillé. Il a commencé par s'acheter un ranch, puis il a pris une option d'achat sur un autre, un que lorgnaient tous les gars du coin. Les propriétaires voulaient vendre rapidement, et à la banque nous avons fait passer un avis comme quoi le premier qui arriverait avec du cash enlèverait l'affaire.

« Et c'est Volkmeer qui l'a eu.

— Cash? demanda Mike.

— Pas tout à fait. Il est entré dans la banque, est passé devant tout le monde, et m'a payé en or.

Il y eut un silence. Il y avait moins de monde dans la salle, à présent. Mike termina ce qu'il avait dans son assiette. Weston voulait lui dire quelque chose. Mais quoi?

Il était assez banal de payer en or en ce temps-là. Il y avait même certaines affaires qu'on ne traitait qu'en or. Les hommes se faisaient un bas de laine avec des pièces. Et les prospecteurs étaient légion.

— Oui, j'ai appris qu'il avait réussi, dit Mike. Je dois dire que ça m'a étonné, car il n'en avait pas l'air quand il est venu me voir, répondant à mon appel. Et pendant un moment, avant que Gallagher me glisse à l'oreille qu'il était riche comme pas deux, je pensais avoir engagé un vieux cow-boy qui ne cracherait pas sur quelques dollars en aidant une ancienne connaissance.

– Je peux vous dire que Volkmeer était sacrément pressé d'acquérir cette propriété, pour la payer en or. Il en avait les sacoches pleines.

– Et alors?

– J'ai trouvé ça bizarre. Je parle de l'or. Sa forme. Ça se présentait sous forme de disques, épais au centre. J'avais jamais rien vu de pareil.

Mike eut soudain froid. Il regarda par la fenêtre les falaises couronnées de forêt. Il lui semblait entendre la voix d'un autre homme, celle de ce vieux cow-boy, à Flagstaff, bien des années plus tôt.

« De l'or fin, mon gars. Sous forme de disques, de la taille d'une soucoupe. »

27

Mike regarda Artemus Weston, assis en face de lui. L'homme avait davantage l'air d'un éleveur que d'un banquier, mais ce n'était pas étonnant dans ces petites villes de l'Ouest.

– Vous êtes à la retraite? demanda-t-il.

Weston hocha la tête sans se tourner vers lui. Il regardait dans la salle, perdu dans ses souvenirs.

– Je n'en ai plus pour longtemps, dit-il. J'ai beaucoup vécu, et ma santé n'est plus ce qu'elle était. (Il pivota sur sa chaise pour faire face à Mike.) J'ai pensé que vous, qui êtes jeune, vous devriez savoir... au sujet de Volkmeer.

– Pourquoi pensez-vous que ça peut être important?

– Je suppose que vous devez le savoir ou le deviner. Ç'a été la seule fois que j'ai vu de l'or sous cette forme, mais quand on vit longtemps au même endroit, comme je l'ai fait, on recueille pas mal d'histoires. Volkmeer est devenu riche du jour au lendemain. Il se peut qu'il ait trouvé une cache quelque part. (Il sortit un cigare de sa poche et en sectionna l'extrémité d'un coup de dents.) Quand on travaille dans une banque, même si on a été cow-boy comme moi, on réfléchit nécessairement à l'argent. Tout le métier est là : l'argent et les gens. Ici, dans l'Ouest, on n'a pas pour habitude de poser des questions, mais ça ne nous empêche pas de réfléchir, et j'ai pas mal réfléchi au sujet de cet or.

164

« Oh, en ce temps-là, on ne s'inquiétait pas au sujet des impôts. Un homme n'était pas obligé de déclarer d'où venait son argent. Volkmeer s'est enrichi drôlement vite. Il a acheté d'autres propriétés çà et là, et il m'a semblé qu'il avait trouvé une cache ou que quelqu'un lui fournissait des fonds pour une raison que j'ignore. (Il se leva.) Mais j'ai assez parlé. Il est temps que je rentre. Je me fatigue vite, maintenant. Ce n'est plus comme au temps où je pouvais monter à cheval pendant deux jours, à rassembler les bêtes. (Il regarda Mike avec attention.) J'avais pas mal d'amis parmi les Indiens. J'avais appris à parler navajo quand j'étais gosse. Quelques-uns des anciens venaient à la banque demander des prêts. Je n'ai jamais eu un seul problème avec eux. Ils m'ont toujours réglé leurs échéances sans le moindre retard.

« De temps à autre ils venaient me voir pour bavarder seulement, et j'ai entendu des histoires à vous faire dresser les cheveux sur la tête. Soyez prudent, Raglan. Soyez prudent.

Mike regarda le vieil homme s'éloigner d'un pas incertain. Artemus Weston devait en effet être assez troublé pour faire l'effort de venir le voir jusqu'ici.

Volkmeer? Son or ressemblait étrangement à celui du vieux cow-boy, à Flagstaff. Comment l'avait-il trouvé? Et de quel côté était-il? Mike devait-il le considérer comme un allié ou un ennemi? N'avait-il pas commis une erreur qui risquait de lui être fatale en l'engageant à ses côtés? En même temps, il ne pouvait plus reculer, car Volkmeer connaissait son projet.

Il était temps qu'il se rende chez Eden Foster. Tout était possible, mais Mike doutait qu'elle ait pu intercéder en faveur d'Erik. D'après le peu qu'il savait, La Main était toute-puissante.

Il s'apprêtait à se lever, quand une pensée lui vint soudain. Les Seigneurs de Shibalba! Pourquoi le souvenir ne lui en était pas venu plus tôt? Plusieurs années auparavant, alors qu'il s'intéressait à la découverte d'un trône en Amérique centrale, il avait eu l'occasion de lire le *Popol Vuh*, un livre sacré des Quichés, une tribu maya du Guatemala, et, si sa mémoire était bonne, il y était question des Seigneurs de Shibalba!

Le serveur vint à sa table.

– Vous partez? demanda-t-il.

– Non, je vais rester encore un peu. Apportez-moi un autre café.

Il sortit son calepin et commença à noter ce qui lui revenait en mémoire.

Les Quichés tenaient Shibalba pour un lieu de grand pouvoir et de splendeur. Cela voulait dire qu'il y avait eu dans un lointain passé des échanges entre les deux mondes. Les Anasazis auraient ainsi entretenu des relations avec les Mayas. Évidemment, cela n'était qu'une hypothèse. De toute façon, pensa Mike, cela ne changeait rien à sa situation. Ce n'étaient après tout que de douces spéculations qui étaient finalement assez éloignées de sa tâche présente. Il régla son addition et regagna son appartement pour écrire quelques lettres et prendre certaines affaires qu'il jugeait utiles pour son expédition.

Et maintenant, Eden Foster! En sortant de l'appartement, il jeta un regard autour de lui, ne remarqua rien de particulier et monta dans sa voiture. Tout au fond de lui, il ne pouvait s'empêcher d'espérer qu'Eden lui annoncerait la libération d'Erik.

Le ciel était clair et le soleil chauffait quand il s'arrêta devant la maison d'Eden Foster. Il rangea sa voiture face à la route. A partir de maintenant, chacun de ses pas, chaque minute était placée sous le signe du danger.

Eden en personne vint lui ouvrir. Elle avait les traits tirés et pâles. Comme elle s'écartait de la porte, il jeta un rapide coup d'œil dans la pièce. Ils étaient seuls.

Il traversa le petit salon et s'assit, le mur derrière lui. Malgré les apparences, il était certain qu'ils n'étaient pas seuls. Soudain, à présent qu'il s'était jeté dans l'action, il se sentait prêt à affronter tous les dangers. Au diable! S'ils voulaient la bagarre, ils l'auraient! Il les attendait de pied ferme!

– Où est Erik? demanda-t-il d'un ton âpre.

Eden pinça les lèvres, et une lueur de colère s'alluma dans ses yeux. Se reprochant aussitôt son attitude hostile, il ajouta :

– Après tout, il est mon ami.

– Je ne sais rien de lui. Vous vous êtes trompé d'adresse.

Il haussa les épaules.

– Si c'est ça que vous voulez. (Il marqua une pause et dit d'une voix plus calme :) J'ai tracé des cartes, rédigé un rapport complet de tout ce que j'ai pu apprendre, et j'en ai fait des photocopies. Elles seront envoyées dans tous les services intéressés : le Pentagone, le FBI, la CIA, la police d'État. S'il m'arrivait quelque chose, ils seraient tous alertés. J'ai également précisé le délai que je m'accordais pour ramener Erik, et qu'au-delà de ce délai, ils pouvaient intervenir.

Eden ne broncha pas, mais son visage avait pris un masque dur. Elle dit d'une voix hachée :

— Vous ne savez pas ce que vous faites. C'est votre propre monde qui sera détruit.

— Ce n'est pas moi qui ai ouvert les hostilités, dit-il. S'il m'arrive malheur, il y aura enquête, et intervention de forces dont vous n'avez même pas idée. (Il la regarda.) J'ai besoin de votre aide, Eden.

— Mon aide? Vous plaisantez. Je ne peux rien pour vous. De toute façon, le voudrais-je, je ne le pourrais pas. Je suis surveillée. Je ne savais pas jusqu'ici à quel point j'étais sous surveillance. Ils savent que vous êtes ici. Et ils savent pourquoi. Je ne pense pas qu'ils vous laisseront repartir.

— Ce sont des imbéciles. En agissant de la sorte, ils ne font qu'envenimer les choses.

— C'est La Main qui dirige. Rien ne l'arrête. (Elle se leva soudain.) Oh, vous avez raison! J'aimerais rester ici! J'aimerais oublier tout ça! J'aimerais faire partie de votre monde, et ne jamais retourner là-bas!

« Je me plais ici. J'aime vos façons de vivre, votre soleil brillant, les gens. Mais je ne peux pas! Je suis une esclave! Je ne suis qu'un jouet dans ses mains! (Elle se tut de nouveau et reprit d'une voix haletante :) Je ne sais s'il m'entend. C'est possible, mais il faut que je vous dise ce que je pense. Selon moi, La Main n'est qu'un homme, puissant dans son monde, mais ignorant du vôtre, ignorant de tout ce qui se trouve hors de sa portée. Personne ne s'est jamais opposé à lui, et il ne conçoit pas qu'il puisse exister un pouvoir plus grand que le sien. Son pouvoir, toutefois, est réel. Il possède des armes dont votre science n'a même pas idée, et il n'hésitera pas à s'en servir. Et il peut, s'il le veut, fermer tous les accès à son monde.

« Je vous dis la vérité. Il y a longtemps, quand notre peuple était jeune et fort, d'immenses progrès furent réalisés dans le domaine scientifique. Cela fait des années que plus personne ne s'occupe de recherches, mais La Main dispose quand même d'une puissance de destruction considérable. De votre monde, il ne craint que les idées. Il sait peu de choses de vous, mais il vous méprise et vous tient pour faibles et inefficaces.

« Vous devez comprendre. La Main n'a jamais vu un journal ou un livre. Il ne sait pas lire et imagine à peine qu'on sache le faire.

— Vous l'avez vu?

— Moi? Personne ne l'a vu! Peut-être les Seigneurs de Shibalba qui le soutiennent. Je doute que les Varanels l'aient jamais aperçu. Il n'est jamais sorti de la zone interdite, et personne ne peut l'approcher, mais ses yeux et ses oreilles sont partout. Même en ce moment il peut entendre ce que nous disons.

– Et vous osez parler?

Elle le regarda dans les yeux.

– Je n'ai pas l'intention de retourner là-bas.

– Vous ne savez rien des dissidents qui se sont réfugiés dans les montagnes?

– Je n'ai jamais entendu parler d'eux. Je ne pense pas qu'ils existent.

– C'est pourtant le cas, et La Main le sait, si vous ne le savez pas. Ce sont les descendants de ceux qui sont retournés là-bas... ceux que nous appelons les Anasazis. Ils ont fui votre monde cruel et créé le leur.

– Je n'en crois pas un mot.

Il désigna la petite fleur de tournesol qu'il portait au revers de son blouson.

– Vous connaissez cette fleur?

Elle haussa les épaules.

– J'en ai vu, ici. Elles sont interdites, là-bas.

– Interdites?

– Oui, il est interdit de les cultiver, et s'il en pousse, elles doivent être arrachées.

– Pourquoi?

Elle haussa à nouveau les épaules.

– C'est la règle. Nous ne discutons pas la loi.

– C'est, je pense, un symbole... probablement un symbole de rébellion. Il est porté par ceux qui ont fui dans les montagnes.

– C'est ce que vous dites. Comment le savez-vous?

Il évita de répondre à sa question.

– Vous devez avoir vu des cartes de votre pays? Vous ne vous êtes pas demandé pourquoi il était si petit, si limité? Ne pensez-vous pas qu'on vous cache beaucoup de choses?

– Oui, bien sûr, je le pense. Comment en serait-il autrement, maintenant que j'ai vu votre pays? Tout est différent, ici. Là-bas, tout est réglementé, organisé. Chacun sait exactement ce qu'il a le droit de faire.

– Et surtout de ne pas faire.

– Nous n'y pensons pas. Nous savons où nous vivons, où nous travaillons, où nous allons pour nous détendre. C'est suffisant.

– Parlez-moi d'Erik.

– Je ne sais pas grand-chose. J'ai informé les Seigneurs de

Shibalba que sa disparition inquiétait les autorités d'ici, et que des recherches seraient entreprises.

— Et?

— Rien. Voyez-vous, ils ne pensent pas comme vous. Ils ne conçoivent pas que la disparition d'un homme puisse compter ni même être remarquée. Nous sommes différents... comme vous pouvez l'être des Russes, par exemple.

— Que voulez-vous dire?

— La presse en Union soviétique est au service du gouvernement, et les Russes ont du mal à croire que chez vous les journalistes aient la liberté d'écrire ce qu'ils veulent.

« Chez nous, quand quelqu'un disparaît, personne ne pose de questions, et... (Elle se leva brusquement.) Il faut que vous partiez! Tout de suite! (Elle regarda de nouveau sa montre.) Je ne me suis pas aperçue qu'il était si tard. Je vous en prie! Partez immédiatement!

Mike se leva et il se dirigeait sans un mot vers la porte quand celle-ci s'ouvrit. Deux hommes s'avancèrent. Il les reconnut aussitôt.

Eden s'écarta vivement, alors que les deux sbires marchaient vers Mike. Leurs intentions étaient claires.

Celles de Mike aussi.

28

Au lieu de battre en retraite ou de tenter de fuir, ce qu'il savait chose vaine dans tous les cas, il s'avança et, d'un coup de pied, renversa sa chaise en travers de leur chemin. Le premier trébucha sur la chaise, et comme il tombait à terre, Mike lui donna un coup de pied à la tête.

Le deuxième homme marqua un temps d'arrêt pour tirer un couteau de sa ceinture. Plongeant vers la table, Mike s'empara d'un plat de purée d'avocat et le balança au visage de l'homme. Il le frappa ensuite d'un coup de pied au bas-ventre. Le premier des assaillants tentait de se relever quand Mike lui assena un coup de bouteille de vin sur le crâne, l'étendant pour un moment sur le carrelage.

— Ils sont beaucoup trop sûrs d'eux, dit-il à Eden. Ils auraient besoin de faire un petit stage dans les rues de Brooklyn. J'ai l'impression qu'ils ont pris la mauvaise habitude que personne ne leur résiste.

— Personne n'oserait le faire, dit Eden.

Le deuxième essuya la purée de son visage et esquissa un mouvement pour se relever. Mike s'empara du couteau qui traînait à terre et lui fit signe de ne pas bouger.

— Reste couché! ordonna-t-il. Sinon je te coupe les oreilles. (Il désigna le désordre provoqué par la bagarre.) Désolé pour la pagaille, Eden, mais vos gorilles ont besoin d'apprendre les bonnes manières.

Elle le regardait en ouvrant de grands yeux, le visage blême.

— Avoir des muscles n'est pas suffisant, Eden, dit-il. Ces types risquent de trouver à qui parler de ce côté-ci de la frontière. Suivez mon conseil et libérez-vous d'eux. Si vous ne pouvez rien pour Erik, pensez au moins à vous. Coupez les ponts. Filez loin d'ici. Je suis certain que vous saurez vous débrouiller seule.

Sur ses paroles il salua Eden et sortit. En passant devant la voiture des deux hommes, il s'arrêta et, avec le couteau qu'il avait gardé, il lacéra deux des pneus. Il jeta ensuite la lame dans les buissons de l'autre côté de la route et monta dans sa voiture.

Il regagna rapidement le motel, gara la voiture et se rendit au café.

Gallagher était assis à une table dans le fond. Il leva la tête à son approche et lui sourit.

— Je me doutais que vous viendriez. Vous avez vu Eden?

— Oui, mais il y a eu une petite interruption.

Gallagher le regarda par-dessus sa tasse de café.

— Racontez-moi ça.

— Oh, deux types qui se prenaient pour des durs, dit-il. Pas des gars du coin, je peux vous le dire.

Il tendit la main vers la cafetière que la serveuse avait laissée et remplit sa tasse.

— Enfin, je sais maintenant que je ne peux compter que sur moi. Eden ne peut pas m'aider.

— Ne peut pas ou ne veut pas?

— Je pense qu'elle ne peut pas. Apparemment personne ne voudra l'écouter... de l'Autre Côté. D'ailleurs, elle est prête à déserter. Elle se plaît dans notre monde, et je ne serais pas étonné qu'elle soit en ce moment même en train de boucler ses valises. En tout cas, c'est ce que je lui ai conseillé de faire.

170

– Alors, qu'allez-vous faire, maintenant?

– Aller là-bas. Je n'ai pas le choix.

– Vous croyez vraiment à toute cette histoire?

– Il le faut bien. (Il marqua une pause.) Vous n'avez pas vu Volkmeer?

– Non. Je suis allé jusque chez lui, mais il n'était pas là. Ou s'il y était, il n'avait pas envie de recevoir de visiteurs.

Mike était fatigué. Les brefs instants d'action chez Eden avaient eu sur lui un effet plutôt revigorant. Le danger avait été concret; il avait eu un visage. A présent, il s'avançait de nouveau vers l'inconnu.

Il pensa à Volkmeer. L'homme n'avait jamais été bavard. Sa richesse actuelle ne le rendait que plus mystérieux. Certes, Mike lui avait sauvé la vie, longtemps auparavant. Mais jusqu'où cela engageait-il Volkmeer à son égard?

Volkmeer avait fait fortune d'une façon soudaine, et il avait eu, tout au moins au début de cette étonnante ascension, certains disques d'or très semblables à ceux que ce vieux cow-boy de Flagstaff avait trouvés. Cela voulait-il dire que Volkmeer avait découvert la même cache? Possible. Une autre cache? Ou bien cet or représentait-il le prix d'un service rendu à une tierce personne?

– Je vous ai dit que j'étais passé chez Volkmeer, hein? dit soudain Gallagher, tirant Mike de ses réflexions. Il n'était pas là, mais j'ai jeté un coup d'œil autour de la maison. C'est un véritable palais. Il y a de quoi vous faire rêver... et réfléchir aussi. (Il jeta un regard autour de lui.) Par exemple je trouve ça vraiment trop grand pour un homme seul. On pourrait ranger trois camions dans le garage, et je n'ai jamais vu Volkmeer qu'au volant de la même camionnette à ridelles.

« Je dois avouer que ça m'a intrigué. En rentrant, je me suis livré à une petite enquête, j'ai passé quelques coups de fil de-ci de-là. J'ai appris que Volkmeer avait participé à plusieurs campagnes électorales. Oh, pas comme candidat, bien sûr, mais comme bailleur de fonds. Pas parmi les plus gros, mais tout de même assez important pour avoir le droit de dire un mot à l'occasion, si vous voyez ce que je veux dire.

« Son ranch est retiré dans les collines, et il est impossible de savoir qui va et vient. Il y a deux ou trois routes secondaires qui passent à proximité de la propriété, et il y a eu pas mal de circulation sur l'une d'elles récemment. Ce qui est plutôt inattendu dans un trou pareil. (Il marqua de nouveau une pause, prenant son temps.) Sur cette route dont je vous parle, qui n'est pas goudronnée, j'ai relevé des empreintes de pneus. Elles coïncident parfaitement avec celles de votre camionnette blanche. (Il reposa sa tasse de café.) J'ai pensé que cette information pourrait vous intéresser.

– Vous disiez qu'il avait soutenu des campagnes. La vôtre aussi?

– Je n'ai pas été élu, j'ai été nommé shérif. Mais il a parlé en ma faveur. Et je me sens d'autant plus libre vis-à-vis de lui que je ne lui ai rien demandé.

« Ce n'est pas la première fois que je m'interroge au sujet de Volkmeer. Quand un homme devient riche du jour au lendemain, je me pose des questions. L'élevage n'est plus une activité florissante, et Volkmeer a prétendu tirer ses revenus de mines où plus personne ne travaillait.

La conversation dériva ensuite vers des sujets plus légers, football, boxeurs et rodéos. Gallagher semblait attendre Dieu sait quoi, et Mike n'était pas pressé de partir.

– Comment va votre chien? demanda soudain Gallagher.

– Bien, répondit Mike. A propos, s'il revenait sans moi, vous pouvez le prendre.

Gallagher jeta de nouveau un regard autour de lui.

– Vous pensez réellement ce que vous dites?

Mike haussa les épaules.

– Je vais dans un monde hostile dont j'ignore tout, où je n'aurai aucun allié et où je dois retrouver un homme retenu prisonnier dans un lieu gardé secret. Disons que j'ai une chance sur un million de réussir.

– Pourquoi le faites-vous?

– Erik compte sur moi. Exactement comme vos concitoyens comptent sur vous pour les protéger des gangsters. Erik n'a personne d'autre qui puisse l'aider.

– Vous pensez être parti pour combien de temps?

– Aucune idée. Je ne sais même pas si le temps est le même de l'Autre Côté. Il se peut que tout soit différent là-bas. Un rêve ne dure que quelques secondes, et pourtant on a l'impression qu'il a duré des heures. C'est peut-être pareil là-bas. Qui sait? Je pourrais être de retour quelques minutes plus tard, comme dans une semaine, un mois, un an...

« Il me faudra pénétrer dans une zone interdite. Une espèce de cité labyrinthique, d'après ce que j'ai cru comprendre. La plus grande partie est abandonnée. J'ai l'impression d'un pou-

172

voir autocratique qui est en train de pourrir sur pied. D'un peuple qui n'a pas perdu toute volonté de résistance mais à qui l'idée même de révolte est devenue étrangère. Les éléments dissidents se sont retirés depuis longtemps dans les montagnes, où certains descendants des Anasazis vivent encore.

« Ils désirent ce que nous possédons mais ils ont peur de la nouveauté. Je ne pense pas qu'ils disposent d'une force armée quelconque, si ce n'est ces gardes que j'ai pu observer la dernière fois. Je ne pense pas non plus que celui qu'ils appellent La Main soit d'une grande intelligence. C'est probablement un petit monde replié sur lui-même, empli de crainte et de haine, et qui ne tient que par la peur de ce qui pourrait venir de l'extérieur. Je peux me tromper, bien sûr, mais ce que je sais, c'est qu'Erik, en déblayant cette kiva, a ouvert la boîte de Pandore, si vous vous souvenez de ce mythe.

— Je devrais vous accompagner.

— Je ne veux personne avec moi. Je suis le seul à avoir une vague idée de ce qui m'attend là-bas, et je tiens à avoir les coudées franches. Vous seriez plus un handicap qu'une aide.

Il se retourna brusquement alors qu'une ombre tombait sur la table. C'était Volkmeer.

— Je te cherchais, dit-il en tirant une chaise qu'il enfourcha. Avant de partir pour cette mesa dont tu m'as parlé, je me suis dit que je te trouverais peut-être ici.

— Content de te voir, dit Mike. (Il se leva.) Gallagher? Je vous verrai dès mon retour.

Gallagher se tourna vers Volkmeer.

— Raglan est un ami, Volk. Prends bien soin de lui.

— Je le ferai, dit Volkmeer. Je le ferai.

— S'il m'arrivait un pépin, dit Mike au shérif, des amis à moi débarqueront ici. Aidez-les comme vous pourrez. Et si vous voyez le type à qui j'ai cassé une bouteille sur le crâne, fourrez-le en prison sous un motif quelconque et retenez-le jusqu'à ce que je revienne. Interrogez-le, vous apprendrez peut-être quelque chose.

Une fois dehors, Volkmeer demanda :

— Qui c'est ce type que tu as assommé?

Mike haussa les épaules.

— Deux gus qui se prenaient pour des durs me sont tombés dessus, alors que j'étais passé voir Eden Foster.

Volkmeer le regarda.

— Tu t'en es tiré sans bobo?

– Comme tu peux voir, répondit Mike. Ils n'étaient pas très rapides, ou alors trop sûrs d'eux.

Volkmeer ne fit aucun commentaire. Seulement plus tard, il demanda :

– Deux, il y en avait?

– Ils ont les mêmes problèmes ici que j'aurai là-bas. Ils ne mesurent pas la différence qu'il y a entre les deux mondes. Leur contact ici ferait bien de leur expliquer, de les mettre au parfum. Ils n'ont pas l'air de comprendre, par exemple, que tout citoyen de ce pays devient important dès l'instant où il est victime d'un enlèvement ou d'un meurtre, sans compter qu'Erik n'est pas n'importe quel citoyen.

– Qui est-il?

– Un expert en électronique. Il a travaillé un temps avec le FBI et la CIA. Il a souvent témoigné devant les comités du Sénat, et il est très connu des médias. On commence à se poser des questions dans certaines sphères.

Volkmeer passa une main dans ses cheveux clairsemés.

– Ça me revient, maintenant. J'ai déjà entendu parler de lui.

– Oui, Volk, ses collègues et tous ceux avec qui il était en rapport se posent des questions. Et ils voudront des réponses. L'incendie de ce café sera la première étape de leur enquête, et ils fouilleront dans les cendres jusqu'à ce qu'ils trouvent quelque chose. Je serai interrogé, et toi aussi.

– Moi? Mais je ne sais rien.

– Ils penseront le contraire, Volk. D'ailleurs, au cas où il m'arriverait malheur, j'ai dressé la liste de tous ceux avec qui j'aurai été en relation.

Volkmeer déglutit péniblement. Il jeta un regard en direction des montagnes qui bleuissaient au loin.

– Eh bien, j'espère qu'ils le retrouveront.

– Oui, mais ils prendront leur temps, Volk. Ils suivront chaque piste, interrogeant les gens, chercheront des explications à toutes choses, vérifieront les dires de chacun. Ils ont le temps, Volk.

– Je suppose que tu as raison, dit Volkmeer. Je n'ai pas vraiment réfléchi à ça. De mon temps, quand on recherchait un bonhomme, c'était facile : on suivait sa piste à la trace jusqu'à ce qu'on le retrouve, vivant ou mort.

– Qu'est-ce que tu proposes?

– Moi? Rien. Je me demandais seulement ce qui nous attendait là-bas.

174

— Tu sais, Volk, je ne t'en voudrais pas si tu ne venais pas avec moi. Je pars à la recherche d'un ami. Si tu m'accompagnes, attends-toi à ce qu'on nous fasse la vie dure.

— Ça, je m'en doute, Mike. (Il le considéra d'un regard aigu.) Mais tu as une idée précise de ce qui t'attend, une fois passé là-bas?

Mike ne répondit pas. Il n'avait d'autre choix que de foncer au-devant d'un danger certain ou de fuir. Personne, dans les deux cas, ne lui en voudrait. Il faisait cela pour un homme qui n'était même pas un ami intime. Il le faisait parce qu'on l'avait appelé à l'aide, et que sa morale personnelle lui interdisait de se dérober.

Il jura tout bas, et Volkmeer lui jeta un coup d'œil.

— On mollit, Mike?

— Bon Dieu, Volk, je ne suis pas un héros. Je me suis pas mal bagarré dans la vie, mais c'était toujours pour moi, pour me bâtir le confort dont j'avais besoin.

— C'est comme moi, dit Volkmeer. J'en ai eu marre, un jour, de marquer les vaches du patron. Tant qu'à m'éreinter, j'ai préféré que ce soit avec mes propres bêtes.

— Tu as réussi, non? J'espère du moins que toutes ces bêtes et ces terres ne t'empêchent pas d'être libre et de dormir en paix.

Volkmeer ôta son chapeau et lissa d'une main rugueuse la bande de cuir.

— Je les ai vus construire ce barrage. J'ai regardé l'eau monter, remplir ces vieux canyons où j'avais chevauché tant de fois, recouvrant les ruines, inondant les kivas. C'était comme une bénédiction de voir ça. Une bénédiction!

« Je n'aurais jamais cru...

Mike était arrivé à sa voiture. Il ne se sentait pas d'humeur à en écouter davantage. Sa décision était prise, et il ne s'attarderait plus. Il était peut-être déjà trop tard.

Il se tourna vers Volkmeer, qui se balançait sur ses jambes, l'air indécis.

— Écoute, Volk. Je vais là-bas avec la ferme intention d'en revenir et de ramener Erik Hokart avec moi. Et personne n'aura intérêt à se mettre en travers de mon chemin! Personne!

29

En arrivant dans la ruine sur la mesa, Mike trouva une tunique sur son sac de couchage. A côté, un turban usé, identique à celui que portait Tazoc. Il s'installa sur une chaise pliante et sortit la vieille carte de toile.

Il avait peur. Dans ses années d'errance, il avait fréquenté pas mal d'endroits dangereux. Il avait arpenté plus d'une rue chaude dans les cités grouillantes, pénétré dans d'anciens monastères réputés hantés, exploré des catacombes au sol jonché d'ossements humains, mais il avait toujours su alors quels dangers le guettaient. Il n'en allait pas de même aujourd'hui.

Il se mit en devoir d'étudier la carte que lui avait donnée le vieux cow-boy de Flagstaff, recopiée d'après une plaque en or.

Le passage que le vieil homme avait utilisé était désormais englouti sous les eaux du lac Powell, mais celui dont Mike avait eu connaissance se situait vers l'ouest, justement là où Johnny avait « disparu » en poursuivant une vache errante.

Sur le document dessiné avec une remarquable précision, No Man's Mesa apparaissait clairement. Avant la construction du barrage, il était facile de franchir la San Juan. A présent la retenue avait fait considérablement monté le niveau des eaux en amont du canyon, obligeant à un long détour en voiture pour traverser.

Il ne pouvait, pour pénétrer de l'Autre Côté, utiliser la fenêtre dans la kiva sans courir le risque de se faire immédiatement repérer, du moins s'il fallait en croire Kawasi et Tazoc. Cependant Chief était passé par là, et il en était revenu sain et sauf. Il pourrait emprunter ce passage en dernier ressort.

Il essaierait le Trou de Johnny. Il savait qu'il y avait là une ouverture, et avec un peu de chance il finirait bien par la trouver.

Qu'était devenue Kawasi? Il se surprenait à penser de plus en plus souvent à elle. Ses grands yeux, son beau visage, ses lèvres tendres...

Bon Dieu, à quoi donc pensait-il? Ce n'était pas le moment d'avoir la tête ailleurs. Il devait mobiliser toute son attention et toute son énergie à passer dans cet autre monde, à trouver la Salle des Archives et, une fois là, à s'orienter dans la cité interdite sans franchir l'une de ces portes donnant sur la mort lente.

– Quel imbécile tu es, Raglan, se dit-il. Repars à Durango et prends le premier avion pour l'Est. Et au diable cette histoire de dingue!

Il savait bien sûr qu'il n'en ferait rien. Malgré toutes les bonnes raisons qu'il avait de fuir, son devoir lui commandait de poursuivre ce qu'il avait commencé d'entreprendre. Était-ce bien par altruisme, pour sauver un ami, ou plutôt par esprit d'aventure?

Il avait passé des mois à explorer les ruines laissées par les Anasazis; il avait dormi dans leurs kivas, loin de tout. Il avait marché sur les anciens chemins qu'ils empruntaient, foulé la terre des champs qu'ils avaient autrefois cultivés, exhumé des bouts de poteries qu'ils avaient façonnées, et ressenti dans son cœur une espèce d'affinité, de fraternité.

Parfois, assis au milieu de ruines poussiéreuses, il avait pu se prendre pour l'un d'eux. Il les avait imaginés, silhouettes cuivrées abattant leurs fléaux sur les gerbes de blé, cheminant le long de sentiers escarpés, de lourdes jarres sur leurs épaules.

Que leur était-il arrivé? Si ce qu'on lui avait dit était vrai, certains avaient rejoint le parti des tyrans, mais d'autres s'étaient réfugiés dans les montagnes et avaient retrouvé leur existence d'antan, comme ils l'auraient fait s'ils étaient restés à Mesa Verde, Hovenweep ou Chaco Canyon.

Il vérifia encore une fois son revolver, puis de sa musette il en sortit un autre, un Heckler 9 millimètres, et le glissa dans sa gaine sous son ceinturon. Ce n'était qu'une arme d'appoint. Il comptait surtout sur la puissance du 357 Smith et Wesson.

Où était Tazoc? Il aurait bien aimé lui parler une dernière fois. Il avait besoin d'autres explications, de conseils!

Et Kawasi? Était-elle seulement en vie? Ou bien l'avaient-ils capturée? Tuée? Retenue prisonnière?

Il sortit de l'abri et marcha jusqu'à la kiva. Sans descendre dans l'excavation, il en examina le sol. Il remarqua des traces. Laissées par qui?

Il regarda la fenêtre qui parut lui rendre son regard telle une gueule ouverte surmontée de taches sur le mur semblables à des yeux. Il ne put réprimer un frisson et jeta un coup d'œil derrière lui.

Chief approcha, grondant doucement et reniflant les pierres

qui formaient la partie supérieure du mur circulaire de la kiva. Qui avait pu passer récemment par là? se demanda Mike.

Le ciel était bleu. La San Juan, en bas, brillait comme un serpent d'argent. No Man's Mesa, en face de lui, semblait ruminer en silence.

Y avait-il un sentier menant au sommet de la grande mesa? De l'endroit où il se trouvait il ne voyait que falaises abruptes. On lui avait dit qu'il n'y en avait pas, mais un vieux mormon de sa connaissance prétendait le contraire. Il y avait, disait-il, des chevaux sauvages sur le plateau, et ils n'avaient pas atterri là-haut par la voie des airs. Les hivers étaient rudes sur le plateau, et ils devaient forcément redescendre dès les premiers frimas.

Une buse solitaire planait dans le ciel, guettant le rongeur ou le serpent qui s'aventurerait à découvert. Y avait-il des buses de l'Autre Côté? Ou des aigles? Y avait-il aussi dans le ciel des « portes » permettant de passer d'un monde à l'autre? Il suivit des yeux la course du rapace puis scruta le paysage alentour. Il se sentait lui-même observé, mais ne vit rien.

Il traversa la mesa et commença à descendre la pente escarpée vers la San Juan et le Trou de Johnny.

Il repéra les empreintes d'un puma. Un gros, et qui était passé là peu de temps avant. Quand il parvint en bas, il fut de nouveau frappé par le silence du canyon. Les feuilles des arbres bruissaient doucement de temps à autre puis s'immobilisaient, comme dans l'attente d'une réponse improbable.

Ce lieu qui réunissait l'ombre et l'eau avait dû être colonisé par les Indiens. Mais les arbres étaient jeunes – quarante ans tout au plus. A quoi ressemblait l'endroit des siècles plus tôt? Y avait-il toujours eu des arbres? Coupés et utilisés par les Indiens pour le feu et la construction? Mike remarqua de petits monticules de sable. Qu'y avait-il dessous?

Des séchoirs à tabac navajos, il ne restait que la charpente en bois de cèdre. Les deux autres huttes en ruines semblaient avoir été construites par des Paiutes, mais il ne pouvait l'affirmer en raison de leur délabrement.

C'était à cet endroit qu'il avait vu les Varanels. Comment étaient-ils parvenus jusqu'ici? Et dans quel but? Il s'arrêta, adossé à une roche, et regarda attentivement la gorge. Il y avait quelque part par là une ouverture donnant sur l'autre monde.

Des traces! Les Varanels avaient dû laisser des traces.

Il continua d'observer le canyon, cherchant la faille, l'anomalie qui lui fournirait l'indication qu'il cherchait. Il ne trouva rien.

178

Il toucha la crosse de son revolver, un geste qui lui redonnait toujours quelque assurance, puis il quitta son poste contre la roche et s'avança sous les arbres. Là, au milieu de cet étrange scintillement, il avait aperçu pour la première fois les Varanels. Il sentit son cœur battre plus vite.

Il fit quelques pas dans le sous-bois puis s'arrêta de nouveau. En partie masqué par le tronc d'un arbre, il scruta la pénombre. Il sentait une présence. Il aurait juré que quelqu'un était là.

Il se déplaça jusqu'au tronc voisin. Si quelqu'un l'observait, où pouvait-il être? Il fixa son regard de façon à utiliser sa vision périphérique et attendit un mouvement.

Que pouvait être cette présence dont il sentait si fort le regard sur lui? Il existait dans son monde d'étranges créatures, mais quelle sorte de monstre pouvait recéler l'Autre Côté?

A supposer qu'ils soient invisibles? Il y avait des sons que ne pouvait capter l'oreille humaine. Les chiens, peut-être les insectes, les percevaient. S'il y avait des couleurs étrangères au spectre de notre lumière? Des couleurs que nous ne pourrions distinguer?

Si les hommes pouvaient passer d'un monde à l'autre, pourquoi pas les animaux? Chief l'avait fait, dans les deux sens. Mais leurs animaux à eux? N'existait-il pas là-bas des bêtes d'une espèce insoupçonnée?

Se déplaçant comme une ombre, il alla d'arbre en arbre. Puis il s'accroupit, guettant le moindre bruit.

De l'endroit où il se tenait il voyait l'espace découvert qu'avaient traversé les Varanels.

Il ne vit rien, si ce n'est cette étendue sablonneuse que bordait plus loin le cours d'eau.

Il passa sa langue sur ses lèvres sèches. Il répugnait à s'avancer en terrain découvert. Surtout, il ne savait pas très bien ce qu'il cherchait, ni ce qu'il ferait s'il le trouvait.

Il frissonna. Il ferait mieux de remonter à la ruine, de réfléchir dans le calme. En même temps il savait que le temps pressait, qu'il avait déjà perdu des heures précieuses dans une quête dont il ignorait l'objet.

Il pensa à Erik. Se trouvait-il dans une cellule? Ligoté? Était-il en train d'agoniser dans l'une des pièces murées? Ou bien avait-il gagné un sursis? Convaincu ses geôliers qu'il leur serait bien plus utile vivant?

Il regarda dans la direction où étaient partis les Varanels. Il ne vit rien qu'une plage de sable, un peu de végétation, et une crête rocheuse.

Il leva les yeux vers le ciel et vit de nouveau une buse. Était-ce la même que tout à l'heure? Était-ce seulement une « vraie » buse? N'était-ce pas plutôt une buse de cet autre monde? Ou encore une buse entraînée à espionner de ses yeux perçants... Il se reprit vivement. C'était absurde. Il se demanda brièvement s'il n'était pas en train de perdre la tête.

Il s'approcha davantage de la bande de sable et attendit là, toujours à l'affût.

Avait-il entendu quelque chose? Un chant? Quelque part plus loin? Il jeta un regard autour de lui.

Il devait rentrer, regagner la ruine avant que la nuit tombe. Le terrain était accidenté, et ce n'était pas le moment de trébucher dans l'obscurité et de se casser une jambe.

Il perçut de nouveau des voix entonnant un chant grave et monotone, espèce d'incantation qui lui rappela les prières qu'il avait écoutées de l'extérieur des temples tibétains.

Il ne rêvait pas. D'où provenaient ces voix? Elles devaient être assez proches, pour que lui parvienne un registre aussi grave. Il se pressa contre le tronc d'un arbre, espérant se fondre dans la végétation. Le bruit semblait venir de quelque part en aval dans la gorge.

S'il était attaqué et qu'il tue l'un d'eux de ce côté-ci de la frontière, comment expliquerait-il son geste? Qui voudrait croire à une histoire pareille?

Il n'avait d'autre preuve que le journal d'Erik, ce qui pouvait être considéré comme une œuvre de pure fiction. Après tout, il était écrivain. Son métier était d'écrire des histoires. Son éditeur, la presse considéreraient son récit comme un essai plein d'imagination pour se faire de la publicité.

Personne ne le croirait. Mike devait accepter le fait de vivre dans un monde qui n'était concerné que par le déficit économique, la course aux armements, les élections prochaines. Les gens se souciaient avant tout de payer leurs traites, leurs loyers, d'organiser leurs prochaines vacances. Quelques-uns peut-être viendraient visiter Mesa Verde en s'émerveillant de l'architecture de ces lointains Anasazis. Ils se promèneraient parmi les ruines en écoutant les explications de leur guide, et retourneraient dans leur Vermont, leur Iowa ou ailleurs, pour raconter à leurs amis ce qu'ils avaient vu, leur montrer les photos qu'ils auraient prises.

Et si c'était lui qui était tué, là, tout de suite? On ne retrouverait peut-être pas son corps avant longtemps, car qui s'aventurait dans ces terres sauvages et retirées?

Mike savait qu'il était seul, sans personne pour l'aider.

Seul face à une réalité que personne ne pouvait partager avec lui, face à une situation contre laquelle il ne pouvait rien. Il ne pouvait compter que sur lui-même.

Et Volkmeer? Où s'arrêtait sa loyauté? Servirait-il l'homme qui lui avait sauvé la vie si longtemps auparavant ou bien ceux qui l'avaient fait riche – riche comme il n'avait jamais osé le rêver – et qui pourraient tout lui retirer brutalement au premier signe de trahison?

Tout ce qu'il attendait de Volkmeer était de couvrir sa retraite s'il était poursuivi. Il lui fallait quelqu'un pour l'aider à parcourir les cent derniers mètres, quand il serait parvenu au bout de ses forces. Il savait cependant qu'il ne devait se faire aucune illusion, ni sur Volkmeer ni sur personne d'autre.

Il n'avait jamais reçu d'aide. Ce qu'il avait fait jusqu'ici, il l'avait fait seul.

Quelque chose bougea sous les arbres derrière lui. Il porta la main à son revolver et se retourna brusquement.

30

C'était Kawasi.

Elle se tenait seule sous les arbres. Elle le regardait. Il balaya des yeux les buissons autour d'elle, mais ne remarqua rien de suspect.

– Tu m'as manqué.

Ce n'était pas ce qu'il avait l'intention de dire ni ce qu'il aurait dû dire, mais c'était la vérité : elle lui avait manqué.

– Je ne peux pas rester longtemps, dit-elle. Mon clan m'attend. (Elle désigna d'un geste de la main l'endroit où ils se tenaient.) Ici, c'est un lieu sacré. Certains disent que c'est d'ici que nous sommes partis dans ton monde, mais je ne sais pas si c'est vrai.

– Tu as pu avoir des nouvelles d'Erik? demanda-t-il en s'approchant d'elle.

– Non. Je pense qu'ils l'ont fait prisonnier.

– Il faut que je le retrouve et que je l'aide à s'échapper.

– C'est impossible. Personne ne s'échappe jamais de la zone interdite.

— Je ne crois pas tout ce que raconte ton peuple.

— Ce n'est pas mon peuple qui le retient, mais les Seigneurs de Shibalba, des hommes diaboliques.

— Et ton peuple? Ceux qui ont suivi Celui Qui Possédait La Magie?

— C'était il y a longtemps.

— Viens avec moi là-haut, sur la mesa. Il y a beaucoup de choses que je dois apprendre.

Ils se mirent en marche. Kawasi ouvrait le chemin, allant d'un pas sûr parmi les arbres. Elle dit par-dessus son épaule :

— Personne ne vient jamais ici, seulement un prêtre. Cet endroit est... comment dire... étrange. Il change souvent. (Elle embrassa d'un geste le canyon.) La mesa où nous allons, No Man's Mesa, toute cette région est... incertaine. Est-ce le mot? Des fois c'est comme maintenant, il y a les arbres, l'eau, les falaises... D'autres fois il n'y a rien de solide, rien dont on puisse être sûr. A certains moments il y a un passage ici, à d'autres c'est plus loin. C'est comme un voile scintillant, comme l'eau qui tombe en pluie d'une cascade, et on se retrouve de l'Autre Côté...

— Ça se passe toujours de cette façon-là?

— Non, mais des fois il se produit comme un tremblement de terre, mais ce n'est pas la terre qui tremble, c'est l'espace. Non, ce n'est pas l'espace, c'est l'essence même des choses. On a le vertige. Les yeux ne voient plus ce qui existe. Puis tout se calme lentement. Mais après ça, il n'y a plus d'ouvertures, plus de voies! Tout est fermé! Fermé pour longtemps, très longtemps!

— Quand est-ce que ça s'ouvre de nouveau?

— Je ne sais pas très bien. La dernière fois, c'était il y a longtemps. Avant que je naisse. Celui Qui Possédait La Magie faisait des marques sur un mur à chaque fois que ça arrivait. Dans toute sa vie il a fait deux marques.

Mike jura dans sa barbe. Ainsi ces passages, même ceux qui étaient censés être permanents comme celui de la kiva, pouvaient être fermés pendant des années. Il secoua la tête avec irritation. Plus vite il sortirait de cet enfer, mieux ça vaudrait.

— Kawasi? Tu disais que le canyon, celui que Johnny appelle un « trou », était un lieu sacré. J'ai bien regardé mais je n'y ai pas relevé de traces d'une longue implantation humaine. Personne ne s'est donc jamais installé là pour vivre. Il y a pourtant de l'eau, des arbres.

182

– C'est un endroit qui... qui n'existe pas vraiment. C'est une apparence. Par exemple, as-tu vu des traces d'animaux?

– Oui, des empreintes de puma. Un gros.

– Ce n'était pas un puma, mais un homme-jaguar. Un jaguar habité par l'esprit d'un homme mauvais. Un jaguar qui tue.

Mike connaissait les histoires de loups-garous, et il savait qu'en Afrique sévissaient des hommes-léopards. Alors pourquoi pas un homme-jaguar? Il n'en était plus à une aberration près.

– Il y a un endroit dans ce canyon, dit-il à Kawasi, où on doit pouvoir pénétrer dans ton monde. C'est là que j'ai vu les Varanels.

Il lui raconta son expédition dans le canyon et comment il avait vu apparaître et disparaître la patrouille de Varanels.

La jeune femme haussa les épaules.

– Peut-être, dit-elle. Mais il y a un autre passage plus près de la mesa. On raconte que c'est par là que notre peuple a quitté le Troisième Monde pour venir dans le tien. On dit aussi que c'est par ce même endroit qu'ils sont repartis de l'Autre Côté. (Elle se tourna vers la gorge qui s'étendait à leurs pieds et désigna l'amont du canyon.) C'est par là, un endroit comme ce que vous appelez un entonnoir. Un grand trou dans la terre.

« Celui Qui Possédait La Magie a dessiné une carte avec tous les passages. En fait, c'est une zone assez petite. L'entonnoir est un lieu qui a été gardé secret par notre clan.

« On dit aussi qu'il y a un passage là où réside La Main, dans la cité interdite. Mais on ne fait que répéter ce que d'autres disaient il y a très longtemps. On ne peut pas être sûr. Jamais.

Ils se mirent à marcher en silence. Il commençait à faire sombre, à présent. Kawasi ne ralentissait pas l'allure. Elle avait un pied extraordinairement sûr, et Mike peinait pour la suivre. Elle s'en aperçut et l'attendit. L'altitude était plus élevée, et il avait du mal à respirer.

– Là où tu vis avec ton clan, demanda-t-il, pensant à l'or que le vieux cow-boy avait trouvé, est-ce qu'il y a des ruines? De très anciennes ruines?

– Oh oui! On raconte beaucoup d'histoires. Certains y croient, d'autres pas. On parle d'endroits très anciens, où il n'y a plus d'eau aujourd'hui. Mais nous n'y allons jamais. Nous ne bougeons jamais de notre territoire.

– Comment se fait-il qu'il n'y ait plus d'eau?

Elle haussa les épaules.

– Les sources se tarissent. Les rivières changent leur cours. Tout est désertique.

Ils atteignirent enfin le sommet de la mesa. La ruine était sombre et silencieuse sous un ciel de million d'étoiles. Il arrêta Kawasi en lui touchant le bras, car quelque chose avait bougé dans l'ombre. Il soupira. C'était Chief.

Quand il eut allumé un feu et préparé du café, il sortit de quoi manger de la glacière.

— J'ai peur pour toi, dit-elle. (Elle jeta un coup d'œil à la tunique et au turban.) C'est ça que tu porteras?

— Oui.

— C'est la tunique d'un prêtre-jaguar. Le savais-tu?

— Ma foi, non.

— Il n'en reste plus beaucoup. Celui Qui Possédait La Magie en était un. Ce sont des hommes de sagesse et de grand savoir.

— Cela me permettra en tout cas d'entrer dans la zone interdite pour chercher Erik.

— Tu ne sais pas ce que tu fais! La cité interdite est... comment on appelle ça? Un labyrinthe? Seule La Main connaît les entrées et les sorties. Les Varanels eux-mêmes ne connaissent que les quelques chemins qu'ils prennent tous les jours. C'est comme ça que La Main se protège. Personne ne peut aller jusqu'à ses appartements. On dit qu'il s'adresse au peuple depuis un balcon dominant une grande salle.

— Et s'il venait à mourir?

— Il y en a toujours un autre. Mais comme personne ne peut approcher La Main, on ne sait jamais qui le remplace.

— Tu as vu la cité interdite?

— Seulement de loin. C'est une espèce d'immense maison, comme une montagne. En pierre noire, polie. (Elle désigna l'impressionnante silhouette de No Man's Mesa.) Elle est aussi grande que ça! Elle domine la ville où vit le peuple.

Ils observèrent un silence. Mike fit des sandwiches et servit le café. Le feu dégageait une bonne chaleur, et le ciel était constellé d'étoiles. Les minutes passaient, douces et agréables.

Puis Kawasi se mit à parler, lentement, avec précision, comme une leçon apprise. Elle décrivit l'apparence de la cité interdite. C'était une construction gigantesque. Johnny lui avait dit que c'était une citadelle, une ville-forteresse dominant la contrée alentour. Les Seigneurs de Shibalba et les Varanels avaient leurs quartiers séparés et communiquaient rarement entre eux.

— Si le chiffre est le même qu'avant, il y a vingt-quatre Seigneurs et cinq cents Varanels. Personne ne connaît le nombre

184

de serviteurs travaillant pour les uns et les autres, et ceux-ci ne sont pas autorisés à se rendre visite.

Elle continua de lui dire le peu qu'elle savait. Apparemment c'était un vaste ensemble de couloirs, de salles, de tunnels et de pièces, dont certaines étaient tapissées de miroirs qui reflétaient à l'infini l'image de celui qui s'y engageait, au point qu'il finissait par perdre la raison. Cette description lui rappela les galeries de glaces chères aux foires qu'il avait pratiquées dans sa jeunesse.

— Et la prison?

— Personne ne sait. Si ce qu'on dit est vrai, les prisonniers sont emmenés quelque part dans la cité pour être interrogés par les Varanels. Aucun prisonnier n'a pu le confirmer, puisque aucun n'est ressorti. C'est simplement un bruit qui court. Quand on sait peu de choses, on imagine.

Mike rajouta un peu de bois dans le feu. Il devait s'avouer qu'il aurait bien aimé rester là, à la chaleur des flammes, en compagnie de Kawasi et de ne plus penser à ce qui l'attendait.

— Comment est organisé ton clan? Comment est-il gouverné? Quel est ton rôle?

— Je suis ce que vous appelez le chef. Mais ça ne représente pas la même chose que chez vous. On est chef parce qu'on le mérite. Pas parce qu'on est né pour l'être.

— Pourtant toi-même tu descends de Celui Qui Possédait La Magic.

— Ça ne compte pas si je ne suis pas capable d'être chef. Il y a eu beaucoup de chefs dans ma famille, parce qu'il y avait beaucoup d'hommes sages. Mais nous ne commandons pas. Nous conseillons seulement. Si nous nous trompons souvent, personne ne nous écoute plus. Un autre chef prend notre place. C'est très simple.

« Les règles ont été établies il y a longtemps. Il y a des choses qu'on peut faire et d'autres qui sont interdites. S'il se passe quelque chose de nouveau, on réunit le conseil et on décide de ce qu'il faut faire. Je les écoute, et ensuite je parle pour eux. Jusqu'à maintenant on m'a écoutée. Mais je peux me tromper, et alors je laisserai ma place à un autre chef.

« Il y en a parmi nous qui pensent que nous devrions suivre La Main, que nous devrions abandonner nos montagnes et aller vivre avec les autres. Moi, je crois que ce serait une mauvaise chose.

« Des montagnes, ils voient qu'en bas tout est vert, qu'il y a des vergers et de l'eau, alors que nos champs sont secs et les récoltes maigres. Alors il y en a de plus en plus qui ont envie de partir, de descendre dans la vallée.

« La Main envoie des espions chez nous, des hommes et des femmes qui parlent contre moi et ceux qui m'écoutent. Maintenant j'ai peur que nos divergences l'emportent.

– Mais ne savent-ils pas ce qui les attend s'ils acceptaient de se soumettre à La Main?

– Ils ont la mémoire courte, et ils haussent les épaules en disant que l'essentiel, c'est d'avoir à manger. La Main signifie le pouvoir, et ils espèrent en se ralliant avoir un peu de ce pouvoir. Ceux qui parlent pour La Main leur ont promis des récompenses.

Mike s'adossa contre le mur, appuya sa tête contre la pierre et ferma les yeux. Il aurait voulu se détendre, mais son esprit s'y refusait.

La cité interdite était manifestement une espèce de gigantesque labyrinthe, dont l'élaboration avait peut-être pris des siècles. Tout portait à croire que les habitants ne connaissaient que la parcelle qui leur était réservée. Les enfants n'étaient pas admis dans l'enceinte, car l'enfance est curieuse et vagabonde. Seuls y vivaient ou y pénétraient ceux dont l'obéissance et le conditionnement garantissaient une stricte observance des règles.

Mike connaissait les labyrinthes des foires. Son ami libanais lui avait appris l'histoire de Thésée et du Minotaure, et comment Ariane avait donné à Thésée le fil qui lui avait permis de pénétrer dans le labyrinthe, de tuer le Minotaure, qui dévorait tous ceux qui s'aventuraient dans le dédale, et de ressortir.

– Kawasi? Je vais aller là-bas, demain. Veux-tu me montrer le chemin?

Elle se leva et sortit de l'abri, et il la suivit, effrayé à l'idée qu'elle le quitte une fois de plus.

– Kawasi? Je dois y aller.

– Je sais, mais comment puis-je te guider vers la mort? Parce que ton ami ne pourra jamais, jamais être libéré.

– Me montreras-tu le chemin? Ou bien devrai-je passer par la kiva?

– Non! Pas par la kiva! (Elle hésita de nouveau puis dit :) Très bien. Je vois que tout ce que je peux dire ne compte pas pour toi.

– Non, ma décision est prise et, de toute façon, je n'ai pas le choix.

186

— Je te montrerai. Je t'emmènerai avec moi, puis j'irai voir mon peuple. Ce que tu feras ensuite, je ne le saurai pas. Mais je dois te dire : il y en a un que tu dois craindre.

« Il est grand, plus grand que toi, et très fort. Il a aussi un grand pouvoir. Il entre et sort de la zone interdite comme il veut. C'est lui qui contrôle les espions, et nous le redoutons beaucoup. Tu le reconnaîtras quand tu le verras. Il est fier, habitué à se faire obéir. Personne n'ose lui tenir tête. (Elle marqua une pause.) Il a envoyé un de ses hommes me chercher. Bien sûr, j'ai refusé de suivre cet homme. Alors il a fait savoir qu'il viendrait lui-même me chercher et qu'il nous détruirait.

— Il s'appelle comment?

— Zipacna. Où que tu ailles, prends garde à Zipacna!

31

Demain!

Il n'y avait plus rien à ajouter. Le sort en était jeté. Laissant Kawasi dans la pièce du fond, il installa son sac de couchage près de la table à dessin d'Erik, avec Chief à côté de lui. De là il pouvait voir les étoiles, peut-être pour la dernière fois.

Pourquoi ce pessimisme? se reprocha-t-il. Il réussirait. Il retrouverait Erik et ils reviendraient ensemble, sains et saufs, avec celui ou celle en compagnie de qui Erik se trouvait.

Il sourit dans l'obscurité.

— Tu en as connu des aventures dans ta vie, Mike, mais cette fois tu y vas fort! se dit-il à voix basse.

Il porta son regard en direction de No Man's Mesa et ne put réprimer un frisson. No Man's, sombre, menaçante, lugubre. Le temps était venu d'en approcher.

Et Kawasi?

Il se redressa soudain. Elle allait retrouver son peuple, son clan, et puis? Savait-elle ce qu'il ressentait à son égard? Il n'avait encore rien dit. Après qu'il aurait libéré Erik, accepterait-elle de venir avec lui? Le pourrait-elle? Oserait-elle abandonner son peuple, dont elle était présentement le guide?

Soudain il se produisit un étrange phénomène dans la nuit. Il eut l'impression que l'espace même était secoué d'un frisson. On eût dit que la terre poussait un immense soupir. Pendant un instant il pensa à une secousse sismique. Pourtant le sol n'avait pas tremblé. Aucune pierre n'avait roulé dans les innombrables ravins alentour.

En proie à une crainte irraisonnée, il se releva et scruta l'obscurité. De quoi avait-il peur? Il ne décelait aucun mouvement ni bruit sur le plateau. Il sentit la présence de Kawasi à côté de lui. Il se tourna vers elle.

— Oh, Mike! s'écria-t-elle. C'est en train de se produire!

— Quoi donc, bon sang?

— Ce que je t'ai dit! Tu te rappelles? J'ai dit que des fois tous les passages se refermaient, et que ça pouvait durer des années et des années! Trente, quarante ans!

— Oui, je me souviens, mais...

— C'est... c'est en train d'arriver. Ça commence toujours par une secousse. On ne sait pas où ça se produit. Peut-être dans l'air, le temps. C'est comme un tremblement de terre, sauf que le sol ne bouge pas. Mais il y a toujours deux secousses. Quand la deuxième se produit, alors toutes les portes se ferment et on ne peut plus ni entrer ni sortir.

— Et cette deuxième secousse, elle se manifeste longtemps après la première?

— Non, pas longtemps, peut-être un jour, deux, jamais plus. Si tu veux toujours passer de l'Autre Côté, tu dois partir maintenant, et libérer ton ami avant que le second tremblement ne se produise. Sinon tu resteras toute ta vie de l'Autre Côté.

— Comme ça, je serai avec toi, dit-il.

Il se reprocha aussitôt son égoïsme. Il voulait vivre avec elle, oui, mais dans son monde à lui, de ce côté-ci, là où toutes choses lui semblaient avoir un sens.

— Il ne faut pas tarder. Il faut partir tout de suite.

— D'accord, dit-il.

Il pensa qu'il était complètement fou. Si tout accès, tout chemin de retour était coupé pendant près de la moitié d'un siècle, que ferait-il?

S'il pouvait retarder leur départ, gagner un jour ou deux, ils ne pourraient plus entrer de l'Autre Côté, il n'aurait plus à se soucier d'Erik. Il aurait une excuse parfaite, et Kawasi pour lui le restant de ses jours.

— Mike? Si nous devons y aller...

— Oui, allons-y, répondit-il, presque à contrecœur.

Ils redescendirent dans l'obscurité jusqu'au canyon que Johnny avait découvert.

Il avait la bouche sèche et la gorge serrée. Il avait peur.

En même temps il sentait monter en lui une impatience, un désir d'en finir avec ce cauchemar, quels que soient les dangers au-devant desquels il courait.

Kawasi allait de son pas rapide, et Mike la suivit avec quelque mal. Il faisait moins sombre qu'au départ, à moins que ses yeux ne se soient accoutumés à l'obscurité ou la lune levée derrière les montagnes. Il s'était toujours considéré comme un bon marcheur, mais Kawasi le stupéfiait. Elle se déplaçait comme une ombre parmi les pierres et les buissons, sans faire le moindre bruit.

Elle était du pays des canyons et des sentiers escarpés, pensa-t-il. L'homme a sans cesse besoin d'explications. Quoi qu'il se passe, il se trouve toujours une voix pour avancer le pourquoi du phénomène.

Kawasi s'arrêta brusquement, leva la main, lui faisant signe d'écouter. Il n'entendit rien.

— C'est là, murmura-t-elle. Donne-moi la main.

Elle fit un pas en avant, et il eut la brève vision d'une faille dans le sol s'ouvrant sous ses pieds. Il tomba.

Il connut un instant de terreur en se sentant chuter dans une espèce d'entonnoir, puis il atterrit durement sur le sol.

Pendant un moment, il resta immobile. Enfin il releva la tête et cracha de la poussière. Il allait se relever quand Kawasi le retint de la main.

— Chut! Ne bouge pas! chuchota-t-elle.

Dans le silence il perçut un mouvement. Quelqu'un approchait.

Il sentit la main de Kawasi presser la sienne pour le supplier de ne pas broncher. Il résista à la tentation de sortir son revolver. De toute façon un coup de feu attirerait immédiatement l'ennemi.

Il prit soudain conscience de sa difficulté à respirer. Il haletait comme s'il avait couru. Il s'efforça d'étouffer le bruit de sa respiration.

Il prit également conscience d'autre chose : il était allongé dans l'herbe!

Pas de cailloux, ni de sol poussiéreux, mais une herbe dont il reniflait l'odeur fraîche, à laquelle une autre venait se mêler, portée par la brise : celle d'un feu de camp.

Kawasi lui serrait toujours la main. Qui approchait? Et d'où provenait cette herbe? Il y en avait dans le canyon, mais elle était beaucoup plus rêche que celle-ci.

Des voix s'élevèrent dans l'obscurité, parlant une langue qu'il ne connaissait pas. Une autre leur répondit d'assez loin. Le bruit de pas cessa, et Mike banda tous ses muscles, prêt à bondir.

Les pas reprirent, mais en s'éloignant cette fois, et les voix de nouveau, dans cette langue qu'il ne parvenait pas à identifier. Cela ressemblait à de l'espagnol, du moins dans la sonorité, car il ne saisissait pas un seul mot de ce qui se disait alors qu'il pratiquait l'espagnol couramment.

Du bois craqua, comme une branche qu'on brise pour le feu. Sans un bruit, Kawasi se leva et il l'imita. L'entraînant par la main, elle se mit en marche. Soudain il put voir le feu, et à la lueur des flammes il distingua plusieurs hommes, vêtus de tuniques bleues.

Les Varanels!

Une patrouille de gardes-frontière? Mais pourquoi ici? Pourquoi... Il s'arrêta si brusquement qu'il faillit lâcher la main de Kawasi. Il en avait le souffle coupé : ils se trouvaient de l'Autre Côté!

Ce n'était pas possible! Ils...

— Viens! chuchota Kawasi.

Il la suivit en prenant garde de ne pas trébucher dans le noir. Ils marchaient sur une herbe épaisse, se dirigeant vers la ligne sombre d'un bois. Une fois qu'ils eurent atteint le couvert, ils s'arrêtèrent.

— Je ne comprends pas! murmura Kawasi. Je ne comprends pas! Pourquoi sont-ils ici? Si près!

Il y avait une telle inquiétude dans sa voix que Mike se retourna. Il leva les yeux vers le ciel, mais n'aperçut aucune étoile. En bordure de la forêt à la lisière de laquelle ils se tenaient se dressait une falaise haute de trois cents mètres! Ce paysage n'avait absolument rien de commun avec les parages de la mesa qu'ils venaient de quitter à l'instant!

— Où sommes-nous? demanda-t-il d'une voix blanche.

— Mon village n'est pas loin. Seulement quelques kilomètres. Et ces... ces gens ne sont jamais venus si près!

— Kawasi, je ne connais pas la situation, mais cette section de Varanels est ici en avant-poste. N'importe quel soldat te le confirmerait. Cela veut dire deux choses : soit ils surveillent les issues de ton village soit ils préparent une attaque.

— Une attaque? Non, c'est impossible! (Sa voix était chargée d'angoisse.) Oh, Mike, j'ai été trop longtemps absente! J'ai peur! Terriblement peur!

190

Il la prit dans ses bras.

— Ne t'inquiète pas, ma douce. Et maintenant, montre-moi le chemin de ton village.

Kawasi parut se reprendre. Le besoin d'action chassa momentanément son inquiétude. Lui prenant de nouveau la main, elle suivit la lisière du bois. Quand ils s'arrêtèrent de nouveau pour souffler, il murmura :

— Prenons garde de ne pas tomber sur une patrouille ou des éclaireurs.

— Je ne pense pas, dit Kawasi. Personne n'ose les combattre. Personne ne leur a jamais résisté.

« Il est bien possible que ce soit là leur unique avantage », se dit Mike. Il avait remarqué cet excès de confiance chez ses agresseurs. Ils donnaient l'impression de n'avoir jamais rencontré de résistance, du moins de la part de quelqu'un sachant se battre.

— C'est loin? demanda-t-il.

— Non, quelques kilomètres.

— Il y a des gardes à l'entrée de ton village?

— Des gardes? Oh, non! Pas besoin! Depuis longtemps, très longtemps!

Alors qu'est-ce qui avait pu déclencher cette incursion des Varanels? se demanda Mike. Erik se serait-il échappé? Ou bien avaient-ils décidé, ainsi qu'il l'avait suggéré à Gallagher, de se lancer à l'assaut de l'autre monde?

L'idée n'inquiétait pas trop Mike. Ils parviendraient peut-être à prendre quelques ranches ou l'une des marinas installées sur les bords du lac Powell, mais une fois que la nouvelle serait connue, ils se trouveraient face à des citoyens déterminés.

Gallagher pouvait réunir une centaine de volontaires armés en moins d'une demi-heure. Et dans ce pays, de l'Est à l'Ouest, chaque citoyen possédait une ou plusieurs armes à feu. Aucune incursion ennemie, aéroportée ou autre, ne serait possible quand chaque maison pouvait se transformer en bastion.

Kawasi courait presque, à présent, et ils parvinrent bientôt à un sentier sinueux sur le flanc abrupt d'une montagne. Mike avait du mal à la suivre. Il faisait moins sombre. Le jour allait-il se lever? Il jeta un coup d'œil à son bracelet-montre.

Trois heures du matin?

Il jura tout bas, et Kawasi lui demanda :

— Qu'est-ce qu'il y a?

— J'ai oublié de laisser des repères pour le chemin du retour, dit-il. Maintenant je ne sais plus du tout où je suis.

Il était dans un monde dont il ne savait rien, affrontant des ennemis dont il ignorait la puissance, et il n'avait plus aucun moyen de battre en retraite.

Et il ne lui restait que quelques heures avant que les portes se referment à jamais.

— Bon Dieu! jura-t-il. Cette fois, Raglan, tu as décroché le gros lot!

32

Autour d'eux se dressaient des crêtes déchiquetées, chaos fantastique baigné d'ombres épaisses et de brumes dorées. Stupéfait par l'étrange beauté du lieu, Mike s'arrêta, mais Kawasi le pressa de continuer.

— Viens! murmura-t-elle en le tirant par la manche.

Le guidant toujours, elle s'élança sur un sentier invisible qui redescendait dans l'obscurité d'une gorge. A un moment, au cours d'une brève halte, Mike observa au-dessus d'eux une aiguille rocheuse qui pointait vers le ciel tel un doigt. Un doigt qui semblait le mettre en garde contre les dangers au-delà.

Quand ils atteignirent le fond de la vallée, Kawasi pressa encore le pas. Il entendit de l'eau couler non loin.

— Une rivière? demanda-t-il.

— Non, un fossé d'irrigation, répondit-elle. Il y en a beaucoup. Nous sommes sur nos terres, ici, tout le long de cette gorge et sur les mesas autour de nous. C'est pourquoi j'ai peur. Jamais on n'a pensé qu'ils sauraient où nous trouver. Pendant longtemps nous avons vécu en paix. Maintenant c'est fini.

Ils parvinrent sur un sentier plus large. Devant eux se découpait la sombre silhouette d'un grand pueblo, vaste ensemble d'habitations attenant les unes aux autres.

Kawasi s'approcha d'un mur d'enceinte, déplaça l'une des pierres qui le composaient et lança quelques mots à l'intérieur d'un conduit. Une réponse étouffée lui parvint de l'autre côté et, l'instant d'après, une échelle fut abaissée depuis le toit. Kawasi grimpa rapidement et Mike la suivit. L'échelle fut aussitôt retirée par un homme, à qui la jeune femme jeta quelques ordres brefs. L'homme s'en fut en courant vers un petit bâtiment, et Mike l'entendit qui s'adressait à quelqu'un d'autre. L'alarme était donnée.

Kawasi ne s'attarda pas. Elle entraîna Mike le long de la terrasse et ils descendirent à un niveau inférieur par une échelle fixe. Plusieurs hommes l'attendaient déjà, à qui elle expliqua brièvement la situation. Après des regards curieux en direction de Mike, ils se dispersèrent, allant probablement répandre la nouvelle dans les autres quartiers.

— Tu penses que les Varanels vont attaquer?

— Nous devons être prêts. Ceux qu'on a vus étaient peut-être seulement une patrouille de reconnaissance.

— Est-ce qu'ils savent où est situé votre village?

— Je l'ignore. Nous faisons comme s'ils savaient, et nous nous préparons.

— Ce n'était qu'un petit groupe de Varanels. Vous ne devriez pas les laisser repartir.

Elle se tourna vivement vers lui.

— Tu veux dire...?

— Si jamais ils ont pu repérer vos installations, il vaut mieux les empêcher de rapporter la nouvelle...

— Tu veux dire... les tuer? (Elle semblait choquée.) Ils sont les Varanels. Personne n'a jamais tué un Varanel!

— Pas même Johnny?

— Euh... peut-être, mais ça ne me paraît pas possible. Ils sont invulnérables!

— Personne n'est invulnérable, et s'ils représentent un danger pour vous, pourquoi ne pas essayer de les neutraliser?

— Nous n'attaquons jamais. Nous nous défendons seulement.

Mike se rapprocha d'elle, comme s'il avait voulu mieux se faire entendre.

— Souvent il vaut mieux attaquer, dit-il lentement. Les détruire avant qu'ils aient le temps de porter un coup, avant qu'ils aillent raconter aux autres ce qu'ils ont découvert.

— Nous n'attaquons jamais, insista-t-elle.

Ils enfilèrent une série de couloirs et de niveaux reliés entre eux par des échelles jusqu'à ce qu'ils parviennent à une vaste terrasse plantée d'arbres, au centre de laquelle une fontaine coulait dans un bassin entouré de fleurs.

Kawasi ouvrit une porte et ils pénétrèrent dans une pièce de belles dimensions. Il y avait une cheminée au fond, et de larges banquettes étaient recouvertes de couvertures indiennes.

— C'est ma maison, dit-elle.

Des tentures ornaient les murs, et de riches tapis jetaient leurs couleurs vives sur le sol de terre battue.

– Assieds-toi, dit-elle. Nous allons manger, et puis les hommes viendront parler. Nous devons décider de ce que nous allons faire.

– Mon avis est de neutraliser cette patrouille avant qu'elle puisse informer les autres de ce qu'elle a pu découvrir.

– On ne tue pas un Varanel. Tuer un Varanel est un grand péché!

– Qui t'a dit ça? demanda-t-il, irrité. Les Varanels?

– Non, mais c'est ainsi. Et cela a toujours été ainsi.

– Et eux, est-ce qu'ils tuent parfois les tiens?

– Oh, oui! Ils les tuent ou les emmènent comme esclaves.

– Et vous, vous ne les tuez pas? Ils peuvent vous massacrer, mais en tuer un seul est un péché mortel, hein? railla Mike, furieux. Vous ne vous êtes jamais demandé qui avait pu vous mettre de pareilles idées en tête?

Il y eut un bruit de voix derrière la porte, et Kawasi alla ouvrir. Six hommes entrèrent. Quatre d'entre eux étaient âgés, à en juger par leurs cheveux blancs. Ils portaient tous des tuniques serrées à la taille par de larges ceintures de tissu.

Kawasi les fit asseoir et leur expliqua rapidement la situation. Elle se tourna vers Mike.

– Mike? Combien étaient-ils? Je n'ai pas bien vu.

– J'en ai compté sept. Si nous intervenons tout de suite, nous avons une chance.

Elle traduisit les propos de Mike, et il y eut des exclamations indignées. Seul l'un des plus jeunes garda le silence en couvrant Mike d'un regard approbateur.

– Ils disent comme j'ai dit. Personne ne tue un Varanel. S'ils attaquent, nous nous défendrons.

– Et s'ils en tuent un... en se défendant?

Elle hésita.

– Jamais nous n'avons tué de Varanel. Je pense que c'est impossible.

L'un des hommes âgés se mit à parler. Les autres approuvèrent. Kawasi traduisit :

– Il y a longtemps, un fou a essayé d'en tuer un. Il l'a frappé plusieurs fois avec un poignard. Et c'est comme s'il avait frappé un rocher.

– Eh bien, quoi! Ils portent une armure sous leurs tuniques bleues. Ceux que j'ai vus en portaient une. J'en suis sûr. (Il marqua une pause en regardant le petit groupe.) Vous n'avez jamais essayé de les frapper aux jambes ou à la gorge?

— On n'attaque pas les Varanels, s'entêta Kawasi.

Il haussa les épaules, irrité par l'obstination de la jeune femme.

— Eh bien, dans ce cas, vous n'avez plus qu'à vous rendre et à devenir des esclaves. Il semble que vous n'ayez pas le choix.

— Nous nous défendrons sans tuer, dit Kawasi.

— Je me suis battu avec deux d'entre eux, et je dois avouer qu'ils ont été plutôt stupéfaits de me voir leur résister.

Mike observa les six hommes. D'où leur venait cette volonté de non-violence? Était-ce par une espèce de bonté naturelle ou bien avaient-ils été si longtemps coupés de la réalité des choses qu'ils avaient oublié, perdu toute combativité? Il avait devant lui les descendants de ces Indiens troglodytes qui avaient fui devant les attaques et les pillages des tribus venues du nord. De quoi avaient-ils peur? De la violence des autres ou de la leur?

Comment avaient-ils évolué? L'appartement de Kawasi était confortable et d'une élégante simplicité. En quoi, surtout, le clan de Kawasi différait-il des autres, de ceux restés fidèles à La Main?

Son monde à lui s'était développé selon le principe d'une lutte constante contre les éléments et entre les hommes. La guerre avait toujours été au centre des activités, toute période de paix ne servant le plus souvent qu'à préparer la guerre suivante, la prochaine conquête. Paradoxalement, il semblait même que la guerre était nécessaire au progrès, comme ces crues du Nil qui emportaient les hommes mais fertilisaient les rives.

— Vous n'avez pas de contact avec le monde des Varanels? demanda-t-il.

— Aucun, et personne ne souhaite en avoir. Ici, nous vivons en paix. Nous irriguons, nous plantons. Nous avons beaucoup de sources. Nous exploitons le plus petit bout de terrain, nous récoltons l'eau des pluies et des montagnes dans des bassins. Nous ne perdons rien. Les restes de notre nourriture retournent à la terre, qu'ils fertilisent. Chacun de nous travaille dans les champs et dans les bois.

— Vous avez des bêtes?

— Oui. Nous avons des vaches et des moutons. Pas de chèvres. Elles mangeraient nos plantes et même l'écorce des arbres. Si on avait des chèvres, ce serait vite un désert.

— Il y a des forêts dans vos montagnes?

— Nous abattons seulement les arbres qui sont morts ou malades, et nous ramassons toutes les branches qui tombent pour le feu. (Elle leva les yeux vers lui.) Notre vie est dure. Chaque année nous mettons de côté un peu de grain en vue des mauvaises années quand la pluie ne tombe plus.

— Vous devez choisir, dit Mike. Combattre les Varanels ou perdre ce que vous avez.

— Nous ne pouvons pas combattre les Varanels.

L'homme jeune qui s'était jusqu'ici tenu à l'écart se redressa soudain.

— Moi, je les combattrai, déclara-t-il d'une voix ferme.

Ils se tournèrent vers lui, médusés par son audace.

— Toi, Hunahpu? Tu oserais te battre contre les Varanels?

Kawasi traduisit à Mike ce que répondait le jeune :

— J'ai parlé avec Johnny. Lui les a combattus. Il en a tué plusieurs. Ensuite ils ne sont jamais revenus le chercher. Nous ne voulons pas mourir. Eux non plus ne veulent pas mourir. Si on tue des Varanels, les autres s'en iront et ne reviendront jamais nous menacer.

Ils se mirent tous à parler en même temps, et Mike se détourna. Ce n'était pas son affaire, après tout. Il était venu ici pour sauver Erik, et rien ne devait le distraire de son but. Une idée lui vint cependant.

— Kawasi? Y a-t-il un autre chemin par lequel les Varanels pourraient arriver jusqu'ici?

— Oui, mais c'est loin.

— Il est facile de garder le sentier par lequel nous sommes venus, mais je te conseille de poster des hommes immédiatement. Vous avez des armes?

— Des arcs et des flèches, des javelots et des sarbacanes.

— Et les Varanels?

— Ils ont d'autres armes. Ils lancent des projectiles qui pénètrent la chair. Ensuite on est malade et on meurt. Ça peut durer quelques minutes ou quelques jours. Mais ce n'est pas du poison.

— Il faut protéger le sentier. Y a-t-il un endroit d'où vous pourriez leur lancer de grosses pierres? Écoute, ça ne me regarde pas, mais il vous faut quelqu'un qui veuille se battre, quelqu'un qui pense en termes de combat.

« Cet homme, Hunahpu, pourquoi ne pas lui donner le commandement? Lui au moins est prêt à se battre. Si vous n'avez pas d'armes suffisantes, utilisez le terrain. Il y a toujours un moyen de se défendre!

Il les laissa réfléchir à ses suggestions, puis sortit sa vieille carte de toile. Il lui fallait absolument s'orienter. Soudain il trouva. Cette aiguille en forme de doigt! Elle était là, sur la carte! Et le sentier, n'était-ce pas cette ligne en pointillé? Ce qu'il ne comprenait pas, c'était cette croix rouge au milieu de ce qui semblait être un chaos de pics, de crêtes et de rochers.

Au sud, les lignes régulières devaient représenter les canaux d'irrigation, et ces carrés noirs devaient être des habitations, puis, au bout de la vallée, un grand rectangle noir... la zone interdite! Il étudia le tracé avec soin. Une espèce de large voie conduisait à la citadelle. L'entrée principale y était représentée, ainsi qu'une autre, beaucoup plus petite, sur le côté.

Soudain il s'aperçut que les autres s'étaient approchés et examinaient avec curiosité la carte. L'un d'eux posa son doigt sur la zone interdite, puis sur un détail qu'il n'avait pas remarqué : une petite ligne en pointillé qui menait sur l'un des flancs de la forteresse.

— Qu'est-ce que c'est? demanda-t-il à Kawasi.

— Un sentier, répondit-elle. Mais personne ne sait où il mène.

— Cette carte, expliqua Mike, a été copiée d'après une plaque ancienne découverte dans une ruine. Il y avait peut-être un sentier, mais il est aujourd'hui oublié, même par La Main et les Varanels.

Kawasi le regarda avec stupeur. Puis elle haussa les épaules.

— Qui oserait aller là-bas? C'est un lieu de mort. Personne ne revient jamais de la zone interdite.

— Peut-être, mais j'irai quand même, dit Mike. Je passerai par cette entrée située sur le côté. Je retrouverai Erik, et quand je l'aurai libéré, je reviendrai ici, pour te chercher.

Il se leva et commença à rouler sa carte.

— Et je laisserais mon peuple? Ils ont besoin de moi.

— Il y a Hunahpu, dit-il.

Elle regarda le jeune homme qui se tenait debout, attendant manifestement l'ordre de passer à l'action.

— Donne-lui le commandement de votre défense, proposa Mike. Il en a la capacité, et surtout le désir.

Le jour se levait lentement. Mike s'approcha de la fenêtre et regarda au-delà de la terrasse les montagnes aux flancs sombres, qui lui rappelèrent le Machu Picchu, dans les Andes péruviennes, la cité secrète des Incas.

Les vallées étaient verdoyantes, sillonnées des traits d'argent des canaux. Les pueblos appuyés aux flancs des falaises étaient semblables à ceux que l'on peut voir au Nouveau-Mexique, mais beaucoup plus grands et leurs terrasses débordaient d'une abondante végétation.

Mike se tourna vers Kawasi.

— Connais-tu Mesa Verde?

— Oui, j'y suis allée comme touriste! Un garde nous a expliqué.

— Et ce qu'il disait t'a paru exact?

— Il ne sait pas qu'on guettait toujours l'ennemi. Au début les pillards ignoraient où se trouvaient les villages. Ils tuaient les gens quand ils étaient dans les champs. Mais à la fin ils ont découvert où on habitait. Ils ont attaqué. Beaucoup d'ennemis sont morts en tombant des falaises. On taillait des prises pour les pieds et les mains pour grimper jusqu'aux habitations. Et ils ne savaient pas qu'elles étaient piégées.

— Piégées?

— Oui. Quand on commençait à monter ou à descendre, il fallait le faire selon un ordre bien précis, sinon on arrivait à un moment où on n'avait plus de prises pour monter ni descendre. Nos ennemis restaient accrochés là jusqu'à ce qu'ils n'aient plus de forces, et alors ils tombaient. De très haut.

33

Les hommes se rassemblèrent autour de la carte. Le document semblait les passionner.

— Nous n'avons pas de chose comme ça, dit Kawasi. Mais on dit que Celui Qui Possédait La Magie en avait.

— C'est une carte, dit Mike. Elle indique le tracé de la région. Je l'étudie pour voir comment je peux approcher de la zone interdite et comment m'en échapper quand le moment sera venu.

— Personne ne s'échappe de la cité interdite, dit un vieil homme.

— Vous vous dites ça depuis des années, parce qu'on vous a conditionnés à le penser, dit Mike, agacé par le fatalisme de ces gens. Je vais y aller, et j'en ressortirai, et cessez de me dire ou de penser que c'est impossible.

Il se leva et se tourna vers Kawasi.

— Dis à Hunahpu qu'il trouve des hommes comme lui, qui sont prêts à affronter les Varanels. Puis il devra chercher le moyen de les éliminer. Ils connaissent le terrain, qu'ils l'utilisent, qu'ils détruisent le sentier conduisant au village, s'il le faut. Vous devez arrêter les Varanels, sinon vous finirez comme esclaves.

— Et toi?

— Je suis venu pour une chose : retrouver Erik et le ramener. (Il la regarda dans les yeux.) Et puis je viendrai te chercher.

— Je ne sais pas si je pourrai venir avec toi, dit-elle. Mon peuple a besoin de moi.

— Ton peuple se cache la vérité, Kawasi. Ne vois-tu pas ce qui est en train de se passer? L'histoire se répète, comme lorsque vous avez fui les Indiens nomades pour venir dans ce monde. Ils ont fui parce qu'ils avaient peur, et qu'ils n'avaient aucune organisation. Pour vaincre un ennemi on ne peut pas laisser chacun décider de ce qu'il a ou n'a pas envie de faire. Quand les nomades vous ont attaqués, vous avez fui, famille après famille, jusqu'au moment où vous vous êtes retrouvés trop peu nombreux pour pouvoir résister.

« Vous devez vous organiser. Vous devez travailler ensemble. Si vous recommencez la même erreur que dans le passé, vous êtes condamnés.

« Es-tu prête à abandonner ta maison, ton jardin, ton champ? A laisser quelqu'un s'emparer de ce que tu auras construit, semé, récolté? Tu n'as pas le choix, Kawasi. Tu dois te battre ou te résigner à l'esclavage. Certains d'entre vous seront certainement tués s'il y a combat. Tu seras toi-même la cible de l'ennemi, car tu es le chef.

— Tu pourrais nous aider.

— Je ne peux rien faire pour vous que vous ne puissiez faire vous-mêmes. Et il vaut mieux que vous soyez guidés par un de votre peuple. Je ne suis pas un héros. Si je tente d'aider Erik, c'est parce qu'il n'a personne d'autre que moi.

« Vous êtes un peuple fort, sinon vous n'auriez pas été capables de construire tout ça. Si vous ne vous sauvez pas vous-mêmes, je ne pourrai rien pour vous. Hunahpu se battra. Aide-le.

— Et nous deux?

— Si je parviens à libérer Erik, je viendrai te chercher, à moins que ce ne soit toi qui puisses me rejoindre. Nous sommes égaux, Kawasi, mais nous avons chacun nos devoirs. Accomplis les tiens, et alors nous pourrons être ensemble.

Non, se dit-il, il n'était pas un héros. S'il en avait l'étoffe, il resterait ici, les mènerait à la victoire et puis courrait sauver son ami. Ou mourrait en essayant.

Mais il n'avait pas envie de mourir. Pas plus qu'il n'avait envie de se trouver dans cet étrange monde. Il aurait nettement préféré être loin d'ici en compagnie de Kawasi.

Il enfila son sac à dos. Hunahpu l'observait attentivement. Mike se tourna de nouveau vers Kawasi.

— Dis à Hunahpu de leur tendre une embuscade. De les frapper à la gorge, aux jambes, au visage. Qu'ils se postent sur les hauteurs, qu'ils fassent rouler de grosses pierres sur leur passage. Qu'ils les tuent comme ils peuvent, mais qu'ils les tuent. Qu'ils osent! (Il regarda Hunahpu dans les yeux.) Montre-leur, lui dit-il, tandis que Kawasi traduisait, qu'un Varanel peut être tué. (Il se tourna de nouveau vers Kawasi.) Où se trouve l'autre sortie? Je dois y aller, maintenant.

Elle lui montra le chemin de la terrasse.

— Vous devez vous battre, Kawasi, insista-t-il. Vous devez vaincre les Varanels. Ils sont cinq cents et vous êtes beaucoup plus nombreux qu'eux.

— Où iras-tu?

Il désigna de la main le chaos montagneux qui s'étendait au-delà.

— Là-bas, dans la cité interdite. Mais d'abord je vais essayer de retrouver la ruine laissée par Celui Qui Possédait La Magie. Il y a une carte sur un mur, et j'aimerais la consulter avant de poursuivre.

— C'est...

— Ne me dis pas que c'est impossible. Je le fais parce que je dois le faire.

Il la tint pendant un moment par les bras, plongea son regard dans le sien.

— Ne doute pas que je t'aime. Ne doute pas de mon retour.

Une fois sur le sentier, il se retourna. Elle n'avait pas bougé de la terrasse. Elle le regardait s'éloigner, et il lui fit signe de la main.

— Quel crétin tu fais, Raglan, se dit-il à voix haute. Tu ferais mieux d'emmener tout de suite cette fille hors d'ici, avant que le toit ne vous tombe sur la tête.

Combien de temps lui restait-il avant que se produise ce tremblement d'espace, cette fermeture des passages entre les deux mondes? Cinq, six heures? Il avait intérêt à faire vite.

Quand il quitta le canyon et sa verdure, il s'engagea sur un chemin qui ne portait aucune trace. Si quelqu'un était passé par là, ce devait être longtemps avant. Il continua de monter. Le sentier serpentait à travers de grandes roches, vestiges d'anciens éboulements. Mike pénétra bientôt dans une forêt. Une épaisse couche d'aiguilles de pins tapissait le sol. Il remarqua des empreintes d'ours et de puma.

Il poursuivit sa route, à bonne allure, sachant que chaque pas à travers cette contrée sauvage le rapprochait de la vallée que dominait la cité interdite. Il n'y avait nulle part trace d'un quelconque passage humain. Ni chasseur ni bûcheron ne semblaient s'être aventurés dans ces lieux. Cette observation le confirma dans l'idée qu'il se faisait d'un peuple frileux, replié sur lui-même, craintif de tout ce qui pouvait se trouver au-delà de ses étroites limites. Des siècles de domination avaient tué tout esprit de résistance. Il se demanda s'ils n'étaient pas devenus étrangers à toute idée de révolte, à tout désir de changement. Au cas où subsisteraient certaines velléités de réaction, elles devaient être aussitôt étouffées sous les commentaires défaitistes, tels ceux qu'il avait entendus parmi les proches de Kawasi.

Il s'arrêta pour souffler. A en juger par la végétation, il se trouvait à une altitude moins élevée. Il chercha à travers une trouée entre les arbres l'aiguille rocheuse aperçue précédemment. Il finit pas la repérer parmi les autres formations et put ainsi s'orienter. Il approchait du but.

Soudain il se figea. Il scruta le terrain tout en déboutonnant sa veste pour se saisir plus rapidement de son revolver. Il venait de relever les empreintes de pas d'un homme. Un homme aux grands pieds, mais d'un poids relativement faible. Un qui portait des mocassins et qui devait mesurer plus d'un mètre quatre-vingts, alors que les Indiens rencontrés chez Kawasi et ceux à qui il avait eu affaire de l'autre côté dépassaient rarement un mètre soixante-quinze.

Zipacna était grand, lui avait dit la jeune femme. Et il était dangereux.

Qui était-il? Quelle était sa relation avec La Main? Était-il seulement le chef des Varanels? Ou bien un conseiller? Une éminence grise? Kawasi semblait le redouter terriblement, aussi devait-il s'en méfier lui aussi.

Mike descendit une pente boisée et aperçut un peu plus bas une clairière.

S'arrêtant à côté d'un arbre, Mike observa le terrain devant lui. Au-delà de la clairière coulait un ruisseau. Il y régnait une étrange lumière, pâle et dorée comme celle que l'on voit dans les grandes plaines du Midwest, avant un orage. Mais ici le ciel ne laissait présager aucune chute de pluie et restait brumeux, cotonneux.

Il attendit, réticent à s'engager en terrain découvert. De l'autre côté de la clairière, il y avait une formation rocheuse qui semblait avoir été façonnée de main d'homme.

Le vieux cow-boy de Flagstaff lui avait dit qu'en passant de l'Autre Côté il était parvenu près d'une ruine, à l'intérieur de laquelle il avait trouvé une carte gravée sur une plaque en or scellée dans le mur. Le vieil homme n'avait recopié qu'une partie de cette carte, et Mike était curieux de voir le reste.

Il avança de quelques pas puis se dissimula à nouveau derrière un arbre. Il n'avait pas relevé d'autres traces de pas, et la clairière était déserte. Il se remit en marche et traversa rapidement l'espace découvert. Il n'était pas plus tôt entré sous le couvert de l'autre côté qu'il aperçut la ruine.

Un sentier y conduisait. Le sol rocheux ne lui permettait pas d'y lire la moindre trace. Il tourna le coin du mur le plus proche, et un étrange spectacle s'offrit à lui.

Au fond d'une étroite vallée rocheuse, s'étendait une véritable cité en ruine. Des vestiges fort anciens, mais au milieu desquels se dressaient des colonnes intactes, des pans de toits, des arceaux. Médusé, il s'assit sur une pierre plate pour contempler cette vallée d'un autre âge. A sa stupeur mêlée d'émerveillement succéda un sentiment de malaise. Il se dégageait du lieu une atmosphère lugubre.

Ce devait être là que le vieux cow-boy s'était retrouvé, là qu'il avait trouvé l'or.

Combien d'hommes s'étaient contentés d'en prendre sans jamais y revenir? Bien peu savaient résister à la voracité tapie au fond de chacun de nous. Rares étaient ceux et celles qui se contentaient de ce qu'ils avaient.

Rien ne bougeait. La vallée était flanquée de pentes rocheuses dont les crêtes déchiquetées lui faisaient comme une couronne de pierre. Il semblait que derrière ces crêtes s'étendait un plateau semblable à celui d'une mesa.

Mike savait qu'il ne pouvait s'attarder plus longtemps. Le temps pressait.

202

Il frissonna. Pourquoi éprouvait-il cette appréhension? Il avait visité de nombreuses ruines en Égypte, au Tibet, aux Indes. Il lui parvenait de temps à autre une odeur désagréable qui lui était familière mais qu'il ne pouvait cependant identifier.

Des animaux avaient-ils élu domicile dans ces ruines?

Il se leva, jeta un coup d'œil autour de lui. Il ne vit rien, et s'engagea sur le sentier menant aux ruines.

Il n'aperçut aucun oiseau, aucun lézard, pas la moindre trace animale. Il poursuivit sans bruit, ses pas étouffés par l'herbe qui poussait entre les pierres.

Ce devait être une imposante cité en son temps. Elle ne ressemblait à rien de ce qu'il avait pu voir de par le monde, pas même aux pueblos des Indiens de l'Ouest. Il s'engagea dans une allée entre des bâtiments effondrés. Il y avait un peu plus loin devant lui un bassin de pierre d'une dizaine de mètres de diamètre. Il était sec. A l'extrémité du bassin il remarqua la poterie en pierre taillée par laquelle devait jadis s'écouler l'eau.

Il en fit le tour et vit une grande porte encore debout, qui ouvrait sur une salle plongée dans une profonde obscurité. Il s'en approcha puis s'arrêta.

Pourquoi s'y aventurer dès maintenant? Mieux valait d'abord avoir une vue d'ensemble.

Il s'éloigna, curieusement soulagé, et se surprit à jeter par deux fois un regard inquiet derrière lui. Il se reprocha de ne pas avoir osé entrer. De quoi avait-il peur? Du noir? Il se rappela qu'il avait une torche électrique puissante dans son sac à dos.

Il continua, enjambant plusieurs colonnes abattues, contournant de gros blocs de pierre aux sculptures effacées par le temps. Jamais il n'avait vu de ruines si anciennes, ni en Grèce, ni en Égypte, ni en Turquie. Elles témoignaient pourtant d'une civilisation avancée, raffinée.

Il regarda de nouveau autour de lui. Rien ne bougeait, il n'y avait pas un souffle de vent.

Il s'approcha d'une autre porte que barrait une colonnade. Le bâtiment, encore couvert de son toit fait de larges dalles de pierre, était de nobles dimensions. L'intérieur était plongé dans le noir, comme celui découvert un moment plus tôt. Il s'avança. Cette fois, il se risquerait dedans.

Parvenu au seuil, il vit qu'un mur se dressait en retrait, obligeant quiconque pénétrait à en faire le tour par la gauche ou par la droite. Il avait vu cela plusieurs fois en Asie. C'était pour éloigner les mauvais esprits qui, disait-on, allaient toujours en ligne droite et se trouvaient donc dans l'incapacité d'envahir une demeure. Souriant à cette idée, il s'apprêta à passer sous la colonnade effondrée en travers de l'entrée.

— Je ne m'y risquerais pas, à votre place, lança une voix derrière lui.

34

Lentement, Mike se redressa et se retourna.

A une vingtaine de pas se tenait un grand homme aux longs cheveux blancs. Il avait un visage étroit et ridé, des yeux bleus malicieux, une barbe et une moustache soigneusement taillées. Il portait un costume de trappeur remarquablement coupé.

— Johnny? demanda Mike.

— Vous me connaissez? Ma foi, il y en a pas trente-six à s'appeler comme moi dans le coin. C'est bien moi, Johnny. Qui êtes-vous?

— Mike Raglan. Je suis venu chercher un ami pour le ramener.

— Z'êtes venu de vous-même? (Il secoua la tête avec stupeur.) Vous devez être un drôle de numéro. Un ami à vous? Et vous savez où il est?

— Dans la zone interdite. Il a été enlevé de l'autre côté par quelques gros bras.

— Enlevé? Ils devaient sacrément en avoir après lui. Ils ne ramènent jamais personne de ce côté, et il n'y a pas moyen de revenir. J'ai cherché pendant tant d'années que j'en ai perdu le compte.

— Je le trouverai et je le ramènerai. Vous aussi, si vous le voulez.

— Vous connaissez un passage?

— Pas précisément, mais je connais plusieurs endroits où il devrait y en avoir. Nous devons faire vite, il ne nous reste pas beaucoup de temps.

Il expliqua au vieux cow-boy ce que Kawasi lui avait dit.

— Je sais, dit le vieil homme. C'est ce qui m'a frappé au début. Il s'est passé la même chose juste après que je suis entré dans ce foutu monde en poursuivant une vache. Impossible d'en sortir. Et j'ai essayé, croyez-moi. (Il marqua une pause.) Vous connaissez Kawasi?

— Oui, et j'ai l'intention de la ramener avec moi.

— Peux pas vous en vouloir pour ça. C'est une sacrée bonne femme. Intelligente aussi. Du caractère.

Mike désigna la porte en ruine qu'il avait voulu franchir.

— Je cherche un endroit où on aurait caché ou entreposé de l'or. De l'or fin sous forme d'espèces de disques. Et où il y aurait également une carte gravée sur une plaque.

Le vieil homme s'assit sur une pierre plate.

— Comment savez-vous ça? Je n'en ai sûrement parlé à personne. Et ces gens... (Il eut un signe de tête en direction du village de Kawasi.) Ils ne viennent jamais par ici. Jamais.

Mike lui parla du vieux cow-boy rencontré à Flagstaff et de l'or qu'il avait trouvé. Johnny gloussa.

— Eh bien, c'était un malin, celui-là! Et foutument sage pour ne pas être tenté de revenir en prendre!

Il désigna la vallée de ruines d'un ample geste de la main.

— Comme je vois les choses, cette cité a dû être bâtie il y a des milliers d'années. Et pas par des ancêtres aux Indiens du coin, non. Ils avaient de l'or, des tonnes d'or. J'ai vu la carte dont vous parlez... bien que j'aie jamais pensé qu'il pouvait s'agir d'une carte, à vrai dire.

Mike était perplexe.

— Ce costume de trappeur que vous portez, on dirait qu'il a été coupé pour vous, et pas par n'importe quel tailleur.

— Pas n'importe lequel, en effet. C'est moi-même qui l'ai fait. Figurez-vous que quand j'avais une dizaine d'années, mon père m'a placé comme apprenti chez un tailleur. J'y ai travaillé trois ans avant de prendre la clé des champs pour m'en aller faire le cow-boy dans l'Ouest.

« Ici, un homme a tout le temps devant lui, alors faut bien s'occuper. (Il lissa sa moustache.) Et je tiens à être soigné, ajouta-t-il. Je me souviens d'une histoire d'Anglais qui se trouvaient en poste au beau milieu de la jungle et veillaient à se raser tous les matins ainsi qu'à s'habiller pour le dîner. Le " facteur moral ", qu'ils appelaient ça.

« Moi, je fais pareil. Sinon je m'en irais en morceaux. Je me soigne et j'entretiens mes cabanes.

— Vous en avez plusieurs?

— Et comment! Ce sont mes cachettes. C'est le meilleur moyen de brouiller les pistes. Si vous suivez toujours le même trajet, vous finissez par vous faire repérer. Dans chacune j'ai un stock de viande séchée, des fruits secs et des graines que je ramasse. Personne ne connaît ces cabanes. J'en ai jamais dit un mot, même à ceux qui sont mes amis. Les gens parlent, c'est plus fort qu'eux, même s'ils ne pensent pas à mal.

– L'homme que je cherche s'appelle Erik Hokart. Ça fait plusieurs jours qu'ils le retiennent prisonnier. Vous savez quelque chose de la cité interdite?

– Non, et personne n'en sait rien. Peut-être La Main et Zipacna.

– Vous avez un revolver?

– Je fabrique moi-même ma poudre. Ça fait des années que je fais ça, et je peux vous dire que je suis devenu expert en la matière.

– Vous avez affronté des Varanels?

Johnny cracha dans le sable.

– Et comment! Trois ou quatre fois. Ils me laissent tranquille, maintenant, mais prenez-les au sérieux. Ils sont armés d'une espèce de fusil, qui ne fait pas de bruit et projette de minuscules fléchettes.

« Une simple éraflure de ces saloperies, et c'en est fini de vous. J'ai vu un loup tué de cette façon. J'étais bien caché quand ça s'est passé, et ils pouvaient pas me voir. Le loup s'est couché, la langue pendante, soufflant comme s'il avait couru. Il a essayé plusieurs fois de se relever mais impossible.

« Je ne sais pas avec quoi sont enduites ces flèches ni même si c'est du poison, mais ça vous ôte toutes vos forces. Vous ne pouvez plus bouger, et vous mourez lentement, si on ne vient pas vous trancher la gorge.

– Un produit qui affecte le métabolisme? La structure cellulaire, peut-être?

– J'en sais fichtre rien. Je sais seulement ce que j'ai vu. Croyez-moi, j'ai toujours évité ces zigotos, et je vous conseille d'en faire autant. Si jamais vous en trouvez sur votre chemin, ne perdez pas de temps à réfléchir : tuez-les, sinon ils vous auront.

– Vous avez un fusil?

– Un Cinquante Sharps. Balles en cuivre. Je les fonds moi-même. Et je fabrique ma poudre. J'ai trouvé une mine de plomb où il y a pas mal d'argent. Et puis du zinc aussi, je pense.

– Pourquoi m'avez-vous conseillé de ne pas entrer là-dedans?

– A cause des lézards. Des énormes bêtes. Jusqu'à trois

mètres de long et ils peuvent rattraper un cerf sur cinquante mètres. Ils tiennent pas les longues distances. Doivent peser dans les cent cinquante kilos.

— Comme les dragons de Komodo, dit Mike. (Puis comme le vieil homme haussait des sourcils interrogateurs, il ajouta :) C'est une île en Indonésie, entre celles de Sumbawa et de Florès, où l'on trouve des varans gigantesques. Ce sont des carnivores, et ils sont effectivement capables de se saisir d'un cheval sur une courte distance.

— Comme les bestioles d'ici. Ils se dressent sur leurs pattes arrière pour mieux voir. Ils font presque pas de bruit dans les broussailles. (Il fit un geste.) Il y en a dans ces ruines.

Le vieil homme se leva.

— Venez, je vais vous montrer où est l'or. J'en ai caché ici et là au cas où j'aurais une chance de retourner au pays. J' pensais que ça me serait bien utile là-bas. (Son visage exprima une soudaine nostalgie.) J'aimerais bien rentrer. Évidemment, il doit pas rester beaucoup de survivants de mon époque, après toutes ces années.

« Le climat est tout ce qu'il y a de plus sain, ici. J'ai jamais attrapé un seul rhume depuis mon arrivée. Bien sûr, je vois jamais personne et je ne risque pas d'être contaminé par quoi que ce soit. J'ai plus de quatre-vingt-dix ans, à présent.

« Mon cheval est mort, et ça m'a fait quelque chose, vous pouvez me croire. Figurez-vous qu'il avait près de quarante ans! Un jour, il s'est effondré sous moi. Le cœur, je suppose. Il doit y avoir des automobiles, maintenant, de l'autre côté?

— Oui, il y en a partout. Il y en a trop, même. Les routes sont goudronnées.

— Goudronnées? Ça doit être dur pour les chevaux, ça.

— Les chevaux ne vont pas sur les routes. Il n'y en a plus que dans les ranches, et encore, les éleveurs utilisent le plus souvent des 4×4 pour se déplacer dans la campagne.

— Des 4×4?

— Des voitures à quatre roues motrices, qui peuvent passer partout.

Johnny l'entraîna parmi les ruines et s'arrêta bientôt devant une autre porte. Il sortit un bout de chandelle de sa poche.

— Nous aurons besoin de lumière, dit-il. Il fait sombre, là-dedans.

— Attendez, gardez votre bougie. J'ai une lampe électrique.

L'or était là, luisant doucement sous la poussière qui le

recouvrait. La pièce était voûtée, et les murs creusés de niches à l'intérieur desquelles des tas de disques d'or étaient empilés avec soin. Au centre de la pièce il y avait une colonne, et sur cette colonne une plaque en or. Mike s'approcha et braqua dessus le faisceau de sa torche.

La cité interdite était effectivement un labyrinthe de pièces et de couloirs de toutes dimensions, dont le noyau était une cour. Quelque part, au milieu de cet incroyable entrelacs, Erik était prisonnier. Soudain, il sembla à Mike reconnaître quelque chose de familier dans le dessin de cette gigantesque toile d'araignée. Quelque chose que, cependant, il n'arrivait pas à identifier.

Il secoua la tête. Cela lui viendrait peut-être plus tard. Il montra la carte à Johnny.

— Johnny, il faut que j'entre là-dedans et que j'en ressorte avec Erik.

— Vous avez une chance sur mille de vous en tirer, même si vous trouvez le moyen d'entrer et de sortir. L'endroit est gardé par les Varanels et les Seigneurs de Shibalba.

Mike continua d'examiner la carte. Dans ses pérégrinations, il avait visité des labyrinthes, étudié certains dessins qu'on peut admirer sur les parterres des cathédrales de Chartres et d'Amiens.

— Et puis c'est pas seulement ça, poursuivit Johnny. C'est le pays lui-même qui est bizarre. Il faut s'y habituer. Les distances, les hauteurs ne sont pas ce qu'elles paraissent. Faut s'accoutumer à ce genre de choses.

— Je n'ai pas le temps, Johnny. Je n'ai que quelques heures pour agir. (Puis il ajouta :) J'ai quelqu'un qui pourra m'aider dans la place.

— Ça, c'est encore autre chose. Vous pensez pouvoir compter sur un allié, mais vous vous trompez si c'est quelqu'un de là-bas. Les gens de Kawasi sont différents. Ce sont de braves gens. Mais les autres ont le mensonge dans la peau. Impossible de leur faire confiance. Ils aiment la trahison. Quand ils le peuvent, ils adorent vous tendre un piège. Ce qu'ils aiment, c'est voir quelqu'un, y compris l'un des leurs, échouer. Je sais de quoi je parle. J'en ai connu quelques-uns. Ils risqueraient leur propre vie pour trahir, pour le plaisir de trahir.

« Quand les Anasazis partirent d'ici, c'était pour fuir cette méchanceté qui s'était emparée des habitants. Et ne croyez pas qu'il y ait des exceptions. C'est comme une maladie chez eux.

208

Ils sont cruels, et prennent vraiment plaisir à voir les autres souffrir.

Mike continua d'étudier la plaque tout en pensant à Tazoc. Il se rappelait la lueur dans les yeux de l'archiviste quand il parlait des Portes de La Mort, comme si une sourde excitation s'était emparée de lui à la pensée du sort affreux réservé aux imprudents.

— Ils se font les pires vacheries entre eux, poursuivit Johnny. Je me demande même comment ils ont réussi à ne pas s'exterminer les uns les autres, tellement ils sont mauvais.

Tazoc lui avait paru sincère, mais l'était-il? Cette tunique et ce turban ne constituaient-ils pas un moyen de le piéger? De le capturer une fois qu'il aurait franchi le seuil de la zone interdite? Tazoc ne l'attendait-il pas pour mieux le tromper et le guider dans l'une de ces chambres d'où on ne ressortait pas? Le seul élément qui jouait en sa faveur était son attachement évident pour ses archives. Pour qu'elles soient sauvées, peut-être aiderait-il Mike.

Celui-ci n'avait pas le choix, de toute façon. Il lui faudrait jouer serré une fois qu'il serait dans la place. Il avait au moins l'avantage d'être averti.

— Quoi qu'il arrive, Johnny, je ferai tout mon possible pour sortir Erik de là. Combien de temps me faut-il pour arriver jusqu'à la cité?

— Environ deux heures. Mais ce seront les dernières minutes les plus pénibles.

Mike étudia un sentier qui semblait donner sur un mur aveugle. Cela n'avait pas de sens. A moins qu'il n'y ait quelque entrée secrète à cet endroit du rempart.

Johnny jeta un regard autour de lui.

— Ça fait rudement du bien de pouvoir parler de nouveau sa langue maternelle avec quelqu'un. J'ai appris l'anglais à Kawasi et à quelques autres. Je les ai convaincus que ça leur serait nécessaire, mais c'était surtout par égoïsme. J'étais tellement seul. Cette Kawasi, quel appétit de savoir! Elle était encore toute môme qu'elle était sans cesse à me poser des questions sur ceci et cela. Zipacna était pareil.

— Zipacna?

— Oui, bien sûr! Il vivait parmi eux! Il faisait semblant d'être de leur côté, mais je voyais clair dans son jeu, à celui-là! Je les ai jamais emmenés dans mes cabanes. Je les rencontrais toujours dans les bois. Zipacna insistait pour que je lui montre où j'habitais. Mais j'ai jamais cédé. Sa mère était une sorcière. Il parle très bien l'anglais, mieux que Kawasi. Il est d'ailleurs souvent passé de l'autre côté.

— Vous en êtes sûr?

— Oui. Il ramenait des objets. Certains pensent que c'est lui, La Main.

Mike, tout à l'étude de la plaque en or, n'écoutait que d'une oreille le vieil homme. Le tracé représentait principalement la zone interdite, mais il y avait d'autres dessins gravés dans les coins, et l'un d'eux semblait correspondre à la cité en ruines.

Il y avait peut-être un passage ici même. Après tout, le vieux cow-boy, chargé comme il l'était de son or, ne pouvait avoir parcouru une grande distance.

— Johnny? Savez-vous s'il y a jamais eu une voie entre les deux mondes, ici, dans ces ruines?

— J'en ai jamais entendu parler. Le clan de Kawasi ne vient jamais par ici. Même elle ne s'en est pas approchée. Tout est si ancien ici. Encore plus ancien que ces pyramides en Égypte. Il y a un endroit pas loin d'ici... (Il désigna d'un geste la direction.)... Une espèce de grande salle remplie de sculptures d'animaux, cerf, buffle, lama, toutes sortes de bêtes, et tout au fond de cette salle, il y a la plus grande statue d'un jaguar qu'on ait jamais vue. Et chaque sculpture est polie comme une pierre précieuse.

« J'ai jamais rien vu de plus beau! Mais vous verrez pas une seule statue d'homme ou de femme!

— Les hommes ne se considéraient pas comme des objets de beauté, dit Mike. Ils voyaient la grâce des mouvements chez les bêtes, et leurs propres corps leur paraissaient gauches en comparaison. C'est peut-être pour la beauté et l'élégance de leurs mouvements que les premiers hommes adoraient les animaux.

« Il a fallu des centaines et des centaines d'années pour que l'homme prenne conscience de son corps et de sa beauté potentielle.

Johnny se leva.

— Si vous devez aller là-bas, il vaut mieux que vous ne perdiez pas de temps. (Il s'arrêta, regardant autour de lui.) Et je ferais peut-être bien de vous accompagner. Ouais, ça vaudrait mieux pour vous.

35

Sur le versant de la montagne gisaient les ruines de ce qui avait dû être une cité fortifiée, à en juger par quelques remparts encore debout. Mike ouvrait le chemin à travers les colonnes renversées, les murs effondrés, et de sombres cavités béant de tout côté. Il pouvait apercevoir au loin la silhouette noire de la cité interdite.

— Elle est en basalte, dit Johnny. Une coulée volcanique comme on en voit dans l'Ouest. Façonné et poli comme du verre. Dieu sait qui a pu tailler une pareille masse, mais je doute que ce soient des hommes. Pas d'ouvertures, à part la grande grille et la porte plus petite à côté.

— Il y en a peut-être une là où s'arrête le sentier mentionné sur la carte.

— Comptez pas là-dessus.

— Johnny, si vous voulez m'aider, vous vous posterez sur ce sentier avec votre fusil, et vous couvrirez ma retraite quand je reviendrai.

— Comment allez-vous trouver votre ami? Il faudrait un mois à toute une armée pour fouiller ce dédale de salles et de couloirs, si ce que nous avons vu sur cette plaque correspond au plan de la cité.

— J'ai ma petite idée. (Il s'arrêta pour étudier les ruines jonchant la pente devant eux.) Est-ce que les gens de la vallée viennent parfois par ici? demanda-t-il.

— Non, jamais. Ils ne sont pas très curieux de nature. Et puis il n'y a rien à voir, dans ce coin-là, du moins rien qui les intéresse. En outre, les lézards ont tué toutes les autres bêtes qui vivaient dans les ruines. Maintenant ils s'aventurent dans les forêts et les champs pour chasser.

— Vous en avez déjà tué?

— Deux ou trois, et je peux vous dire qu'ils ont la vie dure. Si vous en rencontrez, Raglan, je vous conseille de faire un détour.

Ils reprirent leur marche. Johnny lui dit ce qu'il savait des deux communautés, celle de Kawasi et celle soumise à La Main.

– C'est comme si elles vivaient sur des îles séparées par un océan. Il n'y a pas le moindre échange entre elles. Ceux d'en bas ne veulent même pas concevoir qu'il puisse exister une communauté dans les montagnes, alors que cette dernière s'occupe strictement de sa propre survie. Il y a bien eu quelques accrochages dans le passé, mais La Main a veillé à ce que le peuple n'en sache rien. Les gens de Kawasi sont toujours sortis perdants de ces rencontres, mais La Main n'a jamais poursuivi son avantage et attaqué en force leurs positions.

Mike s'arrêta de nouveau pour sortir de son sac la tunique que lui avait donnée Tazoc, ainsi que le turban. Il troqua également ses chaussures contre une paire de mocassins semblables à ceux portés par l'archiviste. Il remarqua près de lui un affleurement de craie blanche et il en ramassa quelques fragments qu'il mit dans ses poches. Johnny, qui l'observait, ne fit aucun commentaire.

– Quand j'étais jeune, dit le vieux cow-boy, on nous enseignait peu de choses à l'école. L'époque voulait qu'on apprenne surtout à réfléchir et à se débrouiller tout seul. Mes parents fabriquaient presque tout ce dont ils avaient besoin.

« Les Anasazis, ceux qui passèrent dans notre monde, ont su s'adapter et se développer. Mais ne faites pas l'erreur de les croire semblables à nous. Ils ne sont ni ne pensent comme nous. Chez nous, on parlait de " nature humaine ". On se figurait que les autres nous ressemblaient. On se trompait. Ces Indiens-là avaient d'autres valeurs. Ils réagissaient différemment. Eh bien, ici, c'est pareil. Ces types, par exemple, semblent avoir fait de la haine et de la jalousie une manière de vivre.

« Le clan de Kawasi est aussi différent d'eux que le jour l'est de la nuit. Vous prenez Tazoc pour un allié, mais vous vous trompez. Ce gars-là ne sera jamais que d'un seul côté : le sien.

– Il tient par-dessus tout à ses archives.

– Peut-être, mais cela ne change rien. Il n'hésitera pas à vous trahir à la première occasion. Il le fera presque malgré lui. Faire le mal, c'est plus fort qu'eux. Je les connais, vous savez.

Mike se rappela qu'Erik lui-même l'avait mis en garde : ne fais confiance à personne! Avait-il compris à quel genre d'individus il avait affaire?

– Mais comment peuvent-ils vivre ainsi? se demanda Mike à voix haute.

– Dites plutôt qu'ils sont en train de crever lentement en s'empoisonnant à coups de méchancetés et de trahisons.

212

Johnny s'arrêta pour scruter la vallée en dessous. On distinguait parfaitement les rues presque désertes de la cité.

– Faudra drôlement faire gaffe, Raglan, une fois que vous serez en bas, dit Johnny. Moi, je vais rester posté par ici avec mon cinquante. Je couvrirai votre retraite... si vous revenez.

– J'y compte bien.

Mike ajusta le turban sur sa tête et, sans un regard derrière lui, commença à descendre le sentier. Dans quelques instants, sauf obstacle imprévu, il entrerait dans la cité interdite.

Son cœur battait. Une fois de plus il se reprocha sa témérité. Comment aurait-il une chance de s'en sortir?

Les rues de la ville basse étaient désertes. Il n'aurait su dire si on l'épiait. Il se mit à marcher en imitant de son mieux la démarche de Tazoc. Au bout de la voie qu'il suivait se dressait la masse sombre de la cité. Le poids de son 357 lui parut soudain d'un piètre secours.

Il avait une excellente mémoire visuelle, acquise au temps où, apprenti magicien, il mémorisait les cartes à jouer. Aussi se souvenait-il dans le détail de la carte étudiée un moment plus tôt. Il lui faudrait maintenant trouver son chemin dans le formidable dédale de la cité.

Était-il observé? Avait-il été trahi? Le rempart s'élevait devant lui. A sa gauche, le portail massif. A côté, une porte plus petite. Il s'approcha de cette dernière, posa la main sur la lourde poignée.

Il frissonna à son contact. Il était encore temps de rebrousser chemin. Il pourrait toujours prétendre que la porte était verrouillée, qu'il n'avait pas osé demander qu'on lui ouvre. Il pourrait prétendre que...

« Allons, se dit-il, maintenant que tu es là, tu n'as plus qu'à continuer. Et puis tu n'as jamais pensé que tu vivrais éternellement... »

De l'endroit où il se trouvait, il apercevait un sentier qui suivait le flanc de la montagne à travers une végétation broussailleuse. Ce serait là son chemin de repli. Mieux valait éviter de repasser par la ville basse où il serait facile de lui couper la route, une fois l'alarme donnée.

Il actionna la poignée, poussa la porte et la referma sans bruit. Une immense cour pavée s'étendait devant lui. Elle était déserte, hors deux Varanels qui, à plus de cinquante mètres de là, bavardaient tranquillement, sans se soucier de sa présence. Le gigantesque bâtiment à l'autre bout de la cour ne comportait pas moins de douze grandes portes. A gauche un passage étroit longeait la bâtisse. C'était ce passage que Tazoc lui avait recommandé de prendre.

D'un pas lent et mesuré, il se dirigea dans cette direction, tout en observant les Varanels du coin de l'œil.

Il n'était plus qu'à une trentaine de pas de l'entrée du passage quand le murmure des deux gardes cessa brusquement, et il sentit qu'ils le regardaient.

Avaient-ils remarqué quelque chose? Non, se dit-il. Ils connaissaient cette tunique, ce turban. Il faisait partie du décor. Il réprima une sourde envie d'accélérer le pas et franchit bientôt l'entrée du passage, tandis que les Varanels reprenaient leur conversation.

Plaqué contre le mur, dans l'ombre, il observa le terrain. Il se trouvait sous des arcades. Il se remit en marche. Une série de portes s'ouvraient à sa droite. Il les ignora. Plus loin, devant lui, il aperçut l'entrée des Archives.

Tazoc lui avait affirmé que personne n'y venait jamais. Parvenu près des battants, il jeta un coup d'œil derrière lui. Personne. Il tendit la main vers le loquet.

Un léger bruit dans son dos le fit se retourner brusquement.

Un petit homme aux cheveux gris et au cou décharné le regardait en secouant la tête et en lui faisant signe de la main de ne pas entrer. Puis, d'une voix hésitante, comme s'il cherchait ses mots, il dit :

— Non... ils savent que vous venez...

— Merci, mais je dois continuer. Mon ami est prisonnier.

Le petit homme plissa le front; l'air perplexe. Il secoua derechef la tête et ajouta :

— C'est bon d'entendre le mot « merci ». Avant... il y a longtemps... on le disait souvent. Aujourd'hui, c'est fini.

— Mon ami... répéta Mike. Prisonnier... (Joignant le geste à la parole, il croisa ses poignets l'un sur l'autre.) Je dois le libérer.

L'homme parut comprendre.

— Non. Il est pour Tohil. Il sera jeté sur la Langue.

Mike n'avait aucune idée de ce que le vieillard entendait par là, mais celui-ci semblait amical.

— Vous parlez anglais? demanda-t-il.

— Je suis Camha. J'ai appris quand j'étais jeune. Les Varanels avaient capturé un homme de votre monde. C'est lui qui a appris à cinq d'entre nous. On devait passer chez vous. Pour

214

prendre des choses que vous possédez et qui étaient bonnes pour nous. Mais quand on a été prêts, on nous a donné l'ordre de rester ici.

« On a continué à parler anglais entre nous. On avait des livres. Des livres qui disaient que c'était bien de l'autre côté. Et puis on nous a pris les livres et on nous a interdit de parler de votre monde. Mais quand on a goûté au fruit de la connaissance, on n'oublie pas.

— Vous n'avez plus de livres?

— Non, tout ce qu'on sait maintenant, on le tient de La Main.

— Vous n'allez plus consulter les Archives?

— C'est interdit.

— Vous connaissez Tazoc?

— Oui, mais on ne se parle pas. On a peur.

— La Main est puissante.

— C'est vrai, approuva Camha en hochant tristement la tête.

— Nous disons chez nous que le pouvoir corrompt.

— Oui, il corrompt celui qui l'a mais aussi ceux qui le subissent. C'est une mauvaise chose.

— Vous voulez entrer avec moi dans la Salle des Archives?

Camha frissonna.

— J'ai peur. Je suis un vieil homme. J'ai une femme et des enfants que j'aime, même si eux m'ignorent.

« J'aimerais beaucoup venir avec vous. Mais je ne peux pas abandonner ma famille. (Il regarda Mike dans les yeux.) Ils pourront toujours détruire les Archives mais pas la mémoire de ceux qui auront eu accès à la connaissance.

« Entrez là-dedans, et si vous en réchappez, rapportez quelque chose que vous pourrez partager. Le savoir doit être transmis afin que chacun puisse respirer son essence.

Il se détourna mais ajouta avant de poursuivre son chemin :

— Vous savez ce qu'est un labyrinthe? Si vous ne connaissez pas le chemin, vous mourrez. On dit qu'il faut toujours prendre à gauche. Je ne sais pas si c'est vrai. C'est peut-être un piège.

« Nous sommes tous des traîtres. Peut-être moi aussi. Je n'en suis plus sûr. Allez, et trouvez la voie. Nous avons parlé l'un l'autre, et ça m'a fait beaucoup de bien. Maintenant, je m'en vais.

Qui était Camha? Il connaissait la Salle des Archives et s'était montré aimable et sensible. Mike se retrouvait de nouveau seul devant la porte. Qu'allait-il trouver derrière? Tazoc serait-il au rendez-vous? Les Varanels le guettaient-ils? Ou les Seigneurs de Shibalba?

Autrefois, la Salle des Archives avait été un temple. Un lieu de culte? Ou simplement l'endroit d'où parlait un oracle, d'où La Voix s'adressait au peuple?

Il devait exister une pièce secrète où celui qu'on appelait La Voix se tenait, ainsi que Mike l'avait vu dans des lieux similaires.

La Voix avait disparu mais cela ne signifiait pas que l'usage ait été abandonné. Les prêtres s'étaient souvent substitués à l'oracle officiel. Si Mike pouvait retrouver ce lieu, peut-être pourrait-il faire revivre La Voix?

L'endroit devait être voisin des appartements de La Main, et peut-être même de la cellule d'Erik.

Kawasi lui avait dit que La Main savait ce que les gens disaient. Cela supposait un système d'écoute sophistiqué, mais Mike ne disposait d'aucun indice susceptible de lui en indiquer la nature.

Il devait d'abord pénétrer dans la Salle des Archives. Il souleva le loquet et poussa le lourd battant, se glissa à l'intérieur. La porte se referma derrière lui avec un cliquetis.

Il était dans la place. En sortirait-il?

36

La porte donnait à gauche de la salle principale, vaste espace flanqué de chaque côté de gradins et coiffé d'un plafond voûté. A l'autre bout un grand dais s'étendait au-dessus d'une table massive derrière laquelle étaient rangés trois sièges à hauts dossiers.

Sur les gradins larges de plusieurs mètres couraient des rayonnages chargés d'ouvrages protégés par de fines lames de bois, comme Mike avait pu en voir au Tibet. Des volées de marches reliaient les différents niveaux entre eux.

Mike fouilla l'immense pièce des yeux. Elle était déserte. Derrière les trois sièges il y avait un mur en boiserie ajourée.

A la droite de Mike un escalier monumental menait à la salle. Dans le passé, les processions devaient pouvoir avancer de front jusqu'au dais.

Il scruta de nouveau la salle. Quelqu'un pouvait l'observer de derrière la boiserie ou depuis les rayonnages de livres. Quelque part parmi ces derniers se trouvaient les cartes qui lui fourniraient peut-être une idée de l'endroit où était détenu Erik.

Cette salle, malgré sa dimension, ne représentait probablement qu'une infime partie de la cité, et le labyrinthe, s'il existait, se trouvait au-delà. Il porta son regard vers le vaste espace au-dessus de lui. Des loges surplombaient les gradins supérieurs. Sans doute était-ce de là que les Seigneurs de Shibalba assistaient aux cérémonies.

Il n'avait pas peur. Il éprouvait plutôt une espèce de fascination à laquelle se mêlait un certain malaise.

Il tressaillit soudain, alors qu'une voix résonnait dans son dos.

— Voici les Archives de mon peuple.

C'était Tazoc.

— Impressionnant, commenta Mike en se tournant vers lui. Mais les ouvrages que j'aperçois sur ces étagères sont en parchemin. Je m'attendais à de la pierre ou de l'argile.

— Ceux-là sont entreposés dans une autre salle encore plus grande. (Il marqua une pause.) Vous avez quelque chose de comparable dans votre monde?

— Oui. Nous avons de nombreuses bibliothèques, un peu partout.

— Et les textes sont gravés sur de la pierre, de l'argile?

— Non. Les originaux ne sont plus accessibles au grand public, mais des copies en ont été faites, soit sur papier soit sur cassettes.

— Cassettes?

— Oui, c'est un moyen mécanique pour enregistrer oralement les textes. Une cassette tient peu de place et sa manipulation est facile.

Tazoc hocha la tête.

— On raconte que ce genre de chose existait ici il y a longtemps, et que La Main en posséderait aujourd'hui. On dit aussi qu'il continue de faire des enregistrements qui lui permettent de savoir ce qui se passe dans le monde sans quitter la cité.

— Savez-vous où il vit?

Tazoc eut un geste vague.

— Quelque part dans le labyrinthe. C'est également là que doit être votre ami. Au milieu du dédale.

— Vous m'avez parlé de cartes, la dernière fois. Où sont-elles?

Tazoc lui fit signe de le suivre. Ils longèrent l'un des gradins, montèrent quelques marches, et Tazoc désigna à Mike une rangée d'étagères.

— C'est ici.

— Tazoc? Si nous nous en sortons, il y aura une place pour vous dans notre monde. Si ça vous dit de venir, bien entendu. Sinon, nous pourrions organiser des rencontres avec nos propres archivistes. Ils seraient fascinés par ce qui se trouve ici. Vous auriez une place d'honneur parmi eux, Tazoc. Des copies de vos archives pourraient être faites.

— Cela me plairait beaucoup, dit Tazoc d'un ton solennel. Je souffre d'être seul. J'ai besoin de parler, d'échanger des idées, de savoir ce que les autres pensent. Ici, je n'ai que des livres pour compagnons.

Mike souleva un livre d'une étagère et en ôta délicatement la lame de bois qui le recouvrait. Le papier était épais, semblable à du papyrus, et imprimé de caractères qu'il ne comprenait pas. Une carte suivait.

Elle rendait avec une grande précision les alentours de la cité. Les montagnes par lesquelles il était venu et où les Anasazis avaient reconstruit leur univers étaient représentées par des hachures au milieu desquelles une zone de carrés et de petits cercles indiquait les ruines qu'il avait visitées, et qu'un remarquable dessin de lézard illustrait.

Tazoc s'était éloigné vers les niveaux inférieurs, et Mike se mit à feuilleter rapidement les livres, à la recherche d'un plan de la cité interdite. Tazoc lui avait dit qu'il en existait un, bien qu'il ne l'eût pas vu depuis des années. Quand il parvint à l'étagère la plus basse, il trouva un ouvrage à la couverture poussiéreuse. Il souleva la plaque de bois et découvrit le plan qu'il cherchait.

Peut-être avait-il été tracé par celui-là même qui avait conçu la cité. Le dédale était là sous ses yeux. Au centre un rectangle représentait le cœur de la cité, la demeure du Maître. A côté on comptait six pièces de dimensions égales, qui pouvaient être des cellules, et une autre, plus grande, peut-être le quartier des gardes.

Habitué à l'étude, Mike avait d'abord examiné l'ensemble avant d'en arriver aux détails.

Dans le coin gauche, en bas : la Salle des Archives. En face, une zone qui pouvait être le cantonnement des Varanels. Entre les deux, une cour et, à l'extrémité de celle-ci, l'entrée du labyrinthe.

Le dédale n'était pas seulement un enchevêtrement de galeries mais comportait un alignement de pièces dont certaines

218

devaient être les fameuses Chambres de La Mort. Comment les reconnaître?

Il y avait bien çà et là quelques indications, mais en caractères qu'il ne comprenait pas. Toutefois, partant du principe qu'à chaque piège correspondait un signe, il en compta vingt-six, dont deux contigus.

Un rapide examen du plan ne lui révéla aucune autre figure analogue à celles qu'il venait de relever. Cependant, comment se souviendrait-il des pièces ainsi marquées? Rien ne lui garantissait non plus que le plan avait servi de modèle à la construction. Celle-ci avait pu être modifiée en cours de travaux. Tous les paris étaient ouverts.

Perplexe, il étudia encore une fois le plan. Dans ces pièces, signalées par des signes qu'il supposait indiquer les pièges, il remarqua autre chose... un détail situé juste derrière la porte...

Les minutes passaient, et il n'avait guère le temps. Il concentra toute son attention sur ce dernier détail : le sol, passé la porte de ces pièces, semblait s'incliner fortement en une sorte de rampe. Si son observation était juste, quiconque franchissait le seuil devait glisser sur un plan incliné, tandis que la lourde porte se refermait derrière lui.

Simple mais efficace. Mike frissonna à la pensée de ce qui l'attendait à la première erreur.

Outre le terrain, il y avait Zipacna. Grand, fort, dangereux, à éviter à tout prix.

Mike replia la carte, la remit dans son étui de bois et replaça le tout sur le rayonnage.

Mais qu'est-ce...?

Un document, plus petit, venait de tomber à terre.

Il se baissait pour le ramasser quand il entendit un bruit de pas... qui n'étaient pas ceux de Tazoc. Mike fourra le parchemin sous sa tunique et s'allongea sur le rayonnage du bas.

Quelqu'un venait. Qui s'arrêta, peut-être pour regarder autour de lui, avant de reprendre sa marche. Mike, une main sur la crosse de son revolver, attendit.

Les pas résonnaient doucement dans l'immense salle. Un tapement de sandales, un bruissement de robe, puis une voix autoritaire qui appela :

– Tazoc!

Des mots suivirent, que Mike ne comprit pas. Plus loin, la voix de Tazoc répondit, craintive, chevrotante. Il y eut une brève conversation, puis les pas s'éloignèrent et une porte claqua.

Mike ne bougea pas. Qui venait de partir? Tazoc ou l'autre?

Plusieurs minutes passèrent jusqu'à ce qu'un nouveau bruit de pas se fît entendre. Cette fois, c'était Tazoc. Mike sortit de sa cachette.

– Vous étiez là! murmura Tazoc. J'ai eu tellement peur!

– Qui c'était?

– Zipacna. Il ne vient jamais ici. Pourquoi aujourd'hui?

Tazoc semblait terrifié. Ses mains tremblaient, et il ne cessait de jeter des regards apeurés autour de lui.

– Vous devez partir! Tout de suite! Si on vous trouvait ici, ce serait la mort pour nous deux! Je vous en prie, partez!

– Oui, je m'en vais. Mais, Tazoc, vous ne savez rien, vous n'avez rien vu!

Sur ces paroles, Mike s'éloigna en direction des gradins supérieurs. De la lumière tombait d'une étroite fenêtre derrière un balcon. S'arrêtant, il consulta le plan qui était tombé du livre.

C'était un document très ancien. Il devait avoir un rapport avec le plan de la cité, sinon il n'aurait pas été glissé à l'intérieur. Mike l'étudia avec attention. Tout d'abord il ne remarqua rien de particulier, et puis il comprit! C'était la Salle même des Archives qu'il avait sous les yeux, du temps où elle servait de temple, avant que le labyrinthe ne lui soit raccordé.

Pas d'archives en ce temps, mais des gradins nus qui flanquaient le quadrilatère où se tenaient les cérémonies.

Il devait au plus vite quitter la salle. Zipacna l'avait peut-être vu et pouvait revenir avec les Varanels. S'il voulait retrouver Erik, il ne devait plus perdre une seule minute. Mais le document qu'il tenait à la main retint encore son attention. Il y avait bien la table, les trois sièges et le mur ajouré.

Dans un coin de la boiserie il y avait une porte donnant à présent sur le labyrinthe, et un chemin qui semblait mener à travers le dédale jusqu'aux appartements de La Main!

Le plan indiquait également une autre ouverture en bas de la salle. Il redescendit rapidement les gradins. Il ne tarda pas à trouver la porte, mais au moment même où il tendait la main vers le loquet, le battant pivota sans bruit, révélant un couloir éclairé.

Derrière lui, dans les gradins, il perçut un mouvement, puis une voix lança un ordre. Glissant le plan sous sa tunique, il franchit la porte.

Il tourna aussitôt à gauche et s'aplatit contre le mur d'une petite alcôve. Il porta la main à son revolver, puis se ravisa. La détonation alerterait toute la cité. Il devrait, si le danger se précisait, se contenter de son poignard ou de ses mains.

Il régnait dans le passage une lueur diffuse dont il ne parvenait pas à situer la source. Il se rappela que le même éclairage baignait la Salle des Archives, bien que, sur le moment, il n'y eût pas prêté attention.

Il attendit.

Il avait tourné à gauche. Il devrait dorénavant faire très attention à la direction à prendre. Il jeta un coup d'œil sur son bracelet-montre et eut l'impression de recevoir un coup de poing dans le ventre. Il lui restait si peu de temps!

Il allait repartir quand un bruit le fit se figer. Quelqu'un approchait! Il se plaqua contre le mur et retint son souffle.

37

Un parfum subtil, d'une essence inconnue, un pas léger, et un bruissement de robe.

Elle était mince, gracieuse, plus grande qu'il s'y attendait. La faible lumière ne lui permettait pas de bien distinguer ses traits. Elle s'arrêta soudain et tourna la tête vers l'alcôve où il se tenait.

— Voulez-vous venir avec moi? demanda-t-elle d'une voix langoureuse.

Il glissa sa main dans sa poche, y sentit le morceau de craie.

— Une autre fois, répondit-il en tendant l'oreille pour voir si d'autres la suivaient.

— Mais je peux vous conduire là où vous désirez aller, insista-t-elle. Ce sera plus facile pour vous si vous avez un guide. (Elle tendit une main vers lui.) J'aimerais vous aider.

— Je n'en doute pas, mais je me débrouillerai mieux tout seul.

Elle secoua la tête.

— Seul, vous ne pourrez rien faire. Il y a des gens ici qui ne demandent qu'à vous venir en aide.

Il s'était rapproché d'elle. Apparemment elle n'avait pas d'autre arme que cette beauté féline qu'il avait pu observer chez ces fameuses Femmes-Poison.

— Et où m'emmèneriez-vous?

— Auprès d'Erik. C'est bien ce que vous voulez, non? Il est ici. Il vous attend.

— Je serais très heureux de le revoir. (Il sortit la main de sa poche et, avec la craie, traça une marque au coin de l'alcôve.) Avec un aussi joli guide, ce sera un plaisir.

Elle se mit en marche.

— N'allez pas si vite, je vous prie, dit-il. Je me suis blessé à une cheville.

— Oh? Je suis désolée.

A chaque angle de couloir il traça une marque à la craie. La jeune femme s'arrêta soudain devant une porte. Elle appuya sur une petite pièce de bois insérée dans le mur de pierre, et le battant de la porte s'ouvrit lentement vers l'extérieur. Elle s'écarta et fit signe à Mike de passer.

Il sourit.

— Voyez-vous, lui dit-il, l'usage, dans mon pays, veut qu'une dame passe toujours la première.

Il inclina la tête et d'un geste de la main l'invita à avancer.

Elle le regarda, hésitant, mais comme il insistait en souriant, elle s'avança. A peine son pied avait-il touché le seuil que la porte commença de se refermer. Mike la saisit par le bras et la tira violemment en arrière.

Elle se retourna brusquement vers lui en dégageant son bras.

— Mais qu'est-ce que vous faites?

— J'ai eu peur que vous ne soyez écrasée par cette porte, répondit-il.

Aurait-il dû la laisser mourir? Il était certain que cette pièce était l'une des nombreuses Chambres de La Mort.

— Si vous pouvez me conduire auprès d'Erik, reprit-il, faites-le. Si vous ne pouvez pas, retournez auprès de ceux qui vous ont envoyée et dites-leur que j'arrive. Dites-leur aussi, s'ils veulent faire croire aux gens que les Varanels sont invulnérables, de ne pas les lancer contre moi.

— Vous n'êtes qu'un fou! siffla-t-elle avec mépris. Qu'un pauvre fou!

— Peut-être, mais je vous ai sauvé la vie. Croyez-vous qu'ils auraient rouvert cette porte pour vous? L'ont-ils jamais fait pour quiconque?

Elle le regarda avec insistance.

— Pourquoi m'avez-vous sauvé la vie?

— C'est une coutume que nous appelons « chevalerie ». Une coutume idiote, peut-être, mais nous y tenons. Il me déplaisait de vous savoir condamnée à une mort lente dans cette chambre, cognant les murs de vos poings et finissant par ajouter vos os à ceux qui s'y trouvent déjà.

— Vous êtes fou, répéta-t-elle, mais sa voix, cette fois, manquait de conviction.

— Bien sûr, ajouta-t-il, si j'étais passé le premier, vous auriez sans doute essayé de vous glisser dehors avant que la porte ne se referme. C'est probablement ce qu'ils vous ont suggéré de faire. Mais voyez-vous, ils savent très bien que cela est impossible. Cette porte est trop lourde, et le sol incliné et certainement glissant vous aurait empêchée de reculer. Ils savaient parfaitement que vous mourriez avec moi.

— C'est faux! s'exclama-t-elle.

— Allons, vous connaissez mieux votre peuple que moi. Je me trompe peut-être mais j'ai l'impression que les gens d'ici n'attachent que peu d'importance à la vie de leurs semblables. C'est la raison pour laquelle votre société est mourante.

— Mourante? fit-elle d'un ton méprisant.

— En venant ici, j'ai remarqué de nombreux bâtiments vides, inutilisés. Apparemment votre population n'est plus ce qu'elle était. De même je n'ai vu aucune construction récente. Votre monde semble s'être arrêté, et quand une culture cesse d'évoluer, elle est condamnée à mourir. Il n'en est pas de même des gens qui habitent dans les montagnes.

— Il n'y a personne dans les montagnes.

— Vous y êtes allée pour voir?

Elle haussa les épaules.

— Pourquoi irais-je là-bas? Il n'y a rien que des collines arides.

— Vous n'êtes pas curieuse?

— « Curieuse »? Qu'est-ce que cela veut dire? Il n'y a rien à voir dans les montagnes.

— Et au-delà? Au-delà du désert?

Elle haussa à nouveau les épaules.

— Il n'y a rien non plus au-delà. Rien du tout! Nous sommes ici à Shibalba, et il n'y a rien en dehors de Shibalba.

— Et moi? D'où puis-je venir, d'après vous?

Elle le considéra d'un air irrité.

— Cela n'a aucune importance. Vous n'êtes pas de Shibalba, vous n'êtes pas des nôtres, vous n'êtes de nulle part.

Il gloussa.

— Il y a beaucoup de gens qui d'une certaine manière

seraient d'accord avec vous. Bon, je vais vous laisser, maintenant. Vous pouvez me suivre, si cela vous chante. Si vous pensez encore que les vôtres se soucient de vous, essayez donc d'entrer dans cette pièce. Je vous assure que vous n'en ressortirez jamais. Je vous conseille de retourner auprès de ceux qui vous ont chargée de me faire disparaître et de leur avouer que vous avez échoué.

Sur ces paroles, il se détourna d'elle et s'éloigna rapidement. Il veillerait à toujours prendre à gauche. La recette était valable dans plus d'un labyrinthe. S'il échouait, il s'efforcerait de revenir à son point de départ et recommencerait par la droite.

Avant de disparaître à l'angle du couloir, il jeta un regard derrière lui. Elle n'avait pas bougé.

Suivant le mur à sa gauche, il passa devant une niche, fit une marque à la craie et continua. Il n'avait plus qu'un désir : retrouver Erik et filer hors d'ici, regagner le monde civilisé, si possible en compagnie de Kawasi.

Pourquoi éprouvait-il un pareil attachement envers la jeune femme? Ils avaient passé si peu de temps ensemble. Pourtant il ne pouvait ni ne voulait penser à personne d'autre.

Les longs couloirs étaient déserts. De temps à autre il passait devant des portes. Sur quoi ouvraient-elles? Des appartements? Des pièges? Il continua de marquer chaque angle de couloir à la craie, pour retrouver son chemin si jamais il devait revenir sur ses pas.

A moins que quelqu'un comprenne ce qu'il faisait et n'efface les marques...

Le lieu avait une odeur de moisi qu'il n'aimait pas. La lumière, dont il n'était toujours pas parvenu à identifier la source, était faible, et il avait l'impression d'avancer à travers un léger brouillard.

Il ralentit le pas. Depuis qu'il avait quitté la fille qui avait tenté de le piéger, il n'avait rencontré personne. Combien de couloirs avait-il enfilés? Douze? Vingt? Il ne savait plus. Sa main gauche frôlant le mur, il tourna de nouveau. La lumière était plus forte dans le passage où il venait de pénétrer, mais la raison en était simple : au-dessus de lui il y avait de longues et étroites fenêtres, qui ne pouvaient donner que sur l'extérieur.

Elles se trouvaient à plus de quatre mètres au-dessus de lui, et le mur parfaitement lisse l'empêchait de les atteindre.

Il s'arrêta et examina le sol. Dans sa hâte il avait à peine remarqué que le dallage de pierre avait cédé la place à de la roche brute, de la même teinte rouge que celle qu'on pouvait trouver sur les mesas.

Et si, dans la dimension de son propre monde, il se trouvait sur la mesa d'Erik? Pouvait-il y avoir une ouverture depuis l'endroit même où il se tenait? Cela ne correspondait-il pas à l'une des nombreuses histoires qu'il avait entendues? Qu'un tel passage existait?

Si c'était le cas, et qu'il puisse le découvrir, quel raccourci pour s'échapper, une fois qu'il aurait retrouvé Erik! Il n'aurait pas à revenir sur ses pas mais franchirait aussitôt l'invisible frontière! Peut-être par la kiva elle-même!

Il tendit l'oreille. Avait-il entendu quelque chose? Un bruit lointain de pas? Des poursuivants?

Il se remit en marche, suivant les détours du dédale en gardant toujours sa main gauche contre le mur. Passé l'angle d'un couloir, il se retrouva soudain environné de miroirs! Son image se reflétait à l'infini dans le jeu des glaces. Il s'exhorta au calme et veilla à ne pas perdre contact avec le mur à sa gauche.

Malgré ses efforts, il avait perdu, à tourner sans cesse dans le labyrinthe, tout sens de l'orientation. Cet environnement de verre venait encore compliquer sa situation. Du temps où il travaillait dans les foires il avait déjà vu des galeries de glaces, et il avait appris à s'y mouvoir. Pourrait-il en faire autant ici?

Il avança, la main sur la surface froide. Il n'avait pas fait un mètre qu'il heurtait l'un des miroirs. Il se tourna vers la droite, fit prudemment un pas, deux, et se cogna de nouveau.

Comment était-ce possible? Il s'immobilisa et tâtonna le long de la paroi, trouva un angle et, pensant avoir trouvé l'ouverture, avança. Il n'avait pas fait trois pas qu'un miroir l'arrêtait net. Irrité, il se détourna et, pendant un instant, perdit le contact avec le mur.

Il reposa aussitôt sa main sur la glace. Au même endroit? Comment en être sûr? Il était possible que les parois elles-mêmes se déplacent ou pivotent, mues par quelque mécanisme que déclencheraient ses pas. Il essaya de nouveau, progressant lentement. Il fermait les yeux de temps à autre, ce qui était plus facile, car ce qu'il voyait était trompeur.

Tournait-il en rond? Les marques de craie ne prenaient pas sur le verre, et il n'avait ainsi aucun repère. Soudain il sentit un angle sous sa main. En face de lui il y avait un miroir qui reflétait son image, mais cette fois il y avait bien à sa gauche une ouverture donnant sur le dédale.

Dès qu'il fut sorti de la galerie de glaces, il s'arrêta pour consulter le plan. Le mur aveugle devant lui abritait peut-être les quartiers de La Main. A droite, à une trentaine de pas, un autre couloir et six portes. Des cellules, sans doute, à en juger par leurs dimensions réduites. Il y avait une septième pièce, beaucoup plus grande. La salle des gardes?

La chance lui avait souri, jusqu'à présent. Et le plan ainsi que sa connaissance des labyrinthes l'avaient aidé. Le dédale, après tout, était assez simple. Il se félicitait toutefois d'avoir suivi la règle consistant à toujours tourner à gauche.

Moins averti, il aurait pu errer pendant des jours dans cet entrelacs de couloirs ou tomber dans l'une de ces nombreuses Chambres de La Mort. Il n'était pas dit, d'ailleurs, qu'il n'en existait pas dans la zone où il venait de pénétrer.

Alors qu'il se penchait sur le plan, il sursauta à la vue d'un détail qui lui avait échappé jusqu'ici. A l'intérieur des quartiers de La Main, il semblait qu'il y eût un passage, une espèce de tunnel, ou du moins une porte.

Il replia le plan, passa sa langue sur ses lèvres sèches et s'avança dans le couloir. Rien...

Il jeta un coup d'œil derrière lui, passa le coin et... se retrouva face à un Varanel!

Le garde, le premier instant de stupeur passé, ouvrit la bouche pour donner l'alarme. Mike ne lui en laissa pas le temps.

Il lança son poing. Le coup atteignit le Varanel au menton. Il s'écroula comme une masse, et Mike paracheva son œuvre d'un coup de pied à la tempe. Il enjamba le garde inconscient et courut vers la première des portes qu'il supposait donner sur les cellules. Il actionna le loquet. En vain. La porte refusait de s'ouvrir. Il appela Erik mais n'obtint pas de réponse.

Il alla à la porte suivante, qui s'ouvrit avec facilité, et il se trouva devant quatre Varanels assis autour d'une table.

L'un d'eux, apparemment un officier, réagit avec promptitude. Il aboya un ordre, destiné à Mike. De toute évidence, l'idée que ce dernier puisse ne pas obéir ne l'effleurait même pas.

Mike ne lui prêta aucune attention. Il venait de repérer contre le mur, juste à côté de la porte, un trousseau de clés accroché à un clou. Il tendit la main, s'empara des clés puis, reculant vivement, il referma la porte.

Il entendit les cris de colère des Varanels à l'intérieur. Un

226

étroit passage flanquait la salle des gardes, et il s'y engagea. Quelques mètres plus loin, deux portes se faisaient face. Il essaya l'une des clés dans celle de gauche. La porte s'ouvrit, mais il n'entra pas. Il sortit sa lampe de poche et braqua le faisceau à l'intérieur.

Sur le sol, apparemment sans connaissance, gisait Erik Hokart.

Aux pieds de Mike le sol s'inclinait doucement. Derrière lui le battant tourna lentement sur ses gonds.

38

Mike recula vivement, mais au moment où la lourde porte se refermait, Erik ouvrit les yeux et le regarda. L'instant d'après, Mike était seul dans le couloir.

Un bruit de pas résonna dans son dos, et il fit volte-face tout en dégainant son revolver.

L'homme le plus proche se trouvait à une dizaine de pas de lui. Mike fit feu.

Dans l'étroit passage de pierre, la détonation retentit puissamment. La balle toucha le Varanel à la poitrine, et armure ou pas, il s'effondra.

Mike fit feu à nouveau, et un deuxième garde, frappé au ventre, s'écroula la face contre terre.

Stupéfaits, horrifiés par cette résistance inattendue, les autres s'empressèrent de prendre la fuite. Eux qui s'étaient crus jusque-là invulnérables, voilà que deux des leurs venaient de tomber en l'espace d'une seconde! Le premier était mort, et l'autre hurlait de douleur. Aussi courageux pussent-ils être, rien dans leur vie ne les avait préparés à pareille situation. Mais Mike savait qu'une fois leur stupeur passée, ils reviendraient.

Il rouvrit la porte et, saisissant le bras du Varanel mort, il le traîna en travers du seuil afin d'empêcher la porte de se refermer. Puis il bondit vers Erik qui s'efforçait de se relever.

Mike souleva son ami par les aisselles et commença de le tirer en direction de la porte. Il y avait quelqu'un dans le couloir, qui essayait de dégager le cadavre. Lâchant Erik, Mike s'élança et, alors que le garde brandissait son arme en forme de fusil-harpon, Mike le frappa au visage avec la crosse de son revolver. L'homme tomba en arrière mais il se releva et s'enfuit à toutes jambes.

Mike revint chercher Erik.

– Peux-tu marcher?

Erik hocha la tête, mais sa faiblesse était évidente. Son visage, creusé, portait des traces de coups.

Quand ils eurent franchi le seuil de la cellule, Mike jeta un regard autour de lui. A sa gauche s'étendait le dédale qu'il avait emprunté à l'aller. S'y aventurer de nouveau serait folie. Les Varanels qui en connaissaient les coins et les recoins auraient vite fait de leur couper la retraite. A droite le passage continuait tout droit sur une trentaine de mètres avant de tourner. Il n'avait pas la moindre idée de ce qui les attendait là-bas.

En face de lui il y avait une porte qu'il supposait donner sur les quartiers de La Main. Le revolver au poing, il pressa la plaque de bois incrustée dans la pierre et eut la surprise de voir le vantail s'ouvrir. Au-delà d'une entrée faiblement éclairée, une tenture empêchait de voir ce qui se trouvait derrière. Mike, tirant Erik derrière lui, franchit le seuil. L'épais panneau se referma.

Au même instant une voix retentit, hurlant des ordres dans une langue qui leur était inconnue.

Écartant la tenture, ils se retrouvèrent dans une salle de belles dimensions, face à un mur concave percé de deux portes à double battant, hautes et étroites, qui encadraient chacune une gigantesque statue de basalte représentant un jaguar en plein saut.

Figé dans son bond, les mâchoires béantes sur des crocs impressionnants, les griffes sorties, l'image était saisissante. Mike n'avait jamais vu effigie plus réaliste.

De nouveau la voix s'éleva, leur ordonnant manifestement de sortir et de se rendre.

Mike jeta un coup d'œil à Erik.

– Ça va? Tu pourras marcher?

– Oui, passe devant. Je te suivrai.

Quatre portes? Il ne se rappelait pas avoir remarqué pareille disposition sur le vieux plan. Il y en avait au moins une qui était piégée. Mais laquelle?

Mike se baissa pour examiner les portes aussi bien que le sol, cherchant des traces d'usure qui lui signaleraient la porte la plus utilisée et, par conséquent, la plus sûre.

Le bâtiment était très ancien et, ici, comme dans les châteaux et les cathédrales d'Europe, la pierre elle-même était usée par les pas. Mike se redressa et pressa la plaque près d'une porte. Celle-ci s'ouvrit lentement.

Il y avait de la lumière, et ils franchirent le seuil, Mike ouvrant le passage, l'arme à la main.

La voix se fit de nouveau entendre et le ton, cette fois, frisait l'hystérie.

— Qu'est-ce que c'est? murmura Erik. Une voix humaine?

— Oui, mais qui s'exprime à travers une sorte de tube ou de trompe, dit Mike. Celui qui parle ne doit pas avoir l'habitude qu'on lui désobéisse. (Surpris, il se tourna vers Erik.) Est-ce à dire que tu n'as pas vu La Main? Je pensais qu'il t'avait interrogé?

— C'est à Zipacna que j'ai eu affaire. D'après ce que je sais, La Main ne se montre jamais.

Ils se trouvaient à présent dans une vaste salle au plafond en forme de dôme. En face d'eux une murette d'un peu plus d'un mètre de haut donnait sur une gigantesque fosse au centre de laquelle émergeait la tête d'une idole, colossale, aux yeux saillants, les joues pleines, la bouche béante d'où sortait une langue articulée.

— Cela me fait penser à Baal, le dieu que les Carthaginois adoraient. Ils lui sacrifiaient des enfants... parfois jusqu'à cinq cents à la fois.

Mike avait l'impression de vivre un cauchemar, et il lui tardait d'en sortir. Il y avait des portes à droite et à gauche de l'idole. Ils prirent celle de gauche.

Elle donnait sur un couloir conduisant apparemment vers l'arrière du bâtiment, une direction que Mike n'avait pas souhaité prendre. Il ouvrait la marche. Un autre couloir apparut à leur droite, et il l'emprunta. Erik, à bout de forces, avait du mal à suivre.

Il finit par s'arrêter, secoua la tête.

— Je n'en peux plus, dit-il, haletant. Continue sans moi.

— Prends ton temps. Courage, on s'en sortira.

Les Varanels ne les avaient pas suivis. Peut-être cette zone de la cité leur était-elle interdite, même en cas d'urgence. Peut-être s'agissait-il du domaine des Seigneurs de Shibalba.

— Ils m'ont littéralement affamé, dit Erik d'une voix faible.

Il fallait qu'ils sortent de là! Mike prit Erik par le bras.

— Viens! On ne peut pas rester ici!

A deux reprises il essaya des portes, mais il eut beau appuyer sur les plaques déclenchant leur système d'ouverture, il n'obtint aucun résultat. Étaient-elles toujours fermées ou bien avaient-ils le moyen de les verrouiller à distance?

Inquiet, il hâta le pas, ralentissant de temps à autre pour permettre à Erik de souffler. Il leur restait si peu de temps!

Pourtant l'absence de traces de passage pouvait laisser supposer que ces couloirs n'étaient jamais empruntés. Et s'il se retrouvait dans un autre labyrinthe? Ou dans celui qu'il avait déjà traversé?

Une troisième porte se dessinait à sa droite. Il pressa la plaque. Le battant pivota lentement sur ses gonds. Trois marches donnaient sur un couloir qui se perdait dans l'obscurité. Devait-il s'y risquer?

Il hésita. Il n'aimait pas s'aventurer dans le noir, mais le passage s'enfonçait dans la bonne direction : celle de la Salle des Archives.

— Allons-y! dit-il en allumant sa torche électrique.

Mais quand la porte se referma derrière eux, il regretta sa décision. Le passage semblait avoir été creusé dans la roche. L'air était moite, humide. Erik le suivit d'un pas incertain.

Il y avait de la poussière sur le sol, qui indiquait que ce tunnel n'avait pas été emprunté depuis longtemps.

Mike eut soudain peur que ce boyau ne mène nulle part. Il s'arrêta, s'efforçant de retrouver son calme. A côté de lui, Erik haletait. Ils se remirent en marche.

Il faisait chaud. Leurs visages ruisselaient de sueur. Mike se demanda quelle distance il avait pu parcourir depuis la Salle des Archives jusqu'à la cellule où il avait retrouvé Erik. Il ne parvenait pas à l'évaluer.

Erik trébucha et tomba. Mike l'aida à se relever, mais il sentait que son ami était à bout de forces.

— Encore un effort, Erik, murmura-t-il. Je ne pense pas que nous soyons très loin de la sortie.

Erik s'appuya contre la roche.

— D'accord... Laisse-moi souffler juste une minute... Il fait si chaud, ici...

Ils repartirent. De l'eau ruisselait de la paroi. Erik s'arrêta encore, et Mike lui-même ne fut pas mécontent de cette nouvelle pause. Il avait du mal à respirer dans cette atmosphère confinée au relent de moisi. Il redouta soudain que le passage soit fermé en son extrémité. Pourraient-ils rebrousser chemin si c'était le cas? Cet air était décidément irrespirable... Ils devaient sortir de là au plus vite...

230

Il repartit, Erik à sa suite. Le passage s'incurvait légèrement, et ils se retrouvèrent un moment plus tard devant une porte, elle aussi munie d'une plaque de bois. Mike la pressa de toutes ses forces.

Rien ne se produisit.

Il pressa de nouveau.

Rien.

— Bon Dieu! jura Erik derrière lui.

— Ouais, comme tu dis, marmonna Mike. Prions.

Il continua d'actionner le système d'ouverture tout en poussant le battant de l'épaule.

La porte céda de quelques millimètres.

— Appuie sur la plaque, dit-il à Erik, tandis qu'il s'arc-boutait contre la lourde porte.

Lentement, celle-ci s'entrouvrit. De l'air frais leur parvint, ainsi qu'un rai de lumière.

Encouragés, ils se jetèrent de tout leur poids contre le battant qui céda enfin, et ils franchirent le seuil en trébuchant.

39

La salle dans laquelle ils venaient de pénétrer était ronde. A leur droite il y avait une espèce de divan, à leur gauche un rayonnage supportant des ouvrages comparables à ceux vus dans la Salle des Archives. Couverts de poussière, ils n'avaient manifestement pas été consultés depuis de nombreuses années.

Juste en face d'eux, une niche en arc de cercle présentait en son centre une bouche semblable à celle d'un mégaphone. De part et d'autre de la niche s'étendait un treillis de bois. Ils se trouvaient donc de l'autre côté du mur en boiserie ajourée de la Salle des Archives. Et ce devait être de là qu'autrefois La Voix s'adressait au peuple.

A droite et à gauche de la salle des marches descendaient à un niveau inférieur. Une fontaine occupait le centre de la pièce. Mike s'en approcha. L'eau était fraîche, et il s'empressa d'étancher sa soif.

Devineraient-ils le chemin qu'il avait pris pour fuir? Se souvenaient-ils seulement de l'existence de ce passage?

Depuis son arrivée ici, Mike avait relevé partout les signes d'une civilisation mourante. Le soupçon et la haine, aussi bien que la négation de toute société autre que la leur, avaient sapé leurs forces et appauvri les esprits. Les fondateurs de la cité avaient été des hommes d'une remarquable ingéniosité. Mais leur génie créatif n'avait pas trouvé d'écho chez les générations suivantes. Le peuple se contentait de pourvoir à ses besoins, réduisant les tâches au strict minimum.

— Le temps passe, dit Mike, en s'ébrouant. Il faut qu'on sorte d'ici.

Erik se redressa. Les deux hommes allaient se remettre en marche quand un ordre lancé d'une voix puissante dans la Salle des Archives les fit se figer. Par la boiserie ajourée, Mike vit une douzaine de Varanels conduits par un homme de grande taille portant une cotte de mailles.

Ce ne pouvait être que Zipacna.

Mike avait eu une vie aventureuse. Il avait côtoyé bien des dangers et appris à garder son sang-froid en toutes circonstances. Mais il se dégageait de ce Zipacna une force qui l'impressionnait vivement. Il comprenait mieux à présent la terreur de Tazoc : cet homme était dangereux.

Le bon sens lui dicta de partir au plus vite, avant que Zipacna et les Varanels les aient repérés.

— Viens, Erik, dit-il tout bas. Vite!

Ils dévalèrent l'escalier de gauche et s'enfoncèrent dans le tunnel qui, Mike l'espérait, les mènerait hors des remparts. Mike se rappela soudain qu'il avait tiré deux fois, et il s'arrêta pour éjecter les douilles et les remplacer par deux nouvelles cartouches.

Erik, qui était passé devant, s'arrêta soudain, et montra quelque chose du doigt. Mike le rejoignit bien vite.

Un lézard géant leur barrait le chemin.

Sa présence laissait supposer que le tunnel conduisait bien à l'extérieur. La bête était énorme. A la vue des deux humains, elle se dressa sur ses pattes postérieures, humant l'air, sentant la chair fraîche. De toute évidence, elle s'était déjà attaquée à des hommes et avait appris à ne pas les redouter.

— Recule, Erik, dit Mike qui, après un moment de stupeur, avait retrouvé son calme.

Il vit le lézard s'apprêter à bondir, et il fit feu.

La détonation du 357 dans l'étroit tunnel fut assourdissante. La bête n'était qu'à une dizaine de mètres, et Mike avait visé la tête. Sous l'impact, son crâne éclata comme un fruit mûr tombé d'un arbre, et les deux hommes se hâtèrent de passer à côté du corps agité d'un dernier spasme.

Le sol boueux portait les traces de plusieurs de ces lézards. Mike, qui ouvrait la marche, ralentit bientôt, car de la lumière apparaissait au bout du sombre passage.

– Nous ne savons pas ce qui nous attend dehors, dit Erik dans son dos.

– Avec un peu de chance, Johnny sera là.

– Johnny?

Mike lui raconta brièvement sa rencontre avec le vieux cowboy. Il songea que jusqu'ici ils avaient eu de la chance. Mais il leur restait si peu de temps.

Et Kawasi? Oserait-il retourner au village des Anasazis? A quelle distance se trouvait-il de leurs montagnes?

– Les voilà! s'écria soudain Erik.

Ils venaient de sortir du tunnel. Derrière eux se dressait la masse sombre de la cité interdite, semblable à un gigantesque bloc de verre noir. A leur droite ils pouvaient voir la ville, ses rues vides flanquées d'arbres et ses réservoirs d'eau qui luisaient doucement sous le soleil voilé.

Mike s'engagea sur l'étroit sentier qui serpentait à flanc de colline. Il devait d'abord mettre Erik en sécurité. Après tout, c'était là son but depuis le départ. Ses pensées revinrent à Zipacna. Pourquoi éprouvait-il envers cet homme un sentiment de haine? Enfant, il avait toujours détesté ceux qui, forts de leur supériorité physique, brutalisaient les autres. Devenu grand, il n'avait pas changé.

Erik, épuisé, s'était arrêté.

– Je suis désolé, Mike, mais je n'en peux plus...

Mike se tourna pour lui présenter son sac à dos.

– Regarde dans le sac, dit-il. Il y a des fruits secs. Ce n'est pas grand-chose, mais ça te remontera.

Erik sortit un sachet de noix et de raisins secs, et ils se remirent en marche. Mike se retourna et il aperçut plusieurs Varanels qui sortaient du tunnel. Il ignorait quelle était la portée de leurs armes, et il n'avait aucunement l'intention de la vérifier. Il accéléra le pas, tandis qu'Erik suivait comme il pouvait tout en mangeant.

Le terrain, jonché de rochers, se faisait de plus en plus difficile. Les silhouettes bleues des Varanels se rapprochaient. Devant eux, à environ six cents mètres, se dressait une crête rocheuse.

Erik s'arrêta de nouveau.

– Continue sans moi, Mike. Je n'y arriverai jamais.

Mike se retourna vers son ami.

– Tu crois que j'ai fait tout ça pour t'abandonner maintenant? Passe devant moi. Tu n'as qu'à suivre le sentier.

Au même moment, une sourde détonation s'éleva de la crête rocheuse.

La tunique du Varanel qui allait en tête se teinta de rouge. L'homme fit quelques pas en avant avant de s'effondrer. Le fusil de Johnny tonna de nouveau, et la balle arracha un éclat de roche à côté du Varanel qui suivait.

Mike se remit en marche et rattrapa rapidement Erik. La pente était raide. Les Varanels se rapprochaient dangereusement. De nouveau, le fusil de Johnny entra en action. Un deuxième garde tomba d'une balle en pleine tête.

– On va y arriver, Erik. Johnny est là-haut, avec son fusil à bisons.

– Je ne peux pas l'abandonner, dit soudain Erik en s'arrêtant. Je ne peux pas, Mike.

– De qui parles-tu? demanda Mike.

Mais Erik était trop essoufflé pour répondre.

Dans le ciel, une buse planait. Arrivé en haut de la côte, Mike aperçut ce qui devait être un cours d'eau à sec. Oui, une rivière avait jadis coulé là, témoins les grands troncs d'arbres dont la plupart gisaient maintenant sur le sol. C'était un lieu étrange et désolé.

Qu'y avait-il au-delà de cette désolation? Son propre monde? Comme il était impatient de le retrouver!

Johnny, le fusil à la main, descendait maintenant à leur rencontre. A quelle distance se trouvaient-ils du passage? Combien de chemin leur restait-il à faire?

Johnny parvint à leur hauteur.

– Raglan? Vous allez pouvoir nous ramener? Vous m'avez dit que oui, que vous pourriez.

– Je vais essayer, Johnny. Je vais essayer.

Une aiguille rocheuse pointait au loin. Était-ce la même que celle aperçue de l'autre côté?

Mike était las. Quelque part parmi ces rochers se trouvait le passage. Le temps passait, et il leur fallait impérativement le dénicher.

Il se mit à descendre la colline en direction des arbres morts. Le spectacle des branches tordues par la sécheresse était poignant.

234

Devant eux s'étendait le lit de la rivière. Soudain Mike s'arrêta et désigna une petite clairière.

— Johnny, regarde ça!

De grosses pierres plates jonchaient la clairière à intervalles réguliers.

— Un cimetière, murmura Johnny.

Ils se rapprochèrent. Un nom était gravé sur la pierre. En dessous cette simple inscription :

NÉ en 1840
DÉCÉDÉ en 1874

Ils se promenèrent parmi les tombes. Ils en comptèrent quarante et une. Les dates de naissance et de décès étaient toutes comprises entre 1810 et 1886.

— J'y comprends rien, dit Johnny. Toutes les inscriptions sont en anglais!

— Voilà la réponse! s'écria Mike en désignant la rivière à sec.

Sur la rive se dressait l'épave d'un bateau à vapeur.

— Ce doit être l'*Iron Mountain*. Disparu en 1872. Avec cinquante-deux personnes à bord!

40

Ils approchèrent. Le nom du vapeur était encore lisible sur le bois blanchi par l'âge : *Iron Mountain*.

Le fond du vapeur reposait bien à plat dans le lit de ce qui avait dû être une large voie fluviale. La proue s'était désagrégée avec le temps, mais les superstructures du pont tenaient encore debout. Çà et là une porte pendait sur ses gonds. Celle de la cabine principale était fermée. Les canots étaient restés suspendus aux bossoirs.

Erik s'assit sur une souche.

— Faut que je me repose. Excuse-moi, Mike, mais je suis lessivé.

— Prends ton temps. Je vais jeter un œil sur cette épave.

Le temps pressait, mais Erik pouvait avoir un moment de repos pendant qu'il inspecterait ce qui restait de l'*Iron Mountain*.

Il se hissa à bord et ouvrit la porte du carré. Tout semblait en ordre mais il était évident que des gens avaient vécu là. Ils devaient être restés sur le bateau, espérant que le phénomène qui les avait conduits ici les ramènerait tôt ou tard. Puis l'un après l'autre ils étaient morts, et avaient été enterrés dans la petite clairière.

Pas tous. Ils avaient compté quarante et une tombes, mais si ses souvenirs étaient exacts, il y avait cinquante-cinq passagers plus l'équipage. Du moins c'est ce que l'on disait.

Au début ils avaient dû être frappés de stupeur, se demandant ce qui avait bien pu se passer, où ils se trouvaient à présent et comment ils allaient pouvoir repartir. Que d'angoissantes discussions il y avait dû avoir, avant qu'ils ne se risquent à de timides explorations, limités par la crainte que le vapeur ne disparaisse de nouveau pendant leur absence. Au bout d'un temps, sans doute, cette éventualité avait dû leur paraître plus qu'improbable.

Lentement, ils s'étaient adaptés, sans cesser pour autant d'espérer. Certains devaient avoir des parents qui les attendaient à St Louis ou en quelque autre port fluvial. D'autres avaient embarqué pour affaires ou simplement le plaisir de découvrir d'autres régions.

Ils avaient dû organiser leur vie autour de la seule chose qui leur fût familière : le vapeur.

Le carré avait manifestement servi de lieu de réunion. Il restait plusieurs tables, et on avait garni quelques étagères de livres, constituant ainsi une espèce de bibliothèque. Les vêtements et autres objets semblaient avoir été mis en commun, à en juger par les malles encore pleines de chaussures et d'effets de toutes sortes. Il y avait même une liste des gens à qui appartenaient ces biens, pour qu'ils puissent les récupérer au cas où ils reviendraient.

Ce qui frappa Mike, c'était que tout semblait avoir été sagement organisé. Cependant il s'était passé quelque chose, une agression venue de l'extérieur.

Des balles de coton avaient été entassées contre les lisses, et derrière l'une d'elles il trouva une douzaine de douilles en cuivre, ainsi qu'un fusil Henry. S'agenouillant à l'endroit où le tireur s'était tenu, il regarda en direction du rivage. Là-haut parmi ces rochers...

Il y avait encore des assiettes sur les tables dans le carré, et du petit bois était rangé près du poêle.

Dans la cabine du commandant il trouva un squelette, les pieds chaussés de bottes, les vêtements en lambeaux.

236

La dépouille ne portait aucune trace de mort violente. Il avait dû être le dernier à mourir car il n'avait pas été enterré.

Johnny arriva, venant du carré des officiers.

— J'ai trouvé un peu de poudre, dit-il. Mais je doute qu'elle puisse encore servir.

— Oui, probablement trop vieille, approuva Mike. (Il désigna le squelette.) Le commandant.

Il regarda à nouveau autour de lui. Qu'avait pu ressentir cet homme? Il n'avait pas quitté son bateau. Lui ou un autre avait maintenu la discipline. Certains étaient partis en exploration pour tenter de trouver le chemin du retour. Avaient-ils compris ce qui leur était arrivé?

— On ferait mieux de partir, maintenant, dit Mike. (Il ramassa quelques livres de comptes sur une étagère ainsi qu'un grand calepin qui pouvait être le journal de bord.) Mettez ça dans mon sac, Johnny. J'aimerais jeter un coup d'œil là-dessus quand j'aurai le temps.

Erik se releva péniblement tandis qu'ils descendaient du vapeur.

— Désolé, dit-il d'une petite voix. Ils ne m'ont pratiquement rien donné à manger pendant toute ma détention.

Mike étudia les collines. Il n'avait qu'une faible idée de la direction à prendre. Il se mit en marche, traversant le lit de la rivière, se dirigeant vers un sentier à peine visible qu'il avait repéré depuis le pont supérieur du vapeur. Les sentiers menaient d'ordinaire quelque part et ils vous faisaient toujours gagner du temps si la direction était bonne. Couper à travers la nature vous réservait souvent de mauvaises surprises.

De temps à autre il s'arrêtait pour surveiller leurs arrières. Il était certain qu'ils seraient poursuivis. Restait à savoir quand apparaîtraient les premiers ennemis. Il y avait d'autres Varanels plus loin devant eux, ceux qui campaient près du village des Anasazis. Avaient-ils un moyen de communiquer entre eux? S'ils étaient prévenus, ils ne manqueraient de leur tendre une embuscade.

Où était Kawasi? Et que s'était-il passé au village?

A plusieurs reprises il repéra des ruines semblables à celles que l'on peut rencontrer en Arizona et au Nouveau Mexique, mais il n'avait pas le temps de s'arrêter pour les examiner de plus près.

Il n'y avait pas un souffle de vent. Aussi loin qu'il pouvait porter son regard, rien ne bougeait. Pourtant Mike avait le pressentiment d'une catastrophe imminente. Le ciel avait ce même voile jaune, opaque.

Il jeta un regard à Johnny.

– Vous le sentez aussi, Johnny? Qu'est-ce que ça peut être?

Le vieux cow-boy haussa les épaules.

– J'en ai pas la moindre idée, mais on ferait mieux de se dépêcher.

Mike hocha la tête et il accéléra le pas. Il avait peur et ignorait pourquoi. Ce frisson le long de son échine l'inquiétait. Que savait déjà son corps que son esprit n'avait pas encore appréhendé?

Au pied des falaises s'étendait un gigantesque éboulis, comme Mike n'en avait jamais vu. A croire qu'une pluie de météorites s'était abattue là, créant les amoncellements les plus fous.

Le sentier serpentait parmi les rochers, s'élevant de plus en plus. Le passage que Mike avait pris à l'aller se trouvait quelque part dans ces hauteurs. Il pensait pouvoir le retrouver. Du moins l'espérait-il.

Le sentier monta plus abruptement encore, et il hésita, jeta un regard en arrière. La lumière avait décru, et les détails du terrain n'étaient plus clairement visibles qu'à une centaine de mètres. Il reprit sa marche, mû par une urgence qui semblait prendre le pas sur sa raison. Quand il atteignit le sommet de la crête, il s'arrêta pour attendre Erik, qui avait le plus grand mal à marcher.

Johnny s'approcha de Mike et le dévisagea.

– Vous pensez qu'on réussira, Raglan? J'aimerais bien revoir une dernière fois les gens de mon espèce. Je me trouverai une petite maison quelque part, où je terminerai mes jours.

Mike porta son regard vers les montagnes à sa gauche. Kawasi était là-bas, parmi son clan. Serait-elle heureuse s'il l'emmenait avec lui? N'était-ce pas prétentieux de sa part de penser qu'il ferait son bonheur?

Le visage d'Erik était pâle et tendu quand il les rejoignit enfin.

– Je n'avais pas le droit de t'entraîner dans une aventure pareille, haleta-t-il.

– J'ai cru comprendre dans ta lettre que tu n'étais pas seul, dit Mike.

Erik haussa les épaules.

– C'était un rêve. Elle a dû partir ou bien les rejoindre. (Il se

238

laissa choir sur une pierre plate.) C'est elle qui m'a laissé les fleurs de tournesol.

Mike se demanda soudain s'il ne s'agissait pas de Kawasi. C'était elle qui avait rapporté le calepin d'Erik. Quelle ironie du sort si son ami était amoureux de la même femme que lui!

Il se détourna avec une certaine brusquerie.

– Nous continuons, dit-il.

Le sentier s'enfonçait parmi les rochers, tout juste assez large pour leur permettre d'avancer en file indienne. Mike jeta un regard par-dessus son épaule. Erik était derrière lui, Johnny fermant la marche. Il s'aida de ses mains pour monter. Peu à peu, cependant, un changement subtil s'opérait.

Les rochers prenaient d'étranges formes, ressemblant à d'épaisses molasses figées dans leur mouvement. Les grimpeurs émergèrent bientôt sur un petit plateau couvert de ruines très anciennes. Des arches écroulées, des colonnes abattues, des murs encore debout ornés de fresques aux teintes fanées.

Les effigies peintes lui rappelaient les kachinas qu'il avait eu l'occasion de voir dans les villages hopis et zunis. Mais à la différence de ces dernières, qui mettaient toujours en scène des génies protecteurs, celles-ci représentaient des êtres malveillants.

– Je ne serai pas mécontent de sortir d'ici, lança-t-il par-dessus son épaule.

– Je vous comprends, répondit Johnny. Ça fait un bail que je suis dans ce foutu pays, mais j'ai encore jamais rien vu de semblable. Je croyais pourtant connaître cette région comme ma poche. J'y comprends plus rien.

Mike observa le fouillis de ruines qui s'étendait devant eux. Où était ce fichu passage? Ils ne devaient plus en être très loin. Mais où se trouvait-il au juste?

– Raglan? Faut prendre une décision! Ils arrivent!

Johnny pointa son doigt au bas de la piste. Une douzaine de Varanels débouchaient des rochers.

Mike regarda autour de lui. Il devait trouver une solution. Il avait accepté la lourde responsabilité de guider les autres, qui comptaient sur lui. Mais où aller? Quelle direction prendre? Il examina les rochers, cherchant une amorce de sentier. Les ruines offraient tout un dédale de rues qui auraient pu conduire à l'une de ces ouvertures entre les deux mondes. Mais elles pouvaient également receler des pièges. Ils n'avaient pas le temps de les explorer toutes. Il fallait faire un choix, et ils n'avaient pas le droit à l'erreur.

– Johnny? Pouvez-vous ralentir les Varanels? J'ai besoin d'un peu de temps pour m'orienter.

Johnny grimpa sur un rocher d'où il dominait la piste.

– La lumière n'est pas fameuse, mais je veux bien essayer. (Il marqua une pause.) Il y a des Seigneurs de Shibalba avec eux. Ça veut dire qu'ils sont prêts à tout pour nous empêcher de fuir.

Quelque part devant eux, à moins qu'ils n'aient été neutralisés par les gens du village, se trouvait cette patrouille de Varanels. Mike réalisait avec angoisse qu'il avait perdu toute notion du temps. Il s'avança parmi les ruines avec l'espoir qu'il finirait par trouver ce qu'il cherchait.

Ses pensées le ramenèrent à Kawasi. Pourrait-il la retrouver? Il s'arrêta à l'entrée d'une kiva. Ici, aussi, le toit s'était effondré, ainsi qu'il l'avait souvent vu dans son propre monde. Il regarda à l'intérieur. Pas de sipapu, mais la ventilation était la même, la construction identique.

La détonation du Sharps de Johnny le tira de son observation. Il se hissa sur la pointe des pieds pour regarder par-dessus le mur de la kiva et aperçut le corps d'un Varanel qui gisait, la poitrine en sang, sur le sentier. Johnny manquait rarement son coup.

Il regarda de nouveau dans la kiva. Elle était pourvue d'une ouverture en forme de T, comme celles qu'il avait pu voir à Mesa Verde. Il semblait toutefois que cette porte n'ouvrait sur rien. Ou était-elle ouverte? Il se rapprocha.

Ce n'était pas par là qu'il était venu. Et ce n'était pas non plus par cette porte que la Femme-Poison ou Tazoc étaient passés dans son monde.

Où se trouvait Tazoc?

Il erra parmi les ruines. Il devait exister un passage. Mais où?

S'il le trouvait, il ferait passer Johnny et Erik, puis il irait chercher Kawasi.

Le Sharps tonna de nouveau.

Il jeta un regard en direction de Johnny, posté derrière un rocher. Le vieil homme tourna la tête vers lui.

– Raglan? Ils se rapprochent. Nous n'avons plus beaucoup de temps.

Mike regagna la kiva, alla jusqu'à la porte en forme de T. Elle était ouverte mais une brume épaisse empêchait de voir ce qu'il y avait au-delà.

240

Oserait-il franchir cet étrange rideau de fumée?

Il se rapprocha encore et vit que le seuil de la porte s'inclinait fortement.

Un piège?

– Mike! l'appela Johnny. Pour l'amour du ciel, dépêchez-vous!

Il se retourna et vit le vieil homme qui se hâtait de recharger son fusil. Çà et là, des taches bleues couraient parmi les rochers qui entouraient les ruines. Il tira son revolver. Soudain derrière lui s'éleva une voix chargée de mépris.

– Je ne ferais pas ça à votre place, monsieur Raglan. Il est trop tard.

Mike se retourna lentement.

C'était Zipacna.

Derrière lui se tenaient plusieurs Varanels et, au milieu de ces derniers, Kawasi, manifestement prisonnière!

41

Trop tard?

Kawasi était captive. Si Johnny était pris, il serait immédiatement abattu. Quant à Erik et lui-même, ils finiraient par mourir de faim dans quelque cellule.

Mike savait qu'il serait effectivement trop tard s'il ne réagissait pas. C'était maintenant qu'il fallait résister, et non quand il serait à son tour prisonnier. Il pointa son arme et fit feu.

Une fois de plus leur confiance excessive travailla pour lui. Le grand Zipacna avait parlé, lui à qui personne n'avait jamais désobéi. Pour des hommes qui n'avaient jamais rencontré de résistance et qui, par ailleurs, se croyaient invulnérables, la réaction de Mike fut trop rapide. Deux des leurs tombaient à leurs pieds avant même qu'ils aient eu le temps d'esquisser un seul geste. A la stupeur succéda la panique, et le reste des Varanels s'égailla comme un troupeau de moutons.

Zipacna, lui, avait réagi rapidement. Il avait aussitôt compris que Mike résisterait. Dès le premier coup de feu, il s'était jeté de côté et avait cherché refuge derrière un rocher.

Kawasi non plus ne perdit pas de temps. Elle frappa durement à la gorge l'un des gardes qui l'encadraient. Comme elle s'échappait, Johnny fit feu sur l'autre garde qui s'apprêtait à utiliser son arme.

– On ne peut pas rester ici, dit le vieux cow-boy. Ils vont revenir en force!

Il y avait un couloir devant eux parmi les rochers, et Mike ouvrit le chemin. Ils parvinrent à une ruine, au-delà de laquelle se dressait une formation rocheuse bizarrement tourmentée.

La ruine offrait un abri partiel. Quelques murs en partie effondrés, une kiva, et un corridor sans toit donnant sur une entrée en forme de T.

L'ensemble était disposé en arc de cercle face au paysage chaotique du canyon, une disposition analogue à d'autres que Mike avait pu voir entre Navajo Mountain et le Colorado.

– Est-ce qu'on peut s'arrêter quelques minutes? demanda Erik. Je dois me reposer.

Une fois à l'intérieur de la ruine, Mike tendit l'oreille.

– Oui, repose-toi, dit-il à Erik. Johnny? Vous pouvez monter la garde?

A quelques mètres de la ruine, l'eau d'un ruisseau avait été détournée pour couler dans un canal d'irrigation, une eau fraîche et claire à laquelle Mike s'empressa de se désaltérer.

– Kawasi? Le passage est près d'ici, n'est-ce pas?

– Tu vas regagner ton monde, maintenant?

– Je dois faire passer Erik, et aussi Johnny. (Il se tourna vers elle.) Veux-tu venir avec moi?

Elle le dévisagea.

– Tu veux que je vienne avec toi? Je connais si peu ton monde.

– Tu n'as pas aimé ce que tu as vu?

– Oh si! Il y a des choses que j'aime beaucoup. Il y en a d'autres que je comprends mal.

Il regarda autour de lui.

– Kawasi? Nous sommes tout près, n'est-ce pas? Où se trouve le passage?

– Je te l'ai dit, les passages vont et viennent. Rien n'est jamais sûr, ici. Seul Celui Qui Possédait La Magie les connaissait. Peut-être que la porte près de la kiva...

– Nous n'avons pas beaucoup de temps, Kawasi.

Elle ouvrit le chemin, contourna une kiva et une tour ronde et s'arrêta à quelque distance d'une porte en forme de T.

– C'est là. Ou c'était là. Je ne sais pas. (Elle leva les yeux vers lui.) Nous sommes différents de vous parce que notre monde est incertain. Là où les deux mondes se rejoignent et se croisent, tout change tout le temps. Seuls les Saquas savent. Le Peuple du Feu. Ils vont et viennent comme ils veulent, et parfois ceux de ton côté les prennent pour des fantômes ou des morts vivants.

– Je les ai vus une fois, sur la piste de Copper Canyon, dit Mike. Il y avait un grand feu sur No Man's Mesa, et ils semblaient accourir vers lui.

– J'ai vu cela, moi aussi. Le feu les attire. Je ne sais pas pourquoi.

Mike jeta un coup d'œil vers la porte.

– C'est par là que nous sommes arrivés? demanda-t-il. Je ne reconnais pas l'endroit.

– Tu verras. C'est le même.

Mike se tourna et appela :

– Johnny! Erik! Venez!

Il les vit se lever et approcher. Inquiet, il jeta un regard alentour. Le ciel présentait toujours la même couleur jaune, et pourtant il lui sembla que le paysage s'était altéré.

A la suite de Kawasi, il prit l'étroit passage couvert d'herbe en direction de la porte en T. Derrière lui Johnny et Erik fermaient la marche.

Jetant un coup d'œil par-dessus son épaule, il aperçut Zipacna et les Varanels sortir des ruines où ils s'étaient dissimulés. Kawasi était arrivée devant la porte.

– Mike! Mike! s'écria-t-elle. Le passage a disparu!

Il la rejoignit en deux enjambées. Si jamais il y avait eu un passage, il n'y était plus à présent.

– Kawasi! Il faut absolument...

– Nous sommes finis! l'interrompit Kawasi, prise de panique.

Johnny rechargea son fusil.

– Si seulement je pouvais regagner une de mes planques...

– Trop tard, dit Mike en désignant les Varanels qui s'aventuraient à leur suite.

– Il va faire nuit bientôt, dit Johnny.

Les Varanels se trouvaient à deux cents mètres de leur position, leur coupant la retraite. Seules les ruines constituaient un abri temporaire. Par une faille entre les rochers, Mike pouvait voir la vallée de la cité interdite, pas aussi loin qu'il ne l'avait imaginé. Ou était-ce la lumière trompeuse?

Vaste, sombre, sinistre. A cette distance elle semblait beau-

243

coup plus grande qu'il ne l'avait pensé. Toutefois elle paraissait perdre de sa noirceur dans cette étrange lumière qui précédait la nuit. Mike se demanda à quoi pouvait ressembler un coucher de soleil dans ces lieux où le soleil n'était jamais visible.

— Ils ne nous attaqueront pas de nuit, dit Johnny. On a jusqu'au matin, avec un peu de chance.

— Nous n'avons pas tout ce temps-là, intervint Mike, du moins s'il faut en croire Kawasi.

— Je ne sais pas, dit Kawasi. Celui Qui Possédait La Magie savait. Il a calculé les rythmes des changements. Il a laissé des écrits où il explique ces découvertes, mais je ne les ai jamais vus. Il disait que c'était une chose naturelle, que les gens qualifiaient de magique parce qu'ils ne la comprenaient pas. Il disait qu'il y avait d'autres endroits comme le nôtre, mais qu'ils étaient très éloignés les uns des autres. Il disait qu'il y avait d'autres passages, qui pouvaient se former à n'importe quel endroit. Il disait que nos idées du temps et de l'espace devaient changer pour comprendre ce qui se passait. Il disait que notre monde en trois dimensions n'était qu'une illusion, quelque chose dont nous avions tellement l'habitude que nous ne pouvions plus imaginer qu'il existait d'autres dimensions.

— Ce n'est pas le moment de se livrer à des spéculations de ce genre, intervint Erik. Concentrons nos efforts à trouver un passage. J'ai un appartement à New York, et c'est là que j'aimerais être en ce moment !

— Nous vous suivons, Raglan, dit Johnny. C'est à vous de nous montrer le chemin.

La lumière déclinait.

— Il faut faire du feu, dit Mike. Essayez de voir s'il y a du bois.

Tandis qu'Erik et Johnny allaient ramasser du bois mort en bordure des ruines où se trouvaient quelques arbres, Mike se tourna vers Kawasi.

— Il n'y a pas d'autre endroit ? demanda-t-il. C'est notre seule chance.

— Je ne sais pas. Je pensais qu'ici...

— Nous avons de l'eau et quelques murs autour de nous. Nous pouvons toujours tenir pendant quelque temps.

— Il y a de quoi faire du feu pendant toute la nuit, rapporta Johnny en revenant avec Erik. Dès que le jour se lèvera, il nous sera peut-être possible de fuir par les bois. La nuit, personne ne s'y aventure à cause des lézards. C'est le moment où ils chassent.

Mike entassa du petit bois et des fragments d'écorce, pulvérisa un peu d'écorce dans le creux d'une branche morte puis, enfonçant dans le creux l'extrémité d'un bâtonnet, le fit tourner entre ses mains jusqu'à ce que le feu prenne. Il déversa ensuite ce qui brûlait sur son petit tas de bois et d'écorces, et des flammes ne tardèrent pas à s'élever.

Il éprouva soudain la sensation d'être observé. Il tourna la tête.

La créature se tenait dans l'ombre à quelques pas du mur en ruine. Nue, le corps extrêmement velu, elle le regardait avec intensité. Ostensiblement, Mike tendit ses mains vers le feu. Quand il regarda de nouveau dans sa direction, la créature avait disparu.

Elle ressemblait à ces étranges êtres qu'il avait rencontrés dans la nuit à Copper Canyon. Dans son regard il n'avait lu aucune hostilité, plutôt une espèce d'étonnement mêlé de fascination.

— Kawasi? Tu l'as vu?

— Oui. C'était un Saqua. Nous pensons qu'ils vénèrent le feu mais qu'ils ne savent pas en faire.

— Et ils connaîtraient les passages entre les deux mondes?

— C'est ce qu'on dit.

— Est-ce qu'ils accepteraient de nous les montrer?

— Oh non! Ce sont des créatures dangereuses. Mon peuple en a très peur. De toute façon ils ne parlent pas notre langue.

— Tout de même s'ils connaissent un passage...

— Tu leur ferais confiance?

Mike haussa les épaules. Ce n'était pas tant un problème de confiance que le moyen de communiquer avec eux qui se posait. Ils ne connaissaient certainement pas l'anglais. Étaient-ils plus proches des animaux que des hommes? Ils avaient une apparence humaine, mais leur comportement était plutôt animal. Comme leur odeur.

— Est-ce qu'ils vous ont déjà attaqués?

— Non, mais...

— En vérité ils sont simplement farouches. Johnny? Erik? appela-t-il.

Les deux hommes sortirent de l'ombre.

— Johnny, je n'ai pas le temps de vous expliquer maintenant, mais j'ai comme une intuition. Je voudrais qu'on se rassemble tous autour du feu et qu'on tende nos mains vers les flammes.

Erik le regarda avec des yeux ronds.

– Quelle drôle d'idée! Il ne fait pas froid.

– Là n'est pas la question, dit Mike. J'ai une idée, et je voudrais seulement qu'on essaie...

– D'accord, dit Johnny en tendant ses mains vers les flammes.

– Je crois que des Saquas nous observent, dit Mike. Ils sont attirés par le feu. J'ai pensé que si nous leur montrions que nous aussi nous aimons le feu, ils pourraient peut-être nous aider.

– Eux? demanda Johnny, sceptique. Ce sont des animaux.

– Ils connaissent les passages.

– Ma foi, c'est ce qu'on raconte. Il paraît qu'ils vont et viennent comme bon leur chante.

Ils s'écartèrent du feu au bout d'un moment, et Mike alla à son tour chercher du bois. La nuit serait longue, et le feu exigeait toujours beaucoup de combustible. Il avait aussi besoin de réfléchir. S'il était vrai que les Varanels ne les attaqueraient pas durant la nuit, ils trouverait peut-être le temps d'élaborer un plan. Combien de fois avait-il déclaré que seul le raisonnement différenciait l'homme de l'animal? Que la pensée était la première caractéristique de l'homme? « Très bien, se dit-il, alors réfléchis! »

Cette décision prise, les idées ne se bousculèrent pas pour autant dans sa tête. Il examina la situation sous tous les angles possibles et ne trouva pas de réponse. Il ne savait qu'une chose : un passage existait à proximité de l'endroit où ils se trouvaient.

Les Anasazis avaient su quitter ce monde et y retourner quand ils en avaient décidé ainsi. Kawasi lui cachait-elle quelque chose? Souhaitait-elle qu'ils restent à jamais ici?

Il se mit à ramasser du bois mort. Quelque chose bougea dans le sous-bois.

– Pour le feu! dit-il tout haut sans espoir d'être compris.

Il ne percevait ni bruit ni mouvement. Quand il eut les bras emplis de branches, il se dit qu'en cas d'attaque il projetterait sa charge contre son adversaire puis dégainerait son arme. Il ne se produisit rien de tel mais il était certain d'être épié. Les effluves musqués qui lui parvenaient ne pouvaient le tromper.

– Nous voulons passer de l'autre côté, dit-il en se demandant comment il pourrait faire comprendre son message.

Libérant un de ses bras, il le porta à sa poitrine puis désigna la nuit. Il répéta plusieurs fois ce geste.

– Nous voulons passer de l'autre côté, répéta-t-il, avant de retourner auprès de ses compagnons.

246

Johnny montait la garde. Erik était assis contre l'un des murs.

– J'ai repris de tes fruits secs, Mike, dit-il. Il fallait que je mange quelque chose.

– Tu as bien fait, dit Mike. (Il posa sa charge et s'assit près du feu.) A mon avis, il faudra se remettre en route avant que le jour se lève.

– Mike, je... commença de dire Erik.

Zipacna venait d'apparaître dans la lueur des flammes à quelques pas d'eux. Il souriait, manifestement satisfait de les avoir surpris.

– Ne vous inquiétez pas, dit-il. Demain, à midi, je vous montrerai le passage. Vous pourrez partir. Tous!

42

Surpris par la brusque apparition de Zipacna, aucun d'eux ne dit mot ni ne bougea. Mike s'en voulait de sa négligence et les façons du chef des Varanels l'irritaient profondément. En même temps il savait qu'il devait prendre garde à ce que son hostilité n'affecte pas son jugement.

– Nous montrer le passage, Zipacna? Pour nous faire tomber dans un piège, je suppose. N'y comptez pas!

– C'est demain ou jamais.

Mike haussa les épaules, feignant une assurance qu'il était loin d'éprouver.

– Et après? Si nous restons, nous prendrons le pouvoir. Nous avons déjà prouvé que les Varanels n'étaient pas invincibles. La Main a été bien avisée jusqu'ici d'exclure tout intrus. Dans notre monde nous sommes toujours à la recherche de nouveaux espaces à exploiter, et votre pays se meurt. Il est mûr pour un changement radical. Je suis sûr que le sous-sol, ici, contient des minerais. Nous avons déjà travaillé dans des conditions difficiles, aussi bien en mer, avec les plates-formes pétrolières, que dans l'espace avec les satellites.

« En vérité, Zipacna, j'ai pensé à en informer La Main en personne. Il se pourrait bien qu'il accueille favorablement un changement dont il serait le bénéficiaire.

Mike improvisait. Il cherchait à gagner du temps. Il n'avait qu'une idée : s'en sortir pour retrouver son univers et oublier toute cette aventure.

La Main disposait-elle de moyens d'écoute? De tels instruments étaient disponibles de l'autre côté, et il avait appris que La Main s'y intéressait. En possédait-il déjà? Écoutait-il en ce moment même ce qui se disait?

Zipacna était visiblement en colère et impatient d'en finir lui aussi avec une situation dont son aveuglement et son orgueil étaient en grande partie responsables.

Il y avait également autre chose. Ce sentiment d'urgence qui semblait imprégner l'air depuis plusieurs heures. Était-ce ce tremblement d'espace qu'avait prédit Kawasi? Mike savait que ses compagnons aussi en étaient conscients.

Johnny rajouta du bois dans le feu.

— Tu ferais mieux de filer, Zipacna, dit-il d'une voix sourde. Tu n'as rien à faire ici. Quand nous partirons, nous n'aurons pas besoin de guide.

— Je vous laisse jusqu'au lever du jour, répliqua Zipacna. Pas plus.

— Parle pour toi, Zipacna, intervint soudain Kawasi. Tu ne parles pas au nom de La Main. Tu n'es qu'un Varanel, pas un Seigneur de Shibalba. Tu ne cherches que le pouvoir.

— Peuh! Tu n'es qu'une femme, siffla entre ses dents Zipacna. Qui te permet de parler?

— Parmi les miens, je parle et je suis écoutée, dit Kawasi qui avait retrouvé son maintien et son assurance de chef de clan. Toi, tu n'étais rien avant que tu passes de l'autre côté et apprennes deux ou trois choses qui pouvaient intéresser La Main. Et puis tu as découvert au sujet de cette fille.

— Mélisande, dit Erik en se tournant vers Mike. La fille aux fleurs de tournesol.

Mike nageait dans la confusion. Qui était cette fille aux fleurs de tournesol? Bien entendu il se rappelait ce qu'il avait lu dans le calepin d'Erik : le crayon disparu, la fleur dans le collier de Chief, celle brodée sur le gilet. Était-ce à elle qu'Erik faisait référence quand il écrivait « nous »?

Si c'était le cas, où était-elle, à présent? Et qui était-elle au juste?

— Écoute, dit-il à Erik, nous n'avons plus le temps de partir à la recherche de cette fille...

— Je ne partirai pas sans elle, protesta Erik.

Durant toute cette digression, seul Johnny continuait de garder l'œil sur Zipacna. Son revolver à la main, son fusil à côté de lui, il observait le grand Varanel d'un regard aigu, guettant le moindre signe d'agression, et Zipacna en était conscient.

L'homme semblait avoir perdu de son arrogance première. Il n'en restait pas moins attentif et tendu.

– Où est-elle? demanda Mike. Il faut agir vite.

– Elle n'est pas loin, répondit Kawasi.

Avec une rapidité qui surprit Johnny lui-même, Zipacna prit appui d'une main sur la murette et bondit de l'autre côté en un éclair. Johnny épaula mais Mike le dissuada de tirer.

– Inutile de gaspiller une cartouche, Johnny. Il est parti, et nous sommes débarrassés de lui.

– Il reviendra, dit Johnny.

Mike était d'accord avec lui mais il n'en dit rien. Sa seule préoccupation était de quitter ces lieux. Si la prophétie était juste, il ne leur restait que très peu de temps. Bien sûr, les phénomènes dont lui avait fait part Kawasi et qui affectaient tous les passages entre les deux mondes pendant des décennies n'étaient jamais qu'une rumeur. Il n'en éprouvait pas moins un mauvais pressentiment. L'air lui-même semblait porter l'annonce de quelque mystérieuse catastrophe. Il avait déjà éprouvé cela dans son propre monde à la veille d'un tremblement de terre.

– Très bien, Kawasi, dit-il, allons la chercher. Et vite, parce que Zipacna va revenir et, cette fois, il ne sera pas seul. (Il se tourna vers Johnny.) Montez la garde, Johnny. Je reviens dans un moment.

Mais Kawasi avait déjà disparu, et il ne savait où. Il se dit toutefois qu'elle connaissait le pays mieux que lui. Il porta la main à son revolver puis il retourna là où, quelque temps plus tôt, il y avait eu un passage.

La porte était bien là mais il semblait maintenant qu'elle avait été murée. Il tendit la main pour la toucher mais la retira aussitôt. Il n'aimait pas l'aspect de la pierre. Il jeta un bref coup d'œil derrière lui.

Bon Dieu, il avait réussi à libérer Erik, et ils risquaient tous d'échouer alors qu'ils se trouvaient si près du but!

Il commença de se remémorer tout ce qu'il savait ou croyait savoir. Il dessina mentalement une carte, partant de la fenêtre dans la kiva, tenue pour une ouverture permanente. A trois kilomètres à l'ouest se trouvait le passage par lequel il était arrivé avec Kawasi, passage également utilisé par Tazoc. Mais la nuit empêchait toute recherche. Il retourna auprès du feu et sortit l'ancienne carte de toile, celle que le vieux cow-boy avait recopiée d'après la plaque en or. Il y avait toutefois une différence : cette croix rouge que le vieil homme avait tracée lui-même.

— Johnny? Vous qui avez crapahuté dans le pays, vous sauriez situer cette croix?

Johnny se pencha par-dessus l'épaule de Mike.

— Ce n'est pas très loin d'ici, dit-il, mais j' peux pas dire si j' suis passé dans ce coin-là. (Il porta son regard vers la ligne de crête qui se découpait dans la nuit claire.) A l'approche de l'hiver, les vaches errantes essaient de trouver un coin abrité du vent. Quelquefois, avec la neige qui recouvre tout, elles glissent dans un canyon et, l'été venu, après la fonte des neiges, elles ne peuvent plus remonter.

« J'ai retrouvé des vaches de dix, douze ans, qui n'avaient peut-être jamais vu un homme, coincées dans ces ravins. Quand elles avaient de la chance, elles y trouvaient de l'herbe et de l'eau.

« Ces vaches peuvent parcourir de grandes distances. C'est comme ça que j'ai trouvé le Trou. J'avais déjà ramené pas mal de bêtes de ce coin-là. C'est en remontant vers le nord que j'ai vu toute cette verdure. Quand je suis revenu au ranch et que je leur ai raconté ce que j'avais découvert, ils ont pas voulu me croire.

« De l'eau, des arbres, de l'herbe? Dis donc, Johnny, t'avais pas un petit coup dans le nez, par hasard? » qu'ils m'ont dit. (Il regarda de nouveau la carte et posa son doigt sur la croix rouge.) Pourtant, quand je vois ça...

— Il y a une chose que je ne comprends pas, dit Mike. Le passage par la fenêtre de la kiva est paraît-il contrôlé. Pourtant, quand Chief — c'est mon chien — est passé, il a couru en aboyant après je ne sais quoi. Il n'y a donc pas eu contrôle, que je sache.

— La Main a peut-être un système électronique qui lui permet de savoir si quelqu'un est passé, intervint Erik. Ou peut-être n'est-ce qu'un effet naturel dont ils auraient immédiatement connaissance.

— Ce qui est sûr, dit Johnny, c'est que La Main sait quand il y a eu un passage.

Ils restèrent silencieux pendant un moment. Mike fixait la carte en espérant trouver un détail qui lui avait échappé jusqu'ici. Il avait peur et le reconnaissait. Il avait promis aux autres de les sortir de là. Il devait y avoir un sentier partant de cette croix rouge. Pourquoi le vieux cow-boy avait-il fait cette marque? Que signifiait-elle?

Une autre question lui vint à l'esprit : où était Kawasi?

— Cette Melisande, Erik, tu l'as vraiment rencontrée? demanda-t-il.

— Pas seulement rencontrée, Mike, j'en suis amoureux! J'aime pour la première fois de ma vie, tu te rends compte? Elle est la dernière survivante des passagers de l'*Iron Mountain*.

— Mais, Erik, l'*Iron Mountain* a disparu en 1872!

— Son grand-père se trouvait à bord. Il comptait installer un comptoir dans le Montana. Quand le phénomène s'est produit, personne n'a rien compris. Au bout de quelques jours, cependant, son grand-père s'est dit qu'il valait mieux prendre la chose comme elle était et, avec six autres hommes, il a quitté le bateau pour explorer le pays. Les autres passagers sont restés à bord, ne pouvant se résigner à laisser le bateau qui était pour eux comme la preuve qu'ils ne rêvaient pas.

« Son grand-père a découvert une petite vallée où il y avait de l'eau, il a construit une cabane et y a transporté tout ce qu'il possédait. Il y avait un autre couple avec des enfants qui s'installa dans la vallée. Son grand-père avait un fils. Celui-ci épousa l'une des filles du couple, et c'est ainsi que naquit Melisande. Elle est maintenant la seule qui reste, et elle ne peut plus s'occuper de la maison et des cultures.

« Son grand-père, qui était un homme réfléchi, semble avoir compris ce qui leur était arrivé. Ce devait être un homme remarquable, doué d'imagination. Son père tenait une auberge, et il avait passé sa jeunesse à écouter les récits des voyageurs qui faisaient halte chez eux.

« C'est ainsi qu'un médecin raconta qu'on lui avait amené un jour un homme étrangement vêtu et parlant une langue étrangère que personne ne parvenait à situer. L'homme avait été trouvé errant près d'une ferme dans la campagne. Ce médecin, intéressé par ce cas étrange, s'efforça de communiquer avec cet homme. Il découvrit que celui-ci pouvait dessiner de façon remarquable.

« Il lui fournit du matériel, et l'homme exécuta un croquis détaillé de la ferme où on l'avait découvert. Puis il traça un trait vertical à côté de son croquis et se mit à dessiner un monde totalement différent au milieu duquel il représenta un homme. Il montra ce dernier en se touchant la poitrine, pour signifier qu'il s'agissait de lui.

« Puis il dessina une deuxième silhouette humaine sur la frontière qu'il avait tracée, et une troisième se tenant là où le fermier l'avait trouvé.

« Il était évident que l'homme essayait d'expliquer ce qui lui était arrivé, mais les collègues du médecin jugèrent l'explication farfelue. Cependant, le docteur, passionné par ce cas, installa l'homme chez lui. Celui-ci apprit l'anglais, s'adapta à son nouvel environnement, réalisa quelques petites inventions (étaient-elles des souvenirs?), et réussit assez bien sa vie.

« Ce type d'histoires était très en vogue du temps du grand-père de Melisande. C'est à cette époque que Mary Shelley écrivit son *Frankenstein*, et Irving sa *Legend of Sleepy Hollow*, sans parler des contes d'Edgar Poe.

« Melisande grandit, bercée par ces histoires que lui racontait son grand-père. Quand elle perdit son père, dévoré par un lézard géant, son grand-père, réalisant qu'elle serait bientôt seule, lui expliqua ce qu'elle devrait faire quand il ne serait plus là.

« Il y avait certainement, lui dit-il, un moyen de regagner le monde d'où ils venaient. Il s'agissait donc de le trouver. Il lui avoua ne pas comprendre le phénomène qui déclenchait le passage d'un monde à l'autre. Mais il lui apprit à reconnaître certaines transformations de la lumière et du temps. Il avait lui-même au cours de ses explorations repéré trois endroits qui lui semblaient particulièrement sensibles.

« C'est ainsi qu'il avait pu observer un étrange reflet qui n'était dû ni au soleil ni à une quelconque retenue d'eau. Il découvrit que ce reflet provenait d'une mesa, qui s'avéra être celle où avait cherché refuge Celui qui Possédait La Magie. L'éclat de lumière était dû à quelque installation métallique.

– C'est Melisande qui t'a raconté cela? demanda Mike.

– Nous étions tous deux prisonniers, et je lui ai promis que si je parvenais à m'échapper, je l'emmènerais avec moi. Mais c'est elle qui s'est échappée la première. Curieusement avec la complicité de Zipacna.

– Zipacna?

– Oui, dit Erik. L'homme est avant tout un opportuniste. C'étaient les Varanels qui détenaient Melisande, et Zipacna voulait tirer un profit personnel de sa capture en la remettant

252

lui-même à La Main. Je pense qu'il était sûr de pouvoir la reprendre quand il le voudrait, du moins quand cela servirait ses ambitions.

Il y eut un bruit de pas dans la pénombre, et Johnny se redressa vivement, l'arme au poing. Mike dégaina son revolver et attendit.

C'était Kawasi. Elle était accompagnée d'une jeune femme blonde, grande et mince, très belle.

– Partons, maintenant! chuchota Kawasi. Partons avant que le jour se lève. Vite!

43

Mike ajouta du bois dans le feu, et ils s'en furent dans la nuit.

Longeant le bord de la crête, ils suivirent un sentier à peine visible dans l'obscurité. La nuit était fraîche. Il n'y avait pas de vent. Melisande marchait devant. Kawasi suivait, puis Mike et Erik. Johnny fermait la marche, son fusil chargé.

Il faisait si sombre que Mike distinguait à peine la silhouette de Kawasi à quelques pas devant lui. Ils avaient pénétré dans une zone de dunes. Au loin se dressaient les parois verticales d'une mesa, tandis que çà et là de grandes roches semblaient surgir de terre tels des doigts pointés vers le ciel.

Ils allaient comme des fantômes, sinuant parmi les rochers, s'en remettant à Melisande qui ouvrait la marche.

Le terrain s'élevait, et Melisande marchait rapidement. Elle s'arrêta bientôt, et ils se rassemblèrent autour d'elle.

Mike avait un mauvais pressentiment. Un danger approchait, il le sentait, et il enrageait de ne rien voir dans cette obscurité et de ne pas savoir où ils allaient.

Johnny le rejoignit.

– J'ai dans l'idée qu'on se dirige vers cet endroit marqué d'une croix rouge sur la vieille carte, dit-il. Je connais un peu ce coin-là.

– Eh bien, moi, je n'ai pas la moindre idée de l'endroit où nous sommes.

– Ne vous inquiétez pas. Cette fille a passé sa vie dans ce pays. La Main paierait cher pour l'avoir. Il a certainement eu vent de la présence des survivants de ce bateau. Le grand-père de Melisande devait être un sacré bonhomme, pour faire ce qu'il a fait et s'occuper ainsi d'elle.

— Ce qui m'inquiète, dit Mike, c'est ce tremblement d'espace. Il aurait déjà dû se produire.

— Vous savez, ici, les prévisions... Ça arrivera quand ça arrivera. Tout ce qu'on peut faire, c'est espérer qu'on sera sortis avant. Espérer... et prier. Prions, Mike.

Kawasi vint vers eux.

— Nous repartons, leur dit-elle. Restez près de la paroi. Il y a un précipice à votre droite.

— Le jour ne va plus tarder.

Mike s'approcha de Johnny.

— Vous voulez que je ferme la marche, John? demanda-t-il.

— Non, répondit le vieux cow-boy. Vous n'avez pas de fusil, et je tiens à garder les Varanels à distance.

— Savez-vous où nous sommes?

— Vaguement. (Il s'interrompit, tendit l'oreille.) Mike, je crois qu'ils arrivent. Vite. Il n'y a pas une seconde à perdre.

Mike emboîta le pas à Kawasi. Erik était derrière Melisande qui continuait d'ouvrir le chemin. Mike était donc en quatrième position.

Des pierres jonchaient le sentier et, de temps à autre, l'une d'elles chutait le long de la pente abrupte. Mike grimpait en gardant son épaule contre la paroi rocheuse. Il faisait moins sombre à présent, et il voyait mieux où il mettait les pieds.

Ils durent s'arrêter de nouveau pour dégager un rocher, qui chuta dans le vide et rebondit sur la pente en provoquant un éboulis.

— Où allons-nous? demanda Mike à Kawasi.

— On dit qu'il y a une ouverture là-haut, répondit la jeune femme. Une ouverture permanente. Celui Qui Possédait La Magie surveillait toujours l'endroit à la longue-vue. Pour voir si quelqu'un passait.

Ils reprirent leur ascension. Le sentier montait de plus en plus. Mike, pourtant athlétique, avait presque du mal à suivre. Il se retourna vers Johnny. Mais le vieil homme n'avait pas l'air de peiner.

Ils émergèrent soudain dans la lumière du jour, ou du moins ce qui passait pour telle dans cet étrange monde.

Le plateau qui s'étendait devant eux était couvert de genévriers. Çà et là se dressaient quelques rochers. On apercevait au loin dans la lumière bleue du matin une quantité de mesas et de canyons.

— Venez, dit Melisande. Ce n'est plus très loin, à présent.

— Vous êtes déjà venue ici? demanda Mike.

Elle le regarda.

— Vous êtes Mike? Erik espérait tant que vous viendriez. Il disait que vous étiez le seul à pouvoir le tirer de là.

— Sans vous, nous étions perdus.

Elle haussa les épaules.

— Il y a d'autres endroits où l'on peut traverser, mais celui-ci est le seul dont nous soyons sûrs.

Elle se détourna mais il la retint par le bras.

— Attendez! Regardez! Là-bas! chuchota-t-il.

A cinquante mètres d'eux se tenait Volkmeer, un fusil à la main.

— Qui est-ce? demanda Kawasi.

— Volkmeer. Il est censé être de notre côté, mais j'ai appris qu'il touchait de l'argent de La Main.

— Melisande, où est l'ouverture? Je ne vois rien, dit Erik.

— Tu ne peux pas la voir. Elle est située près de ce rocher, le gros qui ressemble à un dinosaure. Il faut l'aborder par la gauche en gardant les yeux sur la montagne ronde qu'on aperçoit là-bas. L'ouverture est toute petite, à peine la taille d'une fenêtre. On la voit seulement quand on arrive dessus.

— J'ai pas l'impression qu'ils vont nous laisser partir comme ça, grommela Johnny en désignant Volkmeer. Est-ce que je tire?

— Attendez, dit Erik. Il est tout seul, apparemment.

Mike s'avança de quelques mètres.

— Ohé, Volkmeer! Je ne savais pas que tu connaissais cet endroit!

— Je suis déjà venu une fois ou deux. (Il leva son fusil.) Je ne peux pas te laisser aller plus loin, Mike.

— Tu te retournes contre nous, Volk? Je ne m'attendais pas à ça de toi.

— Moi non plus, mais j'ai réfléchi. Je ne suis plus très jeune, et je mène la belle vie grâce à eux. Tu m'as peut-être sauvé la vie dans le temps, Mike, mais je ne peux malheureusement faire autrement.

— C'est pas grave, Volk, dit Mike. Tu sais que je peux y arriver sans ton aide.

— Peut-être, mais je ne suis pas seul, Mike.

– Kawasi? Melisande? Dès que la fusillade éclatera, *courez!* Passez de l'autre côté! Prenez Erik avec vous, même si vous devez le tirer. Il n'est pas armé, alors que nous le sommes, Johnny et moi.

Melisande hésitait.

– Ils ont des armes qui sont efficaces à une trentaine de mètres.

– Allez-y, ne perdez pas de temps, répondit Mike.

Volkmeer avait épaulé son fusil.

– Pour la dernière fois, Volk, lui cria Mike, ne te mêle pas de ça!

Volkmeer visa Mike mais ce dernier fut plus rapide. Les jambes fléchies, il fit feu avant que Volkmeer n'eût le temps de presser la détente. Il vit Volkmeer tressaillir sous l'impact et tomber à genoux en lâchant son arme.

Derrière lui le fusil de Johnny tonna, et Mike se tourna juste à temps pour voir plusieurs Varanels surgir sur le plateau, à une cinquantaine de mètres. Johnny lâcha son fusil pour dégainer son colt et tirer. Mike se joignit à lui, et des Varanels tombèrent, tandis que les autres se jetaient à plat ventre. Les deux jeunes femmes et Erik étaient presque parvenus à la fenêtre, et Mike cria à Johnny :

– Allez, John! On s'en va!

Johnny partit à reculons. Mais alors qu'il jetait un coup d'œil en arrière, il hurla :

– Mike! Attention!

Mike se retourna, mais pas assez rapidement. Un coup de bâton s'abattit sur son poignet et il lâcha son revolver.

Zipacna lui faisait face, souriant.

– Le moment de payer est venu pour toi, lâcha le colosse avec mépris.

Mike avait la main paralysée par la douleur, et Zipacna se rapprocha, le bâton levé. Il frappa, mais Mike esquiva le coup tout en lançant son pied gauche, touchant Zipacna au genou. Sous le choc, ce dernier fut déséquilibré et, comme il tombait, Mike le frappa de nouveau.

Mais Zipacna roula sur lui-même et se releva prestement. Son genou avait souffert mais pas au point de le handicaper gravement. Il s'approcha de nouveau, plus circonspect cette fois.

Johnny, pendant ce temps, avait rechargé son fusil, et il fit feu sur les autres Varanels qui les encerclaient. Mike jeta un bref coup d'œil en direction du grand rocher : les deux femmes et Erik avaient disparu.

Zipacna avança sur Mike en souriant d'un air confiant. Quelle était sa technique de combat? se demanda Mike.

Johnny s'était réfugié derrière un rocher pour recharger son fusil et changer le barillet de son colt. C'était un vieux truc de pistolero : quand le temps manquait pour recharger, on avait sur soi plusieurs barillets pleins, plus rapides à mettre en place que des cartouches.

— Johnny, cria Mike sans quitter des yeux Zipacna. File au rocher. Je me débrouillerai tout seul.

— Pas question, hombre, on ira ensemble ou pas du tout.

— Je t'en prie, Johnny. Le temps presse. Dès que je le pourrai, je vous rejoindrai.

— Tu n'en auras pas l'occasion, gronda Zipacna. Car je vais te tuer!

Il lança sa main, les doigts tendus, en direction du visage de Mike, visant les yeux. Mike écarta la tête juste à temps. Les doigts, durs comme de l'acier, lui éraflèrent la joue.

Mike contra d'un coup de poing, qui toucha Zipacna au corps, mais celui-ci frappa de nouveau de sa main, et ses doigts griffèrent Mike au visage, au-dessus des yeux. Le sang jaillit.

Zipacna, trop confiant, s'avança pour frapper de nouveau, mais Mike détendit sa jambe et le toucha au plexus. Le souffle coupé, Zipacna tituba en arrière. De son poing, Mike écrasa le nez du colosse. Celui-ci grimaça de douleur et dans un geste réflexe lacéra de nouveau le visage de Mike. Mike mit toutes ses forces dans un uppercut. Le coup cueillit Zipacna au menton, l'envoyant durement à terre.

Mike n'attendit pas qu'il reprenne ses esprits et se relève. Il fonça en direction du rocher et de l'ouverture. Johnny qui était devant lui disparut soudain à sa vue : le vieil homme était passé de l'autre côté. Mike courut plus vite, mais au moment où il parvenait au pied du rocher et apercevait l'étroite fenêtre béante, il reçut un violent coup derrière la tête.

Il se sentit tomber, et, dans un dernier éclair de lucidité, il se jeta tête la première dans l'ouverture. L'instant d'après, on le saisissait violemment par le col. Il tenta de se débattre mais l'autre le tenait avec une force prodigieuse et le tirait sur le sol comme un mannequin de cire. Ce fut son ultime impression avant de perdre connaissance.

Du sang.

Il y avait du sang sur le sol où il gisait. Le visage tourné de côté, les yeux ouverts, il voyait le sable teinté de rouge.

C'était son sang, il le devinait, il le savait. Il bougea une main, toucha sa joue.

— Hé! il revient à lui!

— Sacré dur à cuire! dit une autre voix.

Quelqu'un s'agenouilla à côté de lui et une main effleura son visage avec douceur.

— Il a de profondes coupures au front, fit ce quelqu'un.

— Zipacna, expliqua une femme.

Mais cette voix... c'était Kawasi!

— Ça va, ne vous inquiétez pas, parvint-il à articuler. Quelqu'un m'a lancé je ne sais quoi à la tête, et je me suis évanoui.

— Ça, pour une bosse, c'en est une! s'exclama Gallagher. Grosse comme un œuf d'autruche.

Mike se redressa.

— La dernière chose dont je me souvienne, c'est qu'on me tirait par le col en me secouant comme un sac.

— C'était Chief, dit Gallagher. C'est lui qui vous a tiré à travers cette espèce de... de passage dans le rocher.

Prudemment, Mike se remit debout. La tête lui tournait encore mais il ne titubait pas.

— Personne d'autre que nous n'est passé? demanda-t-il.

— Non, personne, répondit Kawasi.

— Mike? (C'était Erik Hokart.) Merci. Merci pour tout ce que tu as fait pour... nous, ajouta-t-il en entourant Melisande de son bras.

— Ce n'est rien, répondit Mike. Rien du tout.

Il regarda autour de lui.

— Où sommes-nous? demanda-t-il.

Gallagher enfonça ses pouces sous son ceinturon.

— En haut de No Man's Mesa. On attend qu'un hélico vienne nous chercher.

— Il n'y a donc pas de piste? s'étonna Mike.

— Il doit y en avoir une, répondit Gallagher, mais on ne l'a pas encore trouvée. Si vous voulez revenir ici avec moi la semaine prochaine, nous la chercherons ensemble.

Mike avait le crâne douloureux. Il lui tardait de soigner ses blessures et de se coucher. Il en fit part à Gallagher.

— Je vous comprends, dit celui-ci, mais il y a quelque chose que j'aimerais vous montrer.

L'hélicoptère arriva bientôt et les ramena à la mesa d'Erik. Mike récupéra son sac à dos et Erik rassembla ses affaires. La voiture de Mike était toujours là, à proximité de la ruine.

– Nous allons rentrer à Tamarron, dit Mike à Kawasi. Erik, Melisande et toi, vous n'aurez qu'à monter avec nous. Vous aussi, Johnny. Il y a de la place dans la voiture, et à Tamarron, je pourrai tous vous loger.

– Mike? appela Gallagher. J'ai quelque chose à vous montrer. Ce fameux tremblement d'espace dont vous parliez, il s'est produit juste après que Chief vous eut tiré dans le passage. Mais il semble que tout le monde n'ait pas eu autant de chance que vous.

– Que voulez-vous dire?

Gallagher l'entraîna vers la kiva. Un éboulis de roches obstruait la fenêtre, mais au-delà on pouvait voir un mur intact. Ce mur présentait cependant une bien étrange particularité.

Pris dans la masse des pierres, on distinguait parfaitement la tête, l'épaule et le bras de Volkmeer. On aurait dit que le mur avait été construit autour de l'homme, peut-être même au travers de lui. Le reste de son corps devait se trouver de l'autre côté.

– Essayez d'expliquer une chose pareille, dit Gallagher. Essayez donc.

– Il y a des choses que je n'essaie plus de m'expliquer, dit Mike.

Ils restèrent silencieux pendant un moment, à contempler l'insolite spectacle, puis Gallagher dit :

– Eden a filé. Elle a légué sa maison à Mary et elle est partie.

Alors que les deux hommes rebroussaient chemin, Gallagher demanda à Mike s'il voulait revenir avec lui en hélicoptère.

– Non, nous prendrons ma voiture, dit Mike. Mais je vous remercie. (Il marqua une pause.) Gallagher, avez-vous jamais fait du feu en frottant une pièce de bois contre une autre?

– Si, quand j'étais gosse. C'est un Paiute qui m'a montré le truc.

Mike se mit en quête de morceaux de bois. Il perça un trou dans l'un d'eux avec son canif, tailla une petite branche qu'il inséra dans le trou, rassembla à côté un petit tas de brindilles, puis, plantant un bâton dans le sol, il y attacha un morceau d'étoffe rouge. Enfin, sortant de son sac à dos un petit miroir, il posa ce dernier sur un rocher.

Gallagher le regarda faire en secouant la tête d'un air perplexe.

— Qu'est-ce que vous faites? demanda-t-il.

— C'est pour les Saquas, dit Mike. Ils ont besoin du feu, ils le vénèrent mais je ne pense pas qu'ils sachent en faire. Certains d'entre eux m'ont vu opérer de l'Autre Côté. Peut-être m'imiteront-ils. Je l'espère, en tout cas.

Kawasi l'attendait à la voiture. Melisande, Erik et Johnny étaient déjà installés sur la banquette arrière.

— Vous partez? lui demanda Gallagher. (Il balaya l'air d'un ample geste de la main.) Et tout ça, alors?

— Quoi, tout ça? fit Mike en ouvrant de grands yeux. J'ignore de quoi vous parlez, Gallagher. Erik voulait construire une maison sur ce plateau, et puis il a changé d'avis. Alors nous sommes venus le chercher. Voilà.

— Vous êtes fou? Vous tenez une histoire fantastique, extraordinaire. Vous pourriez écrire un livre, vous pourriez...

Mais Mike le regarda en souriant. Il tendit la main au policier.

— Bien sûr, Gallagher, je pourrais raconter cette histoire. Mais qui me croirait?

Notes de l'auteur

XIBALBA : ou Shibalba, tenu dans le *Popol Vuh*, le livre sacré des Quiché Mayas, pour le lieu du mal. Également mentionné dans les *Annales des Cakchiquels* comme un lieu souterrain de grand pouvoir et d'une stupéfiante beauté.

SEIGNEURS DE SHIBALBA : tenus dans le *Popol Vuh* pour les instigateurs du mal et de la destruction.

VARANELS : les Gardes de la Nuit, soldats des Seigneurs de Shibalba.

ZIPACNA : personnage mythologique aux pouvoirs étendus, vaincu par Hunahpu.

ANASAZIS : nous ne savons comment s'appelaient eux-mêmes les troglodytes ni comment leurs voisins les appelaient. Le nom « Anasazi », d'origine navaja, fut donné aux anciens qui précédèrent les Navajos installés dans la région des Four Corners. Il est établi que des relations existèrent entre les Anasazis et les Mayas. Des perroquets momifiés ont été retrouvés dans des tombes anasazies. L'histoire des Indiens troglodytes a pu être reconstituée à partir des vestiges – poteries, objets divers – laissés par eux dans les grottes flanquant les canyons de cette région. Les fouilles nombreuses et méticuleuses n'ont cependant révélé à ce jour qu'une infime partie de ce que fut cette ancienne civilisation du Sud-Ouest nord-américain.

Un nouveau romanesque

Le nouveau romanesque n'est pas un phénomène nouveau : il s'est cristallisé aux États-Unis dans le courant des années soixante-dix. Il a été perçu et analysé par de grands critiques comme Leslie Fiedler, mais curieusement il n'a jamais été reconnu comme un phénomène cohérent et homogène; même les auteurs ont eu l'impression de cultiver des genres différents.

Nous désignerons sous le nom de nouveau romanesque l'ensemble des voies nouvelles explorées par le romanesque depuis que ses formes traditionnelles s'essoufflent. Il s'agit bien, on le verra, d'un *ensemble* au sens fort du terme.

Qu'est-ce que le romanesque? Disons simplement que c'est ce qui fait la force du roman et soutient l'intérêt du lecteur dans son travail de lecture. Le romanesque nous pousse à vivre avec le roman le plus longtemps possible. Il devient le ressort dominant dans le long roman, qui est pour lui un terrain d'élection. Il a vocation à séduire un grand nombre de lecteurs et sa dynamique donne au long roman des chances de devenir un best-seller.

Par ailleurs, le romanesque a un contenu. Il se nourrit des grands événements de l'histoire (passée ou contemporaine) et des petits événements de la vie familière et familiale. Les plus célèbres réussites du romanesque (*Guerre et paix, Autant en emporte le vent*) reposent sur un dosage subtil des grands et des petits événements. La vie familiale est sans doute la principale source d'intérêt; mais, réduite à elle-même, elle ne présente qu'un petit nombre de figures (les jeux de l'amour et de la mort, diversement biaisés par les contraintes sociales) et l'histoire est bien commode pour brasser les cartes et offrir périodiquement de nouvelles donnes. Les personnages se trouvent pris dans un « destin » qui les dépasse et le lecteur a le sentiment de participer au grand effort collectif dont doit naître un monde nouveau.

Le romanesque traditionnel est en décrue. D'abord, depuis la fin du XIXᵉ siècle, il est concurrencé par les diverses formes du roman « moderne », qui ont longtemps polarisé l'attention des principaux critiques et donné à l'élite des lecteurs l'impression que le romanesque n'appartenait plus à un genre noble.

Mais le grand public lui-même n'est plus ce qu'il était. La cellule familiale a éclaté : à la génération du divorce a succédé la génération de l'union libre, et la fonction du roman s'est modifiée : il ne s'agit plus de décrire les difficultés de l'individu à élaborer un compromis avec un environnement contraignant (*mais* relativement stable); la nécessité est maintenant d'échapper à la destruction par un environnement hostile (*parce que* chaotique) et de briser le cercle magique de la solitude au sein duquel il n'y a en réalité ni confort, ni tranquillité, ni sécurité, ni même d'existence personnelle.

La même métamorphose s'observe au niveau des grands événements. Un tableau de la vie politique actuelle ne peut plus être soutenu à la fois par la croyance au progrès et par l'espérance qui permettent d'entrevoir la lumière au bout du tunnel. On peut trouver l'un de ces deux éléments, mais jamais les deux réunis (sauf à se réfugier dans le roman de dépaysement projeté dans un lointain passé). L'histoire n'est plus perçue comme un grand effort collectif mais comme un espace instable où se croisent des courants contradictoires et où chacun s'efforce de survivre à la manière de la boule au milieu du billard.

Le nouveau romanesque est l'adaptation des formes traditionnelles à ces contenus nouveaux. Puisque l'individu est seul et souffre de sa solitude, il s'agit de parcourir non plus le monde extérieur mais le monde intérieur. Les romantiques et les surréalistes l'ont déjà fait en leur temps, mais en cherchant dans le rêve (représenté comme une fenêtre sur l'idéal ou sur l'absolu) un refuge contre la réalité triviale et sordide. Il ne s'agit plus de cela : le réel n'est plus un inframonde dont nous aurions le pouvoir de nous abstraire avec dédain, il est reconnu comme la matière même de notre subjectivité; en visitant notre monde intérieur, nous le rencontrons à chaque instant. Ce roman-là n'est pas irréel; il représente sans doute le vrai réalisme d'aujourd'hui. C'est pourquoi J.G. Ballard assigne au romancier de science-fiction — pour ne parler que de celui-là — la mission d'explorer non plus les espaces sidéraux mais les « espaces intérieurs ».

Le nouveau romanesque a, comme l'ancien, une double polarité. Ursula Le Guin l'a bien dit : « Ceux qui refusent d'écouter les dragons sont sans doute condamnés à passer leur vie à illustrer les cauchemars des politiciens. » Accepter ou refuser d'écouter les dragons — c'est-à-dire les voix de l'inconscient —, tel est le dilemme.

Ces voix, quand nous les refusons, deviennent persécutoires et nous assiègent jusqu'à notre capitulation. Tel est le sujet du roman d'horreur moderne, né dans les années soixante-dix et illustré en particulier par Stephen King, dont on sait qu'il est en train de devenir l'auteur américain le plus lu de tous les temps. Il fait appel au fantastique traditionnel, mais il sait que les monstres familiers, grâce à la psychanalyse et au cinéma, ne font plus vraiment peur. Il aborde donc ces sujets autrement terrifiants que sont la haine d'un mari pour sa femme (et réciproquement), la haine d'un père ou d'une mère pour son enfant (et réciproquement), la haine d'une petite ville pour ses jeunes (et réciproquement). Autrement dit, tous les problèmes liés à l'éclatement de la cellule familiale, poussés à la limite et provoquant un maximum d'angoisse. Dans une civilisation qui occulte la mort, l'horreur a le courage de l'interroger; elle la sonde, la dissèque, la met en vedette, lui donne le rôle principal. Dans un monde d'angoisse confuse, face à la banalité du tragique, à la violence omniprésente mais mal localisée, l'horreur donne un visage au mal, dramatise le problème de la responsabilité individuelle. Les monstres, c'est nous, c'est tout le monde.

Significativement, King ne rebute pas son lecteur. En écrivant de longs romans, il plante le décor, organise la montée du suspense, fouille la psychologie des personnages, tisse les fils de l'intrigue. Son texte s'épanouit, gagne en épaisseur et en réalisme, permet au lecteur de s'identifier à cet univers. Mieux : ses romans, comme l'a écrit Douglas Winter, sont des voyages initiatiques au terme desquels ses personnages, après la plongée dans les fantasmes et la traversée de la souffrance, finissent par se définir et se récupérer eux-mêmes. Ces romans très noirs ne sont pas des romans purement pessimistes. Peut-être au contraire nous offrent-ils la seule voie naturelle pour renégocier nos rapports au monde aujourd'hui. C'est un sang neuf qui revitalise la littérature, un remède à la mélancolie, à l'hypocrisie et au fanatisme. L'horreur décape nos émotions et les fait vivre intensément; en cela, elle joue le même rôle pour l'adulte que le conte de fées pour le petit enfant.

L'autre solution est d'« écouter les dragons », c'est-à-dire de créer des fictions qui tiennent dans notre imaginaire la même place que les mythes dans l'imaginaire de nos ancêtres. Telle est la démarche de ce que les Américains appellent la *fantasy* et qu'on pourrait se risquer à traduire par *merveilleux* (mais le mot *fantasy*, en anglais, englobe le merveilleux, le fantastique, l'insolite, l'absurde et même l'horreur à la Stephen King). Les univers de la *fantasy* sont imprégnés d'archaïsme et de nostalgie; même s'ils sont situés dans le présent (voire dans l'avenir), ils expriment le regret d'un temps où les hommes peuplaient le monde de forces surnaturelles qui exprimaient et résolvaient leurs conflits inconscients. C'est pourquoi ils mettent en jeu le désir de croire (sinon la croyance disparue). Toujours le héros se lance dans une quête, aidé ou combattu par des êtres surnaturels doués de pouvoirs magiques. Cette quête a la même fonction que la plongée au fond des fantasmes dans le roman d'horreur. Elle nous permet d'explorer notre imaginaire et nous réconcilier avec le réel. C'est une autre manière de retrouver notre enfance, qui nous permet à la fois de vivre dans le brillant des rêves et d'exprimer dans un climat d'innocence retrouvée une demande de savoir et de sens à laquelle l'initiateur (sage, mage ou sorcier) donnera finalement une réponse satisfaisante, pourvu que le héros soit conscient du prix à payer (et qui implique toujours la perte d'une part de lui-même).

La *fantasy* occupe dans le nouveau romanesque la même position que le roman historique dans le romanesque traditionnel. Elle fait vivre tout un univers sur le mode du « il était une fois ». Elle se nourrit de détails concrets, le plus souvent étranges et poétiques. Elle ne se lasse pas de décrire les langues, les mythes, les institutions des peuples qu'elle explore; elle s'accompagne volontiers de cartes, de chronologies, de généalogies, de dictionnaires. Elle invite le lecteur à jouer au grand jeu du monde et en cela elle se prête admirablement aux jeux de rôles (les fans de micro-informatique se passionnent pour les dragons). Elle édifie des cosmos de rêve où il faut le temps d'entrer et de s'installer; quand le lecteur s'en est imprégné au point d'y vivre, il arrive qu'il ne puisse plus s'en passer. C'est pourquoi la *fantasy* se prête non seulement au long roman mais aux cycles : trilogies, tétralogies, etc. En cela, elle s'inspire de l'exemple de J.R.R. Tolkien, démiurge et auteur complet de la Terre du Milieu.

L'émergence du nouveau romanesque aux États-Unis dans les années soixante-dix a suscité des cascades de malentendus, dont le plus gênant est sans doute que l'horreur et la *fantasy* existaient déjà — sous des formes populaires — et ont dû se métamorphoser pour assumer leur nouvelle fonction.

L'horreur populaire, c'est le *gore*, qui remonte également au fantastique et le traite sur le mode du thriller ultraviolent. Son registre principal n'est pas l'horreur-épouvante mais l'horreur-répugnance : comme l'a dit un spécialiste, il fait appel au « genre de sentiments qu'on pourrait éprouver dans un accident de voiture particulièrement sanglant ». Le *gore* frôle souvent la pornographie et se prête bien au roman court : le lecteur a le temps de rencontrer ses fantasmes, non de les renégocier. En fait, ses fantasmes lui sautent à la figure et l'abandonnent épuisé. C'est l'équivalent spirituel d'un orgasme.

La *fantasy* populaire, c'est l'*heroic fantasy*. Né dans les années trente, ce genre est centré sur les aventures d'un héros très viril et très musclé, mais dépourvu de pouvoirs surnaturels, face à des sorciers et à des sorcières incarnant le mal et cultivant la magie noire. Les adolescents (plus que les adolescentes) y retrouvent le désir d'échapper au réel, de devenir maîtres d'un monde imaginaire et de vaincre au combat leurs adversaires successifs. Le combat : tel est ici l'équivalent de l'orgasme. L'*heroic fantasy* se prête bien à la nouvelle (un combat = une nouvelle) et ses plus grandes réussites — *Elric* ou *Le Cycle des Épées* — doivent beaucoup à l'humour et à la dérision.

Plus complexe est le problème des rapports entre le nouveau romanesque et la science-fiction. Pour les Anglo-Saxons, la science-fiction est une branche de la *fantasy* (au sens large) marquée par « l'utilisation ingénieuse du jargon scientifique » (H.G. Wells) pour mieux créer l'illusion. La S.-F. se rapproche aussi de la *fantasy* (au sens précis) par le soin qu'elle apporte souvent à créer des univers imaginaires cohérents et détaillés : *Dune* de Frank Herbert, le plus grand best-seller de la S.-F., a en grande partie le même lectorat que *Le Seigneur des anneaux* de Tolkien, et l'on y prend le même plaisir à explorer un monde si bien concrétisé qu'il rivalise avec le monde réel. La frontière entre S.-F. et *fantasy* est fragile : « Toute technologie suffisamment avancée est impossible à distinguer de la magie », dit Arthur Clarke. Les fondatrices de la *fantasy* moderne — Ursula Le Guin, Anne McCaffrey, Marion Zimmer Bradley et quelques autres — sont souvent parties de la S.-F. et leurs lecteurs (comme leurs lectrices) les ont suivies sur leur nouveau territoire.

Pourtant, il y a plus d'un malentendu entre le nouveau romanesque et la S.-F. Celle-ci reste en partie adossée à la science, laquelle « repose sur une sorte de rationalisme équilibré qui a survécu depuis la Grèce classique » (Brian Aldiss). Quand elle échappe à cette tradition humaniste et affronte l'angoisse de notre temps, elle est tentée par les formes éclatées du roman « moderne » et se méfie du romanesque. En fin de compte, les principaux best-sellers de science-fiction sont des auteurs issus de la génération des années quarante — Isaac Asimov, Robert Heinlein, L. Ron Hubbard, Arthur Clarke, Frank Herbert — qui se sont exprimés par cycles et ont édifié avec les moyens de la S.-F. des univers que les auteurs actuels préfèrent emprunter au répertoire de la *fantasy*. Il reste que l'influence de la S.-F. sur le nouveau romanesque est énorme : tous les auteurs ont commencé comme lecteurs de S.-F. et ont appris leur métier d'écrivain et leur manière de travailler l'imaginaire à partir des modèles issus de la S.-F.

Reste à évoquer un trait central : le lien avec le cinéma. Il est évident pour l'horreur moderne, dont le point de départ est l'énorme succès public de *Rosemary's Baby* (1967) et surtout *L'Exorciste* (1972); Stephen King et ses émules écrivent pour les spectateurs autant que pour les lecteurs, toujours avec l'espoir (désormais réalisé) de passer à la mise en scène. Le rapport est moins clair pour la S.-F. : pourtant le triomphe de *La Guerre des Étoiles* (1977) et de *E.T.* (1981) marquent un retour aux traditions du genre comme le font les succès de librairie remportés par des écrivains de la vieille garde. Peut-être l'essor cinématographique de la S.-F. traditionnelle (correspondant en partie au *space opera*) est-il aussi la contrepartie des hésitations de Hollywood dans l'exploitation de la *fantasy* : tantôt l'on a cru que le genre appelle le dessin animé, tantôt l'on a adapté de vieilles séries populaires d'*heroic fantasy (Conan)* sans voir que la *fantasy* moderne implique tout autre chose. Le public qui a applaudi *La Guerre des Étoiles* aurait applaudi de grands films de *fantasy* élaborés suivant les mêmes principes. Cela peut encore venir.

Finalement, le nouveau romanesque réactive une tradition littéraire ancienne et jamais interrompue. Déjà Edgar Poe cultivait à la fois l'horreur *(Valdemar)*, la S.-F. *(Hans Pfaall)* et la *fantasy (Le Masque de la Mort Rouge)*. Lovecraft aussi travaillait aux frontières des trois genres et ses disciples (Bradbury, Robert Bloch, etc.) ont fait comme lui. Depuis les années cinquante, le *Magazine of Fantasy and Science Fiction* s'efforce de mériter son titre et de faire coexister des textes d'origine variée. Le rôle du nouveau romanesque est essentiellement d'avoir fait accéder cette tradition bien ancrée de l'insolite à la forme du long roman. Le nouveau romanesque, c'est en fait une variété de réalisme adaptée à la réalité d'aujourd'hui.

Jacques Goimard

Cet ouvrage a été réalisé sur
Système Cameron
par la SOCIÉTÉ NOUVELLE FIRMIN-DIDOT
Mesnil-sur-l'Estrée
pour le compte de France Loisirs
le 31 octobre 1989

Imprimé en France
Dépôt légal : octobre 1989
N° d'édition : 15720 - N° d'impression : 13244